KB266575

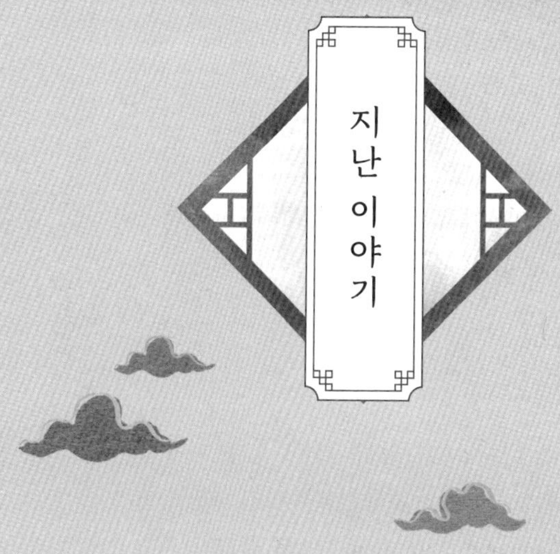

그 유명한 제일한방병원에서 한의사로 잘 나가던 김승범은 세상만사 돈이면 다라는 생각을 가진 자였다. 그는 부원장이 되고 싶어 이사장에게 뇌물을 주었으나 오히려 병원에서 잘리고 만다. 승범은 간호사 이정미, 간호조무사 윤택영을 데리고 우화시로 가 다시 '인 서울'을 꿈꾸며 한의원을 차린다. 그 옛날 친하게 지냈으나 자신 때문에 죽은 강성 씨의 고향 우화시 한복판에 말이다. 그러나 하필 맞은편에 수정 한약방이 있었기에 승범 한의원엔 파리만 날린다. 게다가 우화에 온 첫날 승범은 자신에게 구정물을 뿌린 수정과 크게 싸우는 바람에 싸가지가 없다는 소문 혹은 세평의 주인공이 되

어 사람들의 날 선 시선을 감당해야 한다. 어떻게든 한의원을 살리겠다고 수정 한약방을 염탐하던 승범은 수정이 사람이 아닌 귀신과 상담하는 것을 보게 되고, 그곳에 있던 귀신 공실 덕분에 자신도 귀신을 본다는 걸 깨닫는다.

이후 귀신의 한을 풀어 주면 그 값을 사람 환자 열 명으로 치른다는 수정 한약방 영업 비밀을 알게 된 승범은 귀신 본 마당에 나라고 못할쏘냐 귀신 환자를 치료하려 했지만 기술이 없어 오히려 위협만 당한다. 그럼에도 포기할 수 없던 승범은 수정 한약방에 당당히 죽치고 앉아있거나 수정을 따라다니며 어깨 너머로 기술을 배우려고 노력한다. 수정은 따뜻하게 환자를 보살피는 모습을 보이고, 때로는 돈이 다가 아니라는 따끔한 가르침을 선사한다. 승범은 귀신 환자의 한을 치료해 나가며 자신을 되돌아보고 점차 모두에게 좋은 한의사로 성장한다.

수상한 한의원 2

배명은 장편소설

TXTY

등장인물 소개

김승범(남, 34세)

귀신 보는 한의사. 낮에는 사람을, 밤에는 귀신의 한을 치료한다. 자신만 알고 싸가지 없던 지난날을 벗어나 모두를 위하려고 노력하지만, 일과 사랑을 완벽하게 해결하기엔 매일이 난관이다.

이정미(여, 34세)

능력 있는 간호사. 승범과 함께 우화에서 평범한 나날을 보내고 있다. 늘 타인에게 친절하며 정의롭다. 간혹 자신을 위한답시고 비밀을 만드는 승범이 답답한 것 빼고는 인생이 살 만하다고 느낄 정도로 긍정적이다.

귀신 신부(여, 39세)

산신의 신부. 귀신이 된 지 얼마 되지 않는 귀신. 살아생전의 기억이 없다. 눈치와 강단이 있으며 왜인지 관리 업무에 뛰어나다. 아버지를 찾고 싶다.

조근우(남, 30세)

의사 귀신. 병원에서 과로로 죽어 방황하던 중 김승범이 승범 한의원으로 데리고 왔다. 밤에 귀신에게 양방 진료를 한다. 똑똑하고 환자를 위한 마음이 커서 승범에게 불리한 일도 서슴없이 한다.

명연(여, 40세)

무당 4년 차. 청뢰 장군신을 모시고 있다. 할아버지만 몸에 실으면 온몸이 아파서 평소에도 예민하다.

기영문(남, 55세)

우화시 시장. 자신이 하는 일에 수단과 방법을 가리지 않는다. 대한 그룹과 함께 청수산에 리조트와 골프장 개발을 진행 시키는 중이다.

조치언(여, 나이 미상)

아주 오래전부터 우화의 모든 귀신을 괴롭히던 악귀. 원수 고수정 때문에 자신의 위세가 떨어졌다고 생각한다. 이제는 고수정의 후계라고 나타난 김승범이 거슬린다.

산신(?, 나이 미상)

청수산 산신. 언제나 가면으로 얼굴을 가리고 있다. 기분에 따라 다양한 가면을 쓴다. 성격이 좋을 때도, 괴팍할 때도 있다.

그 밖의 우화시 귀신과 사람들

박 씨, 택영과 봉길, 민영과 혁수, 강성 씨, 송기윤, 최 사장, 김 과장, 이금주, 개 귀신, 골동품 파는 아주머니

일러두기

하나. 모든 표기는 출판사 편집 매뉴얼의 교정 규칙에 따르되, 작가의 의도에 따라 필요하다 판단될 경우 절충하여 표기하였습니다.

둘. 발행 도서는 『』로, 텍스트 작품 제목은 「」로, 간행물은 《》로, 그 외 저작물은 〈〉로 표기하였습니다.

셋. 본 작품에 등장하는 한의학 관련 내용은 전문가의 감수하에 쓰였습니다.

목차

0. 프롤로그 …………………………………………… 9

1. 산신의 신부 …………………………………… 21

2. 리조트 개발 찬성? …………………………… 79

3. 청뢰 장군신과 명연………………………… 123

4. 봉길과 구문석 할아버지의 사과 과수원 ………… 153

5. 발각 ……………………………………………… 237

6. 리조트 개발 반대!………………………… 298

7. 시장 기영문 …………………………………… 371

8. 그리고, 오늘 우리는 ……………………… 402

9. 에필로그 …………………………………… 420

0. 프롤로그

가을밤, 우화 시내에 안개가 자욱이 깔렸다. 풀벌레만이 우는 고요한 밤. 바람결에 유기체처럼 일렁이는 안개 사이로 텅 빈 거리와 문을 닫은 가게들이 설핏 보였다가 사라졌다. 평소와 다를 바 없는 평안한 시간이 흐르고 있었다.

딸랑. 자정이 지나, 날이 넘어가자 방향을 알 수 없는 아득히 먼 곳에서 방울 소리가 들려왔다. 그 순간 모든 풀벌레가 울음을 멈추었다. 대신 일정하게 울리는 방울 소리가 길을 따라 점점 가까워졌다.

딸랑.

축축한 안개가 자욱한 길에 불쑥 불빛 두 개가 나타났다. 주황색 불빛에 닿은 안개가 사방으로 흩어지자 그 사이로 청사초롱을 든 남자 둘이 등장했다. 뚜벅뚜벅 발맞추는 그들 뒤로 방울을 흔드는 길잡이가 안개 속에서 걸어 나오더니 주위를 둘러보며 목청껏 소리쳤다.

"산신님의 신부 행차요! 모두 문을 닫아걸고 눈을 가리시오!"

그 외침에 안개에 잠긴 시내에서 황급히 문을 닫는 소리와 화들짝 놀라 자리를 피하는 기척이 들렸다. 방울 소리를 따라, 적마를 탄 노파 조치언이 나타났다. 말 위에 앉은 앙상한 몸은 미동조차 없는데 하나로 틀어 올린 백발 아래 번뜩이는 눈동자가 매서웠다.

주위를 쓱 살피던 조치언이 대뜸 손에 든 채찍을 휘둘렀다. 날카로운 파열음에 앞서던 길잡이가 목을 움츠렸다. 날아간 채찍 끝이 가로수 뒤에 숨은 남자 귀신의 목에 휘감겼다. 궁금증을 참지 못하고 이쪽을 흘끗거리던 놈이었다. 무자비한 힘으로 채찍을 당기자 귀신의 몸이 바닥에 끌려 나왔다. 남자 귀신이 적마의 앞까지 데구루루 구르자 조치언은 그 귀신 목에 감았던 채찍을 풀어, 가차 없이 채찍질했다. 남자 귀신은 몸을 잔뜩 웅크리며 비명을 내질렀다.

"감히 귀한 산신님의 신부를 네깟 놈이 훔쳐보려고 해?"

"자, 잘못했습니다."

실컷 내리친 조치언이 채찍을 거둬들이니, 두려움에

입만 벙긋거리던 길잡이가 얼른 헛기침하며 부하들을
향해 눈짓했다. 행렬을 호위하던 귀신 병사 몇이 쓰러
진 귀신을 끌고 가서 길 밖으로 내던졌다.

조치언은 가느스름하게 뜬 눈으로 다시금 사위를 살
폈다. 그녀는 어둠에 숨은 것들이 자신을 보고 두려움
을 느끼길 바랐다. 그들이 제멋대로 살던 시절은 오늘
부로 끝났음을 똑똑히 보여 주어야 했다.

아주 오래도록 저들은 조치언의 존재를 망각하고 살
아왔다. 어쩌다 기억한다는 것이 동네 양아치였다.

이게 다 한약방의 고수정 때문이다.

고수정의 얼굴을 떠올린 조치언은 이를 뿌득 갈았다.

고씨 가문이 우화에 터를 잡은 이후로 자신의 세상이
좁아지기 시작했다. 대대로 귀신을 보는 집안은 귀신이
쉽사리 해를 끼칠 수 없는 힘도 지녔다. 고씨 가문이 영
향력을 키울수록 조치언의 행동에 제약이 생겼다. 왕처
럼 군림하며 귀신들을 착취하고 인간들을 괴롭혀 세력
을 넓혀 갔던 찬란한 영광은 잔인하게 깨어졌다. 위세
가 가장 컸던 건 고수정이었다.

귀신 상대로 장사를 시작하더니 그들의 한을 풀어 주
어 승천을 시키거나 그들이 조치언에게서 해방되도록
했다. 허투루 하는 일은 없었다. 귀신 하나를 치료하면
사람 손님 열 명 보상받는 것으로 값을 치르게 했다.

　수정 한약방이 번성할수록 조치언의 입지는 좁아졌다. 너무 거추장스러워 온갖 방법으로 죽이려고 했으나 그 목숨줄은 얼마나 두텁고 질기던지, 그럴 수 없었다.

　별거 아니라 여긴 사람한테 속절없이 당하니 고수정이 강력한 돈 귀신에 빙의된 게 아닐까, 라는 착각마저 들었다. 조치언은 힘없는 뒷방 늙은 귀신으로 살 바에야 함께 죽겠다고 온 힘을 다해 살을 날렸다. 다음날 멀쩡한 수정의 모습에 실패했다고 생각했으나, 끝내 고수정이 죽을병에 걸리게 하는 데 성공했다. 역시 고수정도 한낱 인간일 뿐이었다. 죽자고 달려들었더니 제까짓게 버틸 재간이 있었을까. 그저 고수정을 죽이는 데 온 힘을 써야 했던 것을 떠올리면 입이 쓸 뿐이었다. 사람 목숨 하나라도 고수정은 달랐다. 조치언은 그 저주의 여파로 진기마저 빠져 소멸할 뻔했다. 그 때문에 제대로 운신하기까지 시간이 걸렸다. 그 사이에 우화의 귀신들은 조치언을 잊어버렸다.

　이제는 저것들에게 똑똑히 알려 줘야 했다. 동네 양아치보다 더 무서운 악귀인, 나 조치언이 이 우화에 다시 돌아왔노라고!

　조치언은 소란에 잠시 멈춘 행렬을 돌아봤다. 갑옷을 두른 병사 귀신들이 소가 끄는 달구지에 실린 재물들과 신부가 탄 가마를 에워싸고 있었다.

한 달 전, 물욕 많은 황 영감이 길 잃은 여귀 하나를 데려왔다. 조치언은 절세가인인 여귀를 보자마자 그 쓰임새를 바로 깨달았다. 조치언은 산신과 어느 정도 친밀하다는 황 영감에게 고귀한 금두꺼비를 내주며 그 연줄로 산신과 만날 약속을 잡았다.

며칠 후 조치언은 청수산에서 산신을 만났다. 양반 탈을 쓴 산신은 의자에 기대어 턱을 괸 채, 엎드린 조치언을 내려다봤다.

"여귀를 내게 바치겠다?"

"살아생전의 일을 기억 못 하는 아이이나 그 미모가 대단하고 또 기품까지 있어 산신께서 분명 흡족해하실 겁니다."

"흐음. 그런 아이를 내게 바친다라."

고저가 없는 목소리로 산신은 다시 중얼거렸다.

청수산 산신은 오래도록 청수산과 우화를 지켰다. 그는 늘 탈을 쓰고 귀신들과 대면했는데 그 얼굴을 본 이는 아무도 없었다. 탈들은 언제나 다양하게 바뀌었고 그때그때 기분을 나타냈다. 어떤 날은 아량이 넓다가도 또 어떤 날은 흉포하기 이를 데 없다고 하니, 조치언은 양반 탈을 쓴 산신의 기분을 헤아리기 바빴다.

발끝을 까딱이던 산신이 벌떡 일어나 조치언 앞으로 다가왔다. 조치언은 자신의 앞에 드리운 그림자를 봤다.

"그리 나를 생각해 주니 거절할 이유야 없지. 좋다! 내게 신부를 바치거라. 성대하게 혼례식을 치러야겠구나! 그래, 지참금은 얼마나 생각하고 있느냐? 얼마를 생각하든 네가 앞으로 꾸밀 일에 대한 값만큼 내게 줘야 할 것이야."

조치언은 하얀 안개가 흩어지고 꽃가마의 입구를 가린 발이 흔들리는 모습을 가만히 바라봤다.

고수정의 죽음으로 자신에게 기회가 왔다. 다시금 자신의 왕국을 세울 기회 말이다. 모든 귀신이 자신의 발밑에 있고 인간마저 괴롭혔던 지난날의 영광을 재현할 때다.

그러기 위해서는 산신의 허락이 필요했다. 청수산 산신은 음주가무와 향락을 좋아해서 매일같이 잔치를 벌인다고 했다. 또한 여색에 빠져 있다고 하니, 이를 이용해야겠다 싶었다. 조치언은 그 누가 봐도 혀를 내두를 만큼 아름다운 신부를 바치기로 했다. 계산대로 산신은 그에 흔쾌히 응했다. 물론 그 외 재물도 요구했지만, 나중에 우화를 지배하며 몇 배로 얻어 내면 그만이었다.

조치언은 고삐를 틀어쥐었다.

"갈 길이 멀다. 서둘러라!"

말이 투레질하며 움직였다. 조치언은 허리를 곧추세우고 의기양양하게 마을을 가로질렀다. 멈췄던 달구지와 꽃가마를 든 가마꾼들이 그 뒤를 따라 지나갔다. 다시금 방울 소리가 들리고 길잡이의 목소리가 사방에 퍼졌다. 물러났던 안개가 지나간 틈을 메웠다.

딸깍. 신부는 꽃가마 창을 살짝 열어서 밖을 내다봤다. 안개 속으로 사라지는 시내를 불안한 시선으로 살폈다. 붉은 입술을 잘근거리다가 가마 옆으로 다가오는 귀신 병사의 험상궂은 얼굴을 보고는 화들짝 놀라 창문을 닫았다. 그녀는 활옷의 소맷자락에 얼굴을 묻었다. 혼란스러웠다.

어쩌다 일이 이렇게 됐을까.

이 행렬은 산신이 산다는 청수산 중턱 어딘가로 향하고 있었다. 신부는 한없이 슬프고 무력하기만 했다. 자신이 누군지 기억은 나지 않았고, 이렇게 신부가 된 것도, 원치 않는 혼례식이 치러지는 것도, 너무도 순식간의 일이었다.

조치언은 기억을 잃은 그녀를 알뜰살뜰 보살펴 주다가 갑자기 돌변했다. 자신이 시키는 대로 하지 않으면 귀신으로도 살지 못하게 소멸시켜 버리겠다 을렀다. 산신과의 혼인은 그녀에게도 좋은 일이라며 협박과 강요를 일삼았다. 그녀를 수발하던 귀신들이 당시에 저들끼리 속삭였다.

‘청수산 산신은 조치언도 벌벌 떨 만큼 흉포하다지.’

‘산신이면서도 자비라고는 없고.’

‘너무도 끔찍한 흉이 얼굴에 생겨서 늘 가면을 쓰고 있대. 그 얼굴을 본 자는 그 자리에서 목을 친다더라. 그렇게 죽은 신부도 몇 명째인지 셀 수도 없다지.’

‘아아, 아가씨 참으로 불쌍하다.’

불안하게 흔들리는 가마 안에서 신부는 옷을 꼭 쥐었다. 그들이 내뱉었던 말들이 계속 귓가에 울렸다.

얼굴도 모르는 존재랑 결혼하는 것도 싫어 죽겠는데 곧 남편이 될 산신의 얼굴을 보면 죽는다니. 이래저래 죽을 예정이라면 혼례식에서 도망쳐야 한다는 생각만이 들었다.

하지만 어떻게? 사방에 조치언의 부하들이 있는데?

눈물이 앞을 가렸다. 입 밖으로 울음이 새어 나오자 황급히 입을 틀어막았다.

출발하기 전에도 울다가 들켜 조치언이 휘두르는 채찍에 맞았다. 조치언은 비명을 지르며 쓰러지는 저를 보며 인상을 찌푸렸었다.

‘이런, 제물에 흠집이 남겠군. 당장, 고약을 가져와라! 아직도 출발하지 않았는데 뭐가 그리 서럽다고 우는 건지. 어휴, 아가! 이런 신성하고 좋은 날에 왜 자꾸 우느냐? 계속 울면 예쁘지 않다니까. 하늘 같은 산신님을 모시게 되는 건 축복이야. 감사할 일이란 말이다. 내친히 거리에서 떠돌며 고생만 하다 소멸할 너를 하늘 같은 산신님께 보내어 귀하게 살게끔 돕는 건데 왜 자꾸 우느냐? 그만 울 거라. 계속 울면 산신님이 나를 뭐라 생각하겠느냐? 그동안의 은혜를 원수로 갚으려고 우는 게냐? 이 문을 나서는 순간부터 웃는 게 좋을 것이다. 떠나는 신부가 과거를 돌아보지 않는 것이 좋다만, 네가 계속 운다면 내가 어떻게든 살아생전의 네 가족을 찾아, 내 손으로 죽일 것이다!’

조치언의 서릿발 같은 목소리가 여전히 귓가에 맴돌았다. 기억에는 없으나 정말 가족을 찾아 죽일까 봐서 신부는 숨죽여 울음을 삼켰다. 어깨가 파르르 떨렸다.

“모두 길을 비키시오! 산신님의, 신부……”

딸랑. 방울을 흔들던 길잡이는 길목에 뭔가가 앉아 있는 걸 발견하고 입을 다물었다. 넓고 텅 빈 도로 가운데에 떡하니 앉아 있다가 하품을 쩍 하는 고양이를 향해 청사초롱으로 길을 밝히는 귀신들이 손을 휘휘 내저었다.

“훠이, 저리 가거라!”

조치언에게 치도곤을 당할까 봐 그들의 손짓이 빨라졌다. 길잡이도 같은 마음이라 뒤를 힐끗 보며 다시 선창했다.

“크흠, 산신님의 신부 행차…….”

엉덩이를 든 채 상체를 낮춰 크게 기지개를 켜던 그것이 비키기는커녕 행렬을 향해 다가오기 시작했다. 터벅터벅. 발소리가 두텁고 묵직했다. 길잡이는 왠지 모를 긴장으로 또다시 입을 다물었다. 조치언의 날벼락보다도 더 두려운 뭔가가…….

길잡이의 시선이 바닥에 닿았다. 불빛 속으로 두세 걸음 어슬렁거리며 다가오는 것은 분명 작은 고양이인데, 그 그림자가 점점 커졌다. 마치 호랑이와도 같아서 몸이 절로 벌벌 떨렸다. 불빛에 완연히 드러난, 노랗고, 하얀, 검은색의 털이 반짝이는 작은 고양이가 고개를 갸웃거렸다.

“야옹!”

작은 울음이 마치 호랑이 울음과도 같아 길잡이는 그 자리에서 펄쩍 뛰었다. 그도 그럴 것이 그것은!

“우왁! 귀신 잡는 삼색 고양이다!”

귀신을 짓씹어 그 혼백을 찢어발기고 뱉어 버린다는 전설의 삼색 고양이! 길잡이가 새된 비명을 지르자마자 고양이가 행렬로 뛰어들었다. 바로 뒤에서 따라오던 말

이 다리 밑을 스치듯 달려나가는 고양이에 놀라 앞발을
치켜들었다. 그러자 고삐를 놓친 조치언이 말에서 떨어
져 바닥을 굴렀다. 덩달아 흥분한 소가 방향을 이탈하
여 달려가는 탓에 달구지가 뒤집혔고, 튀어나온 고양이
에 놀란 가마꾼들은 가마를 놓쳤다.

"꺄아악!"

가마가 요란한 소음과 함께 바닥에 떨어지자 신부가
튕겨 나왔다. 그녀는 질끈 감았던 눈을 떴다. 도대체 무
슨 일인지, 날 선 시선으로 주위를 경계하던 귀신 병사
들의 대열이 흩어졌다. 심지어 조치언마저 바닥에 주저
앉아 벌벌 떨고 있었다. 신부는 뒤를 돌아봤다. 겹겹이
쌓인 견고한 성곽 같은 안개가 길을 막고 있었다. 그 너
머에 무엇이 있을지 가늠할 수 없어 막막했지만, 그곳
이 아무도 없는 유일한 길이었다.

그래, 도망치려면 지금이다.

신부는 떨리는 손으로 단단한 바닥을 짚고 힘겹게 일
어났다. 바닥에 끌리는 무거운 비단 치맛자락을 한 아
름 주워 들어 두 팔로 꽉 끌어안았다. 그리고 뒤도 돌아
보지 않고 무형의 장막으로 뛰어들었다.

난리통에 누군가가 소리쳤다.

"신부가 도망친다! 잡아!"

안개 속에서 신부가 달려 나왔다. 설핏 보이는 건물로 보아 아까 잠시 멈췄던 시내 같았다.

어디로 도망쳐야 할까.

온통 보이는 거라곤 안개와 어둠 속에 잠든 마을이었다. 기억을 잃었기에 갈 곳도 없었다. 그렇기에 도망칠 곳도 막막했다. 사방을 두리번거리며 어디로 갈지 갈피를 잡지 못했다.

"어디로 갔어?"

"안개 때문에 보이지가 않아!"

지척에서 말소리가 들렸다. 조급함에 몸을 돌려 안개 속에서 발을 디딜 때, 갑작스레 밝은 빛이 나타났다. 눈이 부셔 눈살을 찌푸리는 것과 동시에 차가 급정거하는 날카로운 소리가 들렸다. 곧 검은 승용차가 그녀를 덮쳤다.

1. 산신의 신부

9월 중순이 되었다. 낮에는 가을로 접어들었어도 한여름의 열기 저리 가라였지만, 밤에는 그나마 선선한 바람이 불었다. 언제고 짙푸를 것 같은 나뭇잎을 스치는 그 바람은 확연히 여름의 것과는 달랐다. 묵직하고 부드러우며 그 끝은 길었다. 그 바람이 며칠간 불면, 푸른 벼로 가득한 평야는 노랗게 물들 것이다. 그렇게 계절이 천천히 스며들어 바뀌고 있었다.

우화시 IC에 은색 승용차가 진입했다. 빨간 신호에 교차로에서 멈춘 차는 좌회전 깜빡이를 켰다. 그 맞은편에 은행나무 두 그루에 묶여 있던 현수막이 막 철거되고 있었다.

고향에 오신 걸 환영합니다. 풍요로운 한가위 보내

인부들이 일주일이나 지난 안부를 뒤늦게 끊어 내고
는 그 자리에 다른 현수막을 설치했다. 몇 번 높낮이가
맞춰진 현수막은 팽팽하게 그 안의 내용을 드러냈다.

**축! 대한 그룹 골프장, 리조트 우화시 청수산 유치
확정!**

좌회전 신호에 승용차는 천천히 이동하기 시작했다.
곧 시내로 들어서자 차들과 사람들로 북적거렸다. 승용
차는 신호에 멈췄다가 이동하고 1차선에서 2차선으로
이동했다가 다시 1차선으로 헤매는 듯하다가 시내에서
제법 고급스러운 한정식 식당 주차장으로 들어갔다.
잠시 뒤 차에서 나이가 든 노부부가 내렸다. 그들은
직원의 안내에 따라 룸으로 향했다. 미닫이문이 열리고
그 안에 있던 남녀가 일어났다.
"엄마! 오는 데 힘들었지? 여기가 그래도 찾기 쉬운
곳이라서 예약한 건데."
"저번에 왔을 때 지나가다 봐서 그렇게 헤매지는 않
았어. 많이 기다렸니?"
"아니, 우리도 금방 왔어."

"운전은 내가 했다. 네 엄마가 늦으면 안 된다고 어찌나 닦달하던지 휴게소도 못 가게 하더라니까. 화장실 간다고 물도 못 마시게 했어."

"또또 애한테 다 이른다. 한 번 화장실 가면 함흥차사니까 그렇지."

투덜대는 아빠에게 엄마가 다시 면박을 주었다. 그 모습에 정미가 까르르 웃었다.

"아빠도 고생 많으셨어요. 다음엔 편하게 기차 타고 오세요. 우리가 마중 나갈게."

한바탕 인사가 오가고 정미가 승범의 옆구리를 쿡 하고 찔렀다. 그때까지 제대로 인사도 못 하고 눈치만 보던 승범이 화들짝 놀라며 목에 맨 넥타이를 급히 만지작거리고는 부부를 향해 허리를 숙였다.

"어머님, 아버님! 그동안 안녕하셨습니까. 건강은 하시지요……윽?"

오랜만에 꽉 졸라맨 넥타이 때문에 마지막에선 목소리가 튀어 마치 오리가 꽥하는 소리처럼 나왔다.

부끄러움에 승범은 허리를 숙인 채 두 눈을 질끈 감았다.

"우리야 지난번에 지어 준 보약 덕에 건강하지. 승범이가 긴장을 많이 했나 보네. 어서 앉자. 정미야."

얼굴은 보이지 않았지만 빨개진 승범의 귀를 보고 정

미와 그녀의 부모님은 터지는 웃음을 애써 참았다.

지난여름, 휴가를 맞아 정미의 부모님이 우화시에 놀러 오셨었다.

승범은 그때 처음으로 정미의 부모님을 만나, 우화에 귀한 딸을 데리고 와서 걱정하셨을 테지만, 지금 자리도 잡았고 결혼을 전제로 사귀고 있으니 부디 허락해 달라고 인사를 드렸었다.

그 말을 하는데 어찌나 긴장했는지 숨은 쉬고 있나, 저러다 졸도하는 건 아닌지 정미는 물론 그녀의 부모님마저 걱정했었다. 그래도 휴가 내내 같이 있는 시간이 길어지니 그땐 긴장이 풀어지긴 했는데. 오늘 다시 저런다.

사실 승범은 며칠 전 추석 연휴에 정미의 부모님께 두 번째 만남을 청했었다. 그러나 승범의 차가 고장 나는 바람에 그 약속은 무산됐다. 그때 승범이 얼마나 좌절했는지 모른다. 정미가 다음에 보면 된다고 다독여도 승범은 미리 차를 정비하지 못한 자신을 탓했다.

승범은 정미의 부모님과 약속을 잡기 전부터 계속 걱정했다. 자신이 무슨 실수를 하지 않을까, 존재만으로 정미의 부모님이 자신을 싫어하지 않을까, 완벽한 모습으로 그런 부모님의 마음을 휘어잡겠다고 다짐하며 밤낮으로 연습했다. 정미는 그냥 평범하게, 한의원에 오

시는 어르신들 대하듯이 하라고 말했으나 승범은 그렇
지 못했다.

승범이 열심히 마음의 준비를 했다는 정미의 말에 정
미의 부모님은 그럼 본인들이 놀러 가겠다고 했고 그게
오늘이다. 일주일의 지연에도 승범은 여전히 마음의 준
비가 필요해 보였다. 정미는 로봇처럼 삐꺽거리는 승범
의 팔을 붙잡아 앉혔다.

"지난 추석에 승범이가 좋아하는 음식으로만 차렸었
는데 못 만나서 너무 아쉽더라고. 정미 작은아버지가
삼척에서 횟감도 가져왔었거든. 다음에 꼭 만나자고 전
해 달래. 전 같은 거는 냉동해서 갖고 왔고 물김치도 챙
겨 왔으니 나중에 먹어 봐."

"감사합니다."

"자네, 오늘도 한잔 괜찮지?"

"아빠, 낮부터 무슨 술이야?"

"저렇게 뻣뻣할 땐 술이 몇 잔 들어가 줘야 풀리는 거
라고. 저, 저, 각 잡힌 거 봐라. 누가 보면 엊그제 군대
전역한 줄 알겠다."

승범은 고개도 돌리지 못하고 눈동자만 굴렸다.

"승범이 핑계로 당신이 마시려는 거잖아. 혈압 높아
서 술 좀 자제하라니까."

"뭐 어때? 우화시에서 제일인 한의사랑 같이 마시는

데. 안 그런가?"

모두의 시선이 승범에게로 쏠렸다. 승범은 헛기침하고는 입을 열었다.

"지당하신 말씀이십니다."

"픕."

승범의 말에 정미는 기어이 참지 못하고 웃음을 터트렸다. 승범은 정미를 보다가 이내 왜 웃는지 알아챈 듯 울상을 지었다. 우화에 오기 전 제일한방병원에 있을 때 김진태 원장 앞에서 수없이 했던 말이 아니던가. 정미가 그의 옆구리를 쿡 찔렀다.

"아니, 뭐가 지당한데요? 다른 환자한테는 단호하게 안 된다면서 아빠라서 괜찮은 거예요?"

승범이 황급히 손사래를 쳤다.

"내가 언제 그렇게 단호하게 했다고."

"그러면 우화시에서 제일인 한의사라는 게 지당하다는 거예요?"

정미가 자꾸 놀려 대자 승범은 다시 울상을 지었다.

"한의사로서 제일인 건 맞는 말이지. 어르신들이 그렇게 입이 마르게 칭찬한다며. 그만 놀려. 승범이 울잖니."

"안 웁니다."

"그래그래."

승범을 뺀 모두가 한바탕 웃었다. 그리고 자연스럽게

음식을 주문했다. 방 안엔 순식간에 어색함이 사라지고 친밀한 분위기가 차올랐다. 어느새 승범은 안도의 숨을 내쉬며 정미와 부모님을 바라봤다. 어머니와 메뉴판을 보며 이 식당에서 어떤 음식이 맛있는지를 설명하는 정미. 그리고 참지 못하고 직원을 불러 먼저 술을 주문하는 아버님. 그들의 입가에 모두 웃음이 머물렀다.

승범은 자신의 목을 콱 조르고 있는 넥타이를 살짝 풀었다. 언젠가부터 이 목이 졸리는 것을 참지 못했다. 숨 쉬는 게 편해지자 등에 맺혔던 긴장이 조금은 풀렸다. 그러나 그만큼 폐부에 기이한 불안감이 차올랐다.

◇◇◇◇◇◇

"자네, 대체 무슨 고민이 그리 많은가?"

"네?"

상념에 빠졌던 승범은 고개를 들었다. 단란하고 평화로운 정미의 가족을 마냥 보다가 문득 들린 목소리에 눈을 깜빡였다. 그 순간 가족들이 온데간데없어지고 진료실 내부가 보였다. 그리고 창가에 선 강성 씨의 모습도 보였다. 승범은 눈을 비볐다.

"언제 오셨습니까?"

"아까 전 환자가 있을 때 들어와 있었는데 알아차리질 못하더군. 집중하느라 그런 줄 알았건만, 정신을 어디다 두고 있는 게야?"

승범은 손으로 얼굴을 쓸었다.

"잠시 며칠 전 일을 생각했을 뿐이에요."

그날의 분위기는 모두가 만족할 만큼 좋았다. 승범도 별다른 실수 없이 정미의 부모님과 대화했고 숙소에 모셔다드렸으며 우화시를 떠나실 때까지 세심하게 신경을 썼다. 나쁠 건 전혀 없었다. 평소처럼 생활은 평화로웠고 한의원을 나서는 환자들은 기운찼다.

"이 늙은이에게 말해 보게. 며칠 전이라면 정미의 부모님과 만난 날이지?"

"그걸 어떻게 아세요?"

"자네는 평소에 느물거리며 똑 부러지다가 가까운 이와 연관만 되면 생각을 길게 끄는 버릇이 있어. 뭐든지 적당한 게 좋은데 말이야."

강성 씨가 소파에 앉으며 말했다. 하긴 그가 좀 더 센 약을 처방해 달라고 했을 때도 승범은 고민만 며칠간 했다.

"그 전부터 완벽하게 하겠다며 괴상한 연습을 하지 않았나. 나한테도 사위의 이상향을 묻기도 했으면서. 진심을 다하면 되지 무슨 연습까지야?"

"그때도 그렇게 말씀하셨죠. 하지만 진심만으로 부족한 거 같아서요."

"그래, 그렇게 연습까지 했고 완벽했다면 싱글벙글 자랑자랑 할 텐데. 지금 죽상인 이유가 뭐냐고."

강성 씨의 말에 승범은 제 얼굴을 만져 봤다. 그러다가 어깨를 늘어트렸다. 굳이 만져 보지 않아도 기분이 좋지 않은 건 분명했다. 불안의 감정은 자신이 제어할 수 없을 정도로 점점 커졌다.

"제가 문제죠. 그 가족한테 어떻게든 완벽하게 한다 해도 모자라요. 아버님은 언제나 호탕하시고 어머님은 절 자식 대하듯 편하게 대해 주세요. 살면서 부모님한테 한 번도 받아 보지 못한 것들을 과분하게 받고 있다고나 할까요? 정미 씨의 가족한테서 반짝반짝 빛이 나고 따스하고 행복한 기운이 뿜어져 나온다고요. 그곳에서 저만이 검은 어둠이나 그림자 같아요. 저는 절대 어울리지 못할 것 같은 이질적인 존재 같아요. 그런데 괜히 그사이에 끼어들었다가 모든 걸 망칠 것 같아서……."

정미를 평생 행복하게 해 주고 싶었다. 그러나 과연 그게 가능할까? 한 번 든 생각은 끝이 없었다. 어쩌면 자신보다 더 나은 사람이 정미의 옆을 지키고 그 반짝반짝 눈부신 가족들의 사랑을 받는 게 당연할지도 몰랐다.

"세상에, 자네 정말 어디까지 자괴감으로 땅을 파고 있는 건가? 자네의 유일한 매력인 근본 없는 자신감은 어디 가고?"

강성 씨가 이마를 짚었다.

"알아요. 저도 이런 제가 찌질하고 멍청이란 걸."

"그보다 더하지. 그런 생각부터가 문제인 건 둘째 치고 정미 선생한테도 무례한 거야. 서로 사랑하는 연인 관계 사이에도 신뢰가 중요해. 그 아름다운 사랑을 아낌없이 주는 상대방에게 견고한 신뢰로 보답하지 못할지언정 세상 쓸모없는 걱정으로 상대방마저 불안하게 할 건가? 정 그런 생각이 들면 그때마다 애정이 가득 담긴 선물이나 행동을 하게. 아니면 자네 뺨을 스스로 때리든가. 차라리 그게 더 생산적이겠어."

"그거 좋은 생각이네요."

승범은 문득 수정이 보고 싶었다. 강성 씨는 신사적이라서 스스로 때리라고 조언했지만 고 선생은 지체 없이 자신의 엉덩이를 걷어차며 정신 차리라고 말해 줄 터였다. 하지만 이제 스스로가 알아서 해야 할 일이다.

"정말 내 말을 이해한 건가? 그러니까, 내 말은……."

승범은 두 손에 힘을 줬다. 그리고 힘껏 제 양 뺨을 때렸다. 찰싹! 하는 마찰음과 함께 진료실 문이 열렸다.

"원장님, 환자분 오셨어요……. 노크했는데 답이 없어서……. 근데 왜 그러고 있어요?"

정신 차리자고 때린 게 꽤 힘이 들어갔는지 너무 아

팠다. 너무 아파서 엎드린 채로 소리 없는 비명을 질렀다. 강성 씨가 하란다고 정말 하냐며 혀를 찼다.

"괜, 찮아요. 혀까지 씹은 거 같……. 환자 오셨어요?"

"신환이십니다."

승범은 노트북을 봤다. 전자 차트에 익숙한 이름이 보였다. 강민영(F/46). 승범은 두 눈을 동그랗게 뜨고 강성 씨를 바라봤다. 그녀는 강성 씨의 외동딸이었다.

"아이고, 내가 왜 왔는지 말을 안 했구먼."

강성 씨가 능청스럽게 말했다. 그 말에 승범은 아픈 것도 잊었다. 가슴팍을 좀먹는 불안감마저 사라졌다. 그는 자리에서 벌떡 일어났다.

"어, 어서 들어오시라고 하세요."

"괜찮아요? 어디 아파요? 얼굴이 빨간데."

정미는 승범이 평소 환자를 대할 때보다 더 설레하는 듯한 모습에 좀 아픈 것처럼 느꼈다.

"아프긴요. 오히려 기쁩니다."

정미는 고개를 내저으며 곧 환자를 진료실로 안내했다. 승범은 자리에서 일어나 열린 문 너머에서 이쪽으로 오는 민영을 반갑게 맞이했다.

"오셨습니까. 기다렸습니다."

문 앞에서 다시금 주저하던 민영은 단발머리를 귀 뒤로 넘기며 진료실로 들어섰다. 승범은 책상 옆 환자용 의자를 빼내 주며 민영이 앉기 쉽게 했다. 맞은편으로 온 승범이 자리에 앉았다. 소파에 앉아 있는 강성 씨가 흐뭇하게 그들을 봤다.

"이렇게 어려운 걸음 해 주셔서 정말 감사합니다."

승범은 다시 민영에게 감사를 표했다. 그녀가 자신의 환자로 한의원에 내원하기를 무척이나 고대했었다. 그녀의 치료는 귀신인 강성 씨의 원이기도 했으며 자신의 죄를 갚는 일이기도 했다.

강성 씨와 승범은 한방병원에서 폐암 환자와 한의사로 만났다. 둘 사이는 환자와 한의사 그 이상으로 친밀했다. 어느 날 강성 씨는 가족과 더 오래 함께하고 싶어 했고, 승범은 그 부탁을 들어줬다. 강성 씨의 그날의 컨디션을 보고 좀 더 센 약을 처방했는데, 탈이 나고야 말았다. 어떻게 손쓸 새도 없이 강성 씨는 병세가 악화되어 돌아가셨고 그의 딸인 민영은 승범을 찾아와 항의했었다.

당시에 승범은 곧 죽어도 자신의 탓은 아니라 믿고 싶었고 민영은 여전히 승범 탓이라 여겼다. 평생 그렇게 서로의 가슴에 상흔으로 남기고 갈 일이었다. 하지만 이승을 떠나는 고 선생이 마지막 선물로 귀신이 된 강성 씨를 다시 만나게 해 줬고, 그날 승범은 내내 자신을 짓누르던 죄를 강성 씨에게 사죄했다. 강성 씨는 자신의 욕심이었을 뿐이라며 그를 위로했다. 승범은 지난 일을 바로잡고 싶었다.

"강성 어르신께서 살아생전에 우화가 살기 좋다고 어찌나 말씀하셨던지요. 그래서 저도 이곳에 오게 되었습니다. 그런데 우화시에서 따님을 만나게 될 줄은 몰랐습니다. 처음 마주쳤을 때 얼마나 많이 놀랐었는지."

"반가울 관계가 아니니까요."

민영이 냉랭하게 말했다. 여전히 승범에게 날이 선 모습이었다. 승범은 민영의 말이 맞기도 하고, 날이 선 모습도 이해가 되어 고개를 끄떡였다.

강성 씨는 외동딸의 소원을 들어주고 싶어 했다. 그렇기에 승범은 강성 씨의 인도로 민영을 찾아갔다. 갑자기 찾아가는 건 무례한 일이었으나 이번에는 기필코 강성 씨의 한을 치료해 주고 싶었다. 승범은 민영을 만나자마자 무릎을 꿇어 지난날을 사죄했다. 강성 씨와 했던 약속과 자신의 욕심으로 센 약을 처방했다는 모든 사실을 말했다. 그 진실에 욕설과 분노와 비방이 날아들었다. 감내했다. 들어도 싼 말들이니까.

민영은 가방에서 서류뭉치를 꺼내어 책상 위에 내려놨다. 승범은 그것을 보자 자신도 모르게 턱에 손을 갖다 댔다. 저걸 주려다가 남편인 이혁수한테 들켜서 얻어맞은 기억이 났다. 서류는 난임 치료에 대한 한의학

적 자료들이었다. 그날 바닥에 떨군 자료를 그녀가 챙긴 듯했다.

"저희 부부가 난임인 걸 어떻게 알았는지 궁금하지는 않아요. 작은 동네에서 온갖 말 나는 건 순식간이니까."

민영의 말에 승범은 백번 공감했다. 처음 우화에 와서 고 선생이랑 싸웠고 온 동네에 싸가지 없는 한의사라고 소문난 게 3일도 채 걸리지 않았다. 이곳에 살면서 사생활 같은 건 어느 정도 포기해야 했다. 자신도 이럴진대 이곳이 고향인 그녀는 어떻겠는가.

물론 소문이 아닌, 죽어서 지금까지 딸의 곁을 지킨 강성 씨에게 승범이 직접 들은 말이었다. 뭐 본인이 얘기하지 않은 이상 도긴개긴이지만.

결혼 8년 차에 어떤 노력에도 아이가 생기지 않는다고 들었다. 병원에도 가 보고 좋다는 약도 먹어 봤다. 하루가 가고, 1년이 가고, 그러다가 기적처럼 임신이 되었다. 하루하루가 무척이나 행복했지만 머지않아 유산이 됐다. 그 누구의 잘못도 아니란 걸 머리로는 알지만, 민영은 어느 순간 습관처럼 자신을 탓했다.

지켜보는 것만으로도 이렇게 괴로운데 정작 딸은 어떻겠냐며 강성 씨는 탄식했다. 그는 그녀가 그토록 바라는 아이를 가질 수 있게 승범이 도와주길 바랐다.

그러나 세상 어디에 아버지를 죽인 한의사에게 치료

를 맡길 사람이 있을까. 일단 승범은 진심을 다하기로 다짐했다. 민영에게 진실을 밝혔고 분이 풀릴 때까지 사죄하기로 했다. 그리고 조심스럽게 난임을 치료해 보고 싶다고 청했다. 조금이라도 신뢰받을 수 있도록 자료를 만들어서 설득했다. 그렇게 읽어 보라고 두고 왔던 자료가 그의 책상 위에 놓였다. 승범은 그 뜻이 무엇인지 몰라 민영의 말을 기다렸다.

"내가 대체 왜 이런 모욕을 당신한테 받아야 하는지 너무나 어이가 없고 화가 나서 찢어 버릴까 아니면 면전에 던져 버릴까, 수십 번을 생각했어요. 그런데 선뜻 그렇게 할 수 없는 게, 당신이 나와 함께 노력해 준다는 그 말 하나 때문에……."

그 말을 하던 민영은 울컥 치미는 분노와 슬픔에 입을 다물었다. 승범을 떠올리고, 이곳까지 오는 것이 무척이나 힘들었을 것이다. 그동안의 괴로움이 얼마나 컸는지 불을 보듯 빤히 보여 쉽사리 위로의 말도 할 수 없었다. 민영은 난소 수치가 낮고 남편은 희소정자증 진단을 받았다고 했다. 승범은 조심스레 말을 꺼냈다.

"제가 드린 자료에서 볼 수 있듯이 한의학적 난임 치료 대상자의 임신율은 점차 높아지고 있습니다. 힘드시겠지만 저를 믿어 주시고 함께해 주신다면 최선을 다해 보겠습니다."

"우리 아버지한테도 그렇게 말하셨어요?"

민영은 울음을 삼키고 물었다. 승범은 그녀의 뒤에 앉은 강성 씨를 바라봤다. 서로의 눈이 마주친 순간 몇 년 전, 강성 씨가 승범을 믿는다며 치료해 달라던 지난 날이 떠올랐다. 그때 그 부탁을 끝까지 거절했으면 어땠을까. 그러면 이런 불편한 상황도 오지 않았을 테고 어쩌면 우화가 아닌 다른 곳에 있을지도 몰랐다. 승범은 민영을 바라봤다.

"민영 씨의 아버님이 먼저 저를 믿어 주셨기에 최선을 다했습니다. 하지만 그 결과에 대한 책임감에서 비겁하게 도망쳤지요. 그래서는 안 되었습니다. 그러니 이번엔 최선을 다하는 것은 물론 주어진 책임을 확실하게 마주하겠습니다."

승범은 힘을 실어 말했다. 무조건 치료할 수 있다는 확신의 말이 아닌 믿어 달라는 진심이 담긴 말이었다. 그것을 민영이 어떻게 받아들일지는 몰랐다. 그저 고요히 승범을 바라보며 무언가를 생각하는 듯했다. 그 생각의 끝에서 그녀가 입을 열었다.

"그렇다면, 잘 부탁드리겠습니다."

◇◇◇◇◇

정미는 문 닫힌 진료실 안을 기웃거렸다. 요새 승범

은 영 기운이 없었고 본인은 의식하지 못하겠지만 한숨이 잦아졌다. 정미의 부모님과 만날 때는 괜찮았는데 또 무슨 고민에 빠졌나 걱정이 됐다. 정말이지 신경이 많이 쓰이는 남자다.

"정미 누나, 남자 친구 없으면 나랑 만나 줘요."

정미는 데스크 앞에 기대어서 말을 거는 눈앞의 남자애를 한심하게 쳐다봤다. 오토바이를 타다가 정차한 자동차와 접촉 사고를 내어 한의원에서 며칠 동안 치료를 받고 있는 환자 장봉길. 환자라 참고 있다지만 올 때마다 자꾸 자신에게 되지도 않는 추파를 던지는, 그야말로 머리에 피도 안 마른 스물두 살의 남자애다.

몇 번이나 좋은 말로 거절하고 타일러도 그때뿐 다음 날에 또 저랬다. 성질 같아선 뒤통수를 치고 정신 차리라며 고래고래 소리를 지르고 싶지만 제법 큰 마을인 이화리 이장의 막내아들인지라 그냥 무시하고 있다. 한의사에 이어 간호사까지 싸가지 없다는 말을 들을 수는 없는 노릇이었다.

드디어 진료실 문이 열리고 강민영 환자와 승범이 나왔다.

"오늘은 먼저 상담만 하셨고 며칠 뒤에 다시 오시면 그때부터 치료를 시작하겠습니다. 다시 한번 감사드립니다. 조심히 들어가세요."

“네, 저도 감사합니다.”

강민영 환자가 한의원을 나섰다. 배웅한 승범은 돌아서다가 대기실에 있는 봉길을 보고 흠칫 놀랐다. 그러다가 언제 그랬냐는 듯이 영업용 미소를 지었다.

“아이고, 장봉길 환자분 오셨습니까? 오늘 컨디션은 어때요? 이리로 오세요.”

“뭐, 늘 그렇듯 계속 아프죠.”

“저런, 고생이시겠네요. 그래도 치료는 시간이 필요한 일이니까 기다려 봅시다. 오래가지는 않을 거예요.”

승범이 직접 봉길을 침구실로 안내했다. 안에 있던 택영이 비어 있는 침대를 가리켰다. 봉길은 늘 하던 대로 그 위에 엎드렸다. 승범은 봉길의 어깨와 허리에 침을 놨다.

“당분간은 무거운 거 들거나 격한 운동은 좀 피해 주세요.”

“백수라서 뭐 그런 거 할 일이나 있겠어요?”

침을 다 놓은 승범의 말에 봉길이 이기죽거렸다. 승범은 싱긋 웃어 보이고는 돌아섰다. 택영이 커튼을 달으려 할 때 봉길이 침구실을 나가려는 정미를 불렀다.

“정미 누나! 시간 좀 내 줘요. 나랑 데이트 좀 해 줘요!”

부끄러움이란 걸 모르는지 모두가 들리는 곳에서 봉길이 칭얼거렸다. 옆에서 다른 환자의 발목에 침을 놓던 승범의 손이 멈칫거렸다. 이미 승범과 정미가 같이 산다고 우화시 동네방네 다 소문이 났는데 그걸 뻔히 알면서도 봉길은 매번 이렇게 속을 뒤집어 놓았다.

"환자분, 그거 성희롱입니다. 이화리 이장님이 아시면 참 좋아라 하시겠습니다."

보다 못한 택영이 한마디했다. 봉길이 움찔했다.

"성희롱이라니 너무하네. 농담도 못 하나?"

"나이가 몇인데 농담, 진담 구분 못 하나요? 그리고 누나라고, 이 사람이라고, 부르지 마시고 선생님이라고 불러 주시면 감사하겠습니다만."

발끈한 봉길의 투덜거림을 무시하고 택영은 커튼을 닫았다. 작년까지 세상 싸가지 없던 승범과 정미는 착하게 살기로 작정한 듯 굴었기에 이제 이런 진상에 대응하는 건 택영이었다.

"정미 쌤. 괜찮아요?"

택영이 정미에게 물었다.

"고마워요."

"뭘요."

침을 놓고 나온 승범은 택영의 어깨를 두드렸다.

물론 환자한테 그러면 안 되지만, 택영의 말도 일리가 있으니까! 그러니 이번 월급 때!

너, 보너스 당첨!

그렇게 좋아하던 승범은 돌아서는 정미의 표정에 서운한 기색이 어린 걸 놓쳐 버리고 말았다.

◇◇◇◇◇

승용차가 노란빛이 더욱 짙어지는 드넓은 논을 가로질렀다. 사람들로 북적이는 시내와 멀어질수록 길엔 사람도, 오가는 차도 없어졌다. 부드러운 황금빛 오후의 햇살을 등진 승용차는 2차선 도로 한복판에서 속도를 줄이더니 갑자기 좌회전했다.

플라타너스 가로수 사이, 수풀이 우거진 길로 접어드니 고르지 못한 길이 나왔다. 그 위를 달리는 차가 크게 뒤뚱거리자, 룸미러에 걸어 둔 펜던트가 요란하게 흔들렸다. 그 안에서 젊은 남녀가 서로 마주 보며 웃고 있었다. 펜던트를 잇는 은색 줄이 찰랑거릴 때마다 사진 속 그날의 웃음소리가 비어져 나오는 듯했다.

차는 앞을 막는 수풀을 넘어 오르막길을 올라갔다. 곧이어 커다란 회색의 건물이 나타나고 차는 그 앞에서 멈춰 섰다.

핸들을 쥔 손에 힘이 잔뜩 들어갔다.

이내 심호흡하는 소리가 크게 들렸다. 그러다 마치 보이지 않는 누군가가 손가락을 떼어 내는 것처럼 손가락이 하나씩 핸들에서 떨어졌다.

그때 조수석 차 문을 뚫고 사내의 머리가 불쑥 들어왔다.

"승범이! 이러다 날 새겠네. 대체 언제 내릴 생각인가?"

앞 건물을 노려보고 있던 승범은 갑자기 나타난 기이한 박 씨의 모습에 화들짝 놀랐다. 앉은 자리에서 펄쩍 뛰어오른 승범은 요란스럽게 두근거리는 심장께를 붙들었다. 급한 일이 있다며 한의원에서 허둥지둥 나갔던 박 씨가 먼저 이곳에 와서 기다리고 있었다. 그저 승범을 놀릴 생각에.

"아, 쫌! 놀리지 말라니까요! 심장 떨어지는 줄 알았잖아요!"

"으하하하. 자네가 매번 이리 놀라니 어찌 안 놀릴 수가 있겠나?"

이번에도 한 건 했다며 즐거워하는 박 씨의 머리가 360도 데구루루 회전했다. 그 모습이 얄미워서 승범은 주머니를 뒤적거렸다.

"양 씨 할머니가 챙겨 준 팥으로 좀 맞아 보실래요? 올해 햇팥이니 아주 세게 따끔할 텐데!"

"에헤이. 그건 사양하겠어. 날 쫓아내면 저기에 어떻게 들어가려고?"

박 씨가 황급히 몸을 물리며 차에서 목을 빼냈다. 그

가 종종걸음으로 앞섰다. 씨근덕거리던 승범은 박 씨 앞에 버티고 선 흉물스러운 4층 건물을 보고는 입술을 꾹 다물었다. 켜켜이 쌓인 먼지로 얼룩진 외관과 깨지거나 굳게 닫힌 창문들. 그리고 건물 꼭대기에 고딕체로 한 자 한 자 세운 간판은 부서지거나 비바람에 지워져 보이지도 않았다.

승범은 용기를 내 차에서 내렸다. 박 씨와 한바탕한 사이에 해는 산등성이를 넘어가 사위는 붉은 노을빛으로 물들었다. 그래서인지 건물이 더욱 음습해졌다. 그는 애써 건물 맞은편으로 시선을 돌렸다.

우거진 플라타너스 너머로 펼쳐진 평야와 그 끝에 청수산의 산봉우리가 보였다. 바람이 한차례 불어왔다. 마치 깨진 창과 입구에서 내뿜는 건물의 숨결 같아 오소소 소름이 돋았다. 폐업한 지 6년이나 된 모텔이었다.

이틀 전 밤에 한의원으로 찾아와, 자신을 김 과장이라고 밝힌 귀신 환자는 저 건물에 터를 잡고 있다고 했다. 그는 이 모텔이 어땠는지부터 설명했다.

원주인은 망해서 야반도주했고 몇 번 사장이 바뀌었지만 그다지 장사가 잘되지 않아서 문을 닫았다. 장사가 안되었던 건 터가 안 좋아서라는데 그 뜻만큼 폐업의 이유는 여럿이었다. 애매한 도롯가에 위치했다든가, 지방 도시라 유동 인구가 적어서라든가. 그러나 승범은 김 과장이 그곳에 자리를 잡아서가 아닐까라는 합리적인 의심을 했다.

양복 차림의 중년 남자, 한쪽으로 꺾인 머리와 시퍼런 얼굴은 시종일관 침울한 표정. 그 모습으로 모텔 내를 돌아다녔다니 귀신이 나타난다는 소문이 안 났을 리가.

어쨌거나 승범은 떨어지지 않는 발걸음으로 폐모텔의 입구에 들어섰다. 붉은 햇살이 어두운 내부에 길게 드리웠다. 바닥엔 깨진 유리 조각 잔재와 온갖 쓰레기로 가득했고 퀴퀴한 곰팡내가 진동했다. 승범은 당장 코를 막고 싶었지만, 그의 양손엔 챙겨 온 가방과 손전등이 있었다. 차에 마스크가 있었으나, 차로 갔다가 다시 돌아올 용기가 없어서 포기했다. 냄새는 금방 익숙해질 터였다.

카운터를 지나자 계단이 나왔다. 그곳까지 채 빛이 닿지 않아 승범은 손전등을 켰다. 밝은 불빛이 컴컴한 사위를 비췄다. 낡을 대로 낡아 버린 빛바랜 붉은 카펫, 그 위로 짓무른 잿빛 얼룩들이 선명해졌다. 자박자박. 등산화 밑으로 유리 조각이 부서졌다. 승범은 계단 앞에서 멈췄다. 손전등 불빛이 지하로 내려가는 계단을 비췄지만 휘돌아서 내려가는 그 밑까지는 닿지 않았다.

짙은 어둠이 고여 있는 곳을 물끄러미 바라보는데 어느새 따라온 박 씨가 손뼉을 쳤다. 한 손에 의수를 끼고 있어 둔탁한 소리를 내었으나 승범의 시선을 분산시키기엔 충분했다.

"거기는 안 보는 게 좋을 거야. 위로 가자고."

"네? 아, 네."

박 씨가 먼저 계단을 올라갔다. 그 뒤를 따라가며 승범은 힐끗 밑을 내려다봤다. 확실히. 저 어둠 속에서 뭔가가 나와도 이상하지 않을 것이다. 가령 귀신이 얼굴을 내밀어 동공 없는 그 눈과 마주친다든가……. 승범은 등줄기를 타고 오르는 소름에 몸을 부르르 떨었다. 두려움에 박 씨의 뒤로 바짝 붙었다. 그도 귀신이지만 자신을 이곳에서 지켜 줄 터였다. 그 마음을 아는지 모르는지 박 씨는 콧노래를 흥얼거렸다.

"뭐 좋은 일 있어요?"

"좋은 일이야 있지. 다음 주에 산신의 혼례식으로 청수산에 큰 잔치가 있을 예정이거든. 오랜만에 잔치라 온 동네 귀신들이 때 빼고 광내고 있다네. 그렇지. 김 원장도 참석해야지 않겠나? 아는 귀신들도 데리고 가서 새로운 귀신들한테 한의원 홍보도 하고 말이야."

"누구요? 청수산에, 산신이 있어요?"

승범은 당황스러웠다. 박 씨는 너무도 생뚱맞은 장소에서 너무나 생소한 존재를 아무렇지도 않게 말하고 있었다. 그 누구도 승범에게 산신에 대해 말한 적이 없었다. 물론 귀신까지 있는 마당에 안 믿는 건 아니지만 무엇을 어디까지 믿어야 할지 생각해 본 적은 없었다고나 할까.

"있다네. 청수산에 산신이. 청수산에서만 칩거하시니 몰랐을 수도 있겠군. 청수산의 산신은 말이야, 그 얼굴을 본 귀신이나 사람은 없어. 가면을 쓰고 계시거든. 그 얼굴을 본 귀신이나 사람들은 죽었다는 말이 있으니 혹 만난다면 절대 목 위로는 볼 생각을 말게. 어쨌거나 엄청 위대하신 분인데 그건 둘째로 칠 만큼 그 앞에선 조심해야 한다네. 왜냐! 한없이 가볍고 제멋대로이며 그렇기에 매 순간 눈치를 보아야 할 정도로 두려운 존재거든. 허나! 나랑만 엮이지 않으면 되지! 우리 같은 일반 귀신과 사람이 그 존귀한 존재를 만날 가능성이 얼마나 되겠냔 말이야. 우린 그냥 혼례식이나 보고 떡만 먹으면 된다, 이 말이지. 김 원장은 저승 떡이 궁금하지 않나?"

박 씨는 저승 떡 먹을 생각에 벌써부터 들뜬 것처럼 보였다. 승범은 여전히 산신의 존재에 놀라고 있다.

그렇구나. 산신이 있구나. 근데 산신 성격이 별로구나. 그런 산신도 결혼을 하는구나.

하하호호. 아득한 곳에서부터 웃음소리가 들려왔다. 승범의 눈에 한정식집 룸의 미닫이문이 열리고 정미와 그녀의 부모님이 활짝 웃는 화목한 모습이 펼쳐졌다. 그 앞에서 박 씨가 나타나며 물었다.

"뭘 주저하는가? 가고 싶지 않아?"

그의 등장에 눈을 깜박거리니 눈부신 공간은 사라지고 어두컴컴하고 음습한 폐모텔 내부만이 보였다. 왜인지 절로 한숨이 나왔다.

"제 앞가림도 못 하는 처지에 남의 결혼식에 가고 싶은 마음은 없습니다."

"싫으면 말고. 김 과장이 말한 곳이 3층이었지?"

휙 돌아선 박 씨가 2층으로 올라서며 물었다. 고개를 끄덕이던 승범은 2층 내부를 보고 숨을 참았다. 길게 이어진 복도에는 한 줌의 붉은빛이 비쳐들었으나 전체적으로 어둑했다. 복도 양쪽으로 위치한 문들이 열려 있거나 닫혀 있었고 그 안에선 축축한 기운이 피어올랐다. 절대로 발을 들이고 싶지 않은 모습에 패배감은 물러나고 다시 두려움이 몰려왔다.

등 뒤로 저 멀리 도로에 차가 지나가는 소리, 산새들이 지저귀는 소리, 빈 건물을 간간이 헤집는 바람 소리, 그에 열린 문이 끼익끼익 움직이는 소리 그리고 드문드문 쿵 하고 뭔가가 떨어지는 소리로 소란스러웠다.

잔뜩 곤두선 청각이 예민하게 그 소리들의 위치를 짚었다. 점점 가까워지는 듯했다. 승범은 뒤를 돌아볼 생각은 더는 하지 않고 앞서는 박 씨의 뒷모습을 살폈다. 아무 얘기나 뭐라도 더 말해 주었으면 했다. 차라리 실없는 말로 정신이 산만해지는 게 나을 듯싶었다. 그 마음도 모르고 박 씨는 뒷짐을 진 채 어슬렁어슬렁 3층으로 향했다.

3층 복도는 한 줌의 빛조차 없이 캄캄했다. 1층이나 2층과 달리 모든 방문이 닫혀 있었다. 손전등의 하얀빛이 복도 끝 창문을 비췄다. 누군가가 얇은 이불로 창을 가려 두었다. 상대적으로 깨끗한 3층 복도를 걸었다. 박 씨가 저만치서 손을 흔들었다.

그러니까 김 과장이 뭐라고 했더라?

사람의 손을 타지 않는 빈 건물은 쉽게 썩어 갔다. 쓸모를 잃은 하나의 거대한 쓰레기처럼. 어둠과 먼지와 습한 공기가 고이는 그곳에 귀신들이 자석처럼 몰려들었다. 그들은 김 과장처럼 그곳에서 안온해지길 바랐다. 그들에게 그곳은 무덤이었다. 간간이 담력 시험을 하겠다는 호기심 가득한 사람이 드나들었다. 이곳을 들쑤셨고, 물건들을 부수거나 무단으로 가져갔다. 그럴 때마다 화가 난 귀신 몇이 그런 그들을 혼쭐내기도 했다. 겁에 질려 도망가는 놈들의 뒷모습을 보며 실컷 비웃었다. 그러나 그뿐, 다시금 모텔 안엔 고요히 세월이 스쳐 갔다. 그러던 어느 밤 3층에 불청객이 들어왔다고 했다.

승범은 복도를 따라 끝으로 향했다. 박 씨가 선 쪽이 아닌, 정문 쪽에 있는 방을 가리켰다. 306호. 승범은 크게 심호흡하고 문을 두드렸다.

"계십니까."

문 너머 방 안은 고요했다. 오히려 다른 방에서 기척이 났다. 그 소리를 무시하고 승범은 다시 문을 두드렸다. 한때는 사람이 살았으나 이제는 귀신들의 무덤이 된 곳인 폐모텔에 머무는 불청객에게 말을 걸었다.

"안녕하십니까. 저는 우화시에서 한의원을 하는 김승범이라고 합니다. 해코지하려는 건 아닙니다. 다치셨다는 얘기를 듣고 치료해 드리러 왔습니다."

잠시 뒤 문이 천천히 열렸다. 열리는 문틈 사이로 붉은빛이 쏟아졌다. 승범은 그 빛을 등지고 선 인영을 마주했다. 깡마른 체구에 벽을 짚은 남자는 불안한 시선으로 승범을 보고 있었다. 그의 눈이 복도 너머를 훑었다. 김 과장은 자신의 한을 치료하는 대신 이 사람의 치료를 의뢰했다.

"내가 여기에 있다는 걸 누구한테 들었다고?"

잔뜩 경계하는 그에게서 술 냄새가 났다.

"지나가는 분께서 보신 듯합니다. 들어가도 될까요? 서 있는 것도 힘들어 보입니다만."

"그 사람이 어떻게……?"

분명 자신은 방 안에만 있었는데 어떻게 봤다는 말인지 이해가 되지 않는 눈치였다. 승범은 황급히 덧붙였다.

"몰래 이곳을 드나드는 이가 어디 선생님뿐이겠습니까?"

승범의 말에도 여전히 이해되지 않는다는 눈빛이었다. 미리 거짓말을 준비해 놓을걸, 하는 초조한 마음이 들 때쯤에 갑자기 남자는 절뚝거리며 뒤로 물러났다. 더는 따져 묻기도 귀찮다는 듯 손사래도 쳤다.

방 안은 제법 깨끗했다. 남자가 이곳에서 지내면서 청소를 한 듯했다. 커튼이 활짝 열린 창으로 드넓은 평야와 청수산이 보였다. 남자는 바닥에 깐 이불 위에 앉았다.

"그럼 나는 주위를 살펴보고 오겠네."

복도에 있던 박 씨가 어슬렁거리며 어딘가로 향했다. 승범은 신발을 벗었다. 안으로 들어가자 널브러진 술병과 부서진 의자가 먼저 보였다. 천장에 걸어 둔 형광등은 떨어져 나갔고 그 잔해는 방구석에 처박혀 있었다.

'그 사람이 며칠 그 방에 틀어박혀 술만 마시는 것 같더니 이내 뭔가를 결심했는지 목을 매었습니다. 알코올로 둔감해진 머릿속에 온통 고통과 두려움뿐이었을 겁니다. 그 짧은 순간 다시 살고 싶은 욕구가 치밀었을 테죠. 목을 맨 게 후회가 됐을 겁니다. 발버둥은 격렬해졌고 낡은 형광등은 그 힘을 못 견뎌 그 몸과 함께 바닥으로 떨어졌죠. 다행히 목숨은 건졌으나 발을 다쳤나 봅니다.'

김 과장은 남자가 어떤 생각을 했을지 다 안다는 듯이 말했었다. 그도 남자와 같은 방법으로 죽었으니까.

승범은 남자의 앞에 앉았다. 남자의 오른쪽 발목이 시퍼렇게 퉁퉁 부었다.

"봐도 되겠습니까?"

남자는 고개를 끄덕였다. 승범은 그의 발목을 조심히 잡았다.

"아프시면 말씀해 주세요."

발목이 부러졌대도 살고자 하면 기어서라도 나왔을 것이다. 그러나 그러지 않은 것은 여전한 현실의 삭막함 때문일까. 승범은 살짝 닿는 손길에도 아프다고 중얼거리는 남자를 봤다.

"다행히 뼈가 부러지진 않은 것 같습니다. 인대가 늘어난 것 같지만 자세한 건 엑스레이를 찍어 봐야겠지요. 원하신다면 제가 정형외과로 모셔다드릴 수 있습니다."

그 제안에 남자가 입을 다물었다.

'계속 죽고 싶다면 치료를 거부할 겁니다. 하지만 그 사람은 현재 혼란스러울 뿐이에요. 그러니까 치료해 주세요.'

그러니까 김 과장의 한풀이는 불청객의 다친 발목뿐
만 아니라 더 나아가 살겠다는 마음을 가질 수 있도록
하는 치료였다. 그 어떤 접점도 없는 생판 남인 타인을
치료해 달라니. 어쩌면 김 과장은 이 사람의 모습에서
과거의 자신을 봤을지도 몰랐다.

귀신 환자의 한을 치료하는 건 정말이지 쉽지 않았다.

하지만! 자신이 누구인가!

"그렇다면 며칠 침을 놓아 드리겠습니다. 경과를 지
켜보면 알겠습니다만 제가 우화시에서 침을 가장 잘 놓
으니 금방 나으실 겁니다. 그건 괜찮지요?"

"그런데 저는 돈이 없습니다. 매일 침을 맞을 여력
이……."

"부담 가지실 건 없습니다. 제가 아는 분이 이럴 때를
대비해, 돌아가시면서 미리 선수금을 주셨거든요. 저는
봉사라고 생각할 텐데 본인 생각에 그건 좀 아닌 것 같
으면 나중에 치료비 주시면 됩니다."

승범의 말에 남자는 의심하는 눈빛으로 그를 봤다.
그래도 생기가 없는 것보다는 나아서 승범은 싱긋 웃어
보였다.

"그렇다면, 뭐……."

"잘됐습니다. 그럼 식사는 하셨습니까?"

◇◇◇◇◇

모텔에서 나오니 밤이 되었다. 승범은 거의 뛰다시피 차에 올라탔다. 방에서 치료하고 같이 라면을 먹을 때까진 이곳이 폐모텔인 걸 잠시 잊고 있었다. 그러나 내일 다시 오겠다 하고 방을 나서자 어두컴컴한 복도에서 현실을 확 깨달았다고나 할까? 왈칵 달려든 두려움에 승범은 허둥지둥 밖으로 나왔다. 차에 오르는 승범을 보며 어느새 조수석에 앉아 있는 박 씨가 혀를 끌끌 찼다.

"에이, 그렇게 무서워하지 않아도 된다니까. 저기서 김 과장이 왕고참이라고."

"그래도 무서운 건 무서운 거라고요."

승범은 시동을 걸어 도로로 빠져나왔다. 어두워지자 그마저 있던 차들도 잦아들었고, 이내 드문드문 있던 가로등마저 없는 길이 이어졌다. 승용차의 헤드라이트만이 길을 밝혔다. 시간을 봤다. 벌써 저녁 8시가 지나 있었다.

"이걸로 밥 벌어먹고 살면서 언제까지 무서워할 텐가?"

"대박 나면 안 해도 되지 않을까요?"

"자네가 말하는 그 대박이 언제 날지 모르겠군. 지금도 잘되고 있는 한의원이고 귀신 상대로 하는 진료도 잘되고 있지 않은가? 흔들고 싼 거 싹쓰리 했으면 만족할 줄 알아야지. 그것뿐인가 투고에 쓰리고까지! 욕심이 지나쳐."

"아니, 무슨 모든 상황을 고스톱에 비유하고 그래요. 나도 뭐, 즐기면서 하고 싶죠! 귀신들이 막 사람 환자 오게끔 해 주고 돈 벌고! 어느 정도는 좋을 때도 있지만 종종 돈 버는 즐거움보다 귀신들이 무서울 때도 있고!"

"종종이 아니지 않나."

승범이 검지를 들어 박 씨의 말을 막았다.

"그러니까 저도 이게 쉽지만은 않은 일이고, 저도 이겨내려고 노력……."

"어엇! 앞에 조심!"

갑자기 박 씨가 버럭 소리쳤다. 희끄무레한 뭔가가 도로를 가로질렀다. 승범은 반사적으로 핸들을 꺾으며 브레이크를 밟았다. 휘청거리던 차가 길가의 플라타너스를 박고 멈췄다. 어느새 희뿌옇게 피어나는 안개 속으로 이 일의 원흉인 개의 엉덩이와 꼬리가 사라졌다.

승범은 안전벨트를 풀고 차에서 내렸다. 시골길에선 곳곳에 갑자기 튀어나올 사람은 물론 고라니나 멧돼지 등 야생동물을 조심하라는 표지판이 있을 정도니, 개야 뭐. 운전에 집중하지 못한 자신 탓이다.

다행이라고 해야 할지 차는 범퍼만 찌그러졌을 뿐 많이 파손되지 않았다. 괜히 박 씨의 잔소리에 욱해서는.

승범은 머리를 긁적이며 한숨을 내쉬고는 차에 탔다.

"김 원장. 어디 다치지 않았는가?"

"네, 괜찮습니다."

승범은 시동을 걸었다. 엔진소리가 켜지다가 꺼졌다.

"내가 괜히 말 시키는 바람에 자칫하면 김 원장이 저승길 동무가 될 뻔했군. 미안하네."

"미안하실 것까지야. 뭐 전방 주시하지 않은 제 탓도 있어요. 또이또이 합시다."

박 씨의 말대로 저승길 갈 뻔해서 식겁했으나 이만하면 다행이었다. 승범은 여러 번 시동을 걸었으나 차는 앓는 소리만 냈다가 꺼졌다. 싸늘한 느낌에 승범은 차에서 내려 앞으로 갔다. 보닛을 열어 손전등으로 이곳저곳을 비췄지만 뭐가 잘못되었는지 알 턱이 없었다.

"왜 무슨 문제가 있나?"

"차가 퍼진 것 같은데요. 이 시간에 카센터가 문을 열었을까 싶고. 일단 전화부터 해 봐야……. 그런데 조근우 씨가 혼자 한의원에서 진료하고 있을 텐데 걱정이네요."

시간을 재차 확인하며 승범은 핸드폰에 저장된 카센터 번호로 전화를 걸었다. 우화에서 지내는 동안 안면을 튼 사람들이 많았다. 그중엔 카센터 사장님도 있었다. 그는 소라의 작은아버지기도 해서 승범을 꽤 호의로 대했다.

박 씨는 전화를 거는 승범을 물끄러미 보다가 입을 열었다.

"그럼 내가 먼저 가서 도와주고 있겠네. 아이, 참나. 귀신 직원 구하라고 그렇게 얘기해도 듣지를 않지."

"네네. 그렇게 얘기하셨죠."

"맨날 바쁘다는 말만 하지 말고."

또다시 박 씨가 잔소리를 하려다가 입을 다물었다. 괜히 자기 입만 아프지. 투덜대며 돌아서는데 승범이 황급히 그를 불렀다.

"어디 가세요?"

"어디 가냐니? 한의원에 먼저 가라며?"

근처에 민가도 없었고 지척엔 산과 논뿐이었다. 게다가 불빛이라고는 차 헤드라이트만 있었다. 수풀을 스치는 바람 소리마저 섬찟했다.

"이 어두컴컴한 곳에 저 혼자 두고요? 지금 말고 누구라도 오면 그때……."

"아이고, 이 겁쟁이 한의사를 어찌할꼬."

박 씨는 지끈거리는 두통에 의수로 이마를 짚었다.

◇◇◇◇◇

어둠 속 운전석에서 웅크리고 있던 승범은 갑자기 주위가 밝아지자 룸미러로 뒤를 봤다. 다행히 늦은 시간

에도 카센터 사장님이 와 주셨다. 승범은 급히 잠긴 차
문을 열고 밖으로 나갔다. 박 씨가 매정하게 떠난 뒤부
터 어찌나 오랫동안 차 안에서 떨었는지 뼈마디가 다
쑤셨다.

"내가 좀 늦었지? 한의사 선생님, 이 외딴길에서 혼
자 있느라 고생하셨소."

"이렇게 늦은 밤에 와 주신 것만으로도 얼마나 감사
한데요. 정말 제게 은인이십니다."

진심이었다. 지금 이 순간 만큼은 생명의 은인과도
같았다.

"우리 조카 소라를 살려 준 선생님인데 내가 와야지!
그리고 종종 있는 일이니 너무 미안해하지 마오. 시골
이라 가로등이 없으니 어두워서 고랑에 빠지는 차가 한
둘도 아니고."

그렇게 말하며 연장을 챙긴 사장님은 보닛 안을 살
폈다.

"소라는 잘 지내고 있나요?"

손전등으로 불을 비추며 승범이 물었다. 소라는 제일
한방병원에서 치료가 잘 되어 현재 퇴원하여 우화로 돌
아왔다. 정기 검진으로 추이를 살펴야 했지만, 그래도
평범한 생활을 할 수 있어서 모두가 기뻐했다. 승범도
이곳에서의 첫 환자인 소라가 건강해져 소라가 기특했

고, 무척이나 뿌듯했다.

"소라야 잘 지내지. 소가 잘 지내지 못해 문제고."

소라 생각에 흐뭇해하던 승범은 이어진 사장님의 말에 눈을 깜박였다.

"그게 무슨……."

"아, 한의사 선생님은 이 소식 모르는가? 한 달 전 저녁에 형한테 연락이 왔는데 어서 오라고 난리를 피워서 난 또 소라한테 뭔 일이 있나 심장이 철렁하지 않았겠소. 부랴부랴 갔더니 소라는 멀쩡히 건강하게 잘 있는데, 보니까 소가 울타리를 넘어갔다고 하대? 밤새도록 소는 찾지 못했고, 그 때문에 울타리 쪽에 CCTV를 설치했지."

"아이고, 저런……."

"그게 한 마리에 몇백인데. 뭐 형은 돈보다는 정 주고 키운 소가 없어진 것에 속상할 테지만, 나야 뭐 돈이 아깝더라고."

"아이고, 그 몇백을 잃어버리다니."

승범도 그 말에 동의했다. 제 것도 아닌데 제 일처럼 참으로 속상했다. 그렇게 둘의 대화가 이어지길 얼마나 지났을까. 사장님이 기름 묻은 손을 닦아 내며 허리를 폈다.

"자, 시동 한 번 걸어 보시오."

전문가의 손길을 거쳐서인지 시동은 시원하게 걸렸

다. 승범이 엄지를 들었다. 허허 웃으며 사장님도 마주 들어 보였다.

◇◇◇◇◇

시간은 어느새 밤 11시가 넘어가고 있었다. 오늘 하루가 참 길다고 생각하며 우화 시내에 진입한 승범은 잔뜩 낀 안개 때문에 차를 천천히 몰았다. 바람에 밀려가는 안개 사이로 문 닫힌 가게들이 보였다. 날이 이래서 그런가, 안개 낀 길에 사람이나 귀신들이 보일 법한데 아무도 없었다.

승범은 점멸하는 신호등을 보고 텅 빈 도로를 지났다. 한의원 앞에 이르렀을 때 점퍼 주머니에 넣어 두었던 핸드폰이 짧게 진동했다. 이 시간에 연락이 올 데라고는 정미뿐이었다. 분명 언제 오는지를 묻는 걸 거다. 아까 한의원에서 나올 때 정미의 좋지 않았던 표정이 떠올랐다. 말은 괜찮다고 하는데 전혀 그렇지 않다는 것쯤은 알았다. 그는 앞을 보는 채로 주머니에서 핸드폰을 꺼냈다. 그러다 실수로 핸드폰을 놓쳤고 저도 모르게 시선이 발치에 떨어진 핸드폰을 향했다. 그때 갑자기 안개 속에서 여자가 뛰쳐나왔다. 입고 있는 붉은 한복이 펄럭였다.

전통 혼례복?

거의 반사적으로 브레이크를 밟았다. 그러나 쿵 하는 소리와 함께 여자가 바닥에 쓰러졌다. 순식간에 벌어진 일에 잠시 멍하니 밖을 바라보던 승범은 이내 비명과 함께 차에서 내렸다.

내가 지금 사람을 쳤어?

"으아악! 괜, 괜찮으십니까?"

바닥에 쓰러진 여자는 의식이 없었다. 강렬한 불빛에 비친 붉은 비단옷이 너무도 선명해서 혼란스러웠다. 정신이 나가 버릴 듯했다. 부축하려 손을 대려다가도 덜컥 겁이 나 쉽사리 만지지 못했다. 그렇게 비명을 지르며 허둥거리는데, 요란한 소리에 조근우가 한의원 문을 열고 나왔다.

"무슨 일이십니까?"

조근우가 바닥에 쓰러진 여자의 옆에 앉았다.

"갑자기 안개 속에서 확 하고 나와서……. 내가 사람을 쳤어요? 죽은 거 아니죠?"

승범이 머리를 쥐어뜯으며 묻자 여자의 상태를 확인하던 조근우는 입을 열었다.

"숨을 쉬지 않습니다."

선언과도 같은 그 말에 정신이 아득해졌다.

숨을 쉬지 않아?

승범도 숨을 제대로 쉴 수가 없어 헐떡였다.

“나 어떡해? 119! 119를 불러야…….”

조근우가 손을 뻗어 핸드폰을 꺼내는 승범을 제지했다. 이런 상황에서도 그는 사뭇 냉정했다.

“진정하세요. 이 여자분은 귀신입니다.”

“귀, 귀신? 그럴 리가요. 분명 차하고 부딪혔는데요?”

승범은 정신을 잃고 쓰러진 여자에게 다가가 어깨에 손을 댔지만, 여자의 몸을 통과해 바닥을 짚었다.

“차와 파장이 맞는 귀신이로군요.”

“하아아.”

승범은 안도의 긴 숨을 내쉬며 그 자리에 주저앉았다.

오늘 하루가 잘 풀리는가 싶더니 대체 어디서 꼬였기에 아까도 사고가 났고 지금도 사고가 난 걸까.

조근우는 딱 보기에도 무척이나 피곤해 보이는 승범을 다독였다.

“일단 제가 한의원으로 데려가 돌볼 테니 집에 가서 눈 좀 붙이세요.”

그 말에 승범은 힘없이 고개를 끄덕였다. 조근우가 늘어진 여자 귀신을 안고 한의원으로 갔다. 그런 조근우를 도운 승범은 넋이 나간 채로 한의원 문을 잠그고 차로 돌아왔다. 차를 몰고 싶지 않았지만, 집까지 걸어갈 힘도 없었다.

그 이후부터 집에 어떻게 갔는지 모르겠다. 집에 문을 열고 들어가니 기척에 정미가 거실로 나왔다.

"지금 왔어요? 늦었네요? 밥은……? 무슨 일 있었어요? 얼굴이 반쪽이 됐네!"

놀란 정미가 다가오자 승범은 가만히 정미를 보더니 와락 끌어안았다. 부드럽고 따뜻한 그 작은 품이 무척 안온해서 혼란스럽던 마음이 진정되기 시작했다.

"내가 사람, 아니 한복을 입은 귀신을 쳤는데……."

"뭐라고요?"

웅얼거리는 목소리가 제대로 들리지 않는지 정미는 승범을 꼭 안고 있는 그 품에서 꼼지락거리며 고개를 들었다. 정미의 눈을 마주 보니 승범은 괜히 귀신 문제로 정미에게 걱정 끼치고 싶지 않아졌다. 고개를 흔들었다.

"아무것도 아니에요."

그렇게 말하고 승범은 다시 꼭 정미를 안았다.

"그냥 오늘 하루가 너무 길었는데, 이렇게 있으니 다 낫는 것 같아."

뜨거운 한숨과 함께 칭얼거리는 목소리에 정미는 그의 등을 쓸어 줬다.

"그럼 밤새 이러고 있자."

"응."

정미가 피식 웃었다.

승범은 자신의 등을 쓸어 주는 정미의 손길을 가만히 받으면서, 그 손길이 모든 근심과 걱정을 쓸어내 주길 진심으로 바랐다. 그렇게 따스한 손길 몇 번에 긴 하루가 저물었다.

◇◇◇◇◇

조치언의 부하들은 여전히 안개 속에서 구석구석을 뒤지며 도망친 신부를 찾았다. 그들은 불 꺼진 가게에 들어가 물건들을 샅샅이 뒤졌다. 어둠 속에서 벌벌 떠는 귀신들을 닦달하기도 했다.

"여기에 혼례복을 입은 여귀가 지나가는 걸 보지 못했나?"

조치언의 부하가 귀신의 멱살을 붙들고 그 앞에서 커다란 어금니를 뿌득 갈며 윽박질렀다. 아닌 밤중의 날벼락에 귀신은 벌벌 떨었다.

"전혀요. 보지 못했습니다."

두려움에 떠는 모습을 보고 귀신을 바닥에 내팽개친 부하는 성난 콧김을 내뿜으며 다음 가게로 건너갔다. 곡소리를 내며 귀신들이 사방으로 도망쳤다.

지독한 안개 속에서 헝클어진 머리카락을 흩날리며 조치언이 나왔다. 말에서 떨어져 바닥을 굴렀단 사실과

그 멍청한 여귀가 제 손에서 도망쳤다는 사실에 분을
참을 수가 없었다.

고작 귀신 잡는다는 삼색 고양이 가지고 이 난리라니!

조치언은 채찍을 휘둘렀다. 날카로운 파열음에 눈을
부라리던 부하들이 몸을 움찔거렸다.

"오늘 그 망할 것을 못 찾는다면 산신님께 너희 목을
대신 바칠 줄 알아라!"

그렇게 을렀으나 그 전에 산신이 조치언의 목을 벨지
도 몰랐다. 산신은 성대하게 혼례식을 치르겠다며 우화
의 온 귀신들을 불렀다. 칩거하던 산신이 자신을 드러
내며 모두에게 축하받겠다고 공표를 했다.

아무것도 아닌, 하잘것없는 여귀 따위가 그걸 망치
다니!

조치언은 다시 허공에 채찍을 휘둘렀다. 유기체 같은
안개가 흩어지고 익숙한 건물이 보였다. 순간 조치언의
팔뚝에 소름이 돋았다.

고수정의 집이다!

조치언은 반사적으로 뒷걸음질 쳤다. 주인은 죽었을
지 모르지만, 그 터에 남은 힘은 오래 갈 것이다. 허락
받지 않은 귀신들은 호된 벌을 받을 터였다. 그건 여귀
도 마찬가지라 이곳에 있을 리는 없었다.

고수정. 죽어서까지 내 앞길을 막는구나!

그 사실이 못마땅해서 씨근덕거리던 조치언이 눈짓하자 길잡이 귀신이 다가왔다.

"이곳을 우회하여 수색을 시작한다!"

"네!"

길잡이가 부하들에게 그 명을 하달했다. 가게를 들쑤시던 부하들이 일제히 밖으로 나와 안개 속으로 사라졌다. 고수정의 집을 노려보던 조치언도 혀를 차고는 이내 안개 속으로 걸어 들어갔다.

◇◇◇◇◇

창 너머 어둡던 하늘 한쪽이 희붐하게 밝아 왔다.

여귀는 눈을 번쩍 떴다. 낯선 천장을 보고 잠시 무슨 상황인지를 떠올려 봤다.

산신의 신부로 팔려 가다가 중간에 귀신 잡는 고양이가 나타났다며 난리가 났고 가마가 떨어졌다. 우왕좌왕하는 귀신 병사들을 보고는 기회라고 여겨 그들에게서 도망쳤다. 그리고 안개 속에서 헤맬 때 밝은 빛이…….

그 이후로는 기억나지 않았다.

그렇다면 여기는 어디인가?

그녀는 상체를 일으켰다. 얼핏 쌉싸름한 한약 냄새가 났고 옆으로 여러 개의 침대가 있었다. 그리고 책상 옆에 선 남자의 뒷모습을 발견했다.

가물거리는 눈을 비비고 다시 보니 그는 하얀 가운을 입었다. 종이를 뒤적거리던 그가 힐끗 뒤를 돌아보다 여귀와 눈이 마주치자 화들짝 놀라 손에 들고 있던 종이와 볼펜을 떨어트렸다.

"깨, 깨어나셨습니까. 방금까지 의식이 없으셔서. 눈을 잠시 떴을 뿐인데 갑자기 앉아 계시니 좀 놀랐습니다."

남자는 허둥대며 바닥에서 종이와 볼펜을 주워서 들었다. 여귀는 눈을 깜박였다.

"제 손을 보세요."

남자가 다가와 검지를 세워 왼쪽으로 움직였다가 오른쪽으로 움직였다. 그가 말했다.

"작은 사고가 있었습니다. 운행 중인 차 앞으로 뛰어들었다고 하는데 기억나십니까?"

여귀는 그가 손가락으로 가리키는 방향대로 눈동자를 움직이다가 그 어떠한 깨달음에 고개를 퍼뜩 들었다.

지금 이 남자, 자신을 보고 있다.

"당신도 귀신이군요?"

은테 안경 너머 남자의 눈동자가 여귀처럼 왼쪽에서 오른쪽으로 이동했다.

"그렇습니다만?"

"그렇다면 당신은 귀신 의사인가요?"

"그렇지요?"

"귀신 세계에도 병원이 있군요!"

새로운 걸 발견했다는 기쁨에 여귀가 해맑게 웃었다. 그 모습을 가만히 보던 남자가 헛기침했다.

"뭐 그렇다고 봐야겠지요. 이런. 제 소개가 늦었군요. 저는 의사 조근우라고 합니다. 이곳은 좀 특별한 곳이긴 합니다. 밤에는 한방과 양방이 함께 귀신들을 치료하고 낮에는 한의원으로만 운영하거든요. 몸은 좀 어떠십니까? 어디가 아픈가요?"

"귀신이 아프기도 한가요?"

"그럴 수도 있습니다. 육체는 없지만, 생애 기억으로 아프다고 느낄 수도 있고요. 영혼이 직접 고통받게 하는 방법들도 아예 없는 건 아니라서요. 그러니 잘 생각해 보세요."

조근우의 말에 여귀는 곰곰이 생각하다가 이내 고개를 흔들었다.

"아픈 곳은 없어요. 기억도 나지 않고."

"기억이…… 나지 않는다고요?"

조근우가 당황하자 여귀가 손을 내저었다.

"살아 있을 때의 기억이 전혀 나지 않는다는 말이에요. 도로 위를 마냥 헤매다가 누군가를 만났는데, 제가 죽었다는 거예요. 그때 처음 알았어요. 제가 귀신인 걸. 어디서 살았는지, 언제 죽었는지, 왜 여전히 돌아다니고 있는지, 아무리 생각해도 전혀 모르겠더라고요. 그러니 선생님이 말한 고통도 잘 모르겠어요. 가늠이 잘 안 돼요."

그렇게 말하며 씁쓸하게 웃는 여귀를 내려다보던 조근우는 의자를 가져와 그녀 앞에 앉았다.

"전혀 기억이 없다면 본인 이름도 모르시겠군요."

"네."

"정확히 기억나는 건 언제부터인가요? 죽었다는 걸 알았을 때?"

"그 귀신이 절 도와줄 분을 알고 있다며 그에게 데리고 갔어요. 커다란 기와집들이 있는 곳이었는데 곳곳에 감시병들이 있는 좀 무서운 곳이었어요. 그곳 주인인 조치언을 만났는데 도와주겠다고 하고는 저를 강제로 결혼시키려고……."

조근우는 여귀의 옷차림이 이제야 이해가 됐다.

"아니, 지금이 어느 시대인데, 아무리 아무것도 모르는 귀신이라지만 강제로 결혼이라니? 그 조치언이라는 놈이 자기랑 결혼하자고 한 겁니까?"

"놈이 아니라 노인이에요. 할머니. 그리고 그쪽이 아니라 산신의 신부로."

여귀가 정정해 줬다.

"아아, 산신님이…… 있었군요. 그래도 본인 의사를

무시한 결혼이라니 그 할머님은 정말이지 악독하네요. 그래서 도망치신 겁니까?”

조근우의 질문에 여귀는 고개를 끄덕였다. 자신의 고달픔을 알아주는 것 같아서 코끝이 찡했다. 하지만 그렇기에 이곳에 더는 머물 수도 없었다. 여귀가 침대에서 내려왔다.

“뭐 하시는 겁니까?”

“그들은 절대 저를 포기하지 않을 거예요. 샅샅이 이곳을 살필 테고 저를 도와줬다는 걸 알면 당신도 가만히 두지 않겠죠. 그 노인이 얼마나 무서운데요.”

당장이라도 나가려는 여귀를 조근우가 붙잡아 다시 침대에 앉혔다.

“그 노인이 얼마나 무서운지는 상관없습니다. 지금 당신은 제 환자니까요. 지금껏 환자분은 혹사당해 힘드신 상태입니다. 제 생각이나 남 생각할 거 없이 오직 본인 생각만 하십시오. 안정과 휴식이 절실히 필요하니 괜히 위한답시고 무리하지 마시고요. 아시겠습니까?”

“하지만…….”

여귀가 그의 말에 반박하려고 입을 열 때 밖에서 쿵 하는 소리가 들렸다. 소스라치게 놀란 여귀가 벌떡 일어나자 조근우가 그 앞을 막아섰다.

“조치언이 왔나 봐요.”

다시금 쿵 하는 소리와 함께 문에 달린 종이 울렸다. 문이 벌컥 열리고 쿵쾅쿵쾅 발소리가 들렸다. 여귀가 조근우의 팔을 잡아당겼다.

"어서 빨리 숨으세요. 선생님이 제 일에 말려들 이유는 없어요."

그 말에 조근우는 당황했다.

"그건 의사로서 절대 용납할 수 없습니다! 저는 환자의 건강과 행복한 삶을 고려하겠다고 선서를……."

그들이 실랑이를 벌일 때 검은 그림자가 성큼 안으로 들어섰다.

"조근우 선생님!"

"꺅!"

겁에 질린 여귀는 비명을 지르며 조근우의 품에 얼굴을 묻었다. 그리고 적막이 찾아왔다.

◇◇◇◇◇

정미 덕에 평안히 잠들었던 승범은 불현듯 잠에서 깨어 두 눈을 부릅떴다. 새벽빛에 밝아진 천장을 바라보다 간밤에 차 사고로 쓰러진 여귀가 생각났다. 한결 맑은 정신으로 다시 생각해 보니 분명 자신은 차를 세웠고 이후에 저 귀신이 부딪혔다. 승범은 자리에서 일어나 대충 옷을 꿰어 입고 집을 나섰다. 한시라도 빨리 그녀의 상태를 확인하고 싶었다. 깨어는 났는지 어제의 일을 어떻게 기억하는지 궁금했다. 이 찜찜한 죄책감에서 어서 벗어나고 싶었다.

그렇게 다급히 조근우를 부르며 침구실에 들어서던 승범은 여자의 비명에 놀라 그 자리에서 멈췄다. 승범은 조근우와 그의 팔에 얼굴을 묻은 여자 귀신을 멍하니 쳐다봤다. 그러니까 이게 무슨 상황인지는 잘 모르겠지만, 승범은 자신이 있을 자리가 아님을 눈치채고 슬그머니 뒷걸음질 쳤다.

"멈추세요. 생각하시는 그런 거 아닙니다."

조근우가 손을 뻗으며 말했다.

"제가 뭘 생각하는 건지 어떻게 아십니까?"

"아무튼, 아닙니다!"

냉정하게 말하는 걸로 보아 승범은 그의 말을 듣기로 했다. 조근우가 여자 귀신에게 다정하게 말했다.

"괜찮습니다. 이 한의원 원장님이시니 진정하시고 앉으세요."

승범은 자신을 빤히 쳐다보는 귀신을 마주 봤다. 어제는 그도 너무나 당황해서 제대로 그녀의 얼굴을 보지 못했었다. 이렇게 불빛 아래서 제대로 보니 귀신이 분명했다.

"저 남자, 사람이에요?"

"그렇습니다."

놀란 여자 귀신의 질문에 조근우가 또, 다정하게 대답했다.

"이곳은 귀신을 치료하는 곳이라면서요?"

"제가 이곳은 좀 특별한 곳이라고 한 이유가 저분입니다. 저분은 귀신을 보고 치료하거든요. 물론 그 기조는 귀신 하나당 사람 열이라는 고수정 선생님의 가르침을 따랐고 탁월한 김 원장님의 사업 수완으로 양의사인 저를 영입했답니다. 더 자세히 소개하자면 이곳은 낮에는 한의원으로 사람들을 치료하고 밤에는 한방과 양방이 함께 귀신들의 한을 치료합니다."

"귀신들의 한을 치료한다고요?"

"이루지 못해 억울하고 원통한 그 마음을 한이라고 합니다."

가만히 대화를 듣고만 있던 승범은 자신의 칭찬에 언젠가 공실이 자신에게 설명해 준 말을 그대로 읊으며 책상에 기대어 앉았다. 그가 어깨와 콧대를 높이자 여자 귀신이 감탄했다.

"그걸 치료할 수 있다고요?"

"아주 까다롭지만 않다면요. 저희 승범 한의원은 세계 유일의 한 치료 전문이라고나 할까요? 허허허."

"어제 일 때문에 걱정되어서 일찍 오신 겁니까?"

거들먹거리던 승범이 조근우의 질문에 잊고 있던 제 목적을 깨달았다.

"아, 어제 일 기억나십니까? 환자분이 도로에 뛰어드셨고, 저는 놀라서 정차했는데, 달려와 그 앞에 쿵 하고 부딪힌……."

"환자분 걱정은 아니로군요."

조근우가 승범의 말을 끊었다.

"……당연히 걱정했습니다. 귀신이니 몸은 아프지 않다지만 정신적으로 충격을 받으셨을 수도 있고요. 저는 그저 제 책임만은 아니란 걸 말하고 싶……."

가만히 듣고 있던 귀신이 갑자기 붉은 옷소매로 얼굴을 가렸다. 당황한 승범은 조근우를 봤다. 훌쩍이는 소리에 둘의 시선이 그녀에게 향했다.

"맞아요. 나를 신부로 바친대서 도망치는 중이었어요. 전래동화 속 여우나 지네에게 바치는 제물과도 같다고 생각했어요. 무서우니 그들이 하라는 대로 하는 수밖에 없었어요. 그런데 지금 생각났지 뭐예요. 한의사 선생님의 말을 듣고 어제 일을 떠올리다가 뭔가가 생각났어요."

"살아생전의 기억이 전혀 나지 않는다고 합니다. 기억상실증 같습니다. 그래서요? 뭐가 생각났습니까?"

조근우가 승범에게 여자 귀신의 상태를 설명하고는

슬피 우는 그녀의 어깨를 다독였다.

"병석에 누워 계시는 아버지가요. 많이 수척해지신 아버지의 손을 잡고 있던 제가 기억났어요. 언제 돌아가실지 몰라 조급하고, 아프신데 어떻게 해 드릴 수도 없어 무기력한 제가요. 선생님 제 한도 치료해 주세요! 아버지와 만날 수 있게 도와주세요! 아버지가 숨을 거둘 때 옆에 있고 싶어요."

귀신은 옷고름으로 눈물을 훔쳤다. 승범이 조근우를 보자 그가 고개를 내저었다.

"본인 이름도, 어디서 살았는지도 모르십니다."

"아니, 요즘 같은 세상에 누가 강제로 그런 짓을 한답니까? 인간 세상 같았으면 당장 신고해서 법의 철퇴를 맞게 해야 할 극악무도한 짓이에요! 귀신 세상엔 그런 기관이나 법 같은 거 없나? 걱정하지 마십쇼. 그놈들 처치하고 아는 귀신들한테 부탁해서 병원이나 요양병원을 싹 뒤져 아버님을 찾아드리겠습니다. 아버님을 찾으면 기억도 금방 돌아올 겁니다. 고 선생한테 받은 퇴마사 리스트가 있으니 당장 전화해서 그놈들을 싹……."

승범이 핸드폰을 꺼내 연락처를 검색했다. 옆에서 그걸 보고 있던 조근우가 가만히 속삭였다.

"근데 그 사람들 많이 용하겠지요?"

"왜요?"

"산신도 이길 수 있겠습니까?"

"……."

조근우의 말에 승범은 그녀를 빤히 쳐다봤다. 왜 전통 혼례복일까 생각한 순간이 있었다. 차에 뛰어든 그때는 근처에서 영화를 찍나? 라고 생각했고 신부로 바친다는 말에 웨딩드레스가 아니라서 의아했었다.

'청수산의 산신은 말이야, 그 얼굴을 본 귀신이나 사람은 없어. 가면을 쓰고 계시거든. 그 얼굴을 본 귀신이나 사람들은 죽었다는 말이 있으니 혹 만난다면 절대 목 위로는 볼 생각을 말게. 어쨌거나 엄청 위대하신 분인데 그건 둘째로 칠 만큼 그 앞에선 조심해야 한다네. 왜냐! 한없이 가볍고 제멋대로이며 그렇기에 매 순간 눈치를 보아야 할 정도로 두려운 존재거든. 허나! 나랑만 엮이지 않으면 되지! 우리 같은 일반 귀신과 사람이 그 존귀한 존재를 만날 가능성이 얼마나 되겠난 말이야.'

박 씨가 신나게 떠들던 말이 비수가 되어 날아왔다.

아, 이런 중요한 걸 대체 왜 몰랐을까.

진즉에 알았어야 했다. 전통 혼례복은 둘째 치고, 그 야밤에 혼례식을 치른다 했을 때나, 아니! 그녀가 자욱한 안개 속에서 뛰어나온 그 순간에! 아아, 산신님의 신부구나! 아이쿠, 조심! 하면서 알아챘어야 했다!

승범은 핸드폰을 주머니에 넣었다.

"하하하. 조 선생님, 잠시 저 좀 보실까요? 급히 의논 드릴 게 생겨서요. 환자분은 잠시만 기다려 주십시오."

양해를 구한 승범은 한쪽으로 조근우를 데려갔다. 그리고 한껏 목소리를 낮췄다.

"산신의 신부라는 걸 지금 얘기하면 어떡해요?"

"산신이라는 단어가 너무도 어색해서 잊고 있었습니다."

"그건 저도 그랬는데, 아무튼 저 환자분의 한을 치료할 수는 없습니다. 어서 돌려보내야 합니다."

"왜입니까?"

"왜라뇨? 산신에 대한 소문 못 들었어요? 무척 괴팍하고 두려운 존재라고 합니다. 산신님 맘에 들지 않으면 소리소문없이 죽을지도 몰라요! 그러기 전에 저 환자분을 보내면 우린 아무 일도 없을 거예요."

"부끄럽지도 않습니까? 한의사로서 개인의 안위를 위해 환자를 사지로 내모는 게?"

"저는 죽고 싶지 않을 뿐입니다!"

"……."

'에이그, 쯧쯧. 또 또 저만 알지.'

조근우의 침묵 사이로 고 선생이 혀를 내두르는 소리가 들리는 듯했다. 승범은 지체 없이 내뱉은 제 속내에 갑자기 부끄러워졌다. 죽은 사람들한테 할 소리는 아니지 않다는 생각이 들었다. 승범은 손으로 얼굴을 쓸고는 바로 사과했다.

"죄송합니다. 과한 반응이었어요."

승범은 힐끗 신부를 봤다. 목소리를 낮췄어도 다 들렸는지 치맛자락을 쥔 그녀의 손에 잔뜩 힘이 들어갔다. 승범도 산신이 엮이지만 않았으면 당연히 도와줬을 것이다. 하지만 그가 손가락 하나 까딱하면 제 명에 못 산다는데 무작정 도와줄 수는 없었다.

지금 집에 자신을 바라보고 있는 호랑이 같은 정미도 있는데!

승범은 괜한 정의감에 흔들리지 않으려 바짝 정신을 차렸다. 그때, 신부가 손을 들었다.

"선생님. 제가 한 말씀 드려도 될까요?"

그녀의 차분한 목소리에는 그 어떤 결연한 다짐이 서려 있었다.

"네, 뭐 환자분의 앞날이 걸린 일인데 하실 말씀이 있다면 하셔야죠."

의도치 않았지만, 승범의 말투에 빈정거림이 실렸다. 실언은 사과했으나 조근우의 의견엔 여전히 반대였다.

"저도 진심을 전하자면 그러니까 제 입장만 생각하자면요. 제가 사람도 아니지만, 차에 정면으로 치어서 그런지 온몸이 고통스럽네요. 제가 사람도 아니지만, 사고를 내셨으니 그에 대한 책임을 지셔야 하잖아요. 모른척하시면 어떻게 되겠어요? 뺑소니랑 다를 바가 없잖아요. 제가 사람이 아닌지라, 차후 산신의 아내가 된다면 온 동네 귀신들한테 선생님이 뺑소니를 쳤다고 말하고 다녀도 하실 말씀이 없겠지요?"

아주 똑소리 나는 말에 승범은 경악했고 조근우는 손뼉을 쳤다.

"지, 지금 협박을 하시는 겁니까?"

"협박이라뇨. 지극히 사실 아닙니까?"

"저는 환자분을 치지 않았습니다만!"

"그렇지 않다는 증거 있나요? 그건 선생님의 입장이잖습니까. 제가 선생님 차에 부딪혀 정신을 잃은 건 이 의사 선생님이 증인이고요."

귀신이 차에 치인 게 블랙박스에 찍혔을 리도 없고. 그녀의 말대로 확실한 증거는 없었다. 신부의 입장을 확인해 줄 조근우만이 있을 뿐.

"윽!"

승범은 짧은 신음을 삼켰다.

"저도 살아야 하지 않겠습니까? 이해해 주시리라 믿겠습니다."

신부가 싱긋 웃으며 조근우를 바라봤다. 승범은 골치가 아파져서 이마를 짚었다.

그녀의 말이 거짓이라지만 범죄로 신뢰를 잃은 동네에서 장사가 될 리가 만무했다. 게다가 산신의 신부를 차로 치고 뺑소니쳤으니 남편인 산신이 가만히 있을 리도 없었다. 이래 죽으나 저래 죽으나 결과는 죽음이었다. 이제는 확률 싸움이었다. 승범은 최대로 머리를 돌렸다.

그리고 잠시 후, 승범은 이마에서 손을 떼고 싱긋 미소를 지었다.

"아이고. 환자분, 저 그렇게 무책임한 사람 아닙니다. 어찌 한의사로서 환자분의 굳건한 신뢰를 저버릴 수가 있겠습니까? 제가 꼭 환자분의 그 한을 치료해 드리겠습니다! 저를 믿어 주십시오!"

2. 리조트 개발 찬성?

승범 한의원이 수정 한약방에 자리를 잡았기에 승범의 진료실은 수정이 상담하던 사무실이었다. 앞 건물에 있었을 때보다는 조금 협소하지만, 책상 맞은편에 활짝 열어 놓은 창 너머로 보이는 풍경은 가끔 사색하기에 좋았다. 텃밭이 있는 뒷마당 뒤로 새파랗게 펼쳐진 하늘과 벼가 익어가는 논과 그곳을 가로지르는 개천을 보다 보면 리프레쉬가 되는 느낌이랄까.

하지만 지금 승범은 그것들이 눈에 들어오지 않았다. 책상에 엎드려 종이에 신부의 얼굴을 그리던 그는 제 그림 실력이 그다지 좋지 못함을 새삼스레 깨닫고 짜증이 났다.

"에잇!"

볼펜을 집어 던진 승범은 의자에 몸을 기댔다. 왜 하

필이면 산신의 신부랑 얽혀서는 이런 곤란한 일에 처했는지. 자신은 그저 아픈 사람이나 귀신들을 도와주는 선량한 사람일 뿐인데 이런 처사는 부당하다고 생각했다. 억울했다.

빵소니라니? 자기가 와서 부딪혀 놓고. 도와줬더니 보따리 내놓으란 심보로 자기 살자고 남의 목숨줄을 가지고 협박을 하는 게 아닌가? 난도라도 낮든가. 본인 이름도 몰라, 나이도 몰라, 사는 데도 몰라, 아무것도 몰라! 기억나는 건 아프신 아버지뿐. 그냥 무조건 찾아 달라는 거지, 우기는 거지, 아오, 신경질 나.

그렇다고 이 심정을 누구한테 속 시원히 토로할 수도 없었다. 신부가 이 한의원 내 어딘가에 숨어 있다는 것은 비밀이었다. 나쁜 귀신 놈들이 그녀를 찾아낸다면 자신의 목숨 또한 다하는 거였다. 그 누구도 알아서는 안 되었고 모를수록 둘 다 안전해질 터였다. 신부의 존재는 정미한테조차 비밀이었다.

걱정할 테니까.

승범은 정미에게 좋은 일만 생기길 바랐고 정미가 좋은 것만 누렸으면 했다. 한 점의 그늘 따위 없게끔 최대한 행복하게 해 주고 싶었다.

'어디 사람이 살면서 웃기만 하겠나? 화도 내고 울기도 하고 그러는 거지.'

창으로 불어오는 바람결에 수정의 목소리가 들리는 듯하다.

알아요. 하지만 제가 노력하면 화낼 일도, 울 일도 줄어들잖아요. 그만큼 더 행복할 수 있잖아요.

창 너머를 봤다. 쏴아아. 훑고 지나가는 바람을 따라 벼가 몸을 뉘었다. 바람의 자취를 따라 시선을 움직이다가 뒷마당에 모아 둔 폐지 속에 쌓인 잡지들이 보였다. 대기하는 환자들을 위해 한의원에 비치해 뒀던 것들이었다.

승범은 자리에서 일어나 진료실을 가로질러 그대로 창문을 넘어갔다. 한의원 안에서 환자와 정미가 대화하는 소리가 조용조용하게 들려왔다. 승범은 잡지를 들어 장을 넘겼다. 여성 모델들의 얼굴이 확대된 부분들을 보다가 '이거다' 하는 생각에 잡지를 모조리 챙겨서 진료실로 돌아왔다.

바닥에 잡지들을 두고 한 권씩 살피며 모델의 얼굴을 유심히 들여다봤다. 그리고는 괜찮다 싶은 쪽을 뜯어냈다. 알맞거나 비슷한 얼굴형, 그에 맞는 눈, 코, 입. 승범은 조각을 이어붙여서 신부의 얼굴을 만들기 시작했다. 그림으로는 영 글러 먹었으니, 수고스러워도 이 방법이 더 그럴듯했다.

얼마나 찢고, 갖다 대고, 바꿔 보고 그랬을까.

"이게 다 뭐예요?"

집중하고 있던 승범은 갑작스러운 정미의 목소리에 화들짝 놀랐다. 언제 들어왔는지 정미는 잡지와 종이로 어질러진 내부를 보고 있었다. 그제야 자신이 그녀에게 얼마나 이상하게 보일지 깨달았다.

"아니, 이게……. 심심하다 보니까."

그는 변명하며 황급히 책상을 치웠다.

"누가 심심하다고 여자 사진을 찢어서 새로운 인물로 만들어요? 김 쌤. 그렇게 안 봤는데, 사이코예요?"

"에헤이. 큰일 날 소리. 아닙니다."

"그럼 그 여자가 이상형이에요?"

"내 이상형은 자기뿐이고."

"여기 직장이에요."

"……이 선생뿐이고."

"그럼 대체 뭐예요? 밖에 손님 오셨으니까 빨리 말하지 않으면, 나……."

그 뒷말이 뭔지 몰랐지만, 무척 무서운 말일 게 분명해서 승범은 입을 열었다.

"귀신 환자가 새로 오셨는데 생전 기억이 없대요. 병원에 입원해 계신 아버지만 기억나서 찾고 싶다는데 이름도 몰라, 성도 몰라. 신상 파악을 먼저 하려고 몽타주를 그리려는데 그림도 못 그려. 그래서, 이렇게 됐습니다."

빠르게 내뱉은 말이 진실인지 가늠하려는지 정미가 눈을 가늘게 떴다. 승범이 최대한 불쌍하게 마주 봤다.

중요한 걸 뺐으나 이것도 진실 아니던가.

"좋아요. 거짓말이라면 그렇게 빠르게 말 못 하겠죠."

승범은 고개를 격하게 끄덕였다.

"다음엔 이렇게 기괴한 일을 벌일 때는 미리 얘기 좀 해 줘요."

정미가 이를 꽉 깨물고 을렀다. 승범이 다시 고개를 끄덕였다.

"대답."

"그러지 않으면 천벌 받겠습니다. 천벌로 대머리 될 게요."

마지막 말은 정미를 웃기려고 한 말이었다. 역시 정미가 웃어 주었다.

"승범 쌤. 머리발인데 대머리 되면 뭐 볼 게 있겠어요? 참. 이럴 게 아니라 밖에 손님이 와 계세요. 어서 나가 보세요."

내가 머리발? 웃자고 하는 말인가?

승범은 자신의 머리카락을 만지작거리며 어리둥절한 표정을 지었다. 정미가 그런 그의 팔을 잡아 밖으로 끌었다.

"아니, 이 선생은 내 얼굴이 이상형 아니야?"

"어디 현실이 그렇게 녹록해요? 다 포기하고 사는 거지? 어서 나가 봐요. 그사이 여긴 내가 치워 둘게요."

"아니, 잠깐. 이 선생?"

진료실 밖으로 밀쳐진 승범은 코앞에서 닫힌 문을 두드리려고 했다. 그때.

"아이고, 이제 나오시는군요. 이거 아주 많이 바쁘신가 봅니다."

누가 우렁찬 목소리로 아는 척을 했다.

◇◇◇◇◇

수정 한약방은 옛날 건물이라서 그런지 아무리 리모델링을 해서 평수를 크게 빼도, 건장한 사내 여섯 명이 서 있으니 대기실이 꽉 차 보였다.

이혁수는 시장 기영문을 따라 승범 한의원에 왔다. 우화시 청수산 리조트 개발에 심혈을 기울이고 있는 시장은 현재 반대 세력을 견제하기 위해 찬성파를 모으고 있었다. 그 후보자 명단에 우화시 독점 한의원인 승범 한의원도 있다는 걸 혁수는 이곳에 와서야 알았다.

"요즘에 명의로 급부상하고 있고 환자들의 만족도도 높잖아. 인기 있는 한의사가 나의 일을 지지해 주길 바란다는 건 당연하고."

한의원에 들어선 이유를 묻는 혁수에게 시장은 이렇

게 말했다.

"저 사기, 아니, 한의사를 시장님 편으로 끌어들이신 다고요?"

한의원 대기실에서 기영문과 함께 한의사를 기다리던 혁수가 되물었다.

"편이야 많으면 많을수록 좋잖아?"

속 편한 그 말에 혁수는 속으로 혀를 찼다.

기영문은 김승범이 어떤 인물인지 모른다. 명의는 개뿔. 그는 그저 돈과 명예를 좇는 사기꾼에, 환자였던 장인을 죽인 놈이다.

낫게 해 주겠다고 속여 기어이 장인을 죽였고 아내는 큰 상실감에 빠졌었다. 얼마 전엔 부부의 난임을 치료해 주겠다고 접근하던 걸 두들겨 패 줬다. 그에 겁을 먹었는지 아내 앞에 더는 나타나지 않는다고 했다. 처음부터 그랬어야 했다.

혁수는 승범이 어떤 놈인지, 그와는 어떤 일이 있었는지, 시장한테 말할 생각은 없었다. 그 일은 부부가 깊숙이 묻어 놓은 채 잊고 지낸 상처였다. 정확히는 민영이가였지만, 굳이 끄집어내 여전히 피가 날 상처에 소금을 뿌리는 짓 따윈 하고 싶지 않았다.

"저는 믿지 못하겠습니다. 저희한테 절대 도움이 되지 않을 것 같아요."

단언하는 듯 내뱉는 말에 시장은 혁수를 봤다.

"왜?"

"외지인이니까요. 방해가 되면 됐지, 절대 도움이 되지 않을 테니까요. 그 사람이 이곳에 처음 왔을 때 소문이 안 좋기도 했잖습니까."

'싸가지 없다.' '불친절하다.'라고 나돌던 소문을 기억해 냈는지 시장이 고개를 끄덕였다. 그러나 그는 혁수의 어깨를 두드렸다.

"하지만 돈 밝힌다는 말도 있지. 돈 좋아하는 놈이라면 분명 이번 일에 찬성할걸."

시장은 혁수에게 고개를 숙였다. 그리고 목소리를 낮춰 귓가에 속삭였다.

"저기 봐 봐. 내가 들어와서 바로 인사한 백 여사님, 수천리 부녀회장님이시잖아. 그 남편은 수천리 절반의 땅을 가진 분이시고. 여기 단골이라고 하지 않았어? 한의사 선생님이 너무 명의라며 어쩔 줄 몰라 하는 거 이 계장도 보지 않았냐고. 내가 저분께 땅 팔라는 것보다 한의사 선생이 한마디 권하는 게 더 먹힐 거란 말이지. 그러니 너무 걱정하지 말아. 내가 잘 꼬셔 볼게."

혁수에게 자신감 있는 미소를 짓던 시장이 진료실을 나오는 승범을 발견했다. 그는 다시 혁수의 어깨를 두드리고는 승범에게로 다가갔다. 혁수는 그 모습이 못마

땅했지만, 한 번 마음 먹은 일을 번복할 시장이 아님을
알기에 뒤로 물러났다.

◇◇◇◇◇

승범은 진료실 문을 두드리려다 말고, 뒤를 돌아 목
소리의 주인공을 찾았다. 대기실에는 남자들이 몇 서
있었다. 다들 양복을 입었고 어딘가 절제된 행동을 하
는 것을 보고, 승범은 직감했다.

높으신 분이다!

승범은 순간 눈을 반짝였다. 방금까지 열심히 씨름했
던 잡지들과 여자 얼굴은 이미 머릿속에서 날려 버렸
다. 승범이 직감에 따라 가장 높은 사람으로 보이는, 가
운데 있던 키 큰 남자를 찾았다. 그런데 그 옆에 자신을
노려보는 낯익은 얼굴이 있었다.

이혁수? 뭐지?

승범이 의아해하며 이혁수를 쳐다보려는데, 키 큰 남
자는 허허허 웃으며 앞으로 나오고는 승범에게 악수를
청했다.

"안녕하십니까. 저를 아실까 모르겠으나, 우화 시장
기영문이라고 합니다."

아니, 우리 한의원에 시장님이?

승범은 얼른 그가 내민 손을 공손히 마주 잡았다.

"안녕하세요, 처음 뵙겠습니다. 시장님이 저희 한의원에 와 주시다니 영광입니다."

"저희 우화시에서 유명한 곳인 한의원에 매번 와야지 마음먹어도 바빠서 이제야 옵니다. 제가 며칠 전 도지사님과 골프를 쳤는데 어깨와 허리가 아프네요. 치료해 주실 수 있겠습니까? 허허허."

시장님이 우리 한의원을 유명한 곳이라 하셨다!

"아이고, 당연하지요. 이렇게 믿고 찾아와 주셨는데 제가 어떻게든 싹 낫게 해 드리겠습니다. 이쪽으로 오십시오."

기영문은 자신을 따라 들어오려는 수행 비서를 만류했다.

"치료하고 나올 테니 밖에서 기다리세요."

"그러십시오. 물리 치료까지 하면 40분 정도 걸리니 대기실에서 편히 기다려 주세요. 커피 좀 드시겠습니까?"

승범이 말하자 어느새 나왔는지 정미가 차는 자신이 준비하겠다고 했다. 침구실로 간 승범은 기영문이 상의를 벗길 기다렸다.

"예전에는 펄펄 날아다녔는데 이제는 조금만 무리해도 바로 탈이 나네요. 골프 좀 친 거 가지고 이렇게 아플 일인지. 나, 원."

상의를 탈의한 기영문이 침대에 걸터앉았다.

"서류를 많이 보셔서 그런지 거북목이 심하시네요. 오래 앉아서 일하시는 분들은 척추도 약하죠. 직업병이에요."

"자세를 바로 하려고 노력은 하는데 잘 안 되네요."

"엎드려 보세요. 제가 어깨랑 허리 좀 눌러 보겠습니다. 어디가 아픈지 말씀해 주세요."

승범은 기뻐서 들썩이는 어깨와 자만심에 솟아오르는 코로 하늘을 찌르며 기영문의 어깨와 허리 곳곳을 눌렀다.

내가 시장님을 치료하고 있다니! 감동.

"갑작스러운 운동에 근육이 놀라 뭉친 것 같습니다. 침을 몇 번 맞으면 풀릴 겁니다."

그렇게 말한 승범은 침을 놓기 시작했다.

"허허, 그렇습니까? 역시 이곳에 오길 잘했네요."

"평소에 너무 앉아만 계시지 말고 중간중간 가벼운 스트레칭을 해 주시면 도움이 되니까 해 주세요."

"네, 그렇게 하겠습니다."

대화가 줄고 승범이 침을 놓는 소리만이 잠시 들렸다. 가만히 있던 기영문이 마치 지금 생각났다는 듯 말을 꺼냈다.

"제가 요즘 주력으로 하는 일이 있는데 혹시 아시는

지요? 대한 그룹과 함께 청수산에 골프장과 리조트를 유치하는 것 말입니다.”

“네, 지역 뉴스에서도 봤고, 오시는 환자분들도 말씀하시더군요.”

“게다가 철도 고속화 사업에 저희 우화시를 포함하는 일도 추진 중입니다. 이렇게만 된다면 우화를 찾는 관광객들은 많아질 것이고, 많은 일자리 창출과 더 나아가서는 승범 한의원에도 좋은 영향을 끼치지 않겠습니까?”

“그런가요?”

곰곰이 생각해 보니 기영문의 말처럼 개발은 한의원에도 좋은 일이었다. 환자도 늘고 지역 경제도 활발해지고.

“뭐, 모든 일이 순탄히 흘러만 간다면 얼마나 좋겠습니까. 이런 개발에는 환경 단체들의 반대가 따르기 마련이라. 저희도 그걸 알기에 최대한 골프장과 리조트를 친환경에 맞게끔 만들려고 노력을 하고 있습니다. 저의 선조가 지키신 청수산이에요. 이화리 있지요? 거기 일대가 저희 집안 땅이었어요. 그런 곳을 제가 망칠 리가 있겠습니까?”

“그런 뜻깊은 곳이라면 절대 그럴 수 없죠. 저라도 좋게 발전을 시킬 수만 있다면 얼씨구나 하겠습니다.”

승범이 맞장구쳤다.

"그렇다면 원장님께서 저를 좀 지지해 주시겠습니까?"

"제가요?"

"어려울 건 없습니다. 개발을 반대하시는 환자분들께 넌지시 좋은 말을 건네주시기만 하면 됩니다. 보십쇼. 원장님께 침을 맞으니 아픈 게 싹 나았습니다. 이렇게 우화시에 모두의 신망을 받는 명의이신 원장님께서 한마디만 해 주시면 그분들이 저도 확실히 믿어 주실 게 아니겠습니까? 이것이야말로 서로 윈윈 아니겠습니까?"

시장님이 나를 명의라고 불러 주셨다!

서로 윈윈이란 말에 승범은 고개를 끄덕였다. 머릿속에서 계산이 시작됐다.

시장의 말마따나 우화에 대기업이 만드는 골프장과 리조트, 철도 고속화 사업까지! 그렇다면 분명 한의원도 장사가 잘될 것이다. 물론 고 선생이 알려 준 행복도 있지만, 겸사겸사 돈도 많이 벌면 좋지 않을까. 그럼 정미한테 명품을 선물할 수 있을 테니. 두 배로 행복해할지도.

승범은 싱긋 웃어 보였다.

"진정한 의사라면 환자의 마음까지 돌보아야 하죠. 시장님은 우화시를 발전시켜 모두가 잘사는 곳으로 만들려고 하시는데 오해를 한 사람들의 반대에 직면하니 얼마나 괴로우시겠습니까. 제가 힘껏 도와드리겠습니다.”

그렇게 승범은 기영문의 제안을 흔쾌히 받아들였다.

◇◇◇◇◇

“아이고, 이를 어째.”

기영문과 대화를 이어나갈 때 침구실 안쪽에서 당황하는 소리가 들렸다. 물리 치료 중이던 환자에게 무슨 일이 생긴 모양이다. 택영이 잠시 자리를 비웠는지 곤란해하는 환자의 목소리만 계속 들렸다.

“그럼 쉬십시오.”

승범은 양해를 구하고 기영문이 있는 침대 커튼을 닫았다. 그리고 안쪽으로 다가갔다. 근래 고추 농사로 무릎이 아파서 온 이금주 환자였다. 침 치료가 끝나서 온 찜질 중이었을 테고.

“왜요, 어머니? 어디가 불편하세요……?”

찜질이 뜨거웠나 싶어서 승범은 급히 커튼을 열며 물었다. 그러나 침대에서 내려와 엉거주춤하게 선 환자와 시트에 번진 붉은 핏자국을 보고는 그도 일순 당황했다. 이금주 씨는 승범의 등장에 손으로 엉덩이 쪽을 가렸다. 회색 바지가 피에 젖은 것을 보자 승범은 황급히 의사 가운을 벗었다.

“아니, 내 나이가 65인데 갑자기 생리할 때도 아니

고. 미안해서 어쩌나?"

승범은 환자의 허리에 가운을 둘러 주며 고개를 내저었다.

"미안해하지 않으셔도 돼요. 제가 치우면 돼. 나 빨래도 잘하는 거 모르셨죠?"

고령 환자의 갑작스러운 하혈이었다. 매듭을 짓는 손이 떨려왔으나 그는 내색하지 않고 가볍게 말했다. 환자 본인도 많이 놀랐을 텐데 한의사인 자신이 더 놀라면 불안할 것이 분명했다.

"혹시 어지럽거나 배가 아프세요?"

"지금 아픈가? 모르겠네."

이금주 환자는 고개를 흔들다가 휘청거렸다. 식은땀으로 흥건한 얼굴을 보고 승범이 팔을 부축하며 그 옆 빈 침대에 앉게 도왔다.

"아이, 또 이불 버려."

"괜찮아요. 어머니 많이 놀라셨는데 일단 진정하시고. 제가 좀 볼게요. 지금 많이 불편하시면 응급실 갈까요?"

"그 정도는 아닌데. 나 괜찮아요."

"이런 부정기적인 출혈이 있다면 그래도 병원은 가셔서 검사하셔야 합니다. 근래 체중이 많이 빠지셨나요?"

"농사일이 바빴고 그래서 좀 빠졌어요."

"혹시 그동안 아랫배가 뻐근하거나 아프지는 않았

나요?"

"이 나이 되면 온갖 곳이 아프다 말다 해서."

"제가 배 좀 눌러 볼게요. 누워 보세요."

이금주 환자가 눕는 것을 보며 승범은 이마를 짚었다. 어르신이 마지막으로 왔던 때가 농사가 시작되기 전인 초봄이었다. 그는 크게 심호흡하고 환자의 배를 눌렀다. 천천히 누르다가 배꼽 밑을 누르는 순간 환자가 짧게 신음했다. 그의 손이 떨렸다.

"아프세요? 조금만 참으세요."

"왜 그래요?"

승범의 안색을 살피던 환자가 물었다.

"아랫배 깊은 곳에 석가가 자리 잡았습니다. 석가는 한의학적 용어인데 그러니까 자궁 안에 돌처럼 단단한 것이 만져집니다."

승범의 말을 듣고 눈을 깜박거리던 환자가 자리에서 일어나 앉았다.

"그러니까 그 말은……."

"확실하지 않으니 의뢰서를 떼 드릴게요. 하루빨리 병원에서 초음파나 자궁경 검사 등 추가 검사를 먼저 하시고 정확한 진단을 받아 그에 따른 적절한 치료를 받으셔야 합니다. 혹시 자녀들과 같이 살고 계십니까?"

"아니요. 다들 서울에 있고, 나 혼자서…… 아이고……."

충격을 받은 환자는 말을 잇지 못했다. 승범은 불안해하는 환자의 모습에서 수정을 보았다. 그는 그녀의 손을 잡았다. 주름지고 굳은살이 박인 깡마른 손은 차가웠다.

"어머니, 갑자기 모든 게 다 혼란스러울 거예요. 그러니까 확실하게 하기 위해 상급 병원에 가서 검사하면 돼요. 너무 걱정하지 말아요."

"아이고. 깨도 베어야 하는데."

"아이고. 우리 어머니, 너무 워커홀릭이셔! 일도 좀 줄이고요! 일단 지금은 집에 잘 가 봅시다. 어머니 댁이 이화리죠? 마침 점심시간이니 제가 모셔다드릴게요."

승범은 어르신을 부축했다. 그는 대기실로 나오면서 이금주 환자가 앞으로 무엇을 어떻게 해야 하는지 조금이라도 도움이 되게 머릿속으로 정리해 봤다.

우선 이금주 환자가 오가기엔 이 지역 상급 병원으로 진료받으러 가시는 게 편하겠지만, 보호자인 자녀가 서울에 산다면 어르신이 서울로 가는 것이 나았다. 자녀들과 서울에서 생활하며 그곳의 병원에서 적절한 치료를 하는 것이 환자에게 심적으로도 좋다. 어르신의 병을 검사하고 치료할 큰 병원을 소개만 한다면 좀 더 환자와 가족에게 수월할 것이다.

"어머니, 제가 서울에 아는 병원이 있는데 진료 예약

을 잡아 볼게요. 여기서는 혼자 다니시기도 힘드실 테
고 보호자인 자녀분들도 편하기엔 서울이 나을 것 같아
요. 어떠세요? 그 과정에서 개인 정보가 필요할 텐데 괜
찮으시죠?"

승범이 설명하자 환자는 고개를 끄덕였다. 그동안 옆
에서 이 이야기를 듣고 있던 정미가 환자를 모시고 화
장실로 갔다. 그 사이 진료실로 간 승범은 진료 의뢰서
를 준비했다.

그리고 주머니에서 핸드폰을 꺼냈다. 연락처를 찾아
왕재수 송기윤에게 전화했다. 수신음이 오래 흘러나왔
고, 상대방은 전화를 받지 않았다. 두어 번 더 전화하자
그제야 송기윤의 불퉁한 목소리가 들려왔다.

—전화를 받지 않으면 바쁜가 보다 하고 나중에 전화
하든가 해야지. 받을 때까지 하냐?

"너 일부러 전화 안 받은 거잖아. 그러니 받을 때까지
하는 수밖에."

—어지간히 궁한 일이 있나 보다. 질기게도 전화하고?

"60대 폐경 후 여성으로 최근 원인 불명의 질 출혈
발생했고, 추가 검사 의뢰하려고. 병원을 소개해 드릴
까 하는데 혹시 산부인과 의사 알고 있어?"

—산부인과? 유명 전문의는 몇 달이나 예약이 밀렸
을 텐데. 아, 이번에 제일병원에 전문의가 새로 왔어.

양 교수가 온 지 얼마 안 되어서 아직은 예약 환자가 그리 많지 않을 거야.

"양 교수? 아는 사이야? 친한가 보다?"

―그러엄. 엄친딸이라서 어릴 때부터 친구.

"와! 그럼 진짜 엄청 친하겠다! 근데 너 마마보이고 재수 없어서 그분이 막 너 싫어하시고 그런 거 아냐?"

―재수 없……. 아니거든! 걔는 나보다 더한 마마걸이거든! 내가 이래서 너랑 전화하기 싫은 거야. 갑자기 전화해서 시비야?

"그럼 내 부탁 하나 들어줘."

승범은 핸드폰 메시지로 이금주 환자의 정보를 보냈다.

―뭐어? 내가 왜 미쳤다고 네 부탁을 들어줘? 우리 사이가 서로 부탁이나 들어주는 그런…….

"나도 네 부탁 들어줄게. 65세 여성분이고 붕루[1]가 심해서 촉진하니 자궁 쪽에 석가가 만져져. 양 교수님한테 진료받을 수 있게 네가 예약 좀 해 줘."

승범이 빠르게 설명했지만, 송기윤에게선 답이 없었다.

"여보세요? 송기윤?"

그를 부르자 단번에 욕설이 날아왔다.

―너는 내가 봉이냐? 대뜸 전화해서 그렇게 얘기하면, 예 그러겠습니다! 라고 할 줄 알았어? 전화나 온라

1　부정기적인 생식기 출혈

인으로 네가 하면 되지!

"아이. 송기윤 부원장님이 유능하시니, 이리 부탁하는 게 아니겠습니까. 제발 그 능력을 보여 주십쇼! 내가 이제 다시는 마마보이라고 놀리지 않을게. 왕재수라고도 안 할게! 제발. 응? 한 번만."

애걸복걸했건만, 송기윤은 전화를 끊어 버렸다.

"이런, 씨. 왕재수 같으니!"

핸드폰을 보며 승범은 입술을 삐죽거렸다. 떼쓰는 건 송기윤 특기이니 승범도 해 봤다.

송기윤의 부모님이 들어준 것처럼 어쩌면 제 부탁도 들어줄지도 몰라서. 잘못 짚었나? 아니면 떼쓰는 기술이 미흡했을지도 몰랐다.

대기실로 나와 그곳에서 여전히 시장을 기다리는 수행원을 봤다. 순간 기영문이 이런 경우를 예상하고 자신을 찾아왔던 걸까 싶었다. 이금주 환자처럼 큰 병원을 추천해 드리면 좋을 환자분이나 타 지역에 자녀들이 있는 환자분들이 그쪽 병원으로 가시도록 설득하면, 개발 찬성으로 유도하는 데 도움이 될지도 몰랐다.

그때 뒤에서 다급한 정미의 목소리가 들렸다.

"어머니, 원장님이랑 가세요."

"아휴. 바쁘신 분 귀찮게 뭐 하러? 나 혼자 갈 수 있어."

실랑이에 놀란 승범이 그들에게로 다가갔다.

“아이참, 내가 모셔다드린다니까. 그리고 의뢰서도 받으셔야죠. 제가 좋은 병원으로 소개…….”

“나 병원 안 가요.”

“네? 병원에 안 가신다뇨? 아직 제 소견일 뿐, 정확한 진단도 아니고 병의 경중도 모르고요. 그러니까 더 병원 가셔야 해요. 약이나 수술로 나아질 수 있는데 왜 병을 키우려고 하세요.”

“아프지도 않고 이날 이때까지 살았으면 됐어. 그냥 사는 데까지 살고 말지. 자기 앞가림하기도 벅찬 애들이 늙은이 때문에 걱정하고 신경 쓰는 거 그걸 어떻게 봐? 나는 오늘 무릎만 치료받을 생각이었어요. 그러니 오늘 내 볼 일은 여기서 끝이야.”

“어머니는 지금 이 순간도 자식 걱정인데, 자식도 어머니 걱정할 수 있지!”

답답해서 승범이 소리치자 환자는 더는 입씨름하기 싫다는 듯 돌아섰다. 옆에 있던 정미가 발을 동동 굴렀다.

“어떡해요?”

“지금 놀라서 그런 걸 테니까 설득해 봐야죠. 저 다녀올게요.”

승범은 멀어져 가는 환자한테 달려갔다. 도무지 환자의 반응이 이해되지 않았다. 일단 가면서 다시 잘 얘기해 보기로 했다.

"아, 알았어요. 모셔다드리게는 해 줘요!"

◇◇◇◇◇

"다 됐다!"

쉴 때마다 조금씩 만든 몽타주를 드디어 완성했다. 각각 다른 사진에서 찢어 붙인 이목구비는 채도와 명암이 달라 정미의 말대로 조금 기괴해 보였으나 산신의 신부와 꽤 비슷해 보였다.

고개를 드니 창밖은 벌써 어두워졌고 밤벌레 우는 소리가 들렸다. 문득 낮에 봤던 이금주 환자가 생각났다. 데려다주며 다시 설득을 시도했지만, 환자는 너무 완강했다. 치료를 거부하는 환자를 어떻게 해야 하는지 몰라서 난감했다.

고 사장님이 있었으면 아주 쉬운 방법을 알려 줬을 텐데.

수정이 그리워지다가 이내 고개를 내저어 처지는 기분을 지워 냈다. 승범은 급히 몽타주를 사진 찍고 챙겨서 밖으로 나갔다. 대기실엔 박 씨가 저녁 진료 준비를 하고 있었다.

"어, 김 원장 나왔는가? 진료 시작하려고?"

"잠시만요."

승범은 조근우가 있는 침구실로 향했다. 박 씨가 그

뒤를 쫓아왔다.

"침구실에 어떤 여귀가 있던데 입원하기로 했다면서? 그런데 아무도 몰라야 한다는 건 또 뭔가?"

궁금한 건 못 참는 박 씨가 승범에게 물었다.

"때로는 모르는 게 약일 수도 있어요."

"아니, 우리 사이에 비밀이 어디 있단 말인가? 내가 자네 일 도와준 게 하루 이틀도 아니고 말이야!"

박 씨가 버럭 소리치자 승범이 걸음을 멈췄다.

"하긴, 그렇죠. 제가 부탁할 분이 아저씨밖에 더 있겠습니까?"

"그렇지! 나밖에 없지!"

"그럼 이번에도 해 주실 거죠?"

"당연하지! 나만 믿게!"

승범은 고개를 끄떡이고 침구실로 들어갔다. 제일 끝 침대에 신부가 있었다. 신부는 승범과 함께 온 박 씨를 경계 어린 시선으로 바라봤다.

"제가 희대의 걸작을 하나 만들어 왔습니다."

싱긋 웃어 보인 승범은 종일 자신이 만든 몽타주를 펼쳤다. 모두의 시선이 종이 위에 닿았다.

"가까이서 보면 긴가민가한데 좀 떨어져서 보니 처자로구먼."

"네, 닮았습니다."

박 씨와 조근우가 고개를 끄덕였다.

"아무것도 모르는 생전 기억상실인 환자분의 신분을 찾으려면 이렇게 몽타주라도 만들어야 했습니다. 이상하게 여기지 마시고요. 이제 이걸로 소문이 새어 나가지 않게 믿을 만한 사람과 귀신들에게 수소문하겠습니다. 사람이야 제가 담당한다지만, 귀신들에게 묻는 건 우화시의 인싸인 이분이 해 주실 겁니다. 소개하겠습니다. 저희 일을 도와주실 귀신, 한의원 직원이자 대들보, 정신적 지주! 박재호 씹니다."

거창한 소개에 박 씨가 어깨를 으쓱였다.

"생전 기억상실이라고? 저런 얼마나 애가 타겠소? 내 힘껏 도와주리다. 친근하게 박 씨라고 불러 주시오."

박 씨가 신부에게 의수를 내밀어 악수를 청했다. 이제부터 자신을 도와줄 이의 인사에 그녀는 그 손을 덥석 잡았다.

"도와주신다니 너무나 감사합니다."

그 모습을 가만히 지켜보던 승범은 이내 목을 가다듬었다.

"그러면 환자분 소개를 하겠습니다. 생전 기억상실이지만, 죽어서 많은 고초를 겪으신 분입니다. 나쁜 놈들이 강제로 결혼을 시키려고 할 때 간신히 도망쳤지요. 여전히 나쁜 놈들은 포기하지 않고 혈안이 되어서 찾고 있기에 이분의 존재를 비밀로 한 겁니다. 그리고 병환으로 입원 중인 아버지를 찾고 싶으시다고 하십니다.”

승범의 장황한 설명에 조근우와 신부가 눈살을 찌푸렸다. 승범이 박 씨에게 신부에 대해 다 말하지 않았음을 알아챈 듯했다. 승범은 그 표정을 모른척했다. 박 씨는 승범의 말에 분노로 맞장구쳤다.

“그런 천인공노할 놈들이 있나! 누구인가? 대체 누가 이 우화 바닥에서 그런 짓을 한단 말인가? 내 힘으로 해결이 안 된다면, 내 직접 산신께 독대를 청해 그놈들을 혼쭐 내 달라고 하겠네! 비록 성질 더럽기로 유명하신 그분의 기분을 상하게 해 소멸할지도 모르겠지만 괜히 위대하다고 하겠나? 긍휼히 여길 줄 아는 분이기도 하니까!”

“그 마지막 말이 제발 진짜였으면 좋겠네요. 어쨌거나 이 환자분이 그분의, 그러니까, 산신님의 신부님이십니다.”

짜잔! 승범의 마지막 말에 무거운 침묵이 내려앉았다.

“……무슨 그런 심한 농담을.”

눈만 끔벅이던 박 씨가 중얼거렸다.

“저도 그랬으면 좋겠어요.”

승범이 어깨를 으쓱이며 대답했다. 박 씨가 승범에게 의수로 삿대질하며 뭐라고 한소리 하려다가 신부를 봤다. 하하하. 갑자기 박 씨가 웃기 시작했다.

"어이쿠, 이런. 내 정신 좀 보라지. 일이 있다는 걸 깜박했군."

박 씨가 뒷걸음질 쳤다.

"그럼 다음에 봅세."

어느 정도 뒤로 물러난 박 씨가 홱 돌아서 침구실을 빠져나갔다.

"시작하려면 아직 멀었습니다. 얘기 좀 해요."

승범이 그 뒤를 따라가며 말하자 대기실에서 멈춘 박 씨가 화를 냈다.

"승범이! 자네, 목숨이 아깝지도 않나? 산신의 신부라니? 산신이 어떤지 뻔히 알면서 이 일을 하겠다고 하는 건가? 그리고 나는 왜 끌어들이고?"

"저도 제 목숨 아까운 줄 알거든요. 저도 처음엔 몰랐다고요. 갑자기 튀어나와 차에 부딪히고 정신을 잃었기에 이곳으로 데리고 온 것뿐인데. 갑자기 산신의 신부라잖아요. 자기 안 도와주면 뺑소니로 동네방네 소문낸다잖아요."

"자네 또 사고 쳤는가?"

"또라니요? 뒤집어쓴 거라고요. 귀신들이 내 말을 믿겠어요? 높으신 분 말을 믿겠어요? 산신님은요? 누구의 말을 믿겠냐고요. 이래 죽으나 저래 죽으나. 저 신부 한

푸는 게, 우리가 살 가망성이 높다고요. 그리고 먼저 도와주겠다고 호언장담하던 건 아저씨잖아요!"

"누가 이럴 줄 알았는가? 이런 비밀은 제발 혼자 알고 있으라고. 에휴. 이래서 세상에 믿을 놈이 없다는 거야. 패 하나 개똥같이 뽑아서 손모가지가 뭐야, 그냥 목이 날아가게 생겼는데. 목이 잘리면 그야말로 유시영 같겠군."

박 씨는 텅 빈 대기실 의자에 앉았다. 그리고 골치라는 듯이 의수로 이마를 짚고 중얼거렸다.

"에잇, 사내대장부가 내뱉은 말도 있으니 못한다고 할 수도 없고. 아, 고 선생과 공실이가 저승으로 가기 전 저놈을 돌봐 달라고 부탁하지만 않았어도."

박 씨의 말을 듣고 승범은 뒤늦게 그의 선의를 이용한 것이 잘못이란 걸 깨달았다. 어쨌거나 목숨이 달린 일이 아니던가. 뭐 귀신인 박 씨는 죽음보다는 소멸이겠지만, 그런 상황에 놓이게 한 것이다. 솔직히 아까 서로 소개해 줄 때는 좀 신까지 난 것도 같다. 그런 저를, 박 씨와 이미 저승으로 간 수정과 공실은 걱정하고 있었다니.

승범은 박 씨의 옆에 앉았다.

"아저씨, 죄송해요. 제가 잘못했어요. 저 살자고 아저씨를 끌어들이고. 그냥 모른척하세요. 제가 해결할게요."

진심 어린 반성에 박 씨는 승범을 쳐다봤다.

"그렇다고 이 원수 같은 김 원장 혼자 감당할 일도 아니고. 확실하게 말하지만, 내 배후가 누구냐고 산신님이 묻는다면 나는 주저하지 않고 자네를 지목할 테니 그리 알라고."

박 씨가 으름장을 놓자 승범이 고개를 번쩍 들었다.

"아저씨, 아니, 선생님! 역시 한의원의 기둥! 저의 정신적 지주!"

"내 김 원장이 말만 번지르르하단 걸 어째 잊고 있었을까. 그나저나 산신의 신부라. 그래서 조치언의 부하들이 사방팔방 눈에 불을 켜고 들쑤시며 다니는군."

"조치언이요?"

"나쁜 놈들의 수장 이름도 모르는가? 정말 아무것도 모르는군. 일을 벌이려면 적을 알고 그에 대한 방비를 먼저 하는 것이 기본이 아닌가. 쯧쯧."

승범은 신부를 산신에게 바치는 악의 무리의 이름이 조치언이란 걸 처음 알았다.

그동안 우화에 있었어도 왜 이렇게 모르는 것투성이인지.

승범이 전혀 몰라 하는 눈치에 박 씨는 한숨을 쉬고 그에 관해 설명하기 시작했다.

"나도 직접 겪은 게 아니라. 한동안 뒷방 늙은이 신

세였던 할멈이 있었는데 옛날에 꽤 악독했었나 보더라고. 우화시 모든 귀신을 자기 발아래 두고 그랬다지. 그 조선 시대 폭군 있잖는가? 딱 그거였다고 하네. 재물을 바쳐라, 일해라, 칭송하라! 귀신들 괴롭히고 제 손에 그들의 생살여탈권을 쥐고 협박을 일삼으며 군림했다더군. 그런데 고 선생 선대가 이곳에 터를 잡는 순간부터 견고했던 조치언의 입지가 흔들리기 시작했다지. 그들에게 쉽게 손댈 수 없는 힘이 있던 거야. 게다가 남편을 잃은 고 선생이 돌아가신 아버지 대신 그 가업을 물려받는 순간 판도는 뒤집어졌다네.”

“어떻게요?”

할머니가 아랫목에서 해 주는 옛날이야기처럼 승범은 박 씨의 말에 빠져들었다.

“자네도 알다시피 고 선생이 억척스럽고 강단 있는 카리스마로 한약방의 세를 불리기 시작했지. 어어, 뭐 거한 건 아니고 귀신 상대로 장사를 시작했다는 거야. 귀신 환자 하나당.”

“사람 환자 열 명!”

승범이 홀린 듯 대답했다.

“심지어 고 선생은 어떻게 구워삶았는지 윗분들 마음에 쏙 들어가지고서는⋯⋯.”

“윗분들이요?”

“산신님과 소문엔 저 하늘에 계신 분들.”

“그게 가능해요? 아니. 그렇다면 가기 전에 나한테 소개해 주고 가지, 그냥 가셨대요?”

“그거 욕심이지. 자네 같은 초짜가 그런 대단하신 분들을 어떻게 영접하겠나?”

그건 그렇기도 해서 승범은 고개를 끄떡였다. 그건 뭔가 범접할 수 없는 영역 같았다.

“아무튼 고 선생이 그런 대단하신 분의 비호를 받으니 아무리 조치언이라 해도 몸을 사릴 수밖에. 그런데 우린 어떠냐, 이 말이야. 그 대단하신 분의 뒤통수를 치고 있잖은가? 어? 당시에 아무리 조치언이 잔악하다고 해도! 우리같이, 어? 몰래, 산신님의 신부를 빼돌리는 이런 무도한 흉계 같은 걸 꾸밀 생각도 못 했단 말일세! 아이고, 두야.”

말하다가 다시 화가 울컥 치미는지 박 씨가 혀를 찼다. 승범이 재빨리 화제를 바꿨다.

“그런 조치언이 고 선생님이 돌아가시자마자 위상을 떨쳤던 지난날로 돌아가기 위해 산신께 신부를 바치기로 했단 말이죠?”

“그렇지. 거의 지옥에서 돌아온 악귀 같은 거지. 잔뜩 독기를 품은 악귀가 자신의 영달을 위하고자 준비한 그 신부를 승범이가 중간에서 빼돌렸으니 만약 걸린다면 사람이고 뭐고 그 자리에서 모가지를 뎅강……."

멍멍멍. 그때 닫힌 한의원 문을 뚫고 골든리트리버 한 마리가 들어와 짖어 댔다.

"아잇, 깜짝이야!"

순간 아득바득 이를 갈고 있는 조치언에게 목이 잘리는 끔찍한 상상을 하고 있던 승범은 갑작스러운 대형견의 등장으로 제 목을 붙잡고 그 자리에서 펄쩍 뛰었다.

"얘, 뭐예요? 개 귀신?"

"어이쿠. 아직 문도 열지 않았는데 줄도 안 서고 들어오면 쓰나. 그리고 산신님도 계신데 개 귀신이라고 없으려고."

박 씨가 일어나 개의 머리를 쓰다듬었다. 그건 그렇지만 한의원에 들어온 개 귀신은 처음이라 승범은 적잖이 당황스러웠다. 멍멍멍. 개가 또 짖었다.

"어어, 뭐라고? 여기가 한을 치료해 주는 곳이냐고? 그렇지. 아주 잘 찾아왔어. 여기 이 사람이 한 치료 전문 한의사일세."

승범의 입이 떡 벌어졌다. 방금 박 씨가 개랑 대화한 건가? 개가 짖자 박 씨가 말을 전하기 시작했다.

"뭐? 이화리의 언덕배기 집 대문 옆에, 어어, 시들어 가는 소나무가 있는데, 어어. 아, 거참. 천천히 짖으라고 이 친구야! 나 귀 안 먹었으니 좀 조용조용히, 어어.

뭐? 거기에 막걸리를 달라고?”

◇◇◇◇◇

한동안 청명하기만 하던 하늘에 구름이 끼기 시작했다. 오후부터 비 예보가 있어서인 듯했다.

이화리 마을에 들어서기 전부터 청수산에 면한 집과 밭에 빨간 깃발이 꽂힌 게 보였다. 골프장과 리조트로 재개발 진행 중이라더니 유치 확정 전부터 물밑 작업을 꽤 한 듯했다.

승범은 동네에 모여 있는 집들을 지나쳤다. 5분여를 달리자 사과 과수원이 보였고 그 옆 언덕배기에 있는 회색 집을 발견했다.

승범은 한숨을 쉬었다. 이제는 하다 하다 개 귀신의 한까지 치료하다니. ‘우주 만물은 평등하다고!’라고 외치는 박 씨의 말이 귓전에서 울렸다. 개를 좋아하는 박 씨는 그 개의 한을 풀어 주고 싶어 했고 그의 도움이 필요한 승범은 그것부터 해 주기로 했다. 한숨을 내쉰 승범은 출발할 때 샀던 막걸리를 가지고 차에서 내렸다.

제법 선선해진 바람과 들려오는 산새 소리에 주위를 둘러봤다. 청수산이 둘러싼 이화리는 이름 그대로 옛날부터 배로 유명한 곳이다. 마을 저편에는 배밭이 있었고 시장의 말대로라면 옛날엔 그 일대가 기씨 집안 땅이었을 것이다. 그 비싼 땅을 팔아넘긴 이유는 듣지 못했지만, 어떤 이유에서든 결국 돈이 필요해서가 아니겠는가. 어쨌든 현재 그 땅의 소유주는 우화시 유지로 통하는 이화리 이장이었다. 그리고 승범은 당연히 그와 안면을 텄다.

나의 소중한 인맥.

"그런데 여긴 사과를 키우네."

승범은 일렬로 선 사과나무들을 보며 고개를 갸웃거렸다.

배로 유명한 산지니까 사과보다 배의 값이 더 이문이 남지 않나?

나무마다 잔뜩 사과가 달렸고 잡초로 우거진 바닥에 떨어져 썩어 가는 사과도 꽤 많았다.

여기 제대로 관리가 되는 건가?

그런 생각도 잠시 회색 집에서 멍멍 짖으며 개 귀신이 달려왔다. 전날 개 귀신은 한을 풀어 달라며 자신의 집이 어딘지를 설명했다. 박 씨가 말을 전해 주었지만, 개 귀신이 짖을 때마다 승범은 그 상황이 영 이상하기만 했다. 게다가 개 귀신이 이금주 환자가 키우는 개라는 말을 듣고 어찌나 놀랐는지 모른다.

"그래그래, 간다. 가."

멈췄던 걸음을 옮기자 한달음에 달려온 개가 꼬리를

흔들며 승범의 주위를 뛰어다녔다. 그리고 혼자 집으로 뛰어갔다. 집으로 들어가는 입구를 보자 전날 개의 말을 전하던 박 씨의 말대로 대문 앞에 삐죽 솟아오른 소나무가 보였다.

제법 큰 소나무지만 잎 대부분이 노랗게 말라 있었다. 소나무를 보고 있는데 대뜸 테니스공이 날아와 땅에 튕겨 데구루루 굴렀다. 뭐지? 하고 승범이 발치에 구르는 공을 주워들자 집으로 갔던 개 귀신이 득달같이 달려들었다.

커다란 개가 덮치는 것 같아서 놀랐으나 개는 귀신이라 그 몸이 승범을 지나쳤다. 몇 번이고 공을 노리고 달려들어서 승범은 얼른 공을 줬다. 공을 입에 문 개가 만족스러운 표정으로 언덕을 올라갔다. 그 뒤를 따라가는 승범은 개의 엉덩이와 흔들리는 꼬리가 낯설지 않았다.

어디서 본 것 같은데?

개의 한풀이는 소나무에 막걸리를 부어 달라는 것이었기에 승범은 조심스레 마당을 봤다. 대뜸 막걸리를 붓는 것을 이금주 환자가 좋아하지 않을 것이 분명했다.

"왜 또 오셨어요?"

그때 마당에서 팥의 깍지를 까고 있던 이금주 환자가 그를 발견하고 눈살을 찌푸렸다. 들킨 승범은 막걸리가 들은 비닐을 바닥에 슬그머니 내려놓고 그 앞으로 갔다.

"안녕히 주무셨습니까? 간밤에 좀 어떠셨는지 걱정이 되어서요. 얼굴이 여전히 창백하시네요."

환자의 얼굴을 살피고는 엉거주춤 그 자리에 앉아 아무렇지 않은 척 어르신이 하는 대로 광주리에서 팥의 깍지를 깠다. 이렇게 들켰으니 겸사겸사 말이라도 꺼내기로 했다.

"그러니까, 어머니 제가 여기에 오기 전에 서울에서 제일 유명한 제일한방병원에서 있었다는 거 아시죠? 거기 양방 병원에 지금 유명한 교수님이 계시는데……."

"아휴! 안 간다는데 왜 와서 그래요? 이것도 하지 말고. 그렇게 할 일이 없으면 나 대신 저 밑에 사과 과수원 구 씨 할아버지네에나 가 봐요."

이금주 환자는 승범 손에 있는 깍지를 버리게 하고 등을 밀었다. 그 힘이 어찌나 센지 승범은 얼결에 발걸음을 옮겼다.

"구 씨 할아버지네요?"

"구문석 씨 몇 달 전에 중풍으로 쓰러졌다가 집에 왔는데 거동이 불편하셔. 그러니 나한테 이렇게 시간 쓸 바에 거기 가서 침이라도 놔 주면 좀 좋아요?"

"아니, 그래도 어머님도 중요하죠. 저는 어머님 뵈려고 왔는데요."

"거절합니다. 가세요!"

너무도 단호해서 승범은 엉거주춤 서 있다가 하는 수 없이 터덜터덜 되돌아 나왔다. 저리 단호한데 어떻게 해야 하나 막막했다. 뒤에서 쾅 하고 문이 닫히는 소리가 들렸다. 승범은 뒤를 흘깃 보다가 종종걸음으로 발걸음을 옮겨, 비닐 속 막걸리를 들었다. 그건 그거고, 일단 이것부터 해결하기로 했다. 뚜껑을 열어 소나무로 향하자 목소리가 들렸다.

"누구요?"

승범은 흠칫 놀라 집을 봤다. 이금주 환자가 다시 나와 뭐라고 할까 봐 놀랐다. 하지만 집 쪽은 조용했다. 오히려 소나무 가지가 크게 위아래로 흔들렸다. 고개를 들자 소나무 꼭대기에 할머니가 앉아 계셨다.

"으헉!"

승범은 놀라 그 자리에서 얼어붙었다. 할머니가 나뭇가지를 붙들고 나무에서 미끄러지듯이 내려와 승범의 앞에 섰다.

"사람이 나를 보네? 이렇게 신기할 데가 있나?"

개 귀신이 꼬리치며 다가와 할머니에게 주둥이를 갖다 댔다.

"그래, 네가 데리고 왔구나."

할머니는 개의 입에서 공을 꺼내 밑으로 던졌다. 개는 공을 향해 신나게 달려갔다.

"놀라지 말아. 나는 이 소나무에 깃든 영이니까."

"아, 안녕하십니까."

"무슨 인사를 두 번씩이나 하고 그래."

"제가 온 이유는 저 개가 소나무, 크흠, 소나무님께? 막걸리를 드리는 게 소원이라고 해서 말입니다."

"뭐? 나에게 막걸리를? 아이고, 좋아라. 어서 주게."

할머니가 기뻐하며 소나무를 가리켰다. 승범은 다시 한번 집을 보고는 막걸리를 소나무에 뿌렸다. 소나무를 적신 뽀얀 액체가 거품을 내며 땅에 스며들었다.

"흐음. 향과 맛이 일품이구먼. 역시 우화 샘물로 만든 막걸리가 맛이 깊어. 이곳에 오고 나서 막걸리를 몇 번 집주인이 줘서 맛봤는데 어찌나 맛있던지."

할머니는 눈을 감고 입맛을 다셨다. 벌써 한 병이 비워졌다. 승범은 새 막걸리를 들어 보였다.

"한 병 더?"

할머니가 웃으면서 손뼉을 쳤다. 소나무 잎들이 살랑거리며 춤을 췄다.

"나는 청수산 저 어디쯤에서 살고 있었는데 이 집주인이 이곳으로 옮겨왔더군. 원래 있던 곳보다 토질이 거칠고 딱딱해서 내 뿌리와는 맞지 않아. 그러니 힘을 쓸 수가 있나. 주인이 어떻게든 살려 보겠다고 노력했지. 영양제다 약이다. 그것으로 얼마나 갈까. 이제 얼마 남지 않았지.”

　이금주 환자한테 들킬까 봐 언덕 아래 목련 나무 밑에 숨어든 셋은 나란히 쪼그려 앉았다. 할머니는 자신을 볼 줄 아는 승범에게 두서없이 이런저런 얘기를 했다.

　“심심해하는 개랑 몇 번 놀아 줬더니 막걸리로 은혜를 갚는군. 그래도 언제 사라져도 이상하지 않을 나보다는 오래 살 줄 알았는데.”

　할머니는 꼬리를 흔드는 개 귀신의 머리를 쓰다듬었다. 가만히 산을 보고 있노라면 자연의 시간은 더디게 흘러가는 듯했다. 그 시간대로 숨조차 천천히 내쉬는 것도 같았다.

　“내가 사라지면 이 아이는 어떻게 될까.”

　승범은 그 둘을 힐끗 보다가 산에 다시 시선을 돌렸다. 각자에게 주어진 시간은 다를 뿐 영원한 건 없었다. 누구에게나 그 끝이 있었고 승범은 그걸 목도할 때마다 아무것도 할 수 없음에 무력감을 느꼈다. 그렇기에 쉽게 뭐라고 대답할 수도 없었다.

　‘뭐가 그렇게 어려워? 잘 보내 주면 그만이지.’

　언젠가 고 선생의 죽음이 임박했음을 알았을 때, 함께하다가도 곧 사라진다는 사실이 두려워 슬픔이 목구멍에 올칵거렸을 때에 수정이 승범에게 한 말이었다.

"잘 살 겁니다."

자신이 그러하니까. 승범의 말에 할머니가 웃었다.

"그래, 그렇지. 잘 살아라!"

할머니가 개의 머리를 쓰다듬어 주며 말했다. 놀란 승범이 그들을 바라봤다. 수정이 자신에게 마지막으로 해 주었던 말이었다. 혀를 길게 빼 헥헥 거리는 개의 모습이 그때의 자신과 겹쳐 보이는 것이 너무나 어이가 없어서 승범은 그만 웃어 버리고 말았다.

◇◇◇◇◇

그날 오후, 집으로 돌아가는 길에 승범은 우거진 사과나무들 사이로 집이 있는 걸 발견했다. 아까는 보지 못했던 곳이다. 이금주 환자에게서 들은 말이 떠올라서 차를 세웠다. 과수원 입구 앞에 달린 문패의 이름을 봤다.

구문석.

이금주 환자에게서 그 이름을 들었을 때는 얼굴이 선뜻 떠오르지 않았었다. 그러다 조금씩 흐릿하던 기억이 선명해졌다. 봄에 봤던 기억 속 구문석 님은 건장한 체구에 기세등등하신 분이었다. 성격도 급해서 조금이라도 기다린다면 돌아가겠다고 으름장을 놓기도 했다. 그렇다고 돌아간 적은 없었다. 그저 한의사 선생 바빠서 참 좋겠다고 빈정거렸을 뿐이다.

그런 그분이 뇌졸중이라고?

승범은 차에서 내려 과수원으로 들어갔다. 양쪽으로 펼쳐진 사과나무에 주렁주렁 매달린 사과에서 싱그러운 향이 났다. 그러나 안으로 들어갈수록 사과나무 밑에 웃자란 잡초들과 떨어져 썩어 가는 사과들이 눈에 들어왔다. 이곳도 마찬가지로 사과가 빨갛게 익었음에도 수확하지 않고 관리도 전혀 안 되는 채로 방치된 듯했다. 승범은 집 앞에서 주인을 불렀다.

"계십니까."

"네! 잠시만요."

잠시 뒤, 집 안에서 중년의 여자가 나왔다. 승범은 미소를 지으며 인사했다.

"안녕하십니까. 저는 시내에서 한의원을 하는 김승범이라고 합니다. 구문석 님을 뵙고 싶은데요. 저희 한의원에서 몇 번 치료를 받으셨거든요. 지나가다가 안녕하신지 인사를 여쭙고자 왔습니다."

"아, 그러세요?"

안에서 어눌한 남자의 목소리가 들렸다.

"들어오세요."

"들어오시라고 하시네요. 어서 오세요."

승범은 안으로 들어갔다.

"저는 요양보호사예요. 낮에 잠깐 아버님을 돌봐드리

고 있어요.”

“아, 그러시군요. 봄까지만 해도 구문석 님이 한의원에 오셨었는데 말입니다.”

“그렇겠네요. 6월에 뇌졸중으로 쓰러지셔서……. 잠시만 여기서 기다리세요.”

거실로 안내받은 승범은 요양사 선생님이 시킨 대로 거실에서 기다렸다. 이렇다 할 가구도 없는 깔끔한 내부였다. 통창 너머로 진입로와 무성한 사과나무들이 보였다. 잠시 뒤 안방에 갔던 요양사 선생님이 할아버지를 부축한 채 나왔다.

노인은 지팡이를 짚으며 간신히 걸어왔다. 몸 왼편 마비로 누군가의 부축 없이는 이동도 쉽지 않아 보였다. 그나마 눈빛만은 여전해서 승범은 반색하며 다가가 어르신의 손을 잡았다.

“어르신 혈관이 약하시니 술, 담배 끊으라고 그렇게 얘기했는데.”

굳은살이 박인 두툼했던 손은 이제 뼈와 가죽만 남았다.

“그 좋은 걸 더는 못해서 쓰러지겠어! 뭔 놈의 혈관이 쇠심줄처럼 질기지도 못하고 터지는지.”

“아이고, 그 말에 제가 쓰러지겠네요.”

“원장님. 더 혼내 주세요. 운동도 하지 않으시고 사과밭에만 나가 계신다니까요. 더는 농사도 지을 여력이 안 된다고 본인도 말씀하시면서. 마침 서울에서 부동산 한 다는 사람이 매일같이 찾아와서 이 땅 팔라고 하지 뭐예요. 옆에서 들어 보니 좋은 제안 같은데, 파시라니까.”

요양사 선생님이 부엌으로 들어가며 말했다. 부엌 쪽 벽에 아주 오래되어 보이는 가족사진이 있었다. 20여 년 전 할머니를 먼저 보내고 혼자 산 지 오래고, 아들 둘이 있었는데 해외로 이민 가서 연락도 잘 하지 않는 다고 했던 게 기억났다.

“내 사과밭을 깔아뭉개고 리조트? 골프장? 내가 이것 들을 어떻게 키웠는데, 그럴 수는 없지. 내가 죽을 때까 진 절대 안 돼!”

“저러세요. 이장님이 수확하시는 거 도와주시겠다고 하지만, 그분도 요즘 배랑 고구마 수확하시느라 바쁘시 니까요.”

아, 구문석 님은 리조트 개발에 반대하시는구나.

“몸이 이 지경이라 답답해 죽겠군. 마침 잘 왔소. 선 생님, 나 좀 고쳐 주시오. 좀 편히 움직일 수 있게!”

어르신의 말에 승범은 눈을 크게 떴다.

“정말 저한테 치료받으실 거예요?”

그렇다면 이건 기회였다. 치료하면서 겸사겸사 땅을 팔게끔 구슬리면 되었다.

자신이 누구인가! 제일한방병원에서도 비싼 약을 잘 팔기로 유명하지 않았는가! 물론 이금주 환자는 설득이 잘 안 되고 있지만, 그분은 시간이 더 필요하니까.

"그동안 여기서 더 나을 거란 생각은 하지 않았는데, 오늘 이렇게 한의사 선생을 보니 조금의 희망이란 게 생겼어."

"희망이라. 이건 하루아침에 낫는 게 아닙니다. 치료도 시간을 두고 부지런하고 성실하게 받으셔야 해요."

"그래서 조금이라고 하잖나. 그리고 농사꾼한테 부지런과 성실을 논하지 말아!"

만족스러운 대답에 승범은 씩 웃었다. 그리고 어깨를 으쓱였다.

"그 조금의 희망에 대한 책임은 지겠습니다. 잠시 맥 좀⋯⋯."

승범은 노인의 옆으로 다가갔다. 맥을 짚으며 얼굴을 들여다보니 중풍 후유증으로 안면 마비까지 온 걸 확인했다. 뇌혈관이 터졌다고 하니 출혈성 뇌졸중이겠고 4개월 정도의 병기라면 회복기였다.

"머리도 아프고 어지러우시죠?"

노인이 고개를 끄덕였다.

"배변은 어떠세요?"

그 질문에는 고개를 내저었다. 시원치 않다는 뜻이었다.

“또요? 아픈 데 있다면 저한테 다 말해 보세요.”

“잠자는 것도 힘이 들고 가만히 있어도 답답하고.”

말하는 것도 힘든지 숨을 몰아쉬었다.

“그쵸. 뇌졸중 후유증 증상이 그럴 수 있어요. 한약이랑 침 치료를 병행할 겁니다. 병원 약도 잘 드시고 밥도 잘 드시고. 요양사 선생님 말씀처럼 운동도 잘하면 악화되지 않고 좋아지실 겁니다. 아셨죠? 제가 오후에 일이 있으니 일 끝나고 다시 올게요. 그때 치료 시작합시다.”

“알았어.”

“그리고 저 비싸요. 방문 진료비 받을 거예요.”

“알았어, 알았어.”

거실 통창으로 시선을 돌렸다. 어느새 하늘에 먹구름이 꼈다. 비가 오려는 듯싶었다.

“그럼 오늘 진료비로 사과 좀 따가도 돼요?”

풋. 요양보호사가 웃음을 터트렸다.

“여자 친구가 사과를 좋아해서요.”

“그래, 그래. 다 따가. 나한테 남은 거라고는 이제 저것뿐이니까.”

3. 청뢰 장군신과 명연

경기도 자우시, 한낮 저수지 공원엔 활기찬 이들로 가득했다. 단풍 든 벚나무로 이어진 저수지 가에서 운동하는 사람들, 산책하는 사람들. 보기 좋게 자리한 잔디밭에는 소풍 나온 아이들이 뛰어놀았다.

활력으로 찬란한 공원에 혼자 우중충한 기운을 내뿜는 여자가 있었다. 하하호호 웃으며 그 옆을 지나가던 사람들은 하나같이 한기를 느끼고 웃음을 멈췄다. 왜 자신들이 그 느낌을 받았는지 모르는 눈치로 눈동자를 굴리다가 여자를 지나자마자 다시 웃었다. 때때로 어떤 이들은 벤치에 앉은 여자를 발견했다. 그러면 하나같이 원래 그곳에 없었던 존재가 갑자기 불쑥 튀어나온 모습을 본 것처럼 화들짝 놀랐다. 긴 머리카락에 반쯤 가려진 창백한 얼굴, 깡마른 몸집이 바람에 삐걱 움직이자

사람들은 한낮의 귀신이라도 본 듯 비명을 지르며 도망
쳤다. 그런 소란에도 여자는 그저 눈앞의 저수지만 멍
하니 쳐다봤다. 그녀는 귀신이 아니었다. 오히려 귀신
을 잡는 무당이었다. 그리고 귀신보다 무서운 상태에
직면해 있었다.

얼마 전에 집주인한테서 연락이 왔었다.

—명연 님, 전세금 올려 줘야겠어요! 이 동네가 그
MZ인지 뭔지, 암튼, 요즘 젊은이들이 많이 찾는 곳이
되어서 임대 문의가 자꾸 들어와요. 그러니 그 돈에 맞
춰 주지 못하면 비워 주세요.

갑작스러운 통보에 명연은 애걸복걸했다.

"제가 요즘에 몸이 안 좋아서 일을 못 했어요. 갑자기
전세금을 올려 달라니. 제가 그 큰돈이 어디 있겠어요?
제발 불쌍하게 여겨서……."

—그건 제 알 바가 아니죠.

세상에 그렇게 모진 사람이 어디 있나 했더니 자우시
에 있었다.

"아이고, 내 팔자야."

고아로 자라 공부만 열심히 했다. 부모 없는 설움도
참아가며 열심히 살았더니 좋은 회사에 들어갈 수 있었
고 사회관계도 좋아 인망이 두터웠다. 그렇게 남부럽지
않게 잘 살고 있었는데, 신내림 때문에 그 모든 게 송두

리째 사라졌다.

그렇게 오전 내내 핸드폰으로 이사 갈 집을 찾다가 이렇다 할 곳이 없어 막막해진 상태였다. 명연은 자리에서 일어났다. 한숨이 푹푹 나왔다. 돈도 없고 집도 없는 거지 신세가 따로 없었다.

"윽!"

위에 경련이 일었다. 명연은 명치를 붙들고 엉거주춤 선 채로 잠시 숨을 골랐다. 식은땀이 등 뒤로 주룩 흐르는 걸 느끼며 명연은 어금니를 사리물었다.

청뢰 장군신을 받은 지 얼마 되지 않은 명연은 장군 할아버지만 몸에 실었다 하면 며칠간 안 아픈 구석이 없었다. 신병이 아닌, 장군 할아버지의 오랜 병증이라는데 그 통증이 자신의 몸에도 남았다.

장군신도 자신의 병을 못 고친다니, 하필 내가 그런 신을 모시다니!

한탄이 절로 나왔다. 병원을 가서 온갖 검사를 해도 이상이 없다는 말이나 하고, 그저 스트레스 때문이라고 했다. 그러나 좋다는 온갖 약을 먹어도 차도는 없었다.

원인은 장군 할아버지이니, 당집을 전전해도 거절당하거나 가짜 무당한테 걸려 사기당하길 수차례였다. 그들이 낫게 해 준다고 속살거리면 장군 할아버지는 가짜인지 구별도 하지 않고 덜컥 믿었다. 덕분에 명연의 주머니 사정은 날로 빈곤해져 갔다.

누가 무속 일하면 돈 많이 번다고 했지? 그 말에 혹해서, 그 말에 덜컥. 신병이 오래가서 지치기도 했고 이럴 바에 돈이라도 벌자며 신내림 받은 건데, 부자는 개뿔. 태어날 때부터 자신은 지독히도 뽑기 운이 없나 보다.

부루퉁한 얼굴로 명연은 공원을 빠져나왔다. 햇볕을 쬐며 앉아 있었는데도 손발이 시렸다. 주머니에 손을 집어넣고 걸음을 빨리해 집에 왔다. 신당에 향을 피우고 방으로 가니 장군 할아버지가 누워 텔레비전을 보고 있었다.

"요즘에 이렇게 볼 게 없어서야."

"할아버지, 누가 보면 영감님인 줄 알겠어요."

"할아버지가 영감님이지, 뭐."

"사람 같다는 말이에요."

리모컨으로 채널을 돌리던 할아버지가 자리에 앉았다. 명연은 가만히 그런 할아버지를 쳐다봤다. 처음엔 그래도 굉장한 신을 받았다고 모두가 말할 정도로 그 기운이 대단했었다. 그러나 얼마 지나지 않아 명연은 그 본체를 알아 버렸다. 신력을 쓸 때마다 할아버지는 더 아파했고 하루의 대부분은 하릴없이 누워 계셨다. 뼈밖에 없는 앙상한 몸체에 장군신으로서 위엄 같은 건 전혀 보이지 않는 가벼운 성격과 아플 때 생떼를 부리는 진상력! 자신이 신을 모시는 건지 인간인 어르신을 간호하는 건지 헷갈렸다.

"아까 어떤 잡귀가 왔었는데."

어딜 감히 장군신이 있는 신당에 잡귀가 들어오겠는가. 전혀 신기가 느껴지지 않았거나 만만하거나 둘 중 하나였다. 할아버지는 부끄럽지도 않은지 계속 말했다.

"말하기를 우화시에 있는 한의원이 밤 영업을 하는데, 사람이 아닌 귀신을 치료한다는 거야. 너무도 용하다 하니 내 친히 가 봐야겠다."

또 시작이네.

명연은 할아버지 말을 흘려들으며 소독약으로 방바닥을 닦았다.

잡귀가 들어오다니 재수 옴 붙겠네.

가뜩이나 연이은 악재로 되는 일이라고는 하나도 없었다.

어쩌다 한두 개씩 들어오던 예약 전화조차!

"갈 거지?"

방바닥을 박박 닦는 명연에게 할아버지가 물었다.

"응?"

대답이 없자 재촉하듯 다가왔다. 명연은 걸레를 방바닥에 집어 던졌다. 그리고 일어나 손을 씻고는 두툼한 겉옷을 입었다.

“왜? 어디 가게?”

“우화에 가자면서요.”

“정말? 갈 거야?”

“일도 없고. 내내 가자고 조르는 거 듣느니 가는 게 낫겠어요. 사람이나 망자나 얽힌 매듭 풀어 주는 업으로 사는데 할아버지 원 못 들어줄까. 가요.”

아이처럼 반색하며 할아버지가 일어났다. 집을 나서며 명연은 우화에 어떻게 가는지 검색했다. 그곳이 어디에 있는지도 모른 채로 거침없이 나섰더니, 검색 결과를 보고 순간 명연은 당황했다. 몇 번을 자세히 봐도 그곳은.

전라남도? 하이고, 멀기도 멀다.

◇◇◇◇◇

몇 시간을 버스를 타고 왔을까. 멀미로 꾸벅꾸벅 졸던 명연은 할아버지의 성화에 눈을 떴다. 컴컴했던 차 내에 낮은 조도의 조명등이 켜졌다. 창밖을 보니 밖은 어느새 밤이었다.

고속버스가 터미널에 진입한 순간부터 장군 할아버지는 엉덩이를 들썩거리다가 문이 열리자마자 그 누구보다 먼저 버스에서 내렸다. 아직 버스 안에서 뭉그적거리는 명연이 답답해서 다시 올라와 닦달했다.

"빨리 좀 움직여라. 굼벵이도 너보다는 빠르겠다."

"아이고, 그러십니까."

못마땅한 표정으로 대꾸하며 명연은 버스에서 내렸다. 우화시의 밤바람은 차가웠고, 터미널이라서 그런지 버스가 뿜어 대는 매연에 공기가 탁했다. 그리고 사방에 귀기가! 명연은 움찔거리며 뒷걸음질 쳤다. 귀기? 곳곳에 귀신투성이였다.

"살다 살다 이렇게 귀신들이 많은 거 처음 보네. 정말 여기 맞아요?"

"나 받고 자우시를 벗어난 적이 있느냐? 도시에는 곳곳에 숨을 곳도 많고 사람들로 붐비니 그 활력에 귀들이 있을 수가 없어. 차라리 이렇게 한적한 곳이 귀신들 살기에도 좋지. 아, 어서 빨리 가자니까."

삭신이 쑤신다며 일어나 앉는 것도 힘들다더니 어디서 저렇게 힘이 나는지 안달복달하며 앞장섰다. 그러다 얼마 가지 않아 힘들다고 칭얼거렸고 명연은 하는 수 없이 그런 할아버지를 업었다.

그녀는 지도 앱을 켜서 한의원 위치를 찾았다. 터미널에서 그리 멀지 않았다. 핸드폰을 보며 얼마나 걸었을까. 오후 8시가 넘었을 뿐인데 길가의 가게들이 문을 닫았다. 시내인데 길을 오가는 사람도 별로 없었다. 그런데 저 앞에 모여서 웅성거리는 이들이 보였다. 마치

오픈 런을 기다리는 모습이라 명연은 호기심에 빨리 그
곳으로 갔다. 이런 적적한 곳에 대체 어떤 가게가 호황
인가?

"여기로구먼!"

할아버지의 환호에 명연은 웅성거리는 이들이 죄다
귀신이란 걸 깨달았다. 귀신들이 한의원 앞에서 줄을
섰다. 얼떨결에 명연도 그 뒤에 섰다.

승범 한의원. 외관은 평범한 단층 건물이다. 선선한
공기엔 나무 태우는 냄새와 한약 냄새가 났다. 탁한 매
연에 익숙한 명연은 냄새로 먼저 우화를 각인하기 시작
했다. 할아버지가 호들갑스럽게 설레해서 그런지 그녀
도 조금 기대감이 생겼다. 사람보다 북적이는 귀신들
틈이 조금은 어색했지만 말이다.

"이곳이 고수정이 죽고 나서 자리를 차지한 한의원이
라고?"

명연은 앞에 선, 우락부락하게 생긴 남자 귀신들을
봤다. 넷이 아는 사이인 듯 어깨를 나란히 한 채 머리를
모아 저마다 한마디씩 하고 있었다.

"치언 님이 악독한 고수정을 그리 싫어하셨으니 이
근처에도 발을 들이지 않았지만, 내 생각에 분명 그년
은 이곳에 있을 거야."

"고수정의 결계로 아무나 들어갈 수 없을 거 아냐?"

"그렇다고 우리가 생각했을 뿐이지. 봐 봐. 이렇게 귀신들이 줄 서 있지 않나? 이건 아무나 들어갈 수 있다는 말이지. 결계 따윈 없어."

"그 한의사는 사람이지 않나. 귀신을 치료한다는 게 고수정이 하던 일과 같은데, 혹시 고수정과 무슨 연이 있는 게 아닐까? 그렇다면 우리끼리 이곳을 무작정 들어가는 건 위험할지도 몰라. 지금이라도 치언 님께 말해서 함께 이곳에 쳐들어가야……."

"어허, 이 귀신. 그년이 있다는 확실한 증거도 없는데 무턱대고 치언 님께 고하면 우리만 사달 나지. 이 한의사에게 뒷배 따윈 없어! 그러니 한의원에 들어가서 그년을 찾는 게 먼저야!"

저들끼리 속닥거린다지만 바로 뒤에 있는 명연의 귀에 똑똑히 들렸다. 대화가 마치 사채꾼들이 도망간 빚쟁이를 찾는 느낌 같았다. 말소리가 이어졌다.

"하지만 하루에 귀신 열 명만 본다던데. 우리는 들어가지도 못하는 거 아니야?"

그들 중 누군가가 한 말에 할아버지가 고개를 번쩍 들었다.

"하루에 열?"

할아버지는 앞줄의 귀신들을 헤아렸다. 이대로라면 저 앞에서 줄이 끊기고 말 터였다.

“허허, 그러면 안 되지. 내가 어떻게 여기까지 왔는데.”

장군신이 두 눈을 부릅떴다.

“아이고. 할아버지, 그렇다고 힘을 쓰면 어떻게 해요?”

번쩍이는 힘이 몸을 짓누르자 명연이 앓는 소리를 냈다. 앞에서 수다를 떨던 귀신들이 일제히 명연을 돌아봤다. 정확히는 명연에게 업힌 장군신을 보고.

“뒷배가 없기는 뭐가 없는가? 으아악!”

그들 중 하나가 도망치며 소리를 질렀다. 그를 선두로 모여들었던 귀신들이 일제히 사방으로 사라졌다. 굳게 닫혔던 문들이 들썩였고, 나무의 가지들이 몸을 떨었으며, 어두운 거리에 켜진 불빛들이 깜박였다. 순식간에 거리는 텅 비었고 허공에 인 흙먼지 사이에 명연과 청뢰 장군신만이 남았다.

◇◇◇◇◇

요즘 박 씨는 낮에 아는 귀신들을 만나고 다니느라 바빴다. 그들에게 신부의 몽타주를 보여 주고는 혹여 본 적이 있는지 물었다. 신부가 생전에 우화에 살았다면 몽타주 속 인물을 알아볼 누군가가 있을지도 몰랐다. 믿을 만한 귀신한테만 물었으니 조치언의 부하들도 모를 일이었다. 그렇다고 단언할 수는 없었다. 낮말은 새가 듣고 밤말은 쥐가 듣는 법. 도박판은 적과 동지가 수시로 바뀌었다. 비밀은 없었고, 입 밖으로 나간 말들은 어디로든 흘러갔다. 그렇기에 언제 어디서 조치언의 부하들이 튀어나와 그를 붙들지 모른다는 불안에 매 순간이 긴장의 연속이었다. 차라리 한의원 일이 쉽고 편하고, 즐거웠다. 일의 소중함을 깨달으며 박 씨는 오늘도 길게 줄을 섰을 귀신들을 향해 힘껏 외쳤다.

"자자, 줄을 서시오!"

늘 이 말을 하는 시간이 기다려졌다. 모여든 귀신들이 자신에게 선망의 눈빛을 보내는 게 얼마나 짜릿한지 아무도 모를 거다. 그런데 오늘은 뭔가 이상했다. 평소와는 달랐다. 거리에 귀신들이 없었다!

"이게 대체 무슨 일이야?"

박 씨가 텅텅 빈 거리를 보고 당황하는데 그런 그를 누군가가 불렀다.

"저기요. 여기가 승범 한의원 맞죠? 지금 진료하시나요?"

"예, 그러하옵니다만……. 헉?"

박 씨는 어둠 속에서 걸어오는 여자를 바라봤다. 노인을 등에 업고 당당하게 걷는 모습에 절도가 있었다. 한의원 앞을 밝힌 불빛에 드러난 그들을 본 박 씨는 없는 숨도 집어삼켰다. 여자의 등에 업힌 존재가 너무도 위대하고 범접하기조차 힘든 존재였다. 보고 있기만 해

도 소멸할 것 같은! 참지 못하고 박 씨는 펄쩍 뛰며 도
망쳤다.

"승범이, 미안허이!"

박 씨마저 도망치자 텅 빈 한의원 앞에 명연과 할아
버지만이 남았다.

◇◇◇◇◇

"아니, 뭐가 이렇게 시끄러워요? 약을 짓질 못하겠네."

요란한 소리에 승범은 진료실에서 나오다가 그 자리
에 멈췄다. 숨어만 있어야 할 신부가 모자와 마스크를
낀 채로 진한 화장을 한 여자 사람과 그녀가 업고 있는
오라가 있는 할아버지 귀신을 접수하고 있었다. 그는
눈앞의 다소 생소한 조합에 무척 당황한 채로 물었다.

"박 선생님은 어디 가셨습니까?"

"그 귀신이 박 선생인가? 도망가시던데요?"

여자분이 대신 대꾸했다. 그 말에 승범은 겁에 질린
채 다시 신부를 바라봤다.

조치언이 나타났나? 아니면 산신님?

"나는 청뢰 장군신이다! 이쪽은 날 받은 제자 명연이
고. 한의사 양반이 귀신을 고친다는 소문을 듣고 왔다."

다행히 둘 다 아니라 승범은 안도의 한숨을 내쉬었
다. 무속인과 신이라니, 처음 보는 직업군이었다. 승범

은 신부가 쓴 차트를 받아들었다. 한의원에 있으면서 신규 환자를 어떻게 접수하는지 습득한 듯했다.

"제가 할게요. 아, 예 청뢰…… 환자분? 어디가 아프셔서 오셨는지요?"

"온몸이 아파. 손목이며 발목, 안 쑤시는 데가 없어. 목이며 등허리는 칼에 베이는 것처럼 아프고 짐승이 온몸의 살점을 물어뜯는 고통도 있네."

"아, 환상통이다."

신부가 중얼거렸다. 그 말을 들은 승범은 고개를 주억거렸다.

환상통은 의학 용어로 절단된 사지에서 느끼는 통증성 감각이다. 예로 절단한 발가락이 움직이는 느낌이 들거나 아프기도 하고 간지럽기도 하다. 때때로 귀신 환자 중 생전에 죽을 때 겪었던 아픔을 고쳐 달라고 토로하기도 했었다.

"할아버지를 몸에 실으면 저도 며칠은 아파요. 병원에서는 이상이 없다거나 스트레스 때문이라고 하더라고요. 증세에 맞는 다양한 약을 먹어 봤으나 그때뿐이라 또 아프기 시작하고요."

"그렇군요. 그렇다면 먼저 할아버지를 몸에 실으신 채로 침을 맞아 보실까요? 들어오세요."

승범이 앞장서자 할아버지를 업은 명연이 그 뒤를 따

라갔다.

할아버지는 승범에게 말을 걸었다.

"한의사 양반, 그런데 내 병이 낫겠소?"

"그럼요. 제 소문 듣고 오셨다면서요? 근데 아프신 데가 워낙 많아서 꾸준히 치료해야 해요. 낫는다는 믿음을 가지십쇼. 오늘은 쑤신다는 손목과 발목, 무릎을 치료하겠습니다."

명연은 승범의 말에 입술을 삐죽였다. 그를 못마땅해하는 모습을 본 승범이 씩 웃었다. 처음 오는 환자들 몇 명은 승범의 그런 말에 사이비 교주를 보는 것처럼 인상을 찌푸렸다. 하지만 침을 꾸준히 맞는다면 변화가 오는 것을 스스로가 느낄 것이다.

명연은 할아버지를 실은 채 바로 누웠다.

"제가 몇 년 전 서울에 있을 때 말입니다. 지속적이고 과한 스트레스로 수족냉증을 동반하는 자율신경실조증을 겪는 분이 계셨습니다. 기울로 인한 수족냉증인데 기울이 심해지면 화병이 됩니다. 교감 신경이 항진상태라 부교감 신경과 균형이 무너져 가고, 온갖 잡병이 생기는데요. 이를테면, 만성 위염, 역류성 식도염, 수족냉증, 과민 대장 증후군 같은 증상들이 나타났죠. 이에 저는 그분께 소요산을 처방했습니다."

승범은 잠시 말을 끊었다. 명연이 눈을 가느스름하게

뜨고 승범을 쳐다봤다. 지금 그가 약을 파는 순간인지 의심하는 듯했고 그 속내를 숨기지도 않았다. 승범은 미소를 지으며 말을 이었다.

"소요산(逍遙散) 한자에서 소요(逍遙)는 장자가 말한 소요유와 같은 단어입니다. 장자의 소요유 내용 중에 '삶을 수단시하지 마라. 삶 자체가 목적임을 알라. 이 삶이라는 여행이 무슨 목적지가 따로 있는 것이 아니라, 그 자체가 목적인 것이다. 그러니 그대여, 이 여행 자체를 즐겨라.'라는 구절이 나옵니다. 약도 약이지만, 어찌 보면 스트레스로 인한 자율 신경계 실조증은 장자가 말한 것처럼 삶을 성찰하는 마음의 여유가 필요한 것일지도 모릅니다. 그렇지 않습니까?"

명연은 승범의 말을 곱씹었다. 삶을 성찰하는 마음의 여유. 언제나 손가락질을 받지 않으려고 아등바등 살았다. 아직 무속인으로서 자리도 잡히지 않았고 할아버지의 병에 끌려만 다녔다. 어쩌면 할아버지의 병이 자신의 몸에 남은 게 아닐지도 몰랐다. 그 탓으로 돌려 자신은 멀쩡하다고 우기고 싶었던 건 아닐까.

"스트레스로 병이 생긴 것 같다면 치료는 간단합니다. 그 원인을 제거하면 되거든요. 가령 직장에서 받은 스트레스는 직장을 관두면 되고, 사람한테서 받은 스트레스는 그 사람을 없애면……. 말이 그렇다는 겁니다.

잊어 주세요."

승범은 재미도 없는 농담에 명연이 인상을 찌푸리자 괜히 멋쩍었다.

"이거 몇 번 맞으면 낫나요? 대략적으로 알 수 있을까 해서요. 제가 멀리서 왔는데 꾸준하게 이면 얼마나 꾸준하게 인지 궁금해서요."

명연이 물었다. 승범은 차트를 봤다. 수도권인 자우시에서 우화까지 왕래하기엔 힘든 거리였다.

"사시는 곳에서 이곳까지 오시는 게 힘드시겠지요. 저도 그게 참 아쉽네요. 제가 딱 몇 번에 낫는다는 말을 자신 있게 할 수 있으면 얼마나 좋겠습니까. 그 정도가 개인마다 다르기에 두고 봐야 한다는 말밖에 할 수는 없어요. 병의 치료는 의사가 주체적으로 하지만, 환자분도 그에 따른 준비를 해 주셔야 하죠. 일단 우화에 여행 오셨으니 그 기간만큼은 매일 오세요."

"여행이요? 저는 치료하러 온 것이지 그렇게 속 편한 마음으로 이곳에 온 것이 아니에요."

날 선 명연의 말에 승범은 고개를 끄덕였다.

"그렇군요. 저런, 제가 실언을 했네요. 죄송합니다. 이런 침 한 번으로 단번에 나으면 얼마나 좋을까요. 제가 다 안타깝습니다. 일단 오실 수 있는 만큼 오세요."

거리가 있기에 승범도 자주 오라고 강요할 수도 없었

다. 잠시의 침묵이 흘렀다. 침을 놓는 소리만 들리고 괜히 어색해진 것 같아 승범은 말을 돌렸다.

"그거 아십니까? 우화는 산도 좋고 물도 좋고 인심도 좋습니다. 그만큼 살기 좋은 동네지요. 곧 이곳에 리조트와 기차역도 생긴다고 하니 유명한 관광지가 될 겁니다."

"귀신이 많고 말이죠. 사람들이 귀신을 못 봐서 다행이지, 봤다면 그런 소리가 나오겠어요?"

좋은 시도는 아닌지 그녀에게서 불퉁한 말이 돌아왔다.

"그래서 저희 같은 사람한테는 정말 살기 좋지 않겠습니까? 저는 서울에서 살았던 때보다 여기서 귀신들의 한을 치료하는 현재 삶이 윤택해졌거든요. 자, 침을 다 놨습니다. 움직이지 마시고요. 편하게 쉬세요."

더 얘기했다간 환자가 더 스트레스를 받을까 봐 승범은 황급히 말을 마쳤다. 그리고 적외선 치료기의 불을 켜고 승범은 커튼을 쳤다.

◇◇◇◇◇

승범은 대기실에서 오도카니 앉아 있는 신부의 곁으로 갔다.

"환상통은 조 선생님이 말해 준 겁니까?"

"네. 일전에 조 선생님이 그런 비슷한 내용으로 말씀해 주셨어요……. 어라? 근데 병명까지 얘기해 주셨던가?"

"예?"

"아, 아니에요. 근데 저 할아버지, 그러니까 청뢰 장군님은 정말 나으시는 건가요?"

신부는 승범이 나을 거라고 호언장담하던 걸 떠올렸는지 물었다.

"글쎄요. 일단 경과를 지켜봐야겠지요."

나을 거라고 확언한 좀 전과는 다른 말에 신부가 눈살을 찌푸렸다. 사뭇 눈빛이 사기꾼을 보는 듯하여 승범은 이어 말했다.

"단번에 낫는 치료가 어딨겠습니까? 모든 치료는 부지런해야 합니다. 저도 열심히 해야겠지만 환자분도 열심히 치료를 받으셔야지요. 그러기 위해선 먼저 의사와 환자 간의 신뢰가 바탕이 되어야 합니다. 아까 명연 님은 처음부터 저를 불신하고 낫지 않을 거라고 확신하고 있었거든요. 어떻게 마음을 먹는가에 따라 나아질 확률은 올라가는 겁니다."

승범의 말이 꽤 진솔하게 느껴졌는지 신부는 고개를 끄떡였다. 그리고 조심스레 물었다.

"그럼 저도 나아질까요?"

"그럼요."

승범이 주저 없이 대답하자 신부가 웃었다.

"자, 나를 믿으십시오! 라고 발언하는 사이비 교주의
발언 같네요."

"푸핫!"

그 말에 승범도 그런 것 같아 웃다가 정색했다.

"다른 예시가 있을 텐데요?"

"사기꾼? 약장수? 아, 약장수는 맞지."

"……그러니까 신뢰를 쌓는 게 얼마나 힘든 건지 아
시겠지요? 현재 환자분의 신원을 찾고 있고 찾기만 하
면 기억이 돌아올 겁니다. 기억이 돌아오지 않는다고
해도 아버님을 찾는 건 금방이니 한을 풀겠지요."

그 곁에 있다가 아버님 생이 다하면 함께 저승으로
가시는 것이 서로에게 좋은 계획이었다.

"저기, 이건 다른 얘기인데요. 얼마 전부터 박 씨 아
저씨가 저녁 진료에 직원이 필요하다고 했잖아요."

꽤 오래전부터 하던 말이었다. 요즘 박 씨는 신부의
신원을 수소문하러 다녀 무척이나 바빴다. 저녁 진료까
지 신경 써야 했으니 육신이 없는데도 절로 피로가 쌓
이는 느낌이라고 투덜댔다. 승범도 너무 바빠서 차일피
일 귀신 직원 구하기를 미루고 있었다. 그는 텅 빈 대기
실을 돌아봤다. 무슨 일로 귀신들이, 박 씨마저 도망을
갔는지 여전히 모르겠다.

"청뢰 장군님한테서 뿜어져 나오는 신력 때문인 거

같아요.”

승범의 속내를 알아챈 신부가 답했다. 승범이 놀랐다.

“신력이요? 그 풍기는 오라가 있긴 한데, 그건가?”

“네, 선생님은 모르겠지만 마주한 귀신들은 너무 무서워서 도망치고 싶은 생각밖에 없거든요.”

승범은 다시 한의원 내부를 살폈다.

“조근우 선생도 그럼?”

“박 씨 아저씨 도망칠 때, 뒤로 나간 거 같아요.”

“심각하네……. 저분 다음부터 낮에 오시라고 해야겠네요. 저녁 진료 망하겠어요. 그런데 환자분은 괜찮으세요?”

“더는 도망갈 데도 없어서 그러려니 해요. 나 죽었소 하고 마음먹으니 괜찮아요. 그래서 말인데요. 제가 박 씨 아저씨 대신 저녁 진료 때 일하면 어떨까요?”

“그렇게 가리고요?”

승범은 여전히 남들한테 들킬까 봐 모자와 마스크를 낀 그녀의 모습을 가리켰다.

“내내 침구실에서 가만히 있으려니 답답하고 심심하고. 뭐라도 하고 싶어요. 박 씨 아저씨도 저 때문에 바쁘신 거니까 제가 도와드리는 게 맞는 거 같아요.”

신부의 제안에 승범은 곰곰이 생각했다. 그녀가 도와준다면 한동안 박 씨의 잔소리도 없을 터였다. 귀신들은 외양에 전혀 신경 쓰지 않을 것이다. 머리를 들고 다녔던 유시영만 봐도. (요즘 유시영은 제 머리를 들고 다녀 줬던 부처님이 보존된 절에 함께 있었다.)

"그렇게 하세요. 나야 좋지. 아니, 우리야 좋죠. 음. 그럼 한동안 사용할 가명을 하나 만듭시다. 언제까지 환자분이라고 부를 수도 없고 말이지요. 마음에 드는 이름이 있으십니까?"

◇◇◇◇◇

승범은 한의원 문을 닫고 나왔다. 가만히 서서 적막한 거리를 둘러봤다. 아직 10시도 넘지 않은 시각이지만 길엔 오가는 사람도, 귀신들도 없었다. 그 청뢰 장군신이 얼마나 대단한 신인지 잘 모르겠으나 확실히 밤에 맞이하면 안 될 것임을 분명히 깨달았다. 게다가 지난번, 이렇게 귀신들도 없는 적막한 밤에 산신의 신부를 차로 쳤기도 해서 괜히 무슨 일이 생길까 봐 긴장도 됐다.

오늘은 걸어가자!

괜히 또 사고 칠까 봐 결심한 승범은 코를 훌쩍이며 걸음을 옮겼다.

"아, 맞다. 사과."

승범은 황급히 주차된 차로 가 뒷좌석에서 방문 진료 치료비 명목으로 가져온 사과가 담긴 쇼핑백을 찾아 들었다. 정미가 얼마나 구 씨 어르신네 사과를 맛있어하는지, 먹는 모습만 봐도 행복하고 뿌듯했다. 이걸 보면 또 얼마나 좋아할까. 생글생글 웃으며 발걸음도 가볍게 집으로 향했다.

"어이, 승범이!"

잠시 뒤 집에 이르렀을 때, 그 앞에서 손을 흔들고 있는 박 씨를 발견했다. 그 옆에 조근우도 함께 있다. 승범은 그들을 흘겨봤다.

"청뢰 장군신의 등장에 재빨리 도망갔다더니 여기 계셨습니까?"

"에이, 화내지 말게. 우린 강제로 하늘나라에 갈 뻔했다고. 그래도 이렇게 자네가 걱정되어 여기에서 기다리고 있었잖은가. 그래, 괜찮은가?"

"신부님은요? 도망도 못 가셨을 텐데 괜찮으신지요?"

조근우가 질문하는 박 씨를 밀치고 앞으로 나서며 물었다. 그의 얼굴이 꽤나 수척해 보였다.

승범은 그들을 흘겨보았다.

"신부님은 한의원에 잘 있으니 걱정하지 마시고요. 그리고 보시다시피 저도 괜찮습니다. 여러분들이 저를 버리고 도망치셨다는 사실이 참으로 통탄이 터져 나오고 섭섭합니다만, 여러분들의 하늘나라 행은 저도 사절이니 화 풀겠습니다."

사실 화는 나지 않았으나 그들의 난감해하는 모습이 재밌어 보여 승범은 일부러 그렇게 말했다. 쭈뼛대던 조근우가 눈을 좌우로 굴리더니 슬금슬금 걸음을 옮겼다.

"그럼 화도 풀리셨고, 괜찮아 보이시니 저는 그만 가 보겠습니다."

"벌써요? 우리 만난 지 5분도 안 됐거든요."

"신부님도 놀라셨을 텐데 또 쓰러지지 않을지 걱정되네요. 그럼."

그렇게 말한 조근우가 고개만 까딱거리며 인사하고 허둥지둥 한의원으로 향했다. 승범이 손을 들었다.

"어, 잠깐, 잠깐만! 지금 가면 안 되는데!"

급히 만류했으나 조근우는 승범의 말을 들은 체도 하지 않고 달려갔다. 승범은 박 씨를 바라봤다.

"한의원에 아직 청뢰 장군신이 계시거든요. 숙소를 못 잡았다고 하셔서 그냥 주무시라고 했는데……."

승범의 말에 눈만 깜빡이던 박 씨가 어깨를 으쓱였다.

"자기도 가 보면 알겠지. 신경 쓰지 말게. 오랜만에 일찍 끝난 셈이니 나도 마실이나 나갈까."

어깨를 두드리던 박 씨가 빌라를 올려다봤다. 불 켜진 승범의 집을 보다가 승범을 돌아봤다.

"근데 말이야. 이건 순수한 호기심인데. 자네, 프러포즈는 했나?"

뜬금없는 질문에 승범이 흠칫 놀랐다.

"갑자기 무슨 말이에요?"

"갑자기라니? 정미 씨와의 결혼을 진지하게 생각한다면 프러포즈는 절대 빼먹으면 안 된다고."

결혼에 대해 이런저런 고민이 많은 건 사실이었다. 과연 자신이 정미와 결혼을 할 만한 자질이 있을지, 라는 생각에 매몰되어서 그 이상인 프러포즈는 생각도 하지 못했을 뿐이다.

당황하는 승범을 보던 박 씨는 한숨을 내쉬었다.

"제발 생각이라도 했다고 말해 주게. 이거야 원, 모쏠이라더니 하나부터 열까지 일일이 알려 줘야 하나? 하다못해 최소한 다이아 반지를 준비하고. '창문을 열어 주오, 정미 씨!' 이렇게 소리쳐 불러서, 딱 창문을 열고 그녀가 고개를 내밀면 무릎을 꿇고 정중하게 묻는 거야. '나랑 결혼해 주겠소?'"

"누, 누가 모쏠이래요? 나 모쏠 아니거든요. 그리고 '창문을 열어 주오.'라니. 언제적 노래야? 그렇게 유치한 프러포즈는 뭐, 촌스럽다고 욕이나 먹지 않으면……."

드르륵. 그때 창문이 열리고 정미가 고개를 내밀었다.

"누구야? 누가 이 밤에 부르는 거야?"

갑작스러운 정미의 등장에 승범은 너무나 놀라 제자

리에서 껑충 뛰었다. 정미가 그런 그를 발견했다.

"아니, 김 쌤! 거기서 뭐 해요? 왜 이렇게 일찍 왔어요?"

"아하하, 네. 환자가 없어서 그냥 일찍 왔어요."

"괜히 반갑네. 빨리 올라와요."

정미가 승범을 보고 활짝 웃으며 반가워하자 덩달아 놀랐던 박 씨가 헤벌쭉거렸다.

"내 말이 들렸을 리는 없고, 이것은 나와의 텔레파시인가? 어때? 지금 프러포즈 해 볼 텐가?"

능글맞게 웃어 대는 박 씨에게 승범은 어서 가 버리라고 손짓했다.

"아차차, 다이아 반지가 없군. 이렇게 안타까울 때가 있나!"

승범은 이를 꽉 물고 말했다.

"어서 가라고욧!"

"매일 보는 얼굴인데도 저렇게 좋아하다니. 이게 사랑 아니면 뭐겠나? 생각이 많으면 될 일도 안 되는 법이야. 그럼 나는 이만 가네, 아디오스!"

박 씨는 의수를 흔들며 돌아섰다. 승범은 다시 손을 흔드는 정미를 바라봤다. 이게 사랑. 그는 다이아몬드 반지 대신 정미에게 사과를 들어 보였다. 그리고 얼른 집으로 가는 계단을 올라갔다.

명연은 감았던 눈을 떴다. 먼저 구름 한 점 없는 푸른 하늘이 보였다. 고개를 드니 자신은 어느샌가 흐르는 강물 위에 있는 쪽배에 누워 있었다. 멀리 짙푸른 산세를 보던 명연은 다시 푸른 하늘을 올려다봤다. 화창한 햇살에도 눈이 시리지 않았고, 풍경은 마냥 청량했다. 그때 뱃머리에서 낚시하는 할아버지와 눈이 마주쳤다.

"오랜만에 평화로운 꿈이네요."

"과연 명의로다. 침 한 방에 날아갈 것 같아."

할아버지의 너스레에 괜한 호들갑이라고 생각하면서도 문득 올려다본 하늘과 두둥실 흘러가는 정경에, 몸과 마음이 평안해졌다. 이대로 조금만 더 있고 싶은…… 잠깐, 꿈? 할아버지가 삿갓을 들어 올리며 명연을 내려다봤다.

"이만하면 오래 있었으니 이제 깨거라."

그 말과 동시에 명연은 눈을 번쩍 떴다. 낯선 천장을 보다가 눈을 감기 전에 보았던 한의원 침구실 천장임을 깨달았다. 그러나 조명은 꺼져 있었고 창에서 희붐한 새벽빛이 새어 들어왔다. 명연은 몸을 일으켰다. 침 대신 담요가 몸 위에 덮여 있었다.

"미쳤나 봐. 우리 지금 여기서 잔 거예요?"

주머니에서 핸드폰을 꺼내 시간을 보니 아침 8시가 넘었다. 명연은 침대에서 내려와 창밖을 봤다. 거리는 벌써 가게 문을 여는 사람들로 부산스러웠다. 그녀의 뒤에서 할아버지가 기지개를 켜며 말했다.

"너는 잠들었고, 내가 한의사 선생한테 우린 숙소도 안 잡았다고 했더니 그럼 자고 가라고 하더구나. 그 선생은 덕분에 밤 장사 안 하게 됐다며 일찍 퇴근했다."

"깨웠어야죠. 진짜 진상이 됐잖아!"

"어차피 불퉁하게 굴었으니 선생도 그렇게 알고 있을 텐데, 뭘. 그러나 너무 부끄러워하지 말거라. 한의사 선생은 이 위대한 청뢰 장군신을 치료한 것에 자긍심을 가져야 하니!"

뻔뻔한 것도 정도가 있지.

명연은 할아버지에게 손을 내저으며 담요를 개고 침구실을 나왔다.

"뭐야? 벌써 가려고? 급할 거 없지 않느냐? 그러지 말고 문 열 때까지 기다렸다가 침 한 번 더 맞고 가자. 이대로 자우시에 가면 언제 올지 또 모르고."

명연을 따라오며 할아버지가 말했다. 명연은 멈췄다. 생각해 보니 할아버지 말이 맞았다. 미안함과 민망함은 잠시뿐이면 된다. 자우에 가면 해결해야 할 일들이 많이 있고 언제 또 올지 몰랐다. 침 치료 덕분인지 모르겠지만 몸이 가뿐했다. 오랜만에 잠도 잘 잤고. 이왕 온 김에 이대로 있다가 침 한 번 더 맞으면 좋을 것 같았다.

"그래요. 치료비도 줘야 하니까."

"앗싸."

할아버지는 아직 컴컴한 텅 빈 대기실로 가 익숙하게 텔레비전을 켰다. 명연도 그 옆으로 가려다가 바닥을 봤다. 어둑한 바닥에 길게 해가 들었다. 고개를 돌리니 뒷문이 반쯤 열려 있었다. 명연은 햇빛을 따라 뒷문으로 갔다.

문을 열자 축축한 습기를 머금은 서늘한 바람이 불어왔다. 뒷마당 작은 텃밭과 노랗게 익은 감나무 뒤로 추수가 끝났거나 막 시작된 너른 논과 강 그리고 멀리 산이 펼쳐졌다. 잠시 그 정경을 바라보다가 옥상으로 가는 계단이 보여 그곳으로 갔다.

우화에 도착했을 땐 어둑한 밤이라 주위를 제대로 볼 수 없었으나 해가 환하게 뜬 우화는 무척 세세하게 잘 보였다.

앞쪽으로는 부지런한 사람들이, 뒤쪽으로는 광활한 자연이 보여 가슴이 탁 트였다. 잠시 찬바람에 몸을 움츠렸으나 내리쬐는 햇볕에 금세 온도가 딱 좋아졌다. 가만히 그것들을 보는데, 아무런 생각도 들지 않았다. 꿈에서 느꼈던 것처럼 오로지 나른한 평안만이 있었다.

분명 여유롭지 않은 상황인데도, 이 공간에서는 똬리를 튼 모든 근심과 걱정이 그냥 다 별것 아닐 정도였다.

산도 좋고, 물도 좋고, 사람도 좋은.

리듬감 있던 승범의 목소리가 떠올랐다.

"그 말이 정말일지도 모르겠네."

내내 그 말에 부정하다가 뒤늦게 인정해 버리자니 왠지 진 것 같아서 분한 마음도 들었다.

"여기서 뭐 하느냐?"

할아버지가 명연의 옆에 서서 주위를 둘러봤다.

"여기 주인은 한의사가 아닌 무당 일을 해야 대박 날 텐데 말이죠."

명연이 뚱하게 말하자 할아버지가 코웃음을 쳤다.

"무당 일이 뭐 별거 있나? 고통받는 이 얘기 들어 주고 다독여 주면 되는 것을. 이미 저 한의사는 하고 있지 않으냐."

그게 그거랑 같나?

하지만 할아버지가 하는 말의 의미를 알 것 같아 명연은 입술을 삐죽였다. 한의사가 하는 말마다 반감에 투덜댔으나 지금은 그 때문에 몸과 마음이 편했다.

"할아버지. 우리 여기로 이사 올래요?"

명연은 거의 충동적으로 떠오르는 생각을 전했다.

"갑자기?"

"할아버지 아픈 것도 치료하고, 나도 아픈 거 치료하고. 사실 우리 거기서 살 돈 없어요. 나가래. 악귀보다 무서운 게 전세금이야. 더 이상 아등바등 살지 말자고요. 여기 봐. 공기 좋지, 물 맑다고 하지, 귀신 많으니 일감도 많겠지! 우리가 있기 딱 좋잖아요."

명연은 다시 제대로 자신을 마주하기로 했다. 한번 삶을 성찰하는 마음의 여유를 찾아보기로. 스트레스로 인한 병은 그 원인을 제거하는 게 제일 낫다는 한의사의 처방대로, 제대로 된 처방은 아니지만, 집을 나가라면 나가면 그만이다. 되는대로 말을 내뱉고 나니 제법 그럴듯하기도 했다. 왜 안 된다고만 생각했을까. 전전 긍긍하는 것도 이제 지겨웠다.

"그래, 내가 아픈 것만 싹 나으면 그동안 고생한 것까지 더해서 너 만신 만들어 주마!"

할아버지가 떵떵거리며 말했다. 늘 하던 말이지만 오늘만큼은 꽤 믿음이 갔다. 그럴 수 있다는 예감마저 들었다.

4. 봉길과 구문석 할아버지의 사과 과수원

산신의 신부는 혜영이라 불리고 싶어 했다. 이유를 묻자 딱히 큰 의미가 있는 것이 아닌, 그저 이름이 친숙하다는 평범한 대답이 돌아왔다. 가명일 뿐이라 승범도 크게 생각하지 않았다. 그러나 그 이름의 의미가 조근우에게만은 달랐나 보다. 혜영이라는 이름이 설렘의 색조가 피어오르게 하고, 온갖 반짝반짝 빛나는 것들의 향연이 펼쳐지며, 가슴을 간질이는 웃음을 만들어 내는 듯이 굴었다.

"혜영 씨는 손발이 참 빠릅니다. 하나를 알려 드리면 백을 알고요. 생전에 엄청난 천재가 아니었을까요?"

"그랬나 봐요. 일이 너무 재밌어요."

그는 혜영을 따라다니며 사소한 것 하나하나에도 그녀의 이름을 부르며 칭찬했다. 그의 말대로 귀신 환자의 접수와 응대, 관리 능력까지 혜영은 기대 이상으로 해냈다. 수술 등 외과 진료가 필요한 귀신은 조근우에게, 한 전문은 승범에게 안내했으며 귀신 수술 전용 의료 도구 준비 등 박 씨가 하지 않던 일도 척척 해냈다. 승범으로서는 정말이지 오래 함께하고픈 귀신 직원이긴 했다.

내가 지금 무슨 생각을 하는 거야? 언제 터질지 모르는 폭탄인데.

혜영이 직원으로 일하자 누구보다 기뻐하는 이는 박 씨였다.

"그럼 나는 신부님 신원 확인을 하러 다녀오겠네. 재 너머 황 부자가 그쪽에서 오래 있었으니 혹시 알지도 모르지. 이렇게 신부님이 나 대신 한의원 일을 해 주니 나도 편히 이 일에 집중할 수 있어서 의욕이 생긴다네."

박 씨는 아디오스를 외치며 가벼운 발걸음으로 한의원을 나섰다.

저렇게 좋을까.

저렇게 좋아하는 박 씨를 보니, 지금에서야 해 준 것이 괜히 미안했다. 다음엔 바쁘다는 핑계 대지 않고 빨리 직원을 구하기로 마음먹었다.

"생전에 혜영 씨는 대기업의 멋진 CEO였을 겁니다. 아니면 변호사?"

"왜 그렇게 생각하는데요?"

"세련되고 강단 있으며 선의가 내재되어 있어 불의에 참지 않으니까요! 처음에 승범 선생한테 똑 부러지게 협박하는 거 멋졌습니다."

"어머, 저만을 생각하라고 용기를 준 건 선생님이셨 잖아요."

승범은 가는 눈으로 그들을 봤다. 데스크 뒤에서 하 하호호 웃는 두 귀신의 모습이 참으로 얄미웠다.

"다 들립니다."

조근우, 같은 팀이라고 생각했는데…… 팀킬이라니.

승범은 입술을 삐죽였다. 진료실로 들어가다가 울컥 화가 나 그들을 노려봤다. 하하호호. 대놓고 승범의 존 재를 무시했다.

아주 나만 못된 사람이지. 내가 나만 생각하나? 나 죽 으면? 그 좋아하는 진료 어떻게 할 건데?

그런데 그 둘을 보는데 이상했다. 조근우는 혜영이 뭘 하든 졸졸 쫓아다니며 별일 아닌데도 칭찬을 퍼붓질 않나, 둘이 마주 보고 웃는 횟수도 잦았다. 뭔가 알 것 도 같은 핑크빛 기류에 승범은 고개를 휙휙 내저었다.

설마, 그럴 리 없어!

◇◇◇◇◇

하늘에서 금방이라도 비가 내릴 것 같았다. 가만히 있어도 낮은 기압 때문에 멀쩡한 사람도 기운이 축축 처지는 날이었다. 그래서 오늘따라 한의원에 환자들이 많았고 승범은 조금 피로감을 느꼈다. 그날 오후 진료를 끝내고 승범은 이화리 사과 과수원으로 방문 진료를 왔다.

"약 드시면서 컨디션은 좀 어때요?"

자리에 누운 구문석 님의 안면 혈 자리에 침을 놓으며 승범이 물었다. 승범은 중풍 후유증 치료를 위해, 기를 순조롭게 하고 풍을 제거하는 이기거풍산을 어르신께 지어 줬었다. 또 일주일간 매일 침 치료도 병행하니, 확실히 처음보다 마비되었던 신경이 조금씩 살아나고 있음을 확인했다. 구문석 환자 본인도 느끼는지 고개를 끄덕였다.

"움직일 때 여전히 더디지만 그래도 부드러워졌소."

"다행입니다. 치료엔 본인의 의지도 중요한데 워낙 강하시니까 예후가 좋을 것 같아요. 그러니까 중간에 포기하지만 마세요."

"거 듣기 좋은 말이네."

"운동은 빠짐없이 하시는 거죠?"

"그건 듣기 싫은 말이고."

“……아, 비 오네요.”

괜히 스트레스 주는 건 아닌가 싶어서 승범은 말을 돌렸다.

후드득 사과나무 위로 떨어지는 빗방울 소리가 점점 거세졌다.

“괜히 이런 병이나 걸려서는. 어서 낫든가 해야 한의사 선생 귀찮지 않을 텐데.”

낮에는 요양보호사 선생님이 오셔서 보살펴 주고 저녁에는 형 동생 한다는 이화리 이장님이 병간호한다고 했다. 누군가에게 폐를 끼치는 걸 무척이나 싫어하는 성정이지만 워낙 요양병원에 입원하기도 싫어하시니 그 정도로 타협을 본 듯했다. 하지만 아직은 거동도 간신히 하는데, 그에 비해 혼자 있어야 하는 시간이 길었다. 입주 간병인을 알아본다고 했으나 차일피일 미루고 있는 눈치였다.

돈이 문제일까? 그렇다 해도 이 땅을 판다면 꽤 큰 목돈이 들어올 텐데.

“뭐, 병이 상황 보고 오나요? 그런 말씀 마세요. 누가 아나요? 저도 어르신께 도움받는 날이 올지.”

“사과나 더 가져가. 여자 친구가 좋아한다며.”

“그거라면 거절하지 않겠습니다. 사과가 정말 맛있다고 먹을 때마다 얼마나 칭찬받는지 모르겠습니다. 키운

건 어르신인데 제가 칭찬을 받았으니 그만큼 치료에 심
혈을 기울일게요.”
　노인은 천장을 가만히 올려다봤다. 그리고 한숨과 함
께 한탄했다.
　“이제 그것도 올해가 끝이려나.”
　깜박거리는 눈에서 그의 지난 생이 스쳐 갔다.
　“많이 아쉬우세요? 평생을 일만 열심히 하셨는데?”
　“열심히…… 했던가?”
　그렇게 중얼거리던 어르신은 입을 다물었다. 그 모
습에 승범도 더는 묻지 않고 비 내리는 창 너머를 바라
봤다.

　치료가 끝난 후, 승범은 내일 또 오겠다는 말을 남기
고 사과 과수원에서 나왔다. 밖은 컴컴했다. 그는 빌린
우산을 쓴 채 손전등으로 발밑을 비추며 종종걸음으로
과수원 울타리를 지나쳤다. 근처 공터에 주차된 차로
향하자 인기척에 차 밑에서 삼색 고양이가 나와 후다닥
도망쳤다. 갑자기 튀어나오는 바람에 승범도 덩달아 놀
라 뒤로 물러나다가 진창에 미끄러져 넘어질 뻔했다.
간신히 넘어질 뻔한 걸 면했다지만 바짓단에 흙탕물이
튀었다.
　“에이.”

오래간만에 새로 장만한 명품 양복바지를 입고 나온 건데 흙탕물이라니.

짜증을 부리다 손으로 툭툭 털어 내고 승범은 차에 올라 시동을 걸었다. 오늘은 밤 진료를 하지 않는 날이라 빨리 집에 가서 쉬고 싶었다. 그런데 시동이 걸리지 않았다. 고친 지 얼마 되지 않았건만 또 같은 고장이 나다니, 승범은 크게 숨을 들이 내쉬었다.

이 산, 저 산 다녔으니 얘도 힘들 만하지.

괜한 짜증과 분노로 감정 낭비를 하지 않고 유하게 넘어가기로 했다. 충분히 해결할 수 있는 일이었다. 승범은 통화목록을 뒤져 카센터 사장님께 전화했다.

―네, 여보세요.

사장님이 전화를 받았다. 무슨 상황인지는 모르겠으나 그 주위가 꽤 소란스러웠다.

"사장님, 안녕하십니까. 저 김승범입니다."

―예, 원장님. 무슨 일이십니까?

"제가 지금 이화리인데요. 방문 진료를 마치고 돌아가려는데 차가 또 시동이 안 걸려서 연락드렸습니다. 올 때는 별 이상이 없었는데 말이죠."

―아이고, 어쩌지요? 오늘 어머님 생신이라 가족 모임 중이고 술도 마셔서 내일이나 가능하겠습니다.

"아, 그런가요? 그렇다면 어쩔 수 없지요. 네, 알겠습니다. 어머님께 생신 축하드린다고 전해 주십쇼."

전화를 끊은 승범은 다시 한번 더 시동을 걸어 보다가 역시 걸리지 않아서 관두었다. 차를 가진 택영에게 전화했지만, 그는 전화를 받지 않았다.

택시를 불러서 나갈까?

하지만 시내에서 이화리까지 꽤 거리가 있어서 승범은 그 생각을 간단히 접었다. 방법은 하나! 승범은 다시 우산을 챙겨 들고 과수원집으로 돌아갔다.

"어르신!"

집 안으로 들어가니 안방에서 구문석 님이 고개를 내밀었다. 승범은 빙긋 웃었다.

"차가 고장이 났지 뭡니까. 거봐요. 제가 뭐라고 했습니까. 어르신께 도움받을 일이 이렇게 빨리 올 줄은 몰랐지만, 하룻밤만 재워 주십쇼!"

"너무나 당당하니 뭐라고 할 말이 없군."

그렇게 말한 어르신이 고갯짓했다. 허락에 승범은 크게 기뻐하며 말이 바뀔까 봐 재빨리 집 안으로 들어갔다.

"저 그냥 거실에서 대충 자도 돼요. 조용히 잠만 자겠습니다. 식사는 아까 드셨다고 하셨죠? 저는 아직이라, 저 라면 먹어도 돼요?"

　설거지를 마치고 나온 승범은 현관문이 열려 있는 걸 보고 안방을 봤다. 주인 없는 방에 텔레비전만이 홀로 떠들고 있었다. 현관으로 가니 외등이 켜진 사과밭을 거니는 어르신이 보였다. 신발을 신고 나가 손을 뻗어 비가 오지 않는지 확인했다. 내리던 비는 어느새 멈춰 있었다.

　운동하기 그렇게 싫다더니.

　말만 싫다고 했지 주어진 일은 열심히 하시는 모습에 절로 웃음이 났다.

　"그래도 이렇게 비 온 날은 길이 미끄러워서 위험합니다. 이런 날은 좀 쉬세요."

　웃자란 수풀에 맺힌 빗방울이 금세 바짓단을 적셨다. 갑자기 나타나 말을 거는 승범을 어르신이 바라봤다.

　"한의사 선생이 있으니 잘하고 있는 모습을 보여야지."

　"네에. 오늘 치는 잘 봤습니다. 다음에는 낮에 하세요. 보호자 계실 때. 다치시면 큰일이니까요."

　승범은 그 옆에 가서 왼팔을 살짝 붙잡아 주었다. 어르신은 집으로 돌아가지 않고 가던 길로 계속 나아갔다. 젖은 나무 냄새와 사과 향이 났다.

　"여자 친구한테는 잘 얘기했소?"

　"예의 바르게 잘 자고 오라더군요. 마치 제가 앞뒤 구분 못 하는 아이처럼 느껴지나 봐요. 그 마음 모르는 바는 아니지만요."

우화시에 오자마자 싸가지 없기로 제일이던 때가 있었으니 말이다. 어르신이 웃었다.

"여자들 눈엔 남자들이 다 그런가 보군. 우리 아내도 나보고 죽을 때까지 철이 들지 않을 거라고 호언장담했었다오."

"연애 결혼이셨어요?"

"아니. 우리 때는 거의 선이었지. 그쪽은 외동딸이었는데 아들만 넷의 장남한테 시집와서 시부모 모시고 시동생 뒷바라지까지, 고생도 그런 고생이 없었다오. 한의사 선생은 절대로 고생시키지 마시오. 마누라 죽고 나서 잘해 준 거 없어 후회하지만, 이미 죽은 이한테 미안해서 무얼 하나. 생각해 봐도 좋은 일 하나 없었던 것 같은데. 아들놈들도 미국으로 도망가 놓고는 맨날 돈 없다고 앓는 소리나 할 줄 알지, 부모 얼굴 보러 한 번도 오지도 않았소."

어르신은 분노에 숨을 몰아쉬었다. 그전까지 가족 얘기는 잘하지 않았고 자식도 없는 취급을 해서 익히 부자들의 관계가 좋지 않다는 걸 지레짐작했을 뿐이다. 그런데 이런 이야기까지 꺼내 놓는다는 건 구문석 씨가 그만큼 승범에게 친밀감을 느끼고 있다는 증거였다. 승범은 근처에 있는 벤치를 가리켰다. 좀 더 이 집안 가족의 역사를 파고들어 이 땅을 팔게끔 말을 꺼낼 기회를 잡으려는 목적이었다.

"힘드시죠? 좀 쉬었다 갈까요?"

그렇게 그곳으로 갔지만 비에 벤치가 젖은 걸 보고 승범은 당황했다.

흑심에 눈이 멀어 그 사실을 잊다니!

그렇다고 '안 되겠네요. 그냥 가죠.'라고 말할 수도 없어서 그는 걸치고 있던 카디건을 벗어 벤치 위에 깔았다.

"그냥 앉으면 되는걸. 비싼 옷을……."

"엉덩이에 한기 들어요. 어서 앉으세요."

엉덩이에 한기라니 그게 무슨 소린가? 라는 표정을 짓는 어르신을 그 위에 얼른 앉게 도와드렸다. 옷의 면적이 넓지 않아 승범은 그 옆에 그냥 앉았다. 엉덩이가 축축하게 젖어 드는 느낌을 애써 무시했다.

잠시 침묵이 흘렀다. 한숨만 쉬는 어르신의 뒷말을 가만히 기다리던 승범은 건너편 외등 불빛에 비친 나무들을 바라봤다. 대략 열 그루 정도? 가을이라 해도 잎이 무성한 다른 사과나무에 비해 나뭇가지만이 있어 병들어 죽은 것처럼 보였다.

"저 나무들도 사과나무인가요?"

"삼대째 키우는 특별한 사과나무지."

"죽은 거 아닙니까?"

승범의 질문에 할아버지는 옅은 미소를 지었다. 그곳을 보는 시선이 나무가 아닌 먼 과거의 어느 지점을 보는 듯했다.

"아니, 살아 있네. 아직은. 이 나무에 잎이 트고 꽃이 열려 열매가 맺히는 모습을 더는 못 본다니 참으로 안타까워."

그 말에 승범은 아무리 할아버지가 정정해도 저 나무에 열매가 달리지는 않을 거라 확신했다.

"그토록 오래 일만 하셨으니 이제는 푹 쉬셔야지요. 좋은 것도 보고, 맛있는 것도 먹고. 술과 담배만이 즐겁다고 생각하시지만, 더 좋은 게 있습니다. 요즘 시설 좋은 요양원에서 맞춤 치료도 받고 또래 친구들과 시간을 보내시면 얼마나 즐겁게요!"

갑자기 본론으로 들어갔으나 자연스러웠다.

"그래, 이제 이 몸뚱이로 가야 할 곳은 그런 곳이지."

고개를 끄떡이는 어르신의 목소리에 체념이 섞였다. 승범은 괜스레 양심이 쿡쿡 찔렸다. 다시 부슬비가 내리기 시작했다. 할아버지가 이제 가자며 먼저 일어섰다. 이번에도 가족의 얘기는 듣지 못했지만 소기의 목적은 달성했기에 승범은 흔쾌히 일어섰다.

밤새 지붕을 때리던 비가 그쳤는지 어두운 집 안이 고요했다. 거실에서 이불을 깔고 누워 깊은 잠에 빠진 승범이 몸을 모로 돌려 드르렁드르렁 코를 골았다. 딸랑, 딸랑딸랑. 코 고는 소리에 섞여 어디선가 방울 소리가 들렸다. 승범은 눈을 번쩍 떴다. 낯선 천장이 보이자 잠시 혼란스러웠다.

나는 어디? 여긴 누구? ……아, 이게 아닌가?

잠에서 덜 깬 눈을 끔벅이다가 뒤늦게 이곳이 구문석 씨 집인 걸 깨달았다. 목을 긁적이다가 다시 고개를 베개에 묻었다. 딸랑. 다시금 방울 소리가 들리고 이번에 승범은 자리에서 일어나 앉았다. 뻑뻑한 눈을 비비며 몸을 돌리는데 거실 통창 너머 불빛이 보였다. 사과밭에 외등이 켜져 있었다. 간밤에 잘 때 분명 불을 껐었는데. 그는 일어나 밖을 봤다.

산등성이에는 푸른 여명이 밝아 왔고 멀리 나뭇가지만 남은 사과나무 앞에 구문석 님이 웬 남자와 있었다.

이 새벽에 누가?

승범은 다시 잘까 돌아섰다가 멈칫거렸다. 전날 밤, 정미가 어르신을 세심하게 보살피라던 말이 떠올랐다. 안 봤으면 모를까 본 이상 눕기도 뭐했다. 승범은 몸이 불편하신 어르신 걱정에 밖으로 나갔다.

제법 쌀쌀한 날씨에 승범은 반소매 밑으로 드러난 맨

살을 쓸었다. 피부 위로 오돌토돌 올라온 소름이 느껴졌다. 말려 둔 카디건이라도 입고 나올까, 아주 잠깐 고민했다. 하지만 이미 현관문 밖으로 나온 뒤라 다시 들어가기 귀찮았다. 혀를 차고는 승범은 어르신과 손님이 있는 곳으로 성큼성큼 걸어갔다.

"잔치가 있을 예정이니 달포 뒤에 찾으러 오겠다."

"죄송하지만, 제가 이리 병들어 이제 사과를 열리게 하지 못합니다. 너른 마음으로 용서해 주십시오."

"네 가문의 약조를 어길 셈이냐! 네놈에게 자식이 둘이 있고 그 밑의 핏줄이 넷이 더 있다. 나는 이미 그들에게 값을 치렀으니 네 가문 또한 나에게 값을 치러야 할 것이야."

사과가 잔뜩 달린 나무 사이를 지나며 듣자니 억지도 저런 억지가 없다. 딱 봐도 연로하고 병약한 어르신이 제대로 기르지 못한 사과를 못 판다고 얘기하는 것 같은데 가문을 왜 들먹이며 사과를 내놓으라고 협박을 하는지. 승범이 버럭 화를 내며 그들 사이로 뛰어들었다.

"아니, 이보세요. 듣자 하니, 거, 말이 심하시네. 딱 봐도 어르신의 운신이 힘드신 걸 모르겠습니까? 게다가 이 새벽에 와서 사과를 내놓으라 하질 않나! 아무리 예약한 수량이 있다고 해도 주인의 사정을 봐서 이해할 수 있는 거 아닙니까? 이렇게 행패를 부리시면 경찰 부르겠습니다!"

승범이 나서자 놀란 구문석 씨는 급히 그를 만류했다. 하지만 승범은 자신의 환자를 지킬 의무가 있었다. 그는 어르신 앞에 서서 남자를 노려봤다. 앞에선 남자의 얼굴은 조금 기이했다. 분명 주름이 하나 없는 청년의 얼굴인데 불빛이 닿지 않아 그늘지면 노인의 얼굴같이 느껴졌다. 이상한 느낌에 승범은 더 얘기하지 않았다. 승범을 마주 보는 남자의 시선이 날카로웠다. 그러나 설핏 그 눈빛이 누그러졌다. 그 미묘한 변화에 승범은 소스라치게 놀랐는데, 자신이 왜 놀랐는지 몰라 당황했다.

"늙어서 몸을 못 움직이겠고 자식들이 가업을 잇지 못한다면 다른 후계를 찾으면 그만인 일! 달포 뒤에 다시 올 것이다. 그때까지 사과를 내놓지 못하면 네놈들 가죽을 벗겨 버리겠다!"

그렇게 무시무시한 협박을 남기고 남자는 그 자리를 떠났다.

"뭐, 뭐? 가죽을 벗겨? 어딜 가? 말도 안 되는 억지를 부리지 말라고!"

승범은 급히 그 뒤를 쫓아갔지만 대문 밖으로 나간 남자는 그새 사라졌다.

"뭐야? 어디로 갔어?"

푸르스름한 새벽길 그 어디에도 남자는 없었다. 주위

를 둘러보던 승범은 주차된 제 차 위에 삼색 고양이가 털을 고르고 있는 걸 보고는 돌아섰다. 구문석 씨는 여전히 그 자리에서 가지만 남은 나무들을 올려다보고 있었다. 그 옆으로 다가가며 승범은 씩씩거렸다.

"분명 만만한 노인만 있는 줄 알았는데 제가 있으니 무서워서 도망갔나 봅니다. 어찌나 빠른지 뒤꽁무니도 보이지 않아요. 새벽부터 별 이상한 놈이 와서는 가죽을 벗기겠다니. 어이가 없네."

투덜거리는데 어르신이 그를 빤히 쳐다봤다.

"왜 그렇게 보십니까?"

"한의사 선생, 언제부터 보았나?"

"뭐, 뭘요?"

"저분이 누군지 아시오?"

"누군데요?"

미친놈 아니에요? 라는 말을 하지 못했다. 뭔가 기분이 싸했다.

"청수산 산신님이시오. 그분을 보다니 선생 능력인가 아니면 저분의 허락인가? 어쨌거나 다른 때였으면 선생은 벼락 맞아 죽었소."

"에이, 무슨 그런 농담도……. 정말요?"

당장이라도 벼락 맞은 것 같은 충격에 몸이 휘청거렸다. 정신이 땅 밑으로, 아니 깊은 나락으로 한없이 한없이 곤두박질치는 것 같았다.

◇◇◇◇◇

"우리 집안은 삼대째 이곳에서 사과나무를 키웠다오. 그중, 이 나무들은 아주 특별한 나무들이오. 평범한 사과나무 같지만 산신님께 바치는 신비로운 나무지. 사과는 우리 집안에서 배는 기씨 가문에서 바쳤다오. 기씨 가문은 그 장남의 가족이 팔순 기념 해외여행 중 사고로 죽었고 그 밑 동생이 업을 이어받았는데 그 일을 간과했어. 땅을 팔아 버렸거든. 그 벌로 동생은 죽을병에 걸렸다오. 어쨌든 이 특별한 나무는 다른 나무와 달리 며칠 만에 꽃을 피우고 열매를 맺지. 그러나 그걸 키워내는 데 어마어마한 정성과 노력이 든다오. 단 하나의 실수에도 열매는 맺히지 않아 까다롭기 그지없고. 그 값으로 집안 대대로 마르지 않는 부를 내리는데, 그것도 몇 년 전부터 품질이 떨어져서 그만큼 줄어들더군. 후계한테 넘겨 젊은 기운으로 품질을 높여야 하지만 산신님의 존재를 아는 자식들은 초자연적인 것에 대한 두려움과 구시대적인 농사일을 거부하고 해외로 이민 가버렸다오. 가세가 기울어지니 그에 맞게끔 놈들이 썼으면 좋으련만 평생 쓰던 씀씀이가 어디 줄어지오? 그동안 모은 돈도 보내 줬으나 이제는 이 땅마저 가져가려고 혈안이지. 더는 사과의 푸른 잎사귀마저 틔울 힘이 없는데 어쩐다."

아침 해가 떠올랐다. 그러나 벤치에 앉아 어르신의 담담한 얘기를 듣고 있던 승범의 얼굴은 창백해진 지 오래였다. 내내 피하고 싶었던 산신님을 기어이 만났고, 그 면전에서 버럭버럭 화를 냈고, 결국 가죽이 벗겨질 위기에 처했다.

"아니, 산신님은 늘 가면을 쓰고 있다던데? 그 얼굴 보면 죽는다고 했단 말이에요!"

승범이 머리를 쥐어뜯으며 말했다. 하지만 산신이란 남자는 가면도 쓰지 않고 나타났다.

어쩌면 내 운명은 어떻게든 산신한테 죽기로 결정지어진 건 아닐까?

그 모습을 보고 어르신은 미안해했다.

"매번 오실 때마다 다른 얼굴이라서 나도 처음엔 분간할 수 없었다네. 아마 그 모습도 본 모습은 아닐 거야. 어쨌든 한의사 양반, 가죽 벗겨지면 미안하니 어떻게든 해야겠는걸."

승범은 고개를 들어 어르신을 봤다.

하지만 어떻게? 어르신은 걷는 것도 힘들어했다. 게다가 어르신에게는 안정과 치료가 우선이었고 강도 높은 농사일은 말도 안 됐다. 괜히 자신이 안달복달하는 모습이 어르신께 걱정만 끼치는 것 같아 승범은 마음을 다잡았다.

"어차피 이래 죽든 저래 죽든 어르신께서 전혀 미안해하실 필요는 없습니다."

차마 괜찮다는 말은 못 하겠어서 주절거린 말이 호기롭게 내뱉는 말처럼 느껴졌는지 어르신이 허허 웃었다. 승범은 가지만 있는 사과나무를 암담하게 바라봤다.

◇◇◇◇◇

택영은 전날 밤, 늦은 시각에 승범의 차가 고장이 났다는 문자를 받았다. 저녁 식사를 하면서 가볍게 반주를 하는 바람에 승범을 데리러 갈 수도 없었고 다른 고민을 할 새도 없이 곧 환자의 집에서 자기로 했다며 아침에 데리러 와달라는 메시지가 도착했다. 그래서 택영은 평소보다 일찍 일어나 승범을 데리러 사과 과수원으로 향했다.

출발할 땐 하늘이 어둑했지만, 마을에 도착하니 찬란한 가을 햇살이 내리쬐고 있었다. 멀리 배 과수원에 벌써 인부들이 나와 열매를 수확하고 있었다.

마을 입구에 있는 노랗게 익은 벼들을 지나 산을 가로지르자 사과 과수원이 나왔다. 공기 중에 퍼진 사과 향에 이곳 사과의 맛이 절로 기억났다. 한입 베어 물 때 꽉 차고 달콤한 과즙이 어찌나 맛이 있던지. 그동안 먹었던 사과 중에 단연 최고였다. 택영은 눈앞에 빨간 열매들을 보자 군침이 돌았다.

도착해서 하나 먹어도 되는지 물어봐야지.

그렇게 생각하면서 커브를 돌았을 때 한 남자가 울타리를 넘은 나뭇가지에서 사과를 따고 있었다. 택영은 차를 세워 그를 바라봤다. 그의 품 안엔 여러 개의 탐스러운 사과가 있었다. 남자는 막 딴 사과를 몇 번 옷에 문지르더니 한입 베어 물었다. 그 남자는 봉길이었다.

선팅해서 운전자가 택영인 걸 몰라봤는지 봉길은 아무렇지 않게 차 옆을 지나쳤다. 택영은 어이가 없었다.

"저거, 저거. 제 버릇 남 못 준다더니."

사과를 서리한 걸 들켰으면서도 저리 뻔뻔하다니.

당장에라도 주인한테 이르겠다고 이를 갈았다. 멀지 않은 곳에 승범의 차가 보였다. 그 앞에 차를 댄 택영은 과수원 입구로 향했다. 입구 앞에 커다란 상자가 있었다.

"택배?"

가는 김에 갖다 주려고 택영은 상자를 들었다. 뭐가 들었는지 꽤 무거웠다. 낑낑거리며 집까지 간신히 가서 마당에 있는 평상 위에 올려놓았다. 그가 숨을 몰아쉬며 허리를 두드릴 때 마당 건너편 쪽에서 승범의 목소리가 들렸다.

"아니이, 불편한 몸으로 어떻게 일하시냐고요!"

"쉬엄쉬엄 움직이면서 하면 어떻게든 된다니까. 한의사 양반한테 치료를 받아서인지 예전보다 움직이는 게 좋아졌어."

택영은 목소리가 들리는 곳으로 갔다. 가지만 남은 나무들이 서 있는 곳 앞에서 승범이 어르신과 옥신각신하는 중이었다.

택영은 눈앞에 벌어진 상황에 눈을 번쩍 떴다. 타고난 잔머리로 생전 힘든 일을 해 보지도 않았을 한의사가 반소매 티셔츠를 입고 바짓단을 접어 올린 채, 삽으로 리어카에 잔뜩 실린 거름을 나무 주위에 뿌리고 있었다. 군대에서 삽질도 안 해 봤는지 어색했고 답답한 어르신이 돕겠다고 하자 자존심은 있는지 극구 거절했다. 하긴 환자가 삽질이라니 안 될 말이긴 했다.

사방이 사과나무이고 열매도 가득한데 이파리 하나 없이 죽은 나무에 거름을 왜 줄까?

이상하게 생각하며 택영은 그들에게 다가갔다.

"안녕하세요. 저 왔습니다."

택영이 어르신한테 인사했다. 승범은 휘청거리며 리어카 앞으로 나왔다.

"택영 쌤, 왔어? 벌써 시간이 그렇게 됐나? 아무튼 오늘은 거름만 주면 된다는 거 맞죠? 다 했으니까 저 없다고 어르신이 하면 안 돼요! 전화해서 확인할 거예요.”

“알았어. 고생 많았소.”

그들은 함께 과수원을 가로질러 구문석 씨의 집으로 향했다.

“인부를 쓸 수도 없고 큰일이네요.”

승범이 옷에 묻은 거름을 털어 내며 중얼거렸다.

“한의사 선생은 못 한다니까 그러네. 쉬운 일이 아니야. 종일 붙어 있어도 간신히 할까 말까인데 그 몸이 어디 여러 개인가 말이오?”

“저도 안 되지만 어르신은 더욱 안 되죠.”

승범은 뒤를 돌아보며 사과나무를 봤다. 꽤나 착잡한 표정이었다. 그때 어르신이 상자를 발견하고 물었다.

“이게 뭔가?”

“택배인가 봐요. 입구에 있던 걸 제가 가지고 왔습니다. 열어 볼까요?”

“그래 주겠나?”

상자를 여니 흙냄새가 섞인 풀 향이 났다. 택영은 상자 속 물건을 덮은 신문지를 걷어 냈고 그 안에 푸릇한 풀들이 한가득 있는 걸 보고는 놀랐다.

“이게 뭐예요? 무슨 풀이랑 뿌리가 잔뜩인데요?”

“글쎄. 이게 왜 택배로…….”

어르신도 영문을 모르겠다는 표정이라, 택영은 상자

를 살폈다.

"근데 보니까 택배 용지도 없고 이름도 없고 누가 그냥 두고 갔나 봐요."

"내 집 앞에 쓰레기로 버렸단 말이야?"

어르신이 짜증을 낼 때 승범이 다가와 상자 안을 봤다. 푸릇푸릇한 이파리와 튼실한 뿌리를 면밀히 살피는 모습에 택영도 하나를 집어 들었다. 쌉싸름한 향이 풍겼고 갓 캤는지 이파리엔 물기가 묻어났다. 승범이 택영을 따라 한 움큼 집어 냄새를 맡더니 뿌리 끝부분을 조금 씹었다.

"방풍인데요?"

"어떻게 알아요?"

택영이 묻자 승범이 그를 흘겨봤다.

"갯방풍 같은데, 잎은 나물로 반찬 해 먹고 뿌리는 한약재로 쓰거든요. 뇌졸중의 특효약이지요. 어르신 한약에 들어가는 건 원방풍이라고 중국산인데 우리나라에서는 나지 않아요. 그 대체로 갯방풍 뿌리를 사용하기도 해요. 9월, 10월이 뿌리가 실할 때라서 보내 주신 것 같네요."

승범의 말에 어르신이 손을 뻗어 방풍을 만졌다.

"누군지는 모르겠지만 날 생각하고 준 약임은 분명하니 이렇게 고마울 데가……."

승범은 방풍을 빤히 쳐다보다가 어르신을 봤다.

"어르신, 저 믿지요?"

그 말에 이번에는 택영이 승범을 흘겨봤다. 정말 믿음이 가지 않았다.

또 뭘 하려고?

"이거 제가 가져갈게요. 뿌리를 말려서 약으로 쓰겠습니다."

◇◇◇◇◇

한의원으로 돌아오는 차 안에서 택영이 깜빡 잊었다가 떠올렸다는 듯 입을 열었다.

"아, 어르신께 말한다는 걸 까먹었네. 아침에 오다가 봤는데 그 양아치 봉길 씨 있잖아요!"

봉길의 이름이 나오자 승범은 미간을 잔뜩 찌푸렸다. 이미 복잡한 머릿속인데 더는 생각하기도 싫은 인물이었다. 그러나 이미 나온 이름이니 짐짓 아무렇지 않은 척 목소리를 가다듬었다.

"택영 선생, 그 싫어하는 마음 십분 이해가 되지만, 환자한테 양아치가 뭐야."

"우리끼리 있는데 뭐 어떱니까? 암튼 아까 그 양아치가 구 어르신네 사과를 훔쳐 먹지 뭐예요? 아무리 어르신이 몸이 불편하셔서 손 놓고 있다고 해도 참, 양심 없다니까요!"

택영이 절레절레 고개를 내저었다.

"경찰에 신고해서 철컹철컹 잡혀가야 하는데 어르신은 신고도 하지 않겠죠? 이장님이랑 형 동생 한다니 오히려 어르신은 괜찮다고 하시겠죠?"

그때 승범의 뇌리가 번뜩이며 잔머리가 돌아갔다. 쩌렁쩌렁하게 자신은 백수지만 아버지는 부자라고 빈정대던 봉길의 목소리가 떠올랐다.

"그거 블랙박스에 찍혔지?"

"예?"

"아, 그 양아치가 서리하는 거 말이야!"

"예. 그렇지만, 환자분한테 양아치라고 하지 말라면서요."

택영의 지적에 아차 싶은 승범은 허허 웃으며 얼렁뚱땅 넘어갔다.

◇◇◇◇◇

"정미 누나!"

봉길은 기분 좋은 발걸음으로 승범 한의원의 문을 열었다.

"오셨어요? 오늘은 엄청 일찍 왔네요? 아직 꿈나라에 있을 시간 아녜요?"

"아침에 누나 생각하니 눈이 번쩍 떠지더라고요. 오늘도 개천가 따라 러닝하셨습니까? 그거 알아요? 누나 따라 우화 젊은이들이 개천가에서 러닝하는 거 유행됐잖아요. 이건 선물이에요."

봉길은 정미에게 사과가 든 종이봉투를 건넸다.

"어디 유행된 게 나 때문일까요? 그리고 우리 이런 거 받으면 안 돼요."

정미의 거절이 익숙한 듯 봉길은 눈웃음치며 말했다.

"저번 주에 양 씨 할머니가 원장님한테 농사한 팥이라며 주던 거 봤어요. 아주 좋아하시면서 받으시던데요."

"어머, 나 몰래 받으셨나 보다."

하하 웃으며 정미는 어쩔 수 없다는 듯 종이봉투를 받아들었다.

"아직 시간이 많이 남았으니 따뜻한 약차 한 잔 하시겠어요?"

"드디어 단둘이 차를 마시는 건가요?"

"……혼자 마시는 거겠죠. 저는 제 일이 있으니까요?"

봉길은 자신을 한심하게 쳐다보는 정미를 보고 싱글거렸다. 봉길도 정미가 승범과 사귀는 것을 모르지는 않았다. 그러나 워낙 첫 만남이 강렬해서 포기할 수 없었다.

그날은 비가 오는 날이었다. 오토바이를 몰고 딴짓을

하다가 정차된 승용차를 들이받았다. 가벼운 접촉 사고였지만, 부딪힌 순간에 핸들이 틀어지면서 도로에 미끄러져 넘어졌다. 다행히 헬멧을 쓰고 있어서 머리는 다치지 않았다. 하지만 팔과 무릎이 바닥에 쓸렸다. 자리에서 일어나려고 할 때 누군가가 봉길의 팔을 붙잡았다. 정미였다.

'괜찮아요? 어디가 아파요? 구급차 부를게요. 그러니 막 움직이지 말고 천천히 생각해 봐요. 숨 좀 쉬라고요!'

버럭 소리 지른 마지막 말에 그제야 자신이 숨을 안 쉬고 있었다는 걸 깨달았다. 괜찮다고 생각했는데 아니었다.

그날부터 정미는 그에게 생명의 은인이자 운명적 사랑이다. 그녀의 주위는 언제나 반짝반짝 빛이 나서 눈이 부셨다. 그러나 절대로 눈을 뗄 수 없었다. 이렇게.

봉길은 청소하는 정미의 모습을 눈으로 좇으며 눈이라도 한 번 마주치길 바랐다. 종종 하루빨리 승범과 헤어지길 바랐다. 정미를 짝사랑하는 제 마음이 불편해서 그들에게 미움을 받아도 욕을 먹어도 좋았다. 영원한 사랑은 없다고 믿는 봉길은 승범과 정미가 헤어진다면 굳건하게 정미를 기다린 자신에게 기회가 올 것이라 생각했다. 어쩌면 말이다. 이런 마음을 알면 정미는 또 질색할 테지만.

정미가 한숨을 내쉬고 접수대로 돌아왔다. 말을 걸 기회였다.

"저기, 누나!"

딸랑. 문에 달린 종이 울렸다. 그리고 한 여자가 들어왔다. 진한 화장을 한 여자는 접수대로 향했다. 말을 걸려던 봉길은 그 여자의 등장으로 다시 의자에 앉았다. 워낙 강렬한 인상이라 거리를 두고 싶었다.

"어서 오세요. 어? 명연 님?"

"응? 정미 씨가 여기에 웬일이야? 여기서 일해? 제일 한방병원에서 일한다고 하지 않았어?"

"네. 여기로 내려왔어요. 명연 님은요?"

"나는 장군신이 아프셔서 치료하려고 왔지. 아, 자기는 모르겠다. 나 승범 선생 도움으로 이곳에 신당을 차렸어. 홍보까지 해 주셔서 굶지는 않겠더라고. 내가 아주 크게 은혜를 갚으려고. 근데, 정미 씨는?"

봉길은 눈동자를 굴렸다.

장군신이 아파?

"그때 궁합 본 남자 따라왔어요."

명연과 봉길의 입이 떡 벌어졌다.

정미 누나 샤머니즘 믿는 사람이었어?

"하여간 정미 씨 실행력은 못 말린다니까. 그때 궁합 그렇게 좋지 않았던 것 같은데. 잠깐, 그렇다면 여기 원장이랑?"

정미는 시선을 피했다.

"난 또 그 여귀랑 친해 보여서 그 둘이 뭐가 있다고 여겼지 뭐야."

명연의 말에 봉길의 귀가 쫑긋거렸다.

여귀? 그게 뭔데?

뭔지는 모르지만, 갑자기 정미의 분위기가 달라졌다. 봉길이 승범에게 딴지를 걸거나 이기죽거릴 때 분노에 눈을 번뜩이던 그 느낌이었다.

"어머? 그게 무슨 말씀이죠?"

웃고 있지만 눈빛은 싸늘한 정미가 물었다. 봉길의 상체가 그쪽으로 기울었다. 어쩌면 정미에게 다가갈 기회가 성큼 다가온 걸지도 모른다는 생각이 들었다. 명연이 주저하며 봉길을 슬쩍 봤다. 봉길은 애써 본인은 무해한 존재라는 듯이 핸드폰을 하는 척 만지작거렸으나 정미는 명연에게 잠시 기다려 달라고 했다. 그리고 봉길에게 다가왔다.

"환자분, 원장님이 10분 정도 늦는다고 하시네요. 먼저 온찜질 해 드릴게요. 이쪽으로 오세요."

아, 분명 승범이 다른 여자랑 뭔가가 있는데.

뒷말을 듣지 못해 아쉬워하며 봉길은 정미의 재촉에 침구실로 들어갔다.

일찍 왔는데 정미와 얘기도 못 해 보고 기회로 만들 말도 못 듣고.

봉길이 내내 투덜대고 있을 때 문이 열리는 소리와 함께 대기실이 부산스러웠다. 재수 없는 목소리가 들렸다. 승범이 그새 왔나 보다. 성큼성큼 걷는 발걸음이 침구실로 다가왔다. 세면대에서 손을 닦더니 그가 닫혀 있던 커튼을 열었다.

"안녕하십니까, 봉길 환자님. 오늘 일찍 오셨군요. 안 그래도 제가 봉길 환자님을 한시라도 빨리 보고 싶었거든요."

봉길은 고개를 돌려 자신의 옆 침대에 걸터앉은 승범을 바라봤다. 좀 어이가 없었다.

"징그럽게 그쪽이 절 왜 보고 싶어 해요?"

뭐가 그리 좋은지 상기된 얼굴이 봉길의 말에 방긋 웃었다.

뭐야, 무서워.

승범이 물었다.

"요즘 하시는 일이 없다고 하셨지요?"

"누구 놀려요? 아니면 백수라고 무시해요?"

"설마요. 너무 감사해서 끌어안고 싶을 뿐입니다."

"대체 왜 그래요?"

무섭게? 뒷말을 삼키며 봉길이 빽 소리를 질렀다. 승

범이 여전히 방긋방긋 웃으며 아이패드를 보여 줬다. 동영상이 재생되었는데 봉길이 사과나무에서 딴 사과를 한 아름 든 채 사과 하나를 먹는 영상이었다.

아침에 스쳤던 SUV가 떠올랐다. 그 차가 승범이나 택영의 차일 줄이야.

"그게 뭐요?"

"저는 이걸 경찰서에 가지고 갈까 합니다. 어르신이 저렇게 아프신데 도와주지는 못할망정 사과를 훔치시다니요! 저는 정말이지 참담할 뿐입니다."

"그깟 거 몇 개 따먹었다고 무슨 도둑으로 몰아요? 나 구 씨 할아버지랑 엄청 친하거든요? 그리고 우리 아빠가 밤마다 그 할아버지 간병하잖아요!"

"그건 아버님이 선의로 하시는 일이지, 봉길 환자분은 아버지가 아니잖아요?"

"더럽고 치사해서. 아, 물어 주면 될 거 아녜요!"

"합의금은 있고요?"

"이 사람이 보자 보자 하니까! 당신, 나 돈 없다고 무시하는 거야? 내가 없지만 울 아빠 돈이 있으니 그걸로 내면 될 거 아냐?"

화가 난 봉길이 벌떡 일어나서 소리쳤다.

"무슨 일이에요?"

소란에 놀란 정미와 택영이 침구실로 왔다. 정미를

보자 수치심이 들었다. 백수에 도둑질까지 했다면 정미가 자신을 어떻게 볼까 걱정됐다. 승범이 정미를 봤다.

"아무것도 아녜요. 그냥 의견 일치가 안 돼서요. 그렇죠, 봉길 환자님? 이 선생님, 잠시 둘이 얘기하게 자리 좀 비켜 줄래요?"

승범의 말에도 정미가 선뜻 움직이지 않았다.

"밖에 명연 환자분도 계시잖아요. 큰 소리가 나서 불안해하실 텐데 괜찮다고 말해 주겠어요?"

"그래요. 예약 환자분들 올 시간 됐어요. 잠깐 나가요."

택영이 눈치를 보다가 정미를 데리고 나갔다. 다시 승범과 봉길이 남았다.

"물론 봉길 환자분의 아버님이 도와주실 수 있겠지요. 하지만 우화시에 소문이 날 테고, 봉길 환자분 부모님은 매일매일 속상하시겠네요?"

봉길이 승범을 노려봤다.

건수 잡았다는 거지?

"우리 아빠 유지야. 한의원에 파리 날리고 싶어?"

"아이고. 그건 무섭지만, 제가 싸가지 없다는 건 모두 알고 있어서 말이죠. 다들 그러려니 하겠죠. 내 걱정은 안 해도 되니 그쪽 걱정이나 하세요."

승범은 봉길의 협박에도 눈 하나 깜짝하지 않았다.

늘 배 째라고 뻗대는 인생을 사는 봉길은 이번에도 그럴까 하다가 어머니 권은순 여사를 떠올렸다. 배 수확에 가족이 모두 나섰는데 봉길만이 농땡이를 피우자 잔뜩 화가 난 권은순 여사가 다시 들어올 생각 따윈 하지 말라고 으르던 모습이.

"대체 뭘 바라는 거야?"

미끼를 문 물고기를 보는 듯, 승범은 입가에 엷은 웃음을 띠며 봉길을 바라보았다.

"한 달 동안 사과나무를 키워 주시면 됩니다. 몸을 쓰는 노동이라서 좀 고될 텐데요, 머리 쓰는 것보다는 낫지 않겠습니까. 구문석 님께 아주 중요한 나무입니다. 어르신이 시키는 대로만 해 주시면 사과 서리 영상은 깔끔히 삭제하겠습니다. 그렇다고 무급으로 일을 시키는 건 아니고 그에 합당한 급여는 드리겠습니다. 괜찮으시죠?"

어찌나 어이가 없는지 헛웃음이 다 나왔다.

뭘 하라고? 사과나무를 뭐 어떻게 하라고? 내가?

◇◇◇◇◇

다음 날 새벽, 봉길은 구문석 할아버지네 앞에 서 있었다. 감시자를 맡은 택영이 새벽같이 봉길의 집에 들러 그를 데리고 왔다. 구 씨 할아버지네 일을 도와주기로 했다는 말에 온 가족이 소스라치게 놀랐다.

봉길은 중학교 때 야구를 관둔 이후부터 그 어떤 일도 진득하게 하지 못했고, 하겠다고 나서지도 않았다. 그저 지금까지 가족의 돈으로 먹고사는 정도였다. 집안일도 돕지 않겠다며 집에서 도망친 주제에 갑자기 사과 과수원 일을 돕는다니, 뭐 가족들이 놀랄 만은 했다. 엄마는 배신감까지 느끼는 듯했다.

"안녕하십니까, 어르신! 앞으로 사과나무 관리할 일꾼을 데리고 왔습니다. 원장님이 비용을 내신다며 편히 일 시키시면 된다고 하셨습니다."

택영이 활짝 웃으며 구 씨 어르신에게 봉길을 소개했다. 새벽에 마당 앞 사과나무를 보고 있던 노인은 봉길을 보고 당혹스러워했다.

"나를 도와준다고? 무슨 일을 할 줄 알고?"

"에이. 보름인데요, 뭘."

택영은 부루퉁해 있는 봉길의 옆구리를 쿡 쑤셨다.

"안녕하세요. 잘해 보겠습니다."

"더불어 보름 동안 이곳에서 숙식을 제공해 주셨으면 좋겠습니다. 그건 이장님이 부탁하셨습니다."

놀란 건 놀란 거고, 조금이라도 힘들면 봉길이 그만두고 올 게 분명하다면서 부모님은 집 출입을 금지했다. 아버지는 집에서 일을 치는 것도 골치 아픈데 남한테 폐를 끼치는 건 절대 안 된다며 협박까지 했다. 만약 중간에 돌아온다면 호적에서 파 버리겠다고 말이다.

"뭐, 나무에 달린 사과 따면 돼요?"

봉길이 불퉁스럽게 물었다.

사과 따는 것 정도야 쉽지.

얼굴에 그 생각이 드러났는지 할아버지는 웃었다. 그리고 지팡이로 메마른 나무들을 가리켰다.

"우리는 저걸 키울 거다."

봉길이 뒤를 힐끔 돌아봤다. 잎도 틔우지 못하는 죽은 나무 몇 그루가 불어오는 바람에 뻣뻣한 나뭇가지를 흔들었다.

농담인가?

봉길은 할아버지를 빤히 바라봤다. 그 뒷말을 기다렸으나 이어지는 말은 없었다.

"진심이세요?"

노인은 어깨를 으쓱였다.

잠시 뒤, 할아버지의 지시로 봉길은 창고에서 커다란 비닐과 각종 자재를 챙겨 왔다. 그리고 비닐을 사과나무 밑에 깔았다. 그것만으로 땀이 주룩 흘렀다.

"말라비틀어져서 죽었구먼. 이런 걸 대체 왜 관리하라는 거예요? 어휴, 더워! 가을인데 왜 여름 날씨야?"

아직 아침인데도 햇볕은 뜨겁다 못해 따가웠다.

"이건 특별한 사과나무로 예부터 키워 오던 거라 다른 나무와는 달리 방사형에, 한창 자라나면 크게는 5미터를 넘어."

"네. 자라나면 말이죠."

봉길은 목장갑을 낀 손으로 땀을 닦아 내며 투덜댔다. 어쩌면 할아버지는 뇌졸중 후유증으로 치매도 왔을지 몰랐다. 어른들이 쉬쉬해서 모를 뿐이지.

할아버지는 불안한 걸음걸이로 봉길의 옆으로 다가왔다. 봉길은 저도 모르게 손을 뻗었다가 멈칫거렸다. 지금 자신이 할아버지를 부축하려 했다는 사실을 깨닫고 스스로가 어색해서 손을 거뒀다. 할아버지는 지팡이를 쥐지 않은 손으로 나무를 두드렸다.

"어려울 건 없어. 그냥 눈만 떼지 말고 나무가 뭘 원할지 생각하고 해 주면 돼."

"아니, 어떻게 눈을 안 떼요? 화장실 갈 때도 있고, 어? 잠깐 고개를 돌릴 수도 있고!"

"마음속으로 이걸 떠올리면 돼! 앉으나 서나 당신 생각처럼, 앉으나 서나 이 나무만을 생각하는 거지. 어때, 쉽지? 어제는 승범 선생이 퇴비를 주고 내가 살충제를 살포했으니 오늘은 나무의 조피를 제거할 거야."

◇◇◇◇◇

전날, 잔뜩 불만이 어린 모습으로 한의원을 나서는 봉길을 보며 승범은 정미와 택영에게 자초지종을 설명했다. 앞으로 봉길에게 어떤 일을 시킬 건지도. 승범은 봉길이 처음부터 고분고분하게 일하지 않을 거라고 했다. 그 말에 택영도 동의했다. 승범이 그런 택영을 빤히 쳐다봤다.

'택영 선생이 좀 봐 주겠어? 이번 일만 잘되면 보너스 따따블!'

택영이 전날 승범의 표정과 말을 떠올리고는 피식 웃었다. 그는 보너스 따따블을 마다하지 않았다. 그동안 봉길이 한의원에서 예의 없이 굴어 꽤 얄밉기도 해서 흔쾌히 이 일을 맡았다. 하다 보니 누군가를 관리 감독하는 일이 제법 재밌기도 했고, 겸사겸사 어르신을 돌볼 뿐 시골 친척 집에 놀러 온 듯한 편안함마저 들었다. 그렇게 콧노래를 흥얼거리며 택영은 집에서 갖고 왔던 보온병과 어르신 댁 부엌에 있는 컵을 챙겨 사과밭으로 향했다.

"어려운 건 없어. 그저 부지런히 움직이기만 하면 돼. 처음이니 서툰 건 당연한 거니까 그저 내가 하는 걸 잘 보고 그대로 따라 하기만 하면 돼! 알았지?"

택영은 일을 하겠다는 어르신의 말을 듣고 놀랐다.

"아니. 몸도 불편하신데 일을 하시다뇨? 원장님이 일

하시지 말라며 당부하지 않았습니까?"

"이 몸으로 한다면 얼마나 하겠어? 쉬엄쉬엄 할 테니 너무 잔소리하지 말아. 여기 보면 나무 표면에 거친 이런 부분들을 제거하면 되는 거야. 이런 데에 해충이나 균이 있을 테니 다 제거한 것들을 한데 모아 태워야 해. 이 작업은 병충해를 줄이는 데 중요한 일 중 하나지. 그리고 내가 쓰러지기 전에 전정 작업을 했다지만 어느 정도 다시 가지치기를 하자고."

어르신이 손수 알려 주며 설명하자 봉길은 내내 불만스러운 표정으로 시키는 대로 움직였다. 그 모습에 어르신도 별다른 말을 하지 않는 걸 보면 일하는 게 아주 나쁘지만은 않나 보다 싶었다. 택영은 안도의 한숨을 쉬고, 갖고 온 보온병에 든 걸 컵에 따랐다. 적당하게 식은 차를 어르신에게 건넸다.

"방풍 달인 차예요. 방풍 하나로만 효과를 기대하기에는 조금 부족하지만, 택배로 받은 게 워낙 많아서 원장님이 물처럼 마시라고 하셨어요."

"고마워. 이런 것도 챙겨 주고."

"방풍으로 반찬도 해 왔거든요. 냉장고에 넣어 뒀으니 식사하실 때 챙겨 드세요."

"뭘 그런 것까지."

"원장님이 돈 써서 좋아하는 건 처음 봐요. 어르신이

한시라도 빨리 낫길 바라나 봅니다.”

“저도 그리 죽기는 싫은 게지.”

어르신은 허허 웃으며 컵 안의 차를 마셨다. 그 말이 무슨 뜻인지 택영이 묻기도 전에 봉길이 일하기 싫은지 소리를 지르며 떼를 부렸다. 오래도 참았다. 택영은 손목시계를 확인하고는 말했다.

“아직 9시도 안 됐어요. 인내심을 가져 봅시다.”

“시끄럽거든요!”

◇◇◇◇◇

봉길이 겨우 조피 작업을 마무리했을 때는 해가 머리 꼭대기 위에 있는 정오였다. 택영이 밥 먹으라고 봉길을 불렀다. 의외로 택영이 준비한 점심밥이 맛있어서 봉길은 밥을 두 그릇이나 먹었다.

“어째 입맛에 맞으신가요?”

“응, 맛있네.”

어르신께 살갑게 묻던 택영은 싸늘한 표정으로 봉길을 쳐다봤다. 그 눈빛을 본 봉길은 숟가락을 내려놨다.

“일을 많이 해서 그런가. 밥이 그럭저럭 넘어가네. 그럼.”

잘 먹었다는 말도 하지 않고 봉길은 밖으로 나왔다. 설거지하라고 붙잡을 줄 알았는데 별말이 없었다. 봉길은 벤치 위로 쓰러졌다. 안 쓰던 근육을 썼더니 온몸이 쑤셔 댔다. 끙. 엎드린 그의 입에서 신음이 절로 나왔다.

봉길은 고개를 돌려 제가 작업한 사과나무를 바라봤다. 뼈대만 있는 나뭇가지 사이로 바람이 휘휘 불었다. 황량한 공간을 차지한 나무들은 어떻게 봐도 죽은 나무였다. 이건 인력 낭비였고 의미도 없는 짓이었다. 쯧. 혀를 찬 봉길은 도돌이표 같은 비판적 투덜거림에 스스로 질려 버려 더는 생각하기를 멈췄다. 차라리 잠시라도 눈을 붙이는 게 생산적으로 느껴져 눈을 감았다.

"이 나무는 안 되겠어. 이 나무도 동해를 입었군. 재식할 시간은 없으니 남은 나무로 하는 수밖에."

말소리에 봉길은 눈을 떴다. 언제 나왔는지 구 씨 할아버지가 사과나무들을 들여다보고 있었다.

"잠깐, 내가 잤다고?"

봉길이 핸드폰을 꺼내 시간을 봤다. 벌써 1시간이나 지나 있었다. 잠시 눈을 감았다 떴을 뿐인데. 할아버지가 봉길에게 다가왔다.

"나무를 세 그루나 쓸 수 없게 되었어."

"예?"

모두 다가 아니고요?

뒷말을 삼키며 봉길은 몸을 일으켰다.

"병 걸린 주인 따라 저들도 버틸 힘이 없나 보군."

할아버지는 침통한 표정으로 사과나무를 봤다. 뭘 그렇게까지 심각하게 생각하나 싶었다. 그러나 점차 침체되는 기분은 주위의 모든 걸 굴곡지게 보게 한다는 사실을 봉길은 알고 있었다. 할아버지의 얼굴에 깊게 팬 주름을 다시 살핀 그는 어깨를 으쓱였다.

"그래도 일곱 그루는 있잖아요."

"……그렇지. 그걸로 과연 될지."

"해 보실 거잖아요?"

봉길의 말에 할아버지가 그를 쳐다봤다.

"저야 여기서 그만두면 좋지만, 어차피 하실 거 너무 속상해하지 마세요. 할아버지 화법이면 젊고 건강한 제가 일하니 남은 나무들이 건강하지 않겠어요?"

"내내 투덜거리던 네가 그런 말도 다 하고. 기특하구나."

"크흠. 어차피 도망가기 글렀으니 일은 해야 하고요. 그리고 저는 할아버지 병 때문에 쟤들이 죽었다니까 그러는 거죠."

"죽지는 않았는데."

"어쨌거나요."

벤치 등받이에 기댄 봉길이 입술을 삐죽였다. 할아버지는 다시 나무들을 보다가 지팡이를 짚은 손에 힘을 주어 자리에서 일어났다.

"좋아. 그럼 나머지 일곱 그루가 건강하길 바라며 약을 섞으러 가 볼까?"

봉길은 지팡이를 짚고 앞서는 할아버지를 따라 창고로 갔다. 나무로 대충 만들어진 창고는 낡아서 금방이라도 쓰러질 것 같았다. 닫힌 나무 문을 활짝 열자 쿰쿰한 냄새와 함께 먼지가 피어올랐다. 창고 한쪽 선반 위로 각종 연장과 제초제나 해충 약이 담긴 통들이 진열되어 있었다. 할아버지가 지팡이 끝으로 약통 두 개를 가리켰다.

"이거랑 이거를 섞어서 SS기[2]로 뿌릴 건데, 이건, 깍지벌레나 응애류, 각종 나방을 없애는 거야. 이다음엔 화상병 방제약을 살포해야 해. 약을 제대로 살포하지 않으면 며칠 뒤에 그놈들이 떼를 지어 오거든. 다 털리면 다시 시작해야 하고, 기한에 맞출 수 있을는지 모르게 돼. 그리고 그 뒤에 수세가 센 나무 단근 작업을 해야 하니 장비도 챙겨야지. 사과나무는 절대로 나무를 크게 키우면 안 돼. 아, 그건 일반 사과나무에 적용되는 얘기야."

어눌한 말들이 봉길에겐 똑똑히 들렸다. 할아버지는 쉼 없이 말했다. 왠지 기분이 좋아 보였다. 봉길은 머리를 긁적였다. 괜히 한마디해서 일만 늘린 꼴인데. 그때

---

2 SS기: 방제용 살포 기계.

뒤에서 누군가의 손이 불쑥 나와 약통 하나를 꺼내 들었다. 돌아보니 언제 왔는지 승범이 있었다.

"초강력 킬러? 뭔 이름이 이래요? 촌스러워."

1L짜리 불투명한 하얀 통에서 분홍색 형광 액체가 출렁거렸다.

"한의원 일은 어쩌고?"

"점심시간에 잠깐 왔어요. 어지간히 걱정돼서요."

할아버지의 질문에 승범이 봉길을 보며 말했다. 봉길은 입술을 삐죽였다.

정확히는 자신이 제대로 일하고 있는지 걱정된다는 말이겠지.

할아버지는 별것이 다 걱정이라며 혀를 찼다. 그리고 승범이 들고 있는 통을 보며 고갯짓을 했다.

"그건 굳이 필요하지 않아. 그 옆에 있는 게 필요해."

"네. 그럼 이건 봉길 씨에게 맡기고 이렇게 왔으니 침 치료 받으실까요?"

승범은 들고 있는 약통을 봉길이에게 건넸다.

"잠깐. 약 뿌리는 걸 알려 줘야지."

봉길은 자신을 이곳에 있도록 했다는 승리감을 내비치는 승범의 꼴을 더는 보고 싶지 않았다. 아버지 일을 도왔다면 대략 어떻게 하는지 알고 당장 승범을 보내 버릴 텐데. 그러지 못해 짜증이 났다. 그렇게 할아버지가 약을 섞는 법과 500리터 SS기의 운전 및 작동을 친히 알려 줄 때까지 봉길은 승범의 기분 나쁜 시선을 견뎌야 했다.

정말이지 일하기가 너무 싫었다.

◇◇◇◇◇

다음 날에도 승범은 일찍 구문석 어르신 댁으로 출발했다. 택영이 빠진 한의원은 바빠졌기에 시간을 잘 쪼개서 활용해야 했다. 승범은 이렇게 바쁜 것도 보름만 참으면 된다고 되뇌며 급히 몸을 움직였다. 그때 핸드폰이 울렸다. 송기윤이었다.

"어, 왜?"

―어, 왜? 말이 왜 싸가지 없지? 너 저번 주에 60대 환자분, 아직 다른 병원 안 가셨지? 연 교수한테 진료 예약했고 날짜 받았다. 다음 달 17일에 서류 가지고 오전 11시에 내원하면 돼. 만약 다른 병원 잡았으면 말해. 취소해야 하니까.

"뭐? 그걸 해 줬다고? 네가?"

―뭐야, 설마 잊고 있었던…….

"당연히…… 아니지. 난, 그때 네가 끊어서 안 해 주는 줄 알고."

그날 송기윤이 중간에 전화를 끊었고 어머님은 병원

에 안 가겠다고 해서, 요즘엔 가까운 상급 병원에라도 모셔가려고 설득하는 중이었다. 솔직히 그가 해 줄 거라고는 생각하지도 못했다.

─그것도 진료고, 만약 수술하게 된다면 대기만 몇 달 걸릴 수 있어. 연 교수가 최대한 신경 써 준다고 하니, 너 인마. 나한테 감사해라.

승범은 일단 이금주 환자분이 병원이라도 갔으면 했다.

"그래, 연 교수님한테 감사하다고 전해 줘."

─아니이. 나한테. 내 귀한 시간 들였으니, 이 정도면 너 내가 어마어마한 거로 돌려받을 거야. 네가 들어주기도 버거워서, 이 송기윤이한테 부탁한 걸 크게 후회할지도 몰라.

예약해 준 것 가지고 벌써 크게 받을 생각을 하고 있었다. 승범은 헛웃음을 삼키며 입을 열었다.

"고마워."

─어엄청 큰 부탁으로……. 어? 뭐라고?

생전에는 그 말을 들을 줄은 몰랐다는 듯 상대방이 꽤 당황했다. 그러자 덩달아 승범도 당황했다. 살아생전에 송기윤한테 이 말을 할 줄 몰랐다. 그는 헛기침했다.

"크흠. 여기 리조트 개발될 거거든. 그렇다면 인프라도 보다 좋아져서 시에 사람들 많이 늘어나고 그럼 환자도 많아질 거야. 그럼 우리 한의원 돈도 많이 벌 테고, 그러니까 네 부탁 들어준다고, 나도."

—너 어디 아프냐? 아프면 너도 말해. 너도 예약해 줄 테니. 그러니까, 이상한 헛소리 말고. 끊어 자식아.

송기윤이 성질을 내며 전화를 끊었다. 승범은 핸드폰을 바라봤다. 자기가 먼저 비싸게 부탁을 받아먹겠다고 해 놓고선 해 준다니까 왜 화를 내는지 도통 이해가 되지 않았다.

그나저나 고맙다니.

공치사는 확실하게 해 줘야 한다는 생각에 한 말이지만, 이내 괜히 했다는 생각이 들었다. 너무도 술술 나온 말이 부끄럽고 소름이 돋아서 몸을 부르르 떨었다.

일단 어르신 치료를 하고 이금주 환자 댁으로 가기로 한 승범은 어르신 댁으로 들어섰다.

때마침 봉길이 세상 불만인 표정으로 승범을 스쳐 지나갔다.

"같이 침 치료를 받으세요. 어제 무리했으니 아프지 않습니까?"

승범이 밖으로 나가려는 봉길에게 침 치료를 제안하자 거대한 콧방귀가 돌아왔다.

"됐습니다. 이게 누구 때문인데, 병 주고 약 주려고? 흥!"

봉길은 고개를 휙 돌려 집 밖으로 나갔다. 그 모습에 어르신이 허허 웃었다. 택영이 한 손에 커피가 든 컵을 들고 거실로 나왔다. 그러다 이내 새삼스러울 것도 없다는 듯 어깨를 으쓱이며 한마디했다.

"아침부터 기운이 넘치네요."

승범은 어르신에게 침을 놓기 시작했다.

"무슨 고민이 있으신가? 오늘은 표정이 그리 좋지 않군."

"그리 보입니까? 사실 근래에 치료를 거부하는 환자분이 계신데, 제가 어디까지 해야 할지 잘 모르겠습니다. 싫다는 분께 굳이 계속 설득하는 게 의미가 있나 싶고요."

"흠. 각자의 사정이란 게 있겠지. 하지만 한의사 선생이 최선이라 생각하고 하는 일일 테니 본인을 계속 믿어야 하지 않겠소. 두드리다 보면 그 마음이 열릴지도 모르는 거고. 나 보시오. 가망 없다고 생각했는데 선생이 치료해 주니 이제는 부축 없이도 혼자 잘 걷지 않소?"

"운동도 꾸준히 하시면 더 좋아질 겁니다."

"거보오. 어디 선생이 틀릴 말 할 분이오?"

어르신이 눈을 찡끗거리자 승범은 웃음을 터트렸다. 그때 요란한 소리를 내며 봉길이 현관문을 열고 들어왔다.

"할아버지!"

거실에서 침 치료를 받고 있던 할아버지와 나머지 둘이 봉길을 쳐다봤다.

"살아났어요. 정말로 나무에서 잎이 났어요!"

"뭐엇?"

승범이 버럭 소리를 지르며 일어났다.

"어르신은 침을 맞고 있으니 일어나지 마세요. 어디? 어디?"

승범은 허둥지둥 마당으로 달렸다. 그리고 봉길의 말처럼 잎이 돋아난 사과나무를 보고 감격하며 두 팔을 하늘 위로 뻗었다.

"살았다. 나는 살았다아!"

"뭐래."

"마지막 잎새 찍나?"

따라온 봉길과 택영이 저마다 한마디씩 했다.

"그런데 사과나무가 원래 이렇게 갑자기 잎을 틔우나요?"

너무도 갑작스레 나온 잎이라 이게 맞는 건지 택영이 물었다. 승범이 혼자 감동 중이라 대답이 없자 택영의 시선이 봉길에게 옮겨 갔다. 갑자기 질문을 떠안은 봉길은 두 눈을 깜박였다.

"그걸 내가 어떻게 알아요?"

“그야 넌 배 과수원집 아들이니까?”

“배 과수원 아들이라고 뭐 다 아나? 그리고 왜 반말 해요?”

“여긴 한의원 아니니까? 너도 해. 아, 내가 나이가 너보다 많으니 형이라 불러.”

“뭐래. 내가 진짜 반말 못 할 줄 알아?”

“자자, 그만들 하고. 봉길 씨!”

감동에 도취되었던 승범이 다가와 봉길의 어깨를 붙들었다. 승범의 눈가에 눈물까지 맺혀 있었다.

“계속 지금처럼 잘 부탁해! 화이팅!”

“아니, 뭔데? 왜 선생까지 반말을……..”

“어르신!”

승범은 다시 집으로 달려갔다. 그는 거실로 와 어르신을 봤다.

“어르신은 정말이지 천재십니다! 제가 꼭 해내겠습니다!”

승범은 두 손을 불끈 쥐고 지금 받은 감명을 계속 되뇌었다. 이 여운이 오래도록 아니, 죽을 때까지 남을 것 같았다. 매일 매 순간 포기해야 할 상황이 생기면 삶은 무심하게 툭 하고 큰 깨달음을 주었다.

세상에!

◇◇◇◇◇

승범은 언덕 위의 집으로 달려갔다. 매번 올 때마다 거절당하고 힘없이 돌아 나오던 길을 힘차게 뛰어올랐다.

"어머니!"

승범의 목소리에 현관문이 열리고 이금주 환자가 나왔다.

"어이고, 또 왔어. 내 오지 말라고 입이 부르트게 말했는데도 안 듣지, 안 들어. 안 한다고, 거절한다고!"

"거절을 거절하겠습니다."

"뭐요?"

환자 앞에 도착해서 잠시 숨을 고르던 승범은 그 앞에 무릎을 꿇었다. 화들짝 놀란 어르신이 그의 팔을 붙잡고 일으켜 세우려 했으나 승범은 움직이지 않았다.

"이게 뭐 하는 거예요? 어서 일어나요!"

가망이 없다고 생각한 사과나무에서 잎이 났다. 마치 가망이 없다는 말은 절대적이지 않다는 듯이. 잠시 이금주 환자의 뜻을 받아들여 포기해야 하나 싶었다. 서로 바라는 바가 다르다지만 이것은 무엇이 옳고, 그른지 정답이 없는 문제다. 그렇다면 승범은 이번엔 제대로, 최선을 다해서! 제 뜻을 관철시키기 위해 인정에 호소할 생각이었다. 무릎을 꿇어서라도 마음을 흔들고 그 틈을 비집고 들어가도록.

"솔직히 저는 어머님의 결정 이해하지 못하겠습니다. 살 만큼 살았다고 하시고, 가족들 걱정시키고 싶지 않다고 하시고. 마치 가망이 없는 것이라고 여기시는데 아직 확실한 건 없잖습니까. 그리고 자녀분들 걱정시키기 싫으시겠지만, 그거 어머님 욕심입니다. 제가 부모복은 없으나, 고수정 사장님 돌아가실 때 옆에 있어서 잘 아는데요. 사장님 병 알았을 때 청천벽력이었고요, 하루하루가 소중했습니다. 좀 더 미워하지 않고 오래오래 곁에 있을걸 후회했고요. 아직 잔소리 같은 말들도 더 듣고 싶고, 이렇게 치료도 거부하시는 어머님 어떻게 설득할지 조언도 좀 듣고 싶고요. 그런데 자녀분들은 어떻겠습니까? 어머님의 하루하루를 자녀분들이 소중하게 할 기회를 어머님이 주지도 않으시는 거잖아요. 자녀분들은 어머님 걱정할 권리 있습니다. 그러니까 자녀분들을 믿어 주세요. 함께 병과 맞서 싸워 주세요."

환자가 치료를 거부하는 상황에서 어떻게 해야 할지 고 사장님이 알려준 게 없다고 생각했는데 아니었다. 언제나 환자에게 진심 어린 걱정으로 진실되게 대하면 된다고 했었고 승범은 그 가르침대로 이금주 환자에게 부탁했다.

그날, 이금주 환자는 자식들에게 전화했다.

승범은 과수원 앞에 차를 주차하고 차에서 내렸다. 오늘은 인공 수분을 하는 중요한 날이라 진료를 일찍 마쳤다. 그런데 입구 앞에서 한 여자가 기웃거리다가 다가오는 승범을 발견하고 미소를 지었다. 40대 중반에 투피스 정장을 입었고, 긴 머리카락을 하나로 올려 묶은 단정한 모습이 어느 회사의 중역 같은 분위기를 풍겼다. 여자가 먼저 인사하며 악수를 청했다.

"안녕하세요, 승범 한의원 한의사님이시죠? 반갑습니다. 저는 공인중개사 오인선이라고 합니다. 기영문 시장님을 도와드리고 있어요. 시장님께 한의사님 말씀을 많이 듣고 있습니다."

"아, 예. 처음 뵙겠습니다."

승범은 오인선과 악수했다.

"덕분에 큰 도움을 받고 있습니다. 그런데 이곳에 어쩐 일로 오셨어요?"

그녀의 질문에 승범은 가방을 들어 보였다.

"구문석 어르신이 몸이 아프셔서 방문 진료 다닙니다."

별도로 산신께 바칠 사과 농사일도 돕고 있지만, 굳이 할 말은 아니라 입을 다물었다.

"저는 여기 일 때문에 왔어요. 어휴. 어르신 고집이 너무 세셔서 어떡할지 고민이에요."

한숨 섞인 말에 승범은 이 집에 처음 왔을 때 요양보호사 선생님에게 들었던, 땅 매매를 줄곧 권했던 이가 오인선임을 알아챘다. 승범은 의미심장한 미소를 지었다. 같은 편이지만 경쟁자이기도 했다. 어르신을 도와 사과를 키워 내면 어르신은 자신과 약속한 대로 요양원으로 갈 예정이다. 그렇다면 성과는 오롯이 승범의 몫이다.

"열심히 하셨는데 잘되실 겁니다."

승범이 마음에도 없는 말을 하자 오인선은 한숨을 내쉬었다. 어깨를 늘어트리며 울타리 밖으로 나온 사과나뭇가지를 만지작거렸다.

"그렇죠. 이렇게까지 했는데도 불구하고 어르신이 제 마음을 몰라준다면 어쩔 수 없겠죠. 아쉽지만 열심히 한 일을 허무는 수밖에요."

그녀가 손에 쥔 가지를 부러트렸다. 뚝하는 소리에 승범은 자신도 모르게 제 목을 움켜쥐었다. 내리뜬 여자의 눈이 섬뜩했다.

열심히 한 일을 허문다니, 무슨 뜻이야? 일을 포기한다는 말?

여자가 붉은 입술을 끌어올렸다.

"어머, 실수. 그럼 저는 이만 가 볼게요. 다음에 봐요."

산뜻하게 웃으며 차로 향하는 오인선을 보던 승범은

인상을 찌푸리며 과수원으로 걷기 시작했다. 뭔가 찝찝한 기분이 들었다. 다시는 만나고 싶지 않은 부류였다.

부스럭! 그때 우거진 사과나무 사이로 봉길이 나왔다. 이 상황을 지켜보고 있었던 듯 코웃음을 쳤다.

"또, 뭐? 왜?"

"저 여자 우리 집에도 와서 뭐 하는 사람인지 잘 알거든요. 근데 두 사람 친한 걸 보니 그쪽 속셈을 알 것 같아서요."

"속셈?"

괜히 속이 뜨끔한 승범이 눈을 굴렸다.

"한의사가 치료나 할 것이지 나까지 이용해서 할아버지네 사과를 어떻게든 열리게 하려는 게 너무 과하다고 생각했는데, 그 이유가 할아버지 마음에 들어 저 여자랑 짜고 이 과수원 팔게 할 속셈이잖아요!"

오. 신선이 가죽을 벗긴다는 이유가 없는 것 치고 꽤 정확했다.

"아닌데?"

저 여자랑 짠 건.

"와, 눈 하나 깜짝 안 하고 거짓말하는 것 봐."

"아닌데? 눈 감았는데?"

"어우! 나이도 많으면서 유치하게."

승범은 키득거리다가 봉길을 봤다.

"나이 어린 윤봉길 씨. 어르신은 이제 연세도 있으시고 혼자 움직이는 것도 힘드셔. 그런데 어떻게 사과 농사를 지으시겠어? 지금이야 우리가 도와드린다지만 내년에는? 비싼 가격에 이곳을 사겠다는 이가 나타났을 때 땅을 파는 게 좋아. 그 돈으로 어르신이 평안한 노후를 보내는 거지. 그러니 괜한 시비 걸 시간에 힘을 내서 올해 마지막이 될 사과를 열리게 해 보자고."

"흥! 잘난 척은. 그거야 당신 생각이고, 할아버지 생각은? 물어는 봤어? 그것이 최선의 방법인 것처럼 좋은 말로 위한다는 척 포장했지만, 결국은 할아버지가 진정으로 원하는 게 뭔지 묻지도 않았잖아."

봉길은 따지듯이 말하고는 휙 돌아서 사과밭으로 갔다. 승범이 그 뒤에다 대고 소리쳤다.

"봉길 씨가 몰라서 그러는데 어르신과도 다 합의한 거라고!"

그 말을 들었음에도 봉길은 돌아보지 않고 제 갈 길을 갔다.

성질 하고는.

구문석 어르신한테 필요한 것은 뇌졸중 치료와 평안한 노후 준비였다. 어르신도 인정하는 부분이었다.

그게 어르신이 원하는 게 아니라면 뭘 원하겠는가?

아닐 수가 있나?

뭔가 갑자기 찜찜해졌지만 이내 승범은 고개를 내저었다.

"하여간 사람 싱숭생숭하게 만드는 데 뭐 있어. 진짜 하나도 안 맞아. 괜히 시비나 걸고 말이야."

◇◇◇◇◇

인공 수분은 밤에 이루어지기에 승범과 택영 그리고 봉길은 어르신의 지시에 따라 미리 사과나무 주위에 조명을 설치하여 그 준비를 했다. 창고에서 사다리도 꺼내 놓는 등 여러 준비를 해 놓자 식사 시간이 되었다. 밥을 먹고 봉길은 늘 그렇듯 사과밭 벤치에 누웠다. 어르신의 침 치료가 끝났을 때 밖에서 경적이 울렸다.

"왔나 보군."

밖을 보니 1톤 트럭이 마당까지 들어왔다. 승범은 어르신을 부축해 밖으로 나갔다. 먼저 나간 택영에게 운전석에서 고개를 내민 노년의 여자가 소리쳤다.

"뒤에서 휠체어 좀 꺼내 줘!"

"예? 아, 예!"

택영이 달려가 짐칸에 있는 휠체어를 꺼내는 동안 운전석에서 그녀가 내렸다. 다리가 불편한지 두 손으로 차를 잡고 몸을 지탱하다가 휠체어가 펴지자 힘겹게 앉았다.

“왔는가? 인사해. 양봉업자 김순미 씨야. 인공 수분 작업에서 벌을 투입하는 데 도와줄 분이지.”

“아무리 이번이 마지막이라지만, 애먼 사람을 끌어들이면 쓰나?”

전화로 이야기가 다 되었는지 순미 씨는 못마땅한 눈으로 승범과 택영을 보며 말했다. 구 어르신이 웃었다.

“어떻게 하다 보니 이렇게 되었네. 가면서 얘기하지.”

“어! 일꾼들은 뒤에 있는 벌통을 옮겨야 해!”

순미 씨가 능숙하게 명령했다. 승범과 택영은 당연하듯이 트럭으로 향했다. 택영이 짐칸 위로 올라가고 승범은 두 사람이 잘 가고 있는지 돌아봤다. 천천히 사과밭으로 향하는 둘의 목소리가 낮게 들려왔다.

“나도 고민이 됐지만 나 말고 한목숨이 더 달린 일이라서. 이 몸으로 내가 뭘 할 수 있단 말인가? 도움을 받을 수 있을 만큼은 다 받아야지.”

“하여간 청수산 산신님 성격 별난 건 알아 줘야 한다니까. 인간의 몸이 고장 난다는 것을 이해 못 해 주고 닦달하시지. 허나, 이 일을 곱게 넘기시진 않을 거야.”

“내 목숨을 내놓아야겠지. 하지만 나도 일이 여기까지 오니 멋지게 마무리했으면 좋겠다는 욕심이 생겨.”

“인간의 욕심은 한도 끝도 없군.”

어르신이 목숨을 내놓는다는 것은 승범이 생각하는

것과 그 무게가 다를 것이다. 일이 잘못되면 생명이 위험할 거라는 사실이 승범에게는 잘 와닿지 않았다. 그냥 처음엔 무섭고 아득하기만 했다. 정미와 도망칠까 생각도 했고, 혼란스러워도 했다.

승범은 멀어지는 그들을 보다가 고개를 돌려 앞을 봤다. 하지만 지금은 괜찮다. 구문석 어르신이 있기에 여기까지 왔다. 지금처럼 지팡이를 짚고 가는 어르신의 뒷모습이 불안해 보였으나 중심을 잡는 데 익숙해진 만큼 내디디는 걸음이 굳건했다.

승범은 택영이 짐칸에서 꺼내 건네는 나무 상자를 받아 내렸다. 두렵기는 마찬가지고, 다시 돌이킬 수도, 도망칠 수도 없을 만큼 멀리 왔다. 그러니 자신 또한 이 일을 멋지게 해내고 싶었다.

승범과 택영이 각각 검은 천을 씌운 커다란 나무통을 가지고 사과밭으로 갔다. 벤치에서 졸다가 일어난 봉길이 김순미 씨와 인사하고 있었다. 택영이 봉길을 향해 한마디했다.

"봉길이는 대체 잠을 얼마나 자는 거야? 덕분에 일 준비는 내가 다 했어."

"그 상자 좀 들고 왔다고 구박은."

봉길은 택영의 잔소리에 귀를 막았다.

"상자만 옮겼을까? 전날 꽃가루 꺼내 놓고 봉길이가

자는 사이 석송자[3]와 섞어 놨지. 봐 봐. 그러니 그만 투
덜대고 일해.”

“안 그래도 할 거거든요.”

“꽃가루는 많이 할 필요가 없네. 벌과의 공조 작업이
니 손이 닿는 곳에만 적당히 바르게.”

할아버지의 지시대로 세 남자가 사과나무로 가, 준비
한 꽃가루를 발랐다. 승범은 사과나무 옆에 사다리를
놓고 그 위로 올라갔다. 조금 올라갔는데도 떨어질까
봐 불안해서 꽃가루 바르는 손놀림이 불편했다. 그렇게
얼마를 발랐을까, 승범은 옆에서 작업하고 있는 봉길을
봤다. 꽤 집중하고 있었다. 제법 할 만한지 쉬지도 않고
바로 다음 나무로 향했다. 승범은 문득 불어오는 밤바
람이 잎새를 스치는 소리에 귀를 기울였다. 뭔가가 이
는 소리가 점차 커졌다. 바람은 잦아들었는데도 일정하
게 우는 밤 벌레의 울음까지 집어삼킬 만큼이라 승범은
불빛이 닿지 않는 컴컴한 밤하늘을 올려다봤다.

구 씨 할아버지도 소리를 들었는지 김순미 씨를 돌아
봤다.

“큰날개응애가 온다!”

“방제 작업을 잘하지 못한 거야?”

그녀는 신경질을 내며 가방에서 커다란 천막을 꺼내

---

3 석송자: 인공 수분 매개체.

벌통 위로 덮었다. 어리둥절한 셋한테 할아버지가 창고를 가리켜 보였다.

그때 눈앞 사과나무에 커다란 벌레 한 마리가 날아와 앉았다. 승범은 그 생김새에 흠칫 놀랐다. 매미만 한 크기에 둥그런 몸체를 가진 벌레는 길쭉한 날개와 거미 같은 다리를 움직이며 나무를 올라갔다. 생전 처음 보는 거였다.

어? 하는 사이에 두세 마리가 더 내려앉았다. 나무를 타올라 빠른 기세로 여린 잎사귀들을 갉아 먹었다. 어떤 놈은 나무를 파고들었다. 수많은 벌레 떼가 꿈틀거리는 모습에 절로 소름이 돋았다.

"창고에, SS기에 기계유유제[4]랑 그 약을……. 어서!"

다급한 할아버지의 목소리에 승범이 반응했다. 창고에서 봤던 초강력 킬러가 생각났다. 그걸 사용할 때가 지금이란 걸 알아차렸다. 그는 창고로 달려갔다. 밖에 켜 둔 조명 불빛이 어두운 창고 안을 비췄다. 승범은 바닥에 놓인 기계유유제와 낯익은 초강력 킬러 통을 들고 밖으로 나와 SS기로 향했다. 할아버지가 봉길에게 알려 줄 때 옆에 있어서 다행이라 생각했다.

"으악!"

봉길이 비명을 지르며 할아버지가 있는 곳으로 도망

4　기계유유제: 광유 70%와 유화제를 섞은 것.

쳤다. 할아버지는 이를 악물고 빗자루를 들고 사과나무 쪽으로 왔다.

"이놈들 썩 꺼지지 못해?"

한 손으로 빗자루를 휘둘러도 그것들이 나무에서 떨어지는 건 잠깐이었다. 금세 다시 날아올라 나무를 타올랐다. 택영도 할아버지를 도와 장갑 낀 손으로 벌레를 훑어 내거나 내리쳐 죽였다. 그러나 수많은 것들을 다 없앨 수 없었다.

"어르신!"

승범이 소형 자동차 크기의 SS기를 운전해서 가지고 왔다. 기계가 가동되는 소리가 커 승범은 크게 소리쳐 어르신을 불렀다. 눈 앞을 가릴 정도로 날아오르며 사과나무를 망가뜨리는 큰날개응애 떼를 내쫓던 택영이 SS기를 보고 할아버지를 부축해 벌레가 없는 곳으로 나왔다. 마스크를 낀 승범이 기계를 몰아 밭으로 들어갔다. 이내 분홍빛 약이 살포됐다.

"벌통을 트럭에!"

김순미가 소리치자 택영이 벌통을 날랐다. 봉길은 움직여야 한다고 생각했지만, 몸이 움직여지지 않았다. 또 숨이 쉬어지지 않았다. 승범이 약을 살포하는 모습이 희미해졌다. 택영이 휘청이는 봉길을 붙들었다.

"김 쌤!"

택영의 부름에 승범이 돌아봤다. 승범이 기계에서 내려와 그들을 향해 달려갔다.

살충제에 버티고 버티던 큰날개응애가 바닥에 떨어지거나 피해서 날아올랐다. 다시금 떼를 지어 날아오른 큰날개응애는 컴컴한 밤 속으로 사라졌다. 모든 것이 순식간에 일어났다.

◇◇◇◇◇

"방제 작업을 초보 손에 맡겼다니 어처구니가 없어서."

"내 탓이야. 그동안 큰날개응애를 볼 일이 없다 보니 풀어진 게지."

"어쨌거나 오늘은 망했으니 나는 가겠어. 별일을 다 겪네."

온 사방이 깜깜한 저편에서 할아버지와 김순미 씨의 목소리가 들려왔다. 트럭 문이 거칠게 여닫히고 엔진 소리가 멀어져 갈 때, 봉길은 감았던 눈을 떴다. 먼저 주황빛 불빛 아래 승범의 얼굴이 보였다.

"괜찮아? 정신이 좀 들어?"

옆에서 봉길의 팔다리를 주무르던 택영이 물었다. 잠시 아무 생각도 없던 봉길은 수많은 벌레의 공격을 떠올리고 자리에서 벌떡 일어났다.

봉길은 평상에서 내려와 사과밭으로 걸어갔다. 승범

이 그런 봉길을 붙들었다.

"약이 독해서 가까이 가면 안 돼."

굳이 가까이 가지 않아도 밝은 조명 불빛이 가득한 사과밭이 잘 보였다. 응애 떼가 지나간 자리는 그야말로 초토화가 되었다. 봉길은 멍하니 망가진 나무를 보았다. 꽃이며 무성했던 이파리며 거대한 손아귀에 잡아 뜯긴 것처럼 너덜너덜했다. 봉길의 마음도 갈기갈기 찢어졌다. 허무하고 혼란스러워 도대체 뭐가 지나간 건지 와닿지도 않았다. 그저 망쳤다는 현실만이 남았을 뿐.

봉길은 배를 문질렀다. 뱃속에 뱀 한 마리가 들어차 기분 나쁜 유영을 하는 느낌이 들었다. 트럭을 배웅한 할아버지가 봉길에게 다가왔다.

"괜찮은가?"

"놀라서 잠시 기절했던 것뿐입니다. 맥박은 정상으로 돌아왔고요."

승범이 봉길 대신 말했다.

"많이 놀랐지? 괜찮아. 다시 시작하면 되네. 다시 시작하면."

봉길은 할아버지의 모습을 마주 볼 수가 없었다. 일이 너무 하기 싫어서 방제를 설렁설렁했던 자신이 떠올랐다. 이 일을 망친 건 자신이었다. 또 누군가의 앞일을 망쳤다. 봉길은 자신을 붙들고 있는 승범의 팔을 뿌리쳤다. 그리고 그 자리를 벗어났다. 뒤에서 자신을 부르는 택영의 목소리에도 멈추지 않았다.

◇◇◇◇◇

집으로 돌아온 봉길은 불 꺼진 집 앞에 섰다. 주무시는 부모님을 깨우면 또 혼날 게 뻔하니 불이 켜진 별채로 갔다. 봉길은 별채 문을 열고 들어가 소파에 무너지듯 앉았다. 늦은 시간까지 공부를 하고 있던 형이 고개를 들어 봉길을 봤다.

"너 괜찮아?"

봉길의 꼴이 말이 아닌지 형이 물었다.

"아이 씨."

봉길은 대답 대신 신경질을 냈다.

"밥은 먹었어?"

"형, 형은 큰날개응애라는 거 봤어?"

"응? 큰날개응애? 응애류 중에 그런 게 있던가?"

"나 사과 과수원에서 봤거든."

고개를 갸웃거리던 형이 핸드폰으로 큰날개응애를 찾아보는 듯했다. 그러나 어디에도 없는지 다시금 고개를 갸웃거렸다.

"이상하다. 없는데? 네가 뭘 잘못 본 거 아냐?"

"애 주먹만 한 게 막 날아올랐는데."

"꿈꿨니? 요새 네가 안 하던 일을 해서 꿈꿨나 보다."

아닌데, 진짠데.

봉길은 울상을 지으며 고개를 내저었다. 여전히 순미 씨가 방제를 제대로 안 했다고 탓하는 말이 귓가에 울려대 억울하고 스스로에게 화가 났다. 꼭 뭔가에 홀린 것 같았다. 어쩌면 내내 자다가 그런 꿈을 꾼 걸지도 몰랐다. 애초에 이상한 것투성이가 아니었나.

형은 안경을 벗었다.

"많이 힘들면 그냥 와. 형이 부모님께 잘 말씀드릴게."

소파에 기댔던 봉길이 머리를 들었다.

"정말? 그래 줄래?"

형이 알아서 정리해 준다니.

모든 일에서 탈출할 수 있었다. 잠시 두 눈을 빛내던 봉길은 그래도 기분이 안 좋아졌다. 배를 쓱쓱 문질렀다.

또다시 금방 포기하는 것 같아서. 아니지, 자기가 언제 뭐 하나 진득하게 했다고.

나는 원래 이런 놈이니까.

그런 생각을 하다가 봉길은 다시 소파에 얼굴을 묻었다.

"그래, 깊게 생각하지 말고 그냥 자."

다시금 형의 한숨이 들렸다. 잠시 뒤 고요한 내부에 사각사각 글씨 쓰는 소리가 났다. 봉길은 고개를 들어 그 모습을 봤다.

새벽부터 배 수확하느라 힘들었을 텐데 무슨 연구를 이렇게 밤늦은 시간까지 하는지.

"그게 재밌어?"

"응, 재밌어."

봉길의 질문에 고개도 들지 않고 형은 답했다.

"형은 왜 그리 열심히 해?"

"응? 그야 내가 해야 할 일이니까, 열심히 하고 싶지."

봉길은 형의 말을 이해할 수 없었다. 형 친구들은 고등학교를 졸업하자마자 이곳을 떠나 도시로 갔다.

혼자 남아 이곳에서 농사짓는 게 무슨 재미가 있을까.

"형은 형 친구들처럼 서울로 가고 싶지 않아? 과수원 농사 힘들잖아. 나도 야구를 계속했으면 이러지 않았을지 몰라."

갑자기 울컥하고 이유를 알 수 없는 화가 다시금 치밀었다. 할아버지의 사과 농사를 망쳐서 그것이 지난 상처까지 되새김질하게 했을까. 문득 야구를 계속했으면 어땠을까, 라는 생각이 들었다.

자신보다 야구를 잘하는 친구가 있었다. 그러나 그 친구는 집이 가난해서, 감독에게 돈을 못 줬다는 이유로 경기에서 제외됐다. 회의감이 들었다. 자신이 그만둔다면 그 아이가 선수로 나갈 거로 생각했으나 결국 그만두지 못했다. 그만큼 자신도 야구에 진심이었으니까. 하지만 죄책감은 점차 봉길을 옥죄었다.

실력 대신 돈이 있다는 이유로 남의 기회를 뺏는 건 아닐까? 그런 생각들로 무기력해졌다. 돈으로 자신의 가치를 증명하기가 너무 싫어서 다 그만뒀다.

하지만 그때 야구를 계속했다면? 남의 미래를 망치더라도 뻔뻔해졌다면 어땠을까? 그렇다면 이런 것쯤 무뎌졌을지도 몰랐다.

"그러게. 그랬을 수도 있겠지. 나도 네가 야구를 그만두고 아무것도 하고 싶지 않다고 했을 때는 이해 안 되었고 단순히 치기 어린 반항기라고만 생각했거든. 나도 친구들처럼 서울로 대학을 가야겠다고 생각했었어. 하지만 그것보다 다른 걸 하고 싶었지. 꽤 고민했었고 선택하느라 힘들었어. 그때 비로소 너에게도 나름대로의 이유와 생각이 있을 거라는 생각이 들었고 그 모든 게 이해되더라."

봉길은 형을 바라봤다. 갑작스러운 말에 뭘 잘못 들은 줄 알았다.

자신을 이해한다고?

형이 이어 말했다.

"내가 대학에 가지 않은 이유는 하루빨리 농사일을 배우고 싶어서였어. 조급했지. 그땐 그게 최선 같았어.

하지만 시간이 지나면서 이쪽 관련 공부가 필요하더라. 혼자 하는 것도 한계가 있고. 그래서 올해 다시 농대를 목표로 공부하고 있어. 후회할 일은 언제나 있는 것 같아. 나는 이제 그 후회를 줄이기 위해 열심히 하려고. 너는 어땠니? 야구 그만뒀을 때 말이야. 그때 널 더 위로해 주지 못해서 미안했어."

형의 질문에 봉길도 그때를 떠올렸다.

"형이 미안해할 일이 뭐가 있다고. 다 나 때문인데."

봉길은 그냥 그 자리에 누웠다.

너는 배운 대로 곧잘 하는구나.

하지만 구 씨 할아버지가 자신을 칭찬하며 했던 일들은 정말 진짜였다. 농사일하는 게 싫어서 투덜댔으나 그 순간은 콧대가 올라가며 살짝 설레기도 했다. 돈이 아닌 자신의 실력을 봐 주는 그런 순간이었다. 코를 훌쩍이며 봉길은 몸을 말았다.

그냥, 좀 더 잘해 볼걸.

◇◇◇◇◇

승범은 조명 불빛에 비친 사과나무를 봤다. 마치 폭풍이라도 지나간 자리 같았다. 시간이 지날수록 나무의 잎은 시들어갔다. 마치 생의 끝을 고하는 듯이. 그동안 얼마나 공들여 키운 건데, 벌레 떼가 한순간에 망쳐 버렸다는 사실이 믿어지지 않았다. 울컥 화가 치밀어 승범은 바닥에서 돌을 들고 힘껏 던졌다.

"아오!"

산신과 약속한 날이 얼마 남지 않았는데! 정말 잘 될 거라 생각했었는데! 어떻게 한순간에!

승범은 벤치에 앉아 머리를 움켜잡았다. 앞날이 까마득했다. 아무리 잔머리를 굴려도 답은 없었다.

"한의사 선생. 밤도 늦었는데 아직 집에 가지 않고 거기서 뭐 하는가?"

구문석 어르신이 다가오며 물었다.

"좌절이요."

기운 없이 대꾸한 승범은 옆에 어르신이 앉는 기척을 느꼈다. 승범은 고개를 돌려 어르신을 봤다.

"약 드셨어요? 어르신은 스트레스 받으시면 안 되는데 말입니다."

"금방 죽을 날이 다가오는데 그깟 스트레스가 무서울까."

엄청 든든했던 어르신도 않는 소리를 하시니 승범은 억장이 무너졌다. 살려 달라고 애걸복걸해야 하나 고민하는데 어르신이 허허 웃었다.

"웃음이 나오십니까?"

"그럼 울까?"

"진짜 울고 싶잖아요."

"그래도 나는 그동안 자네들이 열심히 해 줘서 좋았어. 젊을 때 열정 가득했던 내 모습을 보는 것 같았거든."

쏴아아. 상처 난 이파리들이 바람에 속절없이 바닥으로 떨어졌다. 일제히 낙엽이 지는데도 그것을 지켜보는 어르신의 눈에 빛이 나서 승범은 얼떨떨했다. 여전히 그 눈에서 열정이 불타오르고 있었다.

"어르신, 포기하시지 않으셨군요."

"포기? 흥, 내 사전에 포기는 배추 세는 데만 쓰는 거야. 처음부터 다시 시작하면 돼!"

그 순간 승범은 낮에 봉길과 했던 말이 떠올랐다. 어르신이 진정으로 원하는 것이 무엇인지 조금은 알 것 같았다.

"그럼 당장 우리가 할 게 있나요?"

멀지 않은 곳에서 택영이 물었다. 그도 한순간에 이렇게 된 게 속상했는지 잠들지 않고 밖으로 나와 그들의 이야기를 듣고 있었던 듯했다. 어르신이 기특한지 미소를 지었다.

"좋아! 해 보자고!"

◇◇◇◇◇

새소리에 봉길은 잠에서 깼다. 창에 어스름히 해가

밝아 오고 있었다. 몸을 일으키자 담요가 바닥으로 떨어졌다. 형이 나가면서 덮어 준 것 같았다. 잠시 멍하니 앉아 있었다. 더는 사과 과수원에 가지 않아도 된다. 근데 시원함도 잠시 섭섭했다. 봉길은 두 손에 얼굴을 묻었다.

'괜찮아요? 천천히 생각해 봐요. 숨 좀 쉬라고요!'

정미를 처음 보던 날 그녀가 소리치던 말이 귓가에서 울렸다.

안 괜찮아요. 무슨 생각? 나는 늘 남 앞길이나 막는 루저인데.

'후회할 일은 언제나 있는 것 같아. 나는 이제 그 후회를 줄이기 위해 열심히 하려고. 너는 어땠니? 야구 그만뒀을 때 말이야.'

이번엔 형의 목소리가 들렸다.

'괜찮아. 다시 시작하면 되네. 다시 시작하면.'

그래, 할아버지가 다시 시작할 수 있다고 했다. 그 말은 아직 끝이 아니란 말이었다. 야구는 포기했지만, 지금이라면 다시 시작할 수 있었다. 후회를 줄일 기회. 그 말이 마지막 동아줄 같았다. 다시 시작하고 제대로 끝을 맺고 싶었다.

봉길은 자리에서 일어났다. 급히 문을 열고 나오자 문 앞에 큰 가방이 있었다. 보니 도시락이었다. 엄마가 떠올랐다. 간밤에 뭘 들었나 보다. 사과 농사를 망친 거라든가, 아니면 형이랑 나누던 대화라든가.

봉길은 도시락을 들고 사과 과수원으로 달렸다.

과수원으로 가 특별하다는 사과나무 앞까지 달려갔다. 그곳에 벌써 승범과 택영 그리고 구 씨 할아버지가 있었다. 다시 거름을 주던 이들은 봉길의 등장에 일을 멈췄다. 뭐라고 할 말이 딱히 떠오르지 않았다. 그래서 손에 들고 있던 가방을 들어 보였다.

"도시락 싸 왔어요."

◇◇◇◇◇

석회 유황 합제 투입, 적화 작업, 방제 작업, 전정 작업, 관수, 탄저 부패병 방제 그리고 그놈의 응애응애응애! 내가 울겠다! 하지만 이번에 봉길은 열심히 도왔다. 허투루 하는 일은 없었다.

"봉길아! 삽질 그렇게 깨작거리면서 하는 거 아니라니까. 이렇게, 팍팍! 발로 대가리를 꾹 누르고 푹 떠서 이렇게, 이렇게!"

여전히 택영은 잔소리를 늘어놨다.

"아, 그럼 형이 하든가!"

"그럴까? 하긴, 답답해서 내가 하는 게 훨씬 낫겠다."

어느 순간부터 택영은 봉길에게만 맡겨 두지 않고 함

게 일을 했다. 그러길 며칠, 죽은 줄 알았던 사과나무가 다시금 초록 잎을 틔웠다. 무슨 조화일까. 봉길은 손을 뻗어, 옆에서 멍하니 잎을 보는 택영의 볼을 대신 꼬집었다. 택영이 그 손을 떼어 냈다. 눈은 봉길을 흘기고 있으나 입꼬리가 잔뜩 올라갔다.

"아파! 으하하하. 아프다고!"

"이게 된다고? 진짜?"

할아버지가 특별한 사과라고 얘기할 때마다 코웃음을 쳤는데 진짜 특별한 나무였다. 이상하고 이상한 일이었다.

◇◇◇◇◇

며칠 후에 다시 김순미 씨가 왔다. 중요한 날인 만큼 승범도 와서 봉길과 함께 벌통을 날랐다.

"이번에는 꼼꼼히 약을 줬겠지?"

순미 씨가 봉길을 올려다보며 물었다. 봉길은 딱딱한 말투에 어깨를 움츠렸다. 혼나도 할 말이 없었다.

"두 번까지는 봐줄 수 있어. 하지만 세 번째는 일부러니까 명심해. 그러니 오늘은 마음 편하게 다시 시작해 보자고."

세 번째도 가능하다는 말에 봉길은 나무를 돌아봤다.

대체 이 나무는 무슨 나무일까?

일반적인 사과나무는 아니었다. 어떤 힘이 있는 나무에 대해 자신만 모르고 있었다. 심지어 택영도 알고 있는 것 같은데 말이다. 그러나 물어보면 이 일에서 배제될까 봐 지금껏 묻지 않았다. 어차피 곧 끝을 두 눈으로 볼 수 있을 테니까.

인공 수분을 하면서 봉길의 온 신경이 귀로 몰렸다. 또다시 어둠 속에서 큰날개웅애가 날아들까 봐 긴장했다. 이번엔 지척에 SS기 약차를 두었고 만반의 준비를 해 뒀다. 얼마나 시간이 흘렀을까. 할아버지가 모두를 불렀다. 두려움에 떨던 큰날개웅애는 오지 않았다.

"이제 벌을 풀 거야."

김순미 씨가 벌통의 천을 걷어 냈다. 벌통은 어둑한 곳에서 빛이 났다. 나무 뚜껑을 열자 환한 빛이 뿜어졌다. 벌이 빛을 내고 있었다.

"야광머리뿔가위벌이야. 흔치 않은 벌이니 조심해."

야광머리뿔가위벌이 저마다 불빛을 빛내며 사과꽃을 찾아 날아올랐다. 넓게 퍼져 가는 불빛들이 아름다운 장관을 펼쳤다.

"저 사진을 찍어도 될까요? 동영상이나."

"상관은 없는데 왜?"

"여자 친구한테 보여 주려고요."

승범이 허락을 구하고 눈앞의 광경을 찍었다. 생각해

보니 요즘 일하느라 정미 누나를 못 봤다는 생각에 봉길은 승범의 모습이 못마땅했다. 하지만 봉길도 이런 아름다운 광경을 정미 누나가 봤으면 해서 모른척하기로 했다.

◇◇◇◇◇

가을은 점차 그 끝을 향해 달려가고 있었다. 밤과 낮의 기온 차는 점차 커졌으며 작은 바람에도 낙엽이 졌다. 그리고 약속의 보름이 다가왔다.

노을이 지는 사과밭에서 봉길은 긴 숨을 내쉬었다.

처음에 이 일을 시작했을 때 죽은 나무에서 사과가 열린다는 말에 봉길은 그저 할아버지의 단순 치매라고만 생각했다. 그러다 싹이 트고, 하루가 다르게 잎이 무성하게 커가는 걸 보며 기상이변 때문이라고 스스로 납득했다. 그런데 나무에 정말로 빨간 사과가 잔뜩 달렸다. 그런 나무를 보며 기쁘면서도 이상한 감정에 사로잡혔다.

"이거 먹으면 무병장수할까요?"

이상한 힘을 가진 나무니까. 그렇지 않을까?

"갑자기 뭔 소리야?"

택영이 어이없어했다. 그러나 장갑을 끼며 준비하던 승범은 그 말에 눈을 빛내며 할아버지를 바라봤다. 그 눈빛에 사과를 팔아 떼돈 벌지도 모른다는 속내가 비쳤다. 그것을 알아챈 할아버지는 코웃음을 쳤다.

"그렇게까지 특별하지는 않네. 그럼 내가 먼저 먹었지."

그 말에 봉길은 확신했다.

"역시! 이 나무 이상한 힘이 있는 거죠? 그렇지 않고서야 이렇게 자랄 수가 없어. 무슨 나무가 일주일 만에 이렇게 자라냐고!"

"어? 이 나무가 어떤 나무인지 어르신이 말씀 안 해 줬어요?"

"난 한의사 선생이 한 줄 알았지."

"뭐를요? 어? 그렇다면 이 사과가 정말 산신님에게 바칠 사과란 말입니까? 농담 아니었어요? 그걸 대체 누가 믿습니까?"

이 일을 하기 전에 승범은 택영에게 대략적인 이야기를 해 줬다. 대대로 산신님에게 바치는 사과를 키웠고 이번에 우리가 키우게 되었다고. 일하면서 빠르게 생장하는 나무를 이상하게 여길 테니 진실은 말해 두는 게 나을 거란 생각에서였다. 그러나 택영은 승범이 해 준 얘기를 믿지 않았다. 그냥 다른 종류의 나무라고 여겼다.

"가만히 보면 택영이 너는 기본적으로 내 말을 믿지 는 거 같아. 귀신 본다는 것도 아직까지 믿지 않고 있지?"

"산신이요? 귀신은 또 뭐예요?"

택영에게 한소리를 하던 승범은 봉길의 물음에 흠칫 놀란 표정을 짓고는 입을 꾹 다물었다. 봉길이 알 필요가 없는 것까지 저도 모르게 말했다는 듯한 눈빛이었다.

"……아무것도 아닙니다."

승범은 봉길의 시선을 피하며 말했다. 할아버지가 승범의 어깨를 토닥였다.

"내가 봉길이한테 얘기하지."

모두가 부지런히 사과를 땄다. 그사이 해가 지고 보름달이 떠올랐다. 일곱 그루의 나무에 달린 사과는 크고 탐스러웠다. 봉길은 할아버지에게 들은 내용을 곱씹으며 사과를 조심스레 플라스틱 박스에 옮겨 담았다. 그 이야기를 들으니 그동안 이 사과나무를 키우며 느꼈던 이상했던 일들이 한 번에 이해가 됐다.

신묘한 힘으로 태어난 사과, 내가 키운 사과! 예쁘고 기특하기도 하지. 서툰 손길에 이렇게 자라나다니. 이것이 수확의 기쁨이란 말인가?

봉길은 마지막 과실을 따면서 감격했다. 행복으로 고양되었다. 오히려 택영이 심각해 보였다. 현실과의 괴리감으로 믿기 싫어하는 눈치였다.

전혀 과학적이지 않은 일들이 일어나는데 이성적으로 생각하려고 하다니, 고지식하기는.

봉길이 마지막 과일을 따자 사과나무에 바람이 한차례 불었다. 찬바람에 나뭇잎들이 약속이라도 한 듯 후드득 떨어졌다. 마치 눈이 내리는 것처럼 바닥에 나뭇잎이 켜켜이 쌓였다.

그 모습을 봉길은 아름답게 바라보며 지난 추억을 곱씹는데 택영은 못 볼 걸 본 것처럼 사색이 됐다.

"이제 이게 마지막 농사로구나. 다시는 이 나무에 사과가 열릴 일은 없겠지."

구 씨 할아버지가 씁쓸하게 읊조렸다. 봉길은 할아버지를 봤다.

그게 무슨 말일까?

그때 마당에서 한 남자가 걸어왔다. 할아버지가 그를 보며 고개를 숙이자 승범도 헛기침하며 인사를 했다. 택영과 봉길도 눈치를 보다가 인사를 했다. 뒷짐 진 남자가 꼼꼼하게 사과를 하나하나 선별했다. 한참을 사과를 보던 남자가 입을 열었다.

"사과를 바치겠다고 허락되지 않은 사람이 일을 하게 하다니 너희들은 나를 농락했다. 그러니 이걸 보고 나를 본 이들을 죽여야겠다."

그 말에 봉길은 화를 냈다.

"아니. 사과 사러 왔으면 사과나 가져갈 것이지, 당신이 뭔데 나를 죽이겠다 말겠다 하는 거야……."

버럭 소리를 치는데 남자가 손짓했다. 그 한 번에 뒤에 선 사과나무가 뎅강 잘려 쓰러졌다. 히익. 놀란 택영이 승범의 팔을 붙들었다. 봉길은 나무를 돌아봤다. 동해로 생장을 멈춘 나무였다.

그래도 할아버지가 죽지는 않았다고 한 나무인데.

눈앞에 선 남자의 믿기지 않는 능력에 몸이 벌벌 떨리면서도 화가 났다.

"쉬잇, 산신님이다. 예를 갖춰라."

할아버지가 봉길의 앞을 막아섰다. 휘청거리는 할아버지를 봉길이 급히 부축했다.

"산신이시여. 다 제 탓입니다. 이런 몸이지만 마지막으로 사과를 바치겠다는 욕심으로 모두의 도움을 받았습니다. 지난 세월 산신님께 사과를 바쳤던 일을 기특하게 여기신다면 목숨을 거두지 마시고 그저 즐거웠던 일상의 기억으로 바꿔 주시면 감사하겠습니다."

할아버지의 말에 봉길은 고개를 들었다.

기억을 지우겠다고?

지금까지 한 모든 일이 기억에서 사라진다는 말에 봉길은 지금까지 한 일들을 돌아봤다. 지난 일들이 마치 주마등처럼 스쳐 지나갔다. 힘든 일도 많았으나 좋은 일도 분명 있었다. 없던 일로 만들고 싶지 않았다. 소중했다.

비로소 내가 살아 있음을 느꼈는데!

"네 말도 옳다. 그렇다면 네 공을 인정하여 원하는 대로……."

"저기요!"

봉길이 손을 번쩍 들었다. 모두가 봉길을 봤다. 택영이 가만히 있으라고 손을 흔들었다. 그러나 봉길은 가만히 있을 수가 없었다.

"잠깐만요! 저는 이 기억을 잃고 싶지 않아요! 소중하다고요!"

"그래? 그렇다면 죽음으로……."

쉽게 쉽게 결정 내리는 산신의 말에 내내 눈치를 보던 승범이 주저하는 봉길의 옆구리를 쿡 찔렀다. 무슨 얘기라도 하라는 듯해서 봉길은 입을 열었다.

"뭐든지 하겠습니다!"

그렇게 얘기한 건 자신인데 마치 다른 사람이 말한 것처럼 스스로가 화들짝 놀랐다. 그리고 덩달아 승범도 놀라는 표정을 지었다.

아니, 당신이 시킨 거잖아!

그러다가 못할 것도 없다고 생각했다.

"그래? 그럼 네가 후계자가 될 것인가?"

"산신님!"

구 씨 할아버지가 봉길의 손을 잡아 만류했다. 봉길

은 지금 산신의 말이 무얼 뜻하는지 제대로 알고 있지도 않았다.

"후계자요? 우리 집 후계는 형이 하기로 했는데요?"

"이 사과 말이다. 구 씨 가문 자식들은 사과를 바치지 않겠다고 하니 네가 구 씨 가문 대신 후계를 자처하여 매년 내게 사과를 바치겠다면 기꺼이 너를 살려 주겠다. 그렇게 하면 겸사겸사 네게 복을 내릴 것이고."

"하겠습니다!"

고민도 없이 즉시 답하자 할아버지가 다시 봉길의 손을 단단히 눌렀다.

"겸사겸사 복 때문인가?"

"아니요. 제가 하고 싶습니다. 저는 이 일이 좋습니다."

"하겠다면 결코 무를 수는 없다. 이 집 자식들은 해외로 건너가 거부했을 정도지."

"제 생이 언제 끝날지도 모르고 제 자식들이 어떨지는 모릅니다. 하지만 이제 제 일이고 해야 할 일이라면 살아 있는 동안 열심히 하겠습니다."

봉길은 자신을 붙든 할아버지를 바라봤다.

"저는 할아버지가 그동안 하셨던 이 일을 제대로 배워서 해 보고 싶어요. 힘들었지만, 재미있었어요. 그러니 도와주세요. 할아버지."

"고작 보름 재밌었다고 네 인생을 걸 필요는 없다."

할아버지의 말에 봉길은 할아버지의 손을 마주 잡았다.

"고작 보름에 제 지난 생이 지루했단 걸 확인했어요."

마주 잡은 손에 힘이 실렸다. 할아버지의 눈에서 눈물이 흘렀다. 아직 끝이 아니라고 이 청년이 말해 주고 있었다. 이 생의 끝자락을 인정하고 지난 모든 걸 포기하기로 했는데. 순미의 말이 떠올랐다.

'인간의 욕심은 한도 끝도 없군.'

"나도 어쩔 수 없는 인간이군."

봉길은 승범을 힐끗거렸다. 아까부터 그의 표정은 두려움과 경악 그리고 난감함으로 시시각각 변했다. 이런 결말을 바란 건 아닌 게 분명했다. 하지만, 할아버지의 눈물을 본 순간 봉길이 느꼈던 것처럼 승범도 무언가를 깨달았는지, 체념의 한숨을 길게 내쉬었다.

◇◇◇◇◇

승범은 혀를 차며 과수원에서 나와 차에 올라탔다. 택영은 이미 먼저 도망쳐 버렸다.

이번에 죽을 뻔했다며 단단히 화났던데 보너스로 넘어갈 수 있을까. 난감했지만, 그건 뭐 나중 일이고.

산신에게 살아남아서 다행이긴 했는데 일이 이상하게 돌아갔다. 그러니까 가만히 있으라고 봉길의 옆구리를 찔렀더니 오히려 용기를 내 버렸다. 봉길이 대차게 구 씨 할아버지의 후계가 되고 싶다고 말한 바람에 그는 산신이 인정한 후계자가 되었다. 그래서 자연스럽게 사과 과수원을 파는 건, 물 건너갔다.

원래 이러려고 이 일을 한 게 아닌데. 기영문 시장에게 도움이 되어야 앞날도 창창해지고 나중엔 한의원도 부흥하여 우리 정미 멋진 명품을 막 사줄 텐데.

그동안 무엇을 위한 일이었을까.

승범은 어둠 속에 잠든 사과나무들을 바라봤다. 그곳에 서렸을 어르신의 추억을 너무 간과했다. 봉길이 후계자가 되겠다고 단호히 말했을 때 안도하던 어르신의 표정을 잊을 수 없었다. 일전에 그의 눈에 가득하던 열정은 여전히 과수원이 이어지길 열망하는 어르신의 마음이기도 한 것이다. 승범은 앞날을 생각하라며 어르신을 떠밀었으나 봉길은 과거의 추억을 지켜 주겠다고 했다. 그것이 더 어르신을 위한 것임을 그 표정으로 깨달아 버렸다.

‘그러게, 너만 생각하지 말라니까.’

수정의 목소리가 들리는 듯했다.

"사람 속을 알겠다가도 여전히 잘 모르겠어요."

크게 숨을 들이켜며 승범은 시동을 걸었다. 천천히 과수원을 지난 차가 점차 속도를 냈다.

그래도 기분이 마냥 나쁘지는 않았다. 좋게 생각하기

로 했다. 어르신에게 좋은 일이 생겼고 자신은 가죽이 벗겨지지 않고 살았으니 되었다.

오늘이 끝이 아니니, 나머지 고민은 내일의 내게 넘기자! 다른 사람 꼬드기면 되지!

그렇게 맘을 먹자 오히려 기분이 좋아졌다.

5. 발각

박 씨는 황 영감을 따라 밤길을 걷고 있었다. 황 영감은 한때 재 너머 기와집에서 사는 부자였는데 박 씨와는 노름판에서 만난 사이였다. 박 씨는 일찍이 명을 다해 죽었으나 황 영감은 부자라서 그런지 호의호식하며 오래 살다 죽었다. 생전에 갖고 있던 재산이 아까워 저승에 가는 걸 포기했을 정도로 돈을 좋아했다. 뭐랄까. 처음 우화에 내려온 싸가지 없던 승범과 같달까. 어차피 그 재산 황 영감이 죽자마자 자식들이 다 찢어서 가져갔건만 아직도 그 집 창고에 쌓여 있는 줄 안다.

그런데 얼마 전에 만났을 때 황 영감은 금두꺼비가 생겼다며 박 씨에게 특별히 보여 줬다. 제법 큰 두꺼비라 어디서 났냐고 물었더니 길에서 주운 거랑 바꿨다고 자랑했다. 뭘 주우면 이런 보물을 얻을까. 더는 생각하지 않고 박 씨는 신부의 그림을 보여 줬다.

"혹시 이런 사람 보지 못했는가?"

그때 황 영감은 그림을 흘끗 보고는 모른다고 말했다. 금두꺼비에 정신이 팔려서는 신경 써서 보지도 않았다.

그래도 오래 산 만큼 알 줄 알았는데.

아쉬워하며 이만 가겠다고 하자 배웅도 없었다. 그런데 오늘 황 영감이 박 씨를 찾아왔었다.

"내가 그때 조잡한 그림을 봤을 땐 모르는 사람이라고 했는데 자네가 가고 곰곰이 생각해 보니 내가 아는 여자 같더군. 그런데 긴가민가해서 그 여자를 잘 아는 분께 그 그림을 보여 주지 않겠나?"

"잘 아는 분?"

"지금 우리를 기다리고 있다네. 어서 가세."

재촉에 박 씨는 그를 따라나섰다. 곧 사위는 컴컴해졌고 황 영감은 점차 산으로 들어갔다.

"꽤 멀리 가는군."

"다 왔어. 개 짖는 소리가 들리지?"

그 말대로 개가 득달같이 짖는 소리가 들려왔다. 멈칫. 저 앞에 횃불이 일렁이는 대궐 같은 기와집이 보였다. 그곳을 본 박 씨는 걸음을 멈췄다. 황 영감이 돌아봤다.

"왜 그런가? 멈춰 있을 시간이 없어. 그분은 기다리는 걸 싫어하거든. 자네도 그 여귀에 대해서 궁금하지 않은가.”

“자네는 지금 저 개들이 하는 말이 안 들려?”

박 씨는 의수를 낀 손을 만지작거렸다. 몇 번 돌리자 툭 하고 분리가 됐다.

“개들이 뭐라고 말한다고?”

“황 영감, 나는 사람에 대해 물었는데 귀신이라 말하는군?”

“응?”

그게 대체 무슨 말이냐고 물어보려던 황 영감은 둔탁한 충격에 제 뺨을 붙들었다. 박 씨가 의수를 붙잡고 휘두른 것이다.

“개가, 도망가라고, 짖어 대잖아!”

박 씨가 연신 의수를 휘둘러 황 영감을 공격하니, 매를 맞던 황 영감이 휘청거리며 뒤로 나자빠졌다. 그때를 놓치지 않고 박 씨는 뛰었다. 이쪽으로 달려오는 발소리를 들었다.

“놈이 도망친다!”

황 영감이 소리를 질렀다. 박 씨는 제 뒤를 쫓아오는 귀신의 무리를 보고 깨달았다. 그들은 조치언의 부하들이며 자신은 함정에 빠졌다.

젠장. 황 영감 그놈 몇 대 더 패 줘야 했는데.

박 씨는 이를 부득 갈며 최대한으로 속도를 끌어올

렸다.

◇◇◇◇◇

과수원에서 돌아온 승범은 한의원 앞에 차를 세웠다. 자정이 가까워진 거리에는 사람도 없었고 귀신들도 없었다. 환자들이 없어도 승범은 낙담하지 않았다. 오히려 쉴 수 있다는 생각에 콧노래를 흥얼거리며 한의원의 문을 열었다.

"저 왔어요!"

"오셨어요?"

혜영이 들어서는 승범을 향해 밝게 인사했다. 미소가 걸렸던 승범의 얼굴이 딱딱하게 굳었다. 혜영을 마주하자 경쾌했던 마음이 순식간에 가라앉았다.

일단 오늘은 살아남은 거지.

다시금 걱정이 슬금하고 고개를 들었다. 산신한테 오늘은 살아남았다 해도 혜영이 한의원에 있는 한 다음은 모를 일이었다. 직접 대면해 그 흉포함까지 겪었더니 더 암담했다.

"박 씨 아저씨한테 무슨 소식은 없었나요?"

"오늘은 안 오셨어요."

그때 박 씨가 다급하게 들어왔다. 금방이라도 또 죽을 것처럼 소리를 질렀다.

“어서 문을 잠가! 신부님은 빨리 도망치시오! 놈들이,
놈들이 오고 있소!”

“그게 무슨……?!”

박 씨의 말에 어리둥절해 있던 승범은 문득 그 말의
뜻을 알아채고 빠르게 문으로 갔다. 소란에 대기실로
나온 조근우가 위험을 눈치채고 혜영을 데리고 한의원
뒤편으로 갔다. 승범이 문을 막 잠그려 할 때 갑자기 형
광등이 깜박거렸다. 공기가 날카롭게 바뀌었고 모든 창
문이 터지듯 깨졌다.

승범이 머리를 감싸며 바닥에 쓰러졌다. 우락부락한
귀신들이 한의원으로 들이닥쳤다. 종이가 날아오르고 집
기가 바닥에 떨어져 나뒹굴며 대기실 의자가 쓰러졌다.

“아악!”

뒤로 도망쳤던 조근우와 혜영이 다른 귀신들한테 끌려
들어왔다. 우악스러운 손아귀가 혜영의 머리채를 잡았다.
혜영이 비명을 내지르자 조근우가 자신을 붙든 손을 뿌리
치고 그녀를 구하기 위해 그들에게 달려들었다. 하지만
쉽게 제압당한 조근우에게 일제히 매질이 시작됐다.

물리적으로 유리창이 깨진 충격에 아득해졌던 승범
은 그 모습을 보고 정신이 번쩍 들었다.

안 돼! 우리의 의사 귀신이 위험해! 내 돈줄!

“근우 씨!”

승범은 힘겹게 일어나 근우를 향해 달려가려고 했다. 그러나 누군가가 뒤통수를 내리쳤다. 그 충격에 승범의 몸이 무너졌다. 혼미하던 의식이 순식간에 끊어졌다.

◇◇◇◇◇

정신을 잃은 승범이 앞으로 고꾸라졌다. 그 뒤에 조치언이 있었다. 그녀는 저 스스로 금기했던 고수정의 집에 발을 천천히 내디뎠다. 그 어떤 결계나 어떤 종류의 힘이 남아 있으리라 여겼던 곳이었다. 하지만, 내부엔 그녀의 걸음을 막는 힘은 없었다. 아무것도. 얼마나 허망한지 치언은 헛웃음이 나왔다. 죽어 없어진 고수정의 망령에 여전히 겁을 집어먹다니. 짜증이 치밀었다.

신부를 찾아 헤맨 지 한 달이나 흘렀다. 그간 우화를 들쑤시다가 부하들을 옆 시가지로 보냈다. 그렇게 허탕만 친 지 한 달 동안 산신의 신부는 제 두려움이 있는 곳, 고수정의 집에 잘도 숨어 있었다. 황 영감이 찾아와 박 씨가 여귀에 대해 묻고 다닌다고 언질을 주지 않았다면 평생 못 찾았을지도 모른다는 생각이 들었다. 그 생각을 인정하려니 참 마음에 들지 않았다.

조치언은 부하들 손에 붙들린 신부를 마주 봤다. 그 얼굴을 보니 분노와 짜증이 동시에 치밀었다.

"감히 나를 우롱해?"

조치언은 채찍을 잡은 손에 힘을 줬다. 당장이라도 휘두르고 싶었다. 하지만 다시금 산신한테 바칠 신부라서 참아 냈다. 여귀는 덜덜 떨면서도 치언을 노려보며 소리쳤다.

"당신이 대체 뭔데, 나를 마음대로 산신한테 바쳐요? 그 누구도 나를 마음대로 할 권리가 없어요!"

처음에는 질질 짜기만 하더니 한 달 동안 무슨 심경의 변화가 생겼는지 바락바락 대드는 모습이 어이없었다. 마치 궁지에 몰린 쥐 같지 않은가. 더는 찍찍대는 것이 보기 싫어 치언이 눈짓을 하자 부하가 여귀를 기절시켰다.

"일단 이 둘을 끌고 청수산으로 간다!"

"네!"

부하들이 일사불란하게 여귀와 승범을 끌고 밖으로 나갔다. 조치언은 고수정의 집이었을 한의원을 둘러봤다. 저 둘을 처리하고 돌아오면 기필코 이곳을 불태워 이 우화에서 고수정의 '고'자도 남지 않게 만들겠다고 다짐했다. 이를 갈던 치언은 한의원을 나섰다.

◇◇◇◇◇

정미는 불 꺼진 거실 소파에 앉아 텔레비전을 보다가 꾸벅꾸벅 졸았다.

승범은 오늘 산신한테 사과를 넘긴다고, 이제부터 밤

에 과수원을 가지 않아도 된다면서 주말 동안 단둘이 여행을 가자고 했다. 요즘 너무 바빠 제대로 된 데이트를 하지 못한 사과의 의미로 승범은 비싼 호캉스를 예약해 두었다.

굳이 호캉스가 아니라도 잠깐 여행을 가고 싶었다. 아니, 계속 붙어 있고 싶었다. 얼마 전에 명연을 만나 들은 말 때문에 계속 신경이 쓰였다. 한의원에 입원해 있다던 여자 귀신과 승범의 사이가 좋아 보였다는 말이, 참…….

말도 안 된다는 걸 알지만, 요즘 승범은 이상했다. 자신에게 비밀로 하는 것들도 많았고 거리를 두는 느낌이다. 게다가 승범이 사진들을 모아 그녀의 얼굴을 만들었을 때. 그런 정성이 질투가 났고 심지어 귀신은 예뻤다. 불안하지 않을 수가 있겠나. 어서 빨리 승범이 돌아오길 기다리던 정미는 까무룩 잠이 들었다.

아득한 저편에서 누군가가 애타게 그녀를 불렀다.

"정미 선생! 내 말 들리오? 나 박 씨인데, 아니. 내 말이 들릴 리……가 없겠지만, 급하오! 제발 들어 주시게! 승범 선생님이 조치언에게 납치되었소!"

"으아악!"

기이한 소리침에 선잠에서 깬 정미는 주위를 둘러봤다. 아무도 없는 집 안, 텔레비전에서 나오는 깔깔 웃는 소리. 잠깐 졸았을 뿐인데 심장이 벌렁거렸다. 분명 승범이 납치되었다는 누군가의 외침을 들었다. 꿈일 테지만, 너무도 찜찜했다.

잠시 텔레비전을 노려보던 정미는 벌떡 일어나 방에서 겉옷을 챙겼다. 아무래도 두 눈으로 괜찮은지 확인해 봐야 심장의 벌렁거림이 잦아들 듯했다.

◇◇◇◇◇

"오, 신이시여! 감사합니다!"

집을 나서는 정미를 따라가면서 박 씨는 십자가를 그리며 하늘에 감사의 기도를 올렸다. 간절한 제 뜻이 정미에게 닿았음에 감격했다.

이게 되네?

박 씨는 자신을 뒤쫓던 조치언의 귀신 부하들을 간신히 따돌렸다. 그래서 다급하게 한의원으로 들어가 경고를 했는데, 이미 조치언은 한의원 주위에 매복하고 있었다. 조치언은 정말이지 독하고 표독스러운 귀신이다. 이중 삼중으로 신중을 기해 한의원에 들이닥치다니. 결계까지 쳐 이 모든 소란을 저 밖의 사람 그 누구도 듣지 못하게 했다.

혼란을 틈타 구석에 숨어든 박 씨는 조치언이 휘두른 곤봉에 맞고 쓰러지던 승범을 안타까워하며 쳐다만 볼 수밖에 없었다. 누구라도 살아남아 도움을 청해야 했으니까.

조치언이 혜영과 승범을 끌고 간 뒤 주위가 고요해지

자 박 씨는 잔뜩 어질러진 대기실로 나왔다. 이렇게 될 줄 알았다. 그러니까 혜영을 데리고 있는 것을 그렇게 반대한 건데. 막상 일이 이렇게 되니 이런 일이 벌어졌을 가정하에 어떻게 할지 서로 얘기 안 했다는 사실에 어이가 없었다.

"계획이 없어? 정말 없나? 이제 어째야 하지?"

차라리 자신이 잡혀가고 승범이 남아 있어야 했다.

사람을 잡아가다니 너무하잖아!

조치언은 사람도 해한다고 하더니 정말이었다. 너무도 겁에 질린 바람에 박 씨는 뭐부터 해야 할지 몰랐다.

그러니까 도움을 청해야…… 그런데 누구한테?

막막하던 박 씨의 머릿속에 정미가 떠올랐다. 그는 무작정 승범의 집으로 달려갔다. 이후에 박 씨는 잠든 정미를 향해 열심히 소리를 질렀다. 그게 먹혔는지 어땠는지, 잠에서 깬 정미가 집을 나섰다. 들릴 리 없겠지만, 박 씨는 상황을 설명했다.

"아니, 그동안 귀신 환자 접수를 했던 이가 산신의 신부인데, 나도 그 귀신 환자가 그런 엄청난 존재인지 모르고 있었다오. 승범 선생한테 당했지. 내 두 손 두 발 들고 반대했는데 승범 선생 고집이 오죽 세야지. 그리고 간도 얼마나 크오? 감히 산신의 신부를 돕겠다니. 무슨 사달을 당하려고 산신의 신부를 숨기고 있는가. 그

때문에 조근우 의사 선생은 조치언 패거리들한테 두들
겨 맞아 운신하기도 힘들고. 아이고, 승범 선생 죽게 생
겼소. 어떡하오?”

한의원에 도착한 정미는 문을 벌컥 열었다. 파리한
불이 켜진 한의원 내부는 그야말로 아수라장이었다. 유
리창은 다 깨졌고 의자는 쓰러져 있었다. 벌렁거리던
심장이 철렁하고 내려앉아 현기증이 일었다. 벽을 짚은
정미는 고개를 들었다.

“승범 쌤……. 승범아! 어디 있어?”

정미는 승범의 이름을 부르며 한의원을 돌아다녔되.
그는 어디에도 없었다. 울음이 터져 나왔다. 떨리는 주
먹으로 울음 섞인 목소리가 나오는 입을 틀어막았다.
정미는 핸드폰을 꺼내 명연에게 전화를 했다.

◇◇◇◇◇

“이곳에 있던 그 여귀가 산신의 신부라더군. 원래 생
전 삶을 기억 못 하는 여귀였는데 조치언이라는 악귀가
그녀를 강제로 산신에게 바쳤고. 우연한 기회에 도망쳤
대. 때마침 안개가 낀 날이라 승범 선생이 차로 치게 됐
고. 그것이 연이 되어 여기에 숨어 있게 되었다네.”

정미의 연락에 명연은 자다가 일어나 한의원으로 허
겁지겁 달려왔다. 그리고 청뢰 장군신의 존재에 압도되

어 엎드린 채 자신에게 그동안의 일을 설명하는 귀신 박 씨의 말을 정미에게 전했다. 승범의 납치는 명연과 청뢰 장군에게도 달갑지 않은 소식이었다. 그들을 치료할 수 있는 유일의 한의사였기에 명연은 이 상황을 꽤나 심각하게 생각했다. 산신과 악귀의 결탁이라니 어디서부터 손을 대야 할지 아득했다.

"그래서 어디로 데려갔는데요? 왜 승범이까지 데려간 건데요?"

"진정해. 여기서 당장 죽이지 않은 걸 보면 필요에 의해서 데리고 간 거니 너무 안 좋은 생각도 말고."

명연이 진정을 시켜도 정미는 진정하지 않고 오히려 더 화냈다.

"어떻게 그런 중요한 사실을 왜 나한테 얘기하지 않을 수가 있어요? 자기 목숨이 정말 자기 건 줄 아나? 어떻게 나한테 이래요?"

"그건 나한테 물어도 난 모르지."

욱하던 정미는 빨개진 눈가를 손등으로 문질렀다.

"내내 물속에 있는 것처럼 숨이 제대로 쉬어지지가 않고, 불 속에 있는 것처럼 열불이 치솟아요. 모두 잘되어 가고 있다는 소리만 하더니. 정작 위험해졌을 때 손도 못 쓰고 당하고, 명연 님 아니었으면 난 이 모든 걸 영영 모를 뻔했잖아요!"

손으로 이마를 짚던 정미는 데스크 뒤로 가서 맨 밑 서랍을 열었다. 정미는 선반에 있던 배낭에 의성 마늘, 신부님이 지니던 십자가, 스님이 사용하던 염주, 올해 햇팥, 제일 비싼 천일염 등등을 쌌다.

"정미 씨, 뭐 하는 거야?"

"승범이 구하러 가야죠!"

"뭐어?"

아무 힘도 없는 일반 사람이 대체 뭘 믿고 구하러 가겠다는 거지?

명연은 어이가 없었다.

으하하하!

장군 할아버지는 뭐가 재밌는지 웃기 시작했다.

"할아버지. 웃을 일이 아니라고요. 정미 씨, 이렇게 무턱대고 간다고 해결될 일이 아니야. 큰일 난다고!"

"그 위험한 곳에 한시도 승범이를 둘 수가 없어요. 뭐든 해 볼 거예요. 손만 댔단 봐라!"

"그래도 그건 인간의 영역이 아니라……."

"네가 길 안내를 하거라."

"네에?"

할아버지의 말에 명연이 눈살을 찌푸렸다.

제가요? 힘이 없는 건 우리도 마찬가지인데? 이건 다 죽으러 가는 거라고요!

명연이 속으로 중얼거리자 할아버지가 말했다.

"한의사가 없으면 우리도 옛날로 돌아갈걸?"

그건 그거대로 싫었다. 겨우 몸과 마음이 좋아지고 있었는데.

"정미 씨, 그 배낭에 넣은 걸로 해결이 안 되면 후일을 도모하는 걸로 하자. 그렇다면 내가 길 안내를 해 줄게."

명연의 절충안에 잠시 고민하던 정미가 고개를 끄덕였다.

"도와줘서 고마워요."

작게 중얼거리던 정미의 눈에서 눈물이 흘렀다. 명연은 혀를 찼다. 자신들도 승범이 필요하지만, 이렇게 정미가 우니 어찌 도와주지 않을 수가 있을까 싶었다.

◇◇◇◇◇

덜컹덜컹. 승범은 눈을 떴다. 처음엔 검은 장막 속에 있는 듯하다가 선명해진 시야로 별이 보였다. 한 박자 늦게 자신이 보는 것이 밤하늘이며 그것이 움직이고 있음을 깨달았다. 간헐적으로 등이 쿡쿡 쑤셨다. 고개를 돌리니 나무로 만든 창살이 있었다. 반대쪽으로 고개를 다시 돌렸을 때, 정신을 잃은 혜영을 발견했다. 승범은 자리에서 일어나 앉았다.

무슨 일이 벌어지고 있는지 머리를 굴렸다. 박 씨가

들어와 도망치라고 소리쳤고, 조근우와 혜영이 도망쳤고, 자신은 문을 잠그려고 했으나 실패했고, 유리창은 깨지고 한의원 내부가 난장판이 되었다. 귀신들이 들이 닥쳤고 조근우와 혜영이 붙잡혔다. 혜영을 구하겠다는 조근우는 오히려 몰매를 맞았고 그를 구하겠다고 자신이 일어났는데……

"아야."

승범은 뒤통수를 만져 봤다. 커다란 혹을 만지자 무척이나 아팠다. 승범은 주위를 둘러봤다. 자신은 소가 끄는 달구지 위에 만든 나무 감옥에 갇혔다. 달구지 앞에 일렁이는 횃불에 주위를 에워싼 귀신들이 보였다. 조치언의 부하들이다. 달구지는 어두컴컴한 산길을 올랐다. 뒤뚱거리는 감옥 안에서 넘어질까 봐 승범은 나무 창살을 붙잡았다. 꼭 사극 드라마에서 보던 죄인이 귀향 가는 꼴이었다. 그는 옆에 누운 혜영을 불렀다.

"혜영 씨, 괜찮습니까?"

그때 밖에서 날카로운 파열음과 함께 창살을 붙든 손등에 고통이 일었다. 승범이 악, 하고 소리를 지르며 그쪽을 바라봤다. 창살 밖에서 표독스러운 표정으로 이쪽을 보는 노인을 마주했다.

이 귀신이 조치언이구나.

통증이 이는 손을 붙든 채 승범은 조치언의 손에 있

는 채찍을 봤다. 아까도 그랬지만 조치언에겐 인간을 해할 수 있는 무기가 제법 있는 듯했다. 겁이 덜컥 났으나 이렇게 끌고 가는 걸 보아하니 당장은 죽일 생각은 아닌 것 같았다.

"누구신지 모르겠지만, 이렇게 납치하는 건 범죄입니다. 게다가 저는 사람이고."

"그래! 듣자 하니 네 놈이 고수정의 후계렷다! 그 아들이 죽어 더는 고씨 집안에 후계는 없으리라 여겼는데 말이지. 고수정이 죽으면서까지 수를 다 쓰고 갔군. 네 스승처럼 너 또한 내 앞길을 방해했구나! 네놈 때문에 내 원대한 계획은 어그러지고 산신의 화를 부르게 되었다."

조치언은 다시금 채찍을 휘두르려고 하다가 창살을 보고는 허리춤에 매달고 대신 지팡이로 그를 찔러 댔다. 승범이 움찔거렸다.

"그건 접촉 사고 같은 거였습니다! 저도 원치 않았다고요!"

"시끄럽다. 내 당장 네놈 사지육신을 찢어발기고 싶으나 도와준 놈도 함께 끌고 오라는 명을 받았기에 이리 가만두지만, 그보다 더한 고통이 있을 거다."

승범은 지팡이 끝을 피하려고 몸을 꿈틀거리다가 그 말에 눈을 빛냈다.

당장 죽이지 않고 끌고 오라는 것이라면 혹시나 산신님이 자신을 알아보고 기회를 주시려는 것이 아닐까?

살가죽을 벗긴다는 협박을 당할 만큼 첫 만남이 좋지는 않았지만, 사과를 바치는 데 일조했고 심지어 후계자까지 만든 일등공신은 자신이 아니던가!

그럴듯한 실낱같은 희망에 콧구멍이 절로 벌름거렸다.

조치언은 분을 못 이겼는지 지팡이로 창살을 내리치기 시작했다.

"감히 나의 것…… 아니, 산신님의 것을 탐냈으니, 네 놈은 몇 시진 뒤에 모두의 앞에서 목이 뎅강 잘려 죽을 것이야."

벼락같은 소리가 들릴 때마다 승범은 어깨를 움츠렸다. 조치언의 입가에 잔인한 미소가 걸렸다. 작은 희망을 송두리째 뭉개는 미소였다.

그동안 산신의 성격이 좋지 않다는 건 들어서 알고 있었고 심지어 겪어 보기도 했다. 게다가 산신의 신부이지 않은가. 도망간 신부를 숨긴 일은 용서받기 힘들 것이다. 산신님께 빌 기회는 몇 시간 전에도 있었다. 일이 이 지경이 될 때까지 숨겼으니 괘씸죄가 추가될지도 몰랐다.

고르지 못한 산길에 달구지 바퀴가 덜컹거렸다. 승범의 몸이 불안정하게 좌우로 흔들렸다. 바람이 불자 사방에서 나뭇잎이 쓸리는 소리가 점차 크게 들려왔다. 불빛이 채 닿지 못한 곳에서부터 들려오는 소리는 우레와 같이 컸다. 횃불이 금방이라도 꺼질 듯이 나부꼈다.

　기어이 모든 횃불이 꺼졌다. 완전한 암흑이었다. 귓가를 때리던 거센 바람 소리마저 멈췄다. 오로지 어둠이었다. 몸만이 좌우로 흔들려 이 상황이 끝이 아니라는 걸 일깨웠다. 그때 저 앞에서 불빛 하나가 피어났다. 검은 땅 위로 움트는 붉은빛은 다름 아닌, 붉은색 꽃이었다.

　상사화인가?

　한 송이던 꽃이 꾸물거리며 하나씩 하나씩 피어나 금세 그 수를 불렸다. 사위에 점차 붉은빛이 퍼졌다. 황홀한 풍경에 눈을 떼지 못하던 중, 승범의 눈앞에 붉은 꽃잎이 떨어졌다. 허공에 꽃잎이 흩날리고 있었다. 꽃길 위로 달구지가 지나가자마자 막 피어났던 붉은 꽃잎들이 이는 바람에 꽃대에서 힘없이 떨어졌다. 피어난 수만큼 많은 꽃잎이 바닥을 뒹굴었다. 승범은 어느새 다시 암흑으로 뒤덮인 뒤를 돌아봤다.

옆에 선 조치언이 킬킬거렸다.

"이제 산신의 세계다. 저승꽃이 너를 맞이하니 어떤가? 잘 봐 둬라. 이것이 미래의 네 모습이야."

그 말에 승범은 자신의 목이 뎅강 잘려가는 모습이 떠올랐다. 승범은 말문이 막혔다. 사방에 아름다운 저승꽃이 펼쳐졌으나 잔인함에 짓밟힌 건 자신이었다.

저승꽃이 피어나는 저 멀리 산자락에 호화찬란한 등이 걸린 산길이 나타났다. 그 끝으로 불을 밝힌 대궐 같은 전각들이 보였다. 박 씨 아저씨가 줄줄 읊어 대던 산신의 잔혹함이 떠올랐다. 승범은 몸을 떨었다.

산신한테 살가죽이 벗겨지는 것을 피한 지 몇 시간 만에 목이 뎅강 잘리러 가고 있었다. 예기치 않게 험한 것을 들였을 때부터 이미 결론 난 거다. 돕는다고 복이 오는 게 아냐. 어차피 사망 플래그였던 것이다.

"인생 참……."

박 씨는 승범을 구하러 청수산으로 떠나는 정미와 명연 그리고 든든한 아군인 장군신을 불안한 시선으로 배웅했다. 승범이 조치언에게 치도곤을 당할 걸 생각하니 너무 속상하고 안타까워서 피눈물이 났다. 조치언뿐이랴, 지랄 맞은 성정의 산신님은 또 어떻고? 자신의 신부를 승범이 빼돌렸다는 것을 알면 그 목이 남아나지 않을 터였다.

그러게 내가 그렇게 조심하라고 했거늘.

발을 동동 굴리던 박 씨가 문득 걸음을 멈췄다. 꼬리가 길면 밟힌댔다고. 조치언을 이곳으로 이끈 건 자신이었다. 이게 다 황 영감이 배신해서 이 사달이 난 것이었다. 박 씨가 콧김을 뿜었다!

"내 이 황 영감 놈을 가만둘 수 없지!"

그는 소매를 걷으며 한의원 밖으로 나갔다. 어두운 시내를 성큼성큼 걸으며 박 씨가 고래고래 소리를 내질렀다.

"이보시오오! 동네 귀신들! 거, 내 말 좀 들어 보시오!"

박 씨의 부름에 골목 귀퉁이에서, 문 닫힌 가게에서, 시장 매대 뒤에서! 귀신들이 고개를 내밀었다. 그들은 눈을 굴려 시선을 모으는 박 씨를 쳐다봤다.

"아까 한의원에 무슨 일이 있었는지 다들 알 거요. 그 표독스러운 조치언이 그동안 마을을 탈탈 털어 대며 도망간 산신님의 신부님을 한의원에서 찾았소. 아주 무뢰배들이 따로 없었지. 여기서 왜 신부님이 한의원에 있었냐 궁금할 것이오! 혼례식 날에 신부님은 도망쳤고, 김승범 한의사 선생이 그동안 숨겨 주었소. 왜냐? 신부님은 생전 기억이 없이 귀신이 되어 우화를 떠돌다, 도와주겠다는 어떤 귀신을 따라나서게 되었소. 선의에 기댔는데, 그 귀신이 신부님을 조치언에게 넘기질 않았겠소! 조치언! 그자가 어떤 자요? 우리를 핍박하던 자였소. 그런 자가 고 선생 영향 아래에서 납작 엎드리고만 있다가 고 선생이 저승에 가니 다시 우화를 손아귀에 넣어 우리를 핍박하고 해하려고 일어섰지. 그러면 산신님의 허락을 받아야 했고, 산신님을 뒷배 삼으려 신부님을 바친 거라오. 이게 말이 되오? 아무것도 모르는 여자 귀신을 이용해 제 사리사욕을 채우려고 하는 게? 지금이 어떤 시대인데, 우화에 폭군이 있어야 하오? 집요한 놈들은 절대 포기하지 않았소. 오늘 이 사달이 났고 신부님과 한의사 선생이 끌려가셨소. 배신자의 밀고로 말이오! 여기서 고 선생 덕 안 본 귀신 없고, 한의사 선생한테 치료 안 받을 귀신 없소! 우리, 절대 참으면 안 되오. 이렇게 조치언에게 굴복하면 안 된단 말이오. 우리가 사는 우화는 자유로울 권리가 있으며 그러기 위해

선 악에 굴복하면 절대 안 되지. 우리도 한의사 선생처럼 정의를 위해 싸웁시다!"

박 씨가 의수를 번쩍 치켜들자 그의 말에 감명받은 귀신들이 우레와 같은 함성을 내지르며 열렬한 박수를 보냈다.

"정의를 위해!"

박 씨가 선창하자 귀신들이 따라 했다. 그들은 저마다 무기가 될 나무나 낫, 호미, 곡괭이를 들고 박 씨를 따라 황 영감의 기와집으로 갔다.

미닫이문을 열자 금두꺼비를 만지고 있던 황 영감이 화들짝 놀랐다. 그리고 분노에 찬 박 씨와 그 뒤에 선 귀신들의 서릿발 같은 눈초리를 보고 몸을 벌벌 떨었다. 도망갈 길도, 도와줄 이도 없단 걸 눈치챈 황 영감이 몸을 납작 엎드렸다.

"아유, 살려 주시게! 나는 말하지 않으려고 했지만, 조치언이 어떤 자인가? 번개처럼 눈치채고 내 목줄을 쥐고 협박하는데, 나는 그저 시켜서, 어쩔 수 없이 했을 뿐이야. 한 번만 봐 주시게."

"길 잃은 신부님을 조치언에게 데려간 것도 자네가 맞지?"

박 씨의 질문에 황 영감은 두꺼비를 제 품에 끌어안았다. 당장 면피하기 위해 거짓 변명을 내뱉는 황 영감에게 박 씨가 침을 뱉었다.

"자네를 믿었는데 그깟 금두꺼비에 신부님과 승범이 그리고 나를 넘겨? 어찌 죽어서도 재물 욕심을 못 버리나! 수치도 모르는 놈 봐줄 이유는 없어! 밑장 빼다 걸리면 손목이 날아가듯, 배신하면 네놈 목이 날아가는 거지! 너는 같은 귀신인 우리들에게 모욕감을 줬어!"

박 씨는 의수를 빼 치켜들었다. 그리고 황 영감에게 달려가 의수를 휘두르자 기다렸던 귀신들이 달려와 합세하여 황 영감을 때렸다. 어둠에 잠긴 우화 시내에 배신자 황 영감의 처절한 비명이 메아리쳤다.

◇◇◇◇◇

명연은 정미와 함께 청수산으로 향했다. 가는 길에 정미가 누군가에게 전화했다. 늦은 시간이라 상대방은 한참이나 전화를 받지 않는 듯했다. 그러다 이내 적막한 밤길에 남자의 목소리가 들려왔다.

"택영 쌤, 나예요! 잘 들어요. 지금 김 쌤이 귀신한테 납치됐거든요. 나는 김 쌤 찾으러 가고 있고요. 장난 아니고요, 장난할 시간도 없어요. 그러니까 그동안 한의원 잘 봐 줘요. 부탁할게요."

남자가 다급히 부르는데도 정미는 전화를 끊었다. 명연은 정미를 봤다.

"괜찮아요?"

손전등 불빛에 정미의 얼굴이 더욱 창백해 보였다. 정미는 고개를 끄덕였다.

그들은 등산로를 따라 한참을 올라갔다. 어둑한 길을 손전등으로 밝히며 걷다가 명연이 멈췄다. 앞서던 할아버지가 주위를 보더니 뒷짐을 진 채 길에서 벗어났다.

"여기에 지름길이 있다."

"발밑 조심하고 이쪽으로 와요."

할아버지의 뒤를 쫓으면서도 명연은 수시로 따라오는 정미를 살폈다. 자신은 산으로 기도하러 가는 게 익숙했으나 정미는 등산을 그리 좋아하지 않는다고 했다. 그러니 야간 산행은 더 힘들 터였다. 상기된 정미의 얼굴을 걱정스럽게 쳐다보던 명연은 앞서던 할아버지의 모습이 사라져 당황했다. 그래서 정미의 손을 꽉 잡았다.

몇 걸음 나아가자 압박감이 들었다. 그리고 다시 몇 걸음 지나가니 답답하던 것이 풀렸다. 앞에서 할아버지가 기다리고 있었다.

"결계를 지났다. 이제부턴 산신의 영역이야. 중심이 되는 곳이니 조심해야 할 것이야."

할아버지의 목소리에 마주 잡았던 정미의 손이 명연의 손을 꽉 쥐었다. 돌아보니 정미는 할아버지를 보고 있었다. 꽤 놀란 듯 명연에게 더 붙어 섰다.

"산신의 땅이라 내가 보이는군."

"누구세요?"

정미가 명연에게 물었다.

"내가 모시는 청뢰 장군신님. 우린 막 결계를 지났기에 이곳에선 정미 씨도 수월하게 볼 수 있을 거야. 하지만 될 수 있으면 떨어지지 말아. 이곳에 뭐가 있을지 모르니까."

막상 왔다지만 명연도 이곳이 처음인지라 긴장되기는 마찬가지였다. 몇 걸음 앞서던 할아버지가 멈췄다.

"너무 걱정할 건 없다. 내가 여기에 와서 산신에 대해 이런저런 이야기를 들었는데 말이야. 기분이 좋다가 싫다가, 마음 내키는 대로 이랬다가 저랬다가, 잔인했다가 따뜻했다가 등등등 그렇다는데 내가 그런 거 전문이지. 내 스승이 딱 그랬거든. 스승님만큼은 아닐 테고, 기회만 잘 보면 손쉽게 한의사 선생을 구할 수 있어. 일단 산신이 가면으로 얼굴을 가렸다 하나 얼굴을 빤히 보면 안 된다. 괜한 말을 해서 성질을 돋우지도 말고. 목숨이 위태로울 때 내가 나설 터이니 단독 행동 해선 안 돼. 아, 저기가 산신의 집인가 보군."

고개를 끄덕이던 정미가 할아버지 옆으로 달려갔다. 명연도 그들이 바라보는 곳을 봤다. 우거진 나무들을 지나자 불을 밝힌 등롱이 이어진 산길 끝에 고풍스러운 건물이 보였다. 무척 헤맬 각오까지 했는데 다행히 예상보다 빠르게 도착했다.

"아주 잘 찾아오라고 불까지 켜 놨군. 어서 움직여야겠어. 이계마다 다른데 이곳은 바깥세상보다 시간이 느리거든. 이러다 원래 세계로 가면 며칠이 지나 있을 거야. 가지."

놀란 명연이 핸드폰을 봤지만, 전원은 꺼져 있었다. 예약 손님이 없다고 해도 며칠 장사를 공치는 셈이었다. 승범을 구하면 치료 한약 두 제 정도는 받아 내리라 다짐하면서 명연은 정미를 따라 걸음을 옮겼다.

◇◇◇◇◇

조치언은 빈 전각에서 산신을 만나길 한참이나 기다리고 있었다. 산신의 부하가 승범과 여귀를 데리고 감옥으로 가는 것까지 본 그녀는 금방 산신을 만날 수 있으리라 여겼다. 기뻐하는 것까지는 아니더라도 괘씸해서라도 하던 일을 멈추고 나올 만큼은.

하하호호. 연회장에서 가야금 연주와 함께 손님들의 웃음소리가 들려왔다. 그와 반대로 자신은 아무도 없는 곳에서 서성이고 있다니 화가 났다. 여귀가 도망치지만 않았다면 연회의 상석엔 자신이 앉아 있을 터였다. 산신에게 무시당하고 소외당하는 것 전부 다 고수정의 후계자 때문이었다. 조치언은 주먹을 꽉 쥐었다. 어서 빨리 산신이 나타나 그놈 목을 베어 버려야……

쾅! 그때 문이 열리고 산신이 나타났다. 광대 탈을 쓰고 나타난 산신의 발걸음은 구름을 밟듯 가볍고 위태로웠다.

취했군.

그 앞에 엎드린 조치언이 인상을 찌푸렸다. 산신은 의자에 철푸덕 앉아 키득거렸다.

"오래 기다렸지? 그러나 화내지는 말게. 나라고 뭐 좋아서 늦은 건 아니야. 이게 다 자네가 내 신부를 잃어버린 탓이니. 내 산신 체면에 하늘부터 땅 그리고 땅속까지, 혼례를 성대하게 치르겠다며 모든 이를 초대했는데 혼례식이 파투가 났잖은가. 당장 내 맘이 염라대왕의 지옥도 같다 해도 어떻게 혼례식에 찾아온 손님들을 그냥 보내겠나. 그러니 달이 몇 번 지나도록 밤낮을 그네들 비위를 맞춰 주느라 고생이 이만저만이 아니야. 보게, 내 광대 탈을 쓰고 있잖은가. 광대 짓을 하는 내 맘이라고 편했겠는가?"

딸꾹질까지 하던 산신은 이제는 의자에 누워 조치언을 쳐다봤다.

"그래, 내 신부를 찾아왔다고, 도와준 놈까지 함께. 자네 마음먹으면 기필코 해내는군! 좋아! 그 공을 인정하여, 내 자네를 연회의 상석에……."

산신이 손을 까딱거렸다.

드디어! 그동안의 노고를 인정받는 것이다!

조치언이 히죽 웃었다. 그렇게 꿈꿨던 권력이 손에 떨어지려는 찰나였다.

쾅! 하고 문이 열렸다. 그리고 한 여자가 들어왔다. 여자는 등에 멘 배낭끈을 붙잡고 산신과 조치언을 쳐다봤다. 잠시 걸음을 멈춘 여자가 심호흡했다. 그리고 당찬 걸음을 내디디며 소리를 질렀다.

"내 남친 내놔!"

◇◇◇◇◇

월요일.

아침 해가 찬란하게 솟아올랐다. 한의원 앞에 고급 스포츠카가 서고 운전석에서 송기윤이 바바리코트를 휘날리며 내렸다. 새벽에 서울에서 출발했더니 진료 시간에 맞춰 우화에 도착했다. 송기윤은 선글라스를 벗었다. 우화에 온 것을 환영이라도 하는 듯 햇볕이 눈 부셨다.

뭐 굳이 와달라고 하니까. 그렇게 부탁하는데, 와 주는 것이 도리 아니겠는가?

미리 연락하지는 않았지만, 서프라이즈로 등장해서 김승범이를 놀라게 할 생각에 송기윤은 들떴다. 싸가지 없는 대꾸가 돌아올 게 뻔했으나 이내 김승범이는 감사함을 깨닫고는 고분고분 대하게 될 것이다. 고개 숙일 김승범이를 상상하자 짜릿했다.

콧노래를 흥얼거리며 철물점 위를 본 기윤은 한의원 간판이 없어진 걸 보고 눈을 깜박였다. 대신 그 자리에 '청수산 리조트 유치 결사반대!'라고 적힌 현수막이 부는 바람에 펄럭였다.

"아니, 장사 잘된다며? 그사이에 망한 거야?"

당황한 송기윤이 확인차 2층으로 갈 때 안에서 철물점 사장이 나왔다. 낯이 익은 이의 등장에 송기윤은 아는척했다.

"안녕하세요. 또 뵙겠습니다. 여전히 건강해 보이십니다."

다가올수록 커지는 최 사장의 덩치에 송기윤은 저도 모르게 긴장했다.

"누구?"

송기윤은 최 사장이 자신을 전혀 기억하지 못하자 또 당황했다.

아무리 1년 전에 한 번 봤어도 이렇게 잘생기고 반듯하며 스마트한 얼굴을 기억하지 못한다고? 100미터 앞에서 좌로 봐도, 우로 봐도 빛이 나는 이 송기윤이를 몰라본다고?

“크흠. 작년에 제게 승범 한의원이 어디 있는지 알려 주셨는데, 모르시는군요.”

“승범 한의원? 작년?”

미간을 좁히던 그가 영 모르겠다는 표정을 지었다. 빈정 상한 송기윤은 손을 내저었다. 그리고 핸드폰을 꺼내 승범에게 전화했다.

“한의원이 망했나 봐요? 원래 2층이었는데 간판이 없어서, 분명 전에 통화했을 땐 대박이라도 난 것처럼 말했거든요. 망해 놓고 허세 부린 건가?”

최 사장은 팔짱을 꼈다. 그리고 뭔가 못마땅한 표정을 짓다가 팔짱을 풀고 길 너머를 가리켰다.

“위가 아니라, 옆을 봐야지.”

송기윤의 시선이 최 사장의 손끝을 따라 맞은편을 향했다. 그곳에 승범 한의원 간판이 걸린 단층 건물이 있었다. 그러나 무슨 일이 있었는지 유리 창문은 모조리 깨졌고 얼핏 보이는 내부도 엉망진창이었다.

“왜 저래요? 사람은요? 다친 사람은 없죠?”

길을 건너는 최 사장을 따라가며 송기윤은 물었다. 너무도 당황스러웠다.

“우리도 토요일 아침에 이렇게 된 걸 발견했다오. 금요일에 문을 닫을 때까진 멀쩡했던 곳이 밤사이에 말이오. 그래서 걱정하고 있었던 차요. 이런 난리가 일어날 정도면 누구 하나 내다봤을 텐데 본 이가 하나도 없어서 경찰도 애를 먹고 있다오. CCTV나 블랙박스에 아무것도 찍힌 게 없다지. 귀신이 곡할 노릇이지만, 폭발이라기엔 유리는 밖에서 안으로 깨진 거라 경찰은 동네 양아치들을 의심하고 있소. 하지만 동네 양아치들이 내 집 앞에서 이런 짓을 벌일 정도로 간이 큰 놈들은 없다오. 아마 근래 개발이다 뭐다 해서 다양한 외지인들이 많아졌으니 그쪽이 아닌가 싶은데. 이런 난리에 김 선생과 이 선생이 사라졌소. 그 선생을 처음 본 사람이라면 성격이 좀 그래서 충분히 마찰이 있었을 수도 있기에 원한으로 인한 범죄가 아닐까 싶고.”

철물점 주인이 아니라 마치 형사한테서 사고 경위를 설명받는 것 같았다.

“둘이…… 사라져요?”

문을 가로막고 있었을 폴리스라인 한쪽이 떨어져 있었다. 최 사장이 한의원으로 들어가자 송기윤도 홀린 듯이 따라 들어갔다.

안에서는 윤택영이 깨진 유리를 치우고 있었다. 인기척을 느꼈는지 고개를 든 택영이 기윤을 보고는 놀랐다.

“어? 송 쌤!”

“아, 택영 선생. 여기에서 일했어요?”

“그러게요. 제가 여기서 왜 일했는지 참 모를 일이

에요.”

한숨을 쉬며 뜻 모를 말을 했다.

“둘이 사라졌다는데 이렇게 사건 현장을 치워도 되나요? 범죄일지도 모르는데? 과학수사대 오고 증거 찾고 그래야죠!”

송기윤의 말에 택영이 최 사장을 향해 눈을 흘겼다.

“또 이상한 추리를 늘어놓으신 거예요? 신경 쓰지 마세요. 두 사람 주말에 놀러 간다고 했어요. 오랜만에 휴가라서 거기에 집중하느라 연락이 안 되는 것 같아요.”

“그럼 일요일인 어제 돌아왔어야지. 아니면 오늘이라도.”

최 사장이 의문을 제기하자 택영이 당황했다. 그리고 급히 말을 잇는다.

“그게, 휴가가 오늘까지예요!”

“그 김승범이가요?”

그 돈 좋아하는 김승범이가 진료도 하지 않고 놀러 갔다고?

“요즘 좀 바빴거든요. 이건 경찰한테 허락받았어요. 조사는 다 했으니 원장님 돌아오면 진료하려면 치우고 정리해야죠. 그나저나 송 쌤은 여기에 무슨 일로 오셨어요?”

“나야, 김승범이가 놀러 와 달라고 해서 온 거죠. 기껏 날 잡고 왔는데.”

송기윤은 실망 어린 기색으로 바닥에 떨어진 종이를 발로 치웠다.

"그 날을 혼자만 알지, 김 선생은 모르는 걸 테고. 잘 됐군. 유리 가게 박 사장이 오늘 맞춤 유리와 프레임 교체하러 온다고 했었는데 선생이 봐 주면 되겠군. 겸사 겸사 대신 결제도 해 주고."

송기윤은 최 사장의 말에 기함했다.

"아니. 그걸 제가 왜 해 줘요?"

"걱정하지 마시오. 보험에 가입되어 있어서 김 선생만 오면 보험 청구하고 돌려받으면 될 테니. 그리고 친구한테 이런 변고가 생겼는데 도와주는 건 당연한 게 아니오?"

"친구 아닌데요?"

"작년에 나한테 친구라고 하지 않았소?"

"제가요?"

기억은 안 났지만 그럴 리가 절대 없었다.

"같이 밥도 먹으러 가는 거 내가 봤는데?"

"그렇다고 친구는 아니거든요. 같은 직장 동료였다고 했겠죠. 제가 그 녀석 대신 제일한방병원 부원장이 되었거든요. 택영 쌤, 말 좀 해 봐요."

송기윤은 택영에게 도와달라고 손짓했다. 그는 돕기는커녕 최 사장의 의혹을 부추겼다.

“서로 대학 동기라고는 듣긴 했습니다.”

그때 한의원 안으로 한 남성이 나이 든 여성을 부축하고 들어왔다.

“오늘 진료 안 해요?”

“아, 안녕하세요. 저희 오늘 휴가라서요. 한의원도 이렇게 됐고.”

택영이 말하자 그들이 한의원 내부를 봤다. 얼추 정리했어도 부산스러웠다.

“하필 오늘이요? 어머니가 간만에 오늘 요양병원에서 외출하신 거라서요. 자꾸 온몸이 아프시다며 침을 맞고 싶어 하셔서 제가 겨우 시간 내서 모셔왔는데.”

“저런, 어떡하죠? 원장님도 안 계시고.”

“어머님. 몸도 안 좋으시니, 일단 앉으세요.”

택영의 옆에 있던 최 사장이 소파를 가리켰다. 보호자인 남자는 환자를 조심스럽게 앉혔다.

“감사합니다. 제가 바빠서 다시 모시고 올 시간도 안 되고…….”

팔짱을 낀 채로 그 얘길 듣고 있던 최 사장이 송기윤을 힐끗거렸다. 송기윤이 이마를 긁적였다.

“왜요?”

그 눈초리가 의심스러워서 송기윤은 되물었다.

“유명한 제일한방병원의 부원장이라면서?”

“근데요?”

“그, 바쁠 일이 없으면 그쪽이 보시면 안 되나?”

“제가요?”

가만 보면 이 최 사장은 아까부터 자신한테 뭘 자꾸 하라고 강요하고 있었다. 친구니까, 부원장이니까? 자기가 무슨 호구인 줄 아는 것 같았다. 눈살을 찌푸리자 최 사장의 목소리가 커졌다.

“그 부원장이란 게 어마어마하게 대단한 자리가 아니오? 게다가 김 선생이 되지 못한 걸 송 선생이 하고 있다면 실력이 얼마나 대단한 거고? 젊은 나이에 말이야! 혹시 제일한방병원 의사시라 이런 작은 한의원에서 치료하면 법에 걸리오? 허어, 그렇다면 너무 안타깝군. 유명 병원 부원장님의 치료를 받을 수 있는 기회였는데 참으로 아쉽네.”

그 말에 환자와 보호자의 눈이 커지며 그런 대단한 사람이 이곳에? 라는 표정을 지었다. 송기윤은 높은 콧대를 위로 치켜들고 어깨를 으쓱였다. 철물점 사장이 사람 제대로 볼 줄 알았다.

“잠깐! 한의사로서 급박한 이 상황에 심신이 힘든 환자를 그냥 보낼 수는 없지요. 의료법상, 환자나 보호자 요청이 있으면 다른 한의원에서도 진료를 할 수가 있긴 합니다. 그렇다면 침은 제가 무료로 놓아 드릴 테니 탕

약은 김 원장이 오면 그때 처방받으세요. 괜찮으시다면 김 원장보다 능력 있는 제가 봐 드리겠습니다.”

어릴 땐 봉사도 다녔으니, 그때를 생각하면 힘든 일도 아니었다.

“예? 송 쌤이 하신다고요?”

최 사장은 당황하는 택영의 어깨를 두드리며 껄껄 웃었다.

“김 선생이 친구를 차암 잘 뒀군! 잘됐네, 잘됐어!”

“그 친구가 성격이 그래서 친구가 별로 없어요. 제가 성격이 좋고 의로우니 이렇게 돕기도 하는 거죠.”

◇◇◇◇◇

“으하하하하하!”

손쓸 새 없이 한 전각으로 들어선 정미는 높다란 의자에 앉은 이를 보고 그가 산신임을 직감했다. 높다란 의자는 권위의 상징이니까. 오는 내내 승범을 잃을까 봐 걱정, 슬픔, 두려움, 분노 등등의 감정이 넘쳐 났다. 산신을 마주하니 분노의 감정이 증폭됐다.

권력으로 여귀를 신부로 받아들이는 것도 부당하고 화나는 일인데 승범이까지 납치하라고 시켜? 산신이면 산신답게 바르고 정의로워야 하는 거 아닌가? 악귀랑 손잡으면 그게 산신이야? 악신이지. 죽이려면 죽이라 그래! 나도 곱게 못 죽어! 다 죽었어!

장군 할아버지의 경고에도 불구하고 정미가 소리를 지르자 할아버지가 웃음을 터트렸다. 정미는 배낭을 벗어 끌어안았다. 금방이라도 온갖 퇴치 용품을 꺼내 들려는 듯이 말이다. 산신은 못마땅함에 눈살을 찌푸렸다. 산신의 앞을 한 할머니가 막아서며 소리쳤다.

"아니, 감히 여기가 어느 안전이라고 인간 따위가 이곳에 들이닥치는 거냐! 네년이 어떻게 여기에 왔는지는 모르겠으나 내 당장 네년의 숨통을 끊어 주겠다!"

노인이 허리춤에서 채찍을 꺼내 들자 언제 일어났는지 산신이 뒷짐을 진 채 정미에게 다가왔다.

"내 신부와 도망친 놈이 네 남친이란 말이냐?"

정미는 그 말에 눈에 불이 일었다. 승범이 꼭 바람피운 것처럼 말하는 게 아니꼬웠다.

명연이 한의원에 여귀가 있고 승범과 꽤 친밀한 것 같다고 했을 때 정미는 그걸 말하지 않은 승범을 추궁하지 않았던 걸 후회했다. 열심히 사느라 바쁜 승범을 이해하는 척, 자신을 위하는 것일 테니 모르는 척, 그저 힘들 때 위로해 주고 기다려 주는 척, 그런 척척척을 하면서 마음이 넓은 연인인 나에 취해 괜찮다며 스스로를 속였다. 하지만 승범에게 막상 위험이 닥쳤고 그의 목숨까지 위태로운 상황에서 그것이 얼마나 불필요한 일인지 깨달았다. 둘 사이에 있는 벽을 정미는 인정하기로 했다. 그리고 그 벽을 마주보기 위해서는 승범을 이곳에서 구하는 것이 먼저였다.

"뭐 크게 잘못 알고 계시는데요! 그쪽이 싫어서 신부가 도망친 거지. 그거 부정하겠다고 애먼 사람 잡아가는 거 그거 범죄……. 이승의 법도에 어긋나는 거예요! 요즘 어떤 세상인데, 강제로 혼인하려는 건 저승의 법도도 아니지 않아요? 기본 중에 기본! 자연의 이치! 그런 거죠!"

호랑이 굴에 끌려가도 정신만 바짝 차리면 산다는 엄마의 신조에 따라 정신을 잘 차리고 정미는 할 말을 다 했다.

"으하하하하하!"

산신은 계속 웃어대는 청뢰 장군신을 흘겨봤다. 할아버지를 보며 무언가를 가늠하던 산신은 시선을 돌려 정미를 바라봤다.

"저 뒷배가 있어 이리 당돌하게 날 가르치려 드는 건가. 산신 앞에서 자연의 이치를 논하다니. 맹랑하지만, 이런 인간 여자는 처음이라 색다르기도 하구나."

정미는 가방끈을 꽉 쥔 손에 산신의 시선이 닿는 걸 느꼈다. 제 손이 부들부들 떨리는 것도 산신이 보았을 터였다. 그는 나른한 몸짓으로 손짓했다.

“김승범을 데려오라!”

◇◇◇◇◇

홀로 감옥에 갇힌 승범은 혜영이 보이지 않자 당황했다. 그는 나무 창살에 매달려 간수를 부르기 시작했다. 횃불이 일렁이는 감옥에 그 어떤 기척도 없었다. 승범은 무의미하게 외치는 것을 그만두고 벽에 기대어 앉았다.

정말 조치언의 말대로 제 목이 날아간다면 정미는 어떻게 한다지? 자신이 이곳에 온 것도 그녀는 모를 텐데. 갑자기 사라진 자신을 계속 찾을지도 몰랐다. 이런 위험한 일에 얽힌 자신을 욕할지도.

얼마나 그렇게 우울과 자괴감에 빠져 있었을까. 누군가가 들어왔다. 검은 그림자가 일렁거리자 승범은 눈물을 훔치며 창살로 달려갔다.

“저기요오! 대체 혜영 씨는 어디에 있는 겁니까? 혜영 씨는…….”

어슬렁거리며 다가오는 검은 그림자가 불빛을 가렸다. 승범은 앞에 선 거대한 몸체를 가진 남자를 올려다봤다. 남자는 두툼한 손으로 작은 열쇠를 만지작거리더니 자물쇠를 풀었다.

“나와. 산신님이 데려오라 하신다.”

승범은 침을 꼴깍 삼키며 앞서는 남자를 따라나섰다.

감옥은 커다란 전각들에서 멀리 떨어진 산에 있었다. 우거진 나무들 사이로 난 오솔길을 걸으며 승범은 불안 감에 눈알만 굴렸다. 곳곳에 걸린 청사초롱 불빛에 고 목들 사이로 무수한 무덤들이 보였다. 비석까지 있었으 나 쓰인 글귀는 잘 보이진 않았다. 스산한 바람이 불자 무덤 뒤에서 수런거리는 소리가 들려왔다. 승범의 목덜 미에 소름이 돋았다.

산신이 죽인 자들을 묻어 준 자리일지도 몰라. 그렇 다면 지금 이 길이 내가 죽으러 가는 길인가?

승범은 눈을 굴려 도망칠 기회를 엿봤다. 이대로 순 순히 죽을 수는 없었다.

"신부님은……."

"네, 네?"

남자가 갑자기 입을 열자 제 속내를 들킨 것 같아 승 범은 화들짝 놀랐다. 남자가 힐끗 승범을 봤다.

"신부님은, 당연히 산신님의 신부이시기에 감옥이 아 닌 방에 계시니 네가 걱정할 일은 없다."

"제가 뭘 걱정하는지는 저도 모르겠지만 분명한 건 혜영 씨가 좋아할 만한 상황은 아니란 겁니다. 감금된 상태에서 혼례식은 여지없이 치러지겠죠. 그게 과연 옳 은 일이겠습니까?"

남자가 다시 승범을 돌아봤다.

"아직 옳고 그름을 구분할 수는 없다. 뭘 걱정해야 할지 모르겠다면 일단 지금의 널 걱정하라."

승범은 제 목을 감싸 쥐었다. 그 이후로 별말이 없는 남자를 따라 승범은 한 한옥 건물에 들어섰다.

여기서 내 목이 뎅강…….

절대로 죽을 수는 없었다.

이런 데서 객사하면 정미는 어떻게 하고?

그녀를 다시 만나려면 산신에게 그 어떤 말을 해서든 목숨을 부지해야 했다.

"김승범!"

그때 누군가가 달려들었다. 승범은 자신을 끌어안는 따뜻하고도 익숙한 몸체에 눈만 끔벅이다가 입을 열었다.

"……정미 씨?"

꿈일까?

산신 앞에 있는 지금이 현실인지, 이곳에 정미가 있다는 사실이 현실인지 혼란스럽기만 해서 승범은 입만 벙긋거렸다. 그런 승범의 어깨를 잡은 정미가 눈물을 뚝뚝 흘리고 있었다. 정신이 번쩍 든 승범이 소매로 그 눈물을 닦아 주려는데, 정미가 그의 어깨를 흔들어 댔다.

"놀랐잖아! 한의원은 난장판이지, 너는 이상한 귀신한테 붙들려 갔다고 하지. 결혼도 하기 전에 과부 되는 줄 알았잖아! 어엉. 나 과부 만들면 죽을 줄 알아!”

정미가 대성통곡하면서 온 힘을 다해 뒤로 앞으로 흔들어 대는 통에 승범은 다시 정신이 혼미해졌다.

“이러다 정미 씨 손에 죽겠…….”

이번엔 정미가 승범의 양 볼을 붙잡았다. 눈물로 가득한 두 눈이 그의 얼굴을 빤히 쳐다봤다.

“아 씨, 잘난 얼굴 상한 거 봐. 그나마 봐 줄 건 이것뿐인데.”

“응? 뭐라고요?”

정미가 승범의 위아래를 봤다. 목덜미 쪽에 피를 보더니 그를 돌려세워 상처를 확인했다. 뒤통수에 그녀의 손길이 닿을 때마다 아팠지만 승범은 신음을 참았다.

“이 씨! 찢어졌잖아.”

그걸 본 정미는 표독스럽게 생긴 조치언을 노려봤다.

“몽둥이를 휘둘러 승범을 기절시키고 끌고 갔다는 악귀가 저 할망구 맞죠?”

“정미 씨 진정하고, 노려보지도 말고.”

괜히 정미에게 후환이 생길까 봐 승범은 정미를 다독였다. 그 모습을 보던 산신이 어깨를 젖히고 하늘을 보며 크게 웃었다. 그러다 한순간에 뚝 하고 웃음을 멈췄다. 광대 탈을 쓴 산신이 고개를 숙여, 조치언을 노려보던 정미를 마주 봤다.

"그대는 참으로 누군가를 떠올리게 하는 재주가 있어. 좋다! 김승범은 들어라! 이 처자의 크나큰 용기와 너를 생각하는 마음을 봐서 일단 너를 풀어 주겠다."

"예?"

"산신이시여!"

조치언이 새된 소리를 질렀다.

"일단은 뭐예요? 일단이라니? 아무 죄도 없는 사람을 강압적으로 끌고 와 놓고……."

"정미 씨, 제발 입 좀 다물어."

내내 노심초사하며 지켜보고 있던 명연이 정미의 입을 틀어막았다. 승범은 아까부터 일이 이상하게 돌아가고 있다고 생각했다.

꼼짝없이 죽었다고 여겼건만, 정미가 이곳에 있질 않나, 광대 탈을 쓴 이가 제 이름을 불러 대지를 않나.

"누구……?"

그러자 승범을 데려온 남자가 그 커다란 손으로 뒤통수를 때렸다. 승범이 비명을 질렀다.

"예를 갖춰라. 청수산 산신님이시다."

승범은 억울했다. 물론 산신이 탈을 쓴다는 것은 알았지만, 몇 시간 전에 본 산신은 남자의 얼굴이었다. 그새 바뀌어 있을 줄은 몰랐다.

"아니. 모를 수도 있지, 왜 애를 때려요?"

정미가 승범의 뒤통수를 감싸며 승범을 때린 남자를 쏘아봤다. 버럭 내지르는 앙칼진 말에 남자가 움찔거렸다.

"그리고! 청수산의 환경을 오염시키는 골프장과 리조트 유치를 무산시키면 신부도 풀어 주겠다."

산신의 말에 모두의 시선이 그에게로 향했다. 승범이 저도 모르게 헛웃음을 쳤다. 그러다 아차다 싶어 뒤통수를 가리면서 제 옆의 남자를 쳐다봤다. 그러고는 시선을 돌려 공손한 자세로 눈앞의 산신을 봤다.

"나라에서 하는 일을 일개 국민인 제가 어떻게 무마시킵니까?"

최대한 예의 바르게 물었다.

"잘! 아니면 지금이라도 목이 잘리든지."

"열심히 해 보겠습니다."

승범은 바로 대답했다. 일단 살아야 하니까. 정해진 대답에 만족한 산신이 손뼉을 쳤다.

"그럼 나는 연회를 마저 즐기러 가 볼 테니, 모두 내 집에서 나가 주게."

그 축객령에 명연이 정미와 승범의 등을 떠밀며 그곳을 빠져나갔다.

인간들은 재빨리 돌아서 나갔지만, 조치언과 내내 웃기만 하던 청뢰 장군은 남아 있었다. 산신은 한숨을 쉬며 조치언에게로 다가갔다.

"치언."

산신은, 끈질긴 시선으로 인간들의 뒷모습을 보며 어떻게 저주해 죽일까 고민하는 조치언을 불렀다.

"이용해 먹으려고 함이니, 그대도 그때까지 가만히 있거라."

"그 이용해 먹으려고 하는 게 김승범뿐만이 아니겠지요."

조치언이 꽤나 도전적인 말을 내뱉고는 정중하게 인사하고 돌아섰다. 원래대로라면 불경하다 화를 내야 마땅했으나, 그 말이 사실이기도 해서 산신은 참기로 했다. 조치언이 나가자 산신은 청뢰 장군을 바라봤다. 청뢰 장군은 가볍게 피식 웃고는 능청스러운 표정으로 산신을 마주 봤다.

"워낙 청수산 산신에 대해 소문이 안 좋게 나서 난 또 스승님이 돌아왔나 했지, 뭔가?"

"그분이 순순히 산신이나 하실 분인가, 어디. 아무리 동문수학한 자네라도 내 기분이 안 좋았다면 소문처럼 사달이 났을 거야. 어딘가 시원찮아 보이기도 하니 내가 손쉽게 자네를 처리할 수 있었을 테고. 안 그런가?"

산신의 으름장에도 청뢰 장군신은 어깨만 으쓱였다.

"그렇다면 지금 자네 기분이 좋은 걸 다행으로 여겨

야겠군. 아, 나 여기에 이사 왔네. 내 아이가 이곳에 오고 싶어 해서 말이야. 잘 지내보자고.”

“누구 맘대로?”

“내기할까?”

“뭐?”

“나는 한의사 선생이 자네의 시험을 잘 해결할 거라 생각하니까, 만약 그렇게 된다면 우리가 이곳 우화에서 살 수 있게 해 주게.”

얼토당토아니한 말에 산신은 이맛살을 찌푸렸다.

“대체 그게 무슨?”

“그럼 그렇게 알고 가겠네. 반가웠어, 설원. 또 보자고!”

그렇게 제 할 말만 한 채 청뢰 장군신은 나가 버렸다. 짜증이 난 산신이 광대 탈을 벗어 문으로 던졌다. 탈 때문인지 널리 퍼진 악명에도 자신 앞에서 다들 거리낌 없이 죄다 말했다. 심지어 정미는 소리까지 질렀다. 사람 주제에 감히 산신을 가르치려 들기도 했다.

뭐? 이승의 법도? 기본 중의 기본?

“뭐 저딴 것들이 다 있어?”

내가 다신 광대 탈 쓰나 봐라!

◇◇◇◇◇

화요일.

송기윤은 진료실에 앉아 이마를 짚었다.

최 사장, 그는 대체 뭘까?

그가 승범과 자신을 비교하며 자신을 더 인정하는 말에 송기윤은 기분이 좋아졌다. 물론 겨우 시간 내서 어머니를 모시고 온 보호자에게 감명도 받았고 아픈 환자를 그냥 보낼 수 없어서 대진을 봤었다. 딱 그분만 보려고 했는데 환자들이 밀려들었다. 휴진이라고 미리 알리지 않아서 온 환자들이었다.

이 팀만 끝나면 그만둬야지. 이 환자를 마지막으로 진료를 끝마쳐야지. 라고 마음을 먹으면 최 사장은 어떻게 알아채고 한마디씩 보탰다.

"아이참, 오늘 오신 환자분들은 운도 좋지. 어떻게 유명한 한방병원 부원장님이 진료하실 때 딱 맞춰서 오느냐 말이야."

그러면 희한하게 그 말에 홀린 듯이 다른 환자를 접수하고 있었다. 그날 밤, 송기윤은 택영의 집에서 짐을 풀며 귀가 얇아 최 사장의 말에 휘둘린 자신을 질책했다. 엄연히 자신은 우화에 놀러 왔고 김승범이에게 무슨 일이 생겼든지 내일 자신은 자유를 즐기리라 다짐했다. 그나저나 김승범이는 무엇 때문에 연락이 되지 않는 건지 궁금했다. 그 의문은 여전히 무소식인 이튿날 아침까지 이어졌으나 아침부터 등장한 최 사장의 넉살에 곧 잊고야 말았다.

"송 선생님이 어찌나 실력이 좋은지. 침 한 방에 아픈 곳이 싹 나아 날아갈 것 같다고 우화 바닥에 소문이 자자하더라고!"

허허허 웃으며 아침을 차려 주더니, 허허허 웃으며 승범 한의원으로 데려갔다.

"휴진은 어제까지 아니었어요? 김승범이는 아직도 연락 안 되는 거예요?"

"어, 갑자기 정미 쌤이 거기서 갑자기 아프대서 오늘도 쉬신다고 연락이 왔어요."

택영이 말했다. 송기윤은 자신의 전화는 받지도 않고 택영에게 연락한 승범이 괘씸했다.

"내가 왔다고 얘기는 했어요?"

"그게, 용건만 말하는 바람에 그 얘기까지는 못 했습니다."

"그렇다면 그 말대로 휴진을 하면 되죠. 왜 또 제가……."

송기윤이 더는 하지 않겠다고 말할 때 최 사장이 두툼한 팔을 그의 어깨에 둘렀다.

"송 선생님이 있는데, 왜? 허허허. 보오! 송 선생님의 명성을 듣고 아침부터 환자들이 기다리고 있잖소! 분명 송 선생님은 우화와 기운이 맞는 게 분명해! 안 그렇소?

허허허.”

그렇게 또 홀린 듯 오후 진료까지 보고 있었다.

최 사장, 그는 도대체 뭘까? 왜 자신은 그의 칭찬에 정신이 어찔하고 마는 걸까.

귀가 얇은 탓만은 아니었다. 그는 마치 엄마처럼! 그렇다. 태어날 때부터 달콤한 진실을 말해 주는 엄마처럼 송기윤을 다뤘다. 그래서 거부하지도 못하는 것이다. 속에서 울컥하고 화가 치밀었다.

내가 어떤 결심을 하고 우화에 온 건데! 그걸 처음 보는, 아니 두 번째 보는 최 사장한테 그대로 당하고 있는 거지? 그나저나, 헉, 소름. 그 사람이 우리 엄마를 어떻게 알지? 김승범이가 내 얘기를 했나?

“저기, 선생님?”

몸을 부르르 떨던 송기윤은 자신을 부르는 환자의 목소리에 정신을 번뜩 차렸다. 눈앞에 중년의 부부가 앉아 있었다. 남편은 팔에 반깁스했고 머리에 붕대를 감은 상태였다. 그는 옆에 앉은 아내를 노려봤다. 송기윤은 헛기침했다.

“아, 네. 그러니까 정리해 보자면 조해순 환자분이 근래 악몽으로 고생하시다가 점점 심해지셨다고요. 병원에서는 ‘렘수면행동장애’ 진단을 받으셨고요. 네, 한의원에서도 치료가 가능합니다. 양방에서는 수면 중에 일어나는 운동을 사건 수면이라 하고 한의학에선 그것을 몽경이라고 합니다. 이는 기, 혈, 음이 부족하거나…….”

“아휴, 선생님. 저는 괜찮아요. 그냥 이이만 치료해 주세요.”

송기윤의 말을 자르고 조해순 환자가 말했다.

“네?”

“괜찮긴 뭐가 괜찮아? 나를 이렇게 만들어 놓고!”

남편이 반깁스한 팔을 흔들었다. 렘수면행동장애의 꿈 내용은 대개 과격하고 폭력적이라 그 행동으로 본인이나 같이 자는 상대를 다치게 할 수도 있었다. 이 부부의 경우, 아내가 근래 악몽을 꾸면서 남편을 때리거나 걷어찼고, 남편은 침대에서 떨어지면서 협탁에 크게 부딪혀 머리와 팔에 골절을 입어서 찾아왔다.

“미안해서 그렇지. 그러지 말고 당신 한약이나 짓고, 침 치료받아.”

“그렇다면 침구실로 안내해 드리겠습니다.”

송기윤이 벨을 누르자 택영이 들어왔다. 침구실로 안내하겠다는 말에 남편이 일어나며 아내에게 소리쳤다.

“쓸데없는 소리 말고 당신도 한약 지어! 빨리 치료해서 나아야지, 또 나 이렇게 만들게? 알았지!”

남편이 단단히 이르고 나갔다. 문이 닫히자 미안한 낯이었던 조해순 환자의 낯이 심드렁해졌다.

"자기가 계산한다고 하니 그냥 보약 한 제 지어 주세요."

"네?"

송기윤이 의아해하자 환자가 주위를 살피고 몸을 낮췄다.

"이거 지금 의사 대 환자로 환자의 비밀은 지켜 주시는 거 맞죠?"

"당연합니다만."

"일부러 그랬어요."

"……네?"

조해순 환자가 깔깔 웃었다.

"요즘 가을걷이하느라 일이 좀 바빠요? 그런데 저 사람, 일은 뒷전이고 맨날 술만 마시러 돌아다니는데! 열불이 좀 터져서 말이죠. 깨 벨 때도 그래. 그 많은 깨를 내가 다 베고, 온 데가 다 아파서 죽겠건만, 술에 진탕 취한 채 옆에서 냄새 풀풀 풍기는 게 어찌나 화가 나는지. 그래서 그랬어요. 아! 저 사람 한약 먹는 동안 술 못 마시게 신신당부해 주세요. 먹으면 죽는다고."

대체 깨 베는 일이 얼마나 힘들기에 이렇게까지 하시는 걸까 싶었다. 당황스러운 기윤은 여전히 화통하게 웃는 환자를 바라봤다. 그 모습이 정말 홀가분해 보여서 오죽하면이란 생각이 들었다. 그런 힘든 일을 두고

술 마시러 다닌 남편에게 충분히 그 이상의 화가 날 만
도 했다. 이내 기윤은 고개를 끄떡이고는 마주 웃어 보
였다.

"저는 어머님 편입니다. 당연히 해 드려야지요."

환자들이 다 가고 퇴근 시간이 되자 다시금 최 사장
이 짐을 한 보따리를 들고 등장했다. 송기윤은 경계부
터 했다. 또 무슨 일을 시키려고? 뭐로 홀리려고?

"송 선생님은 그거 아시는가? 침 치료가 무료라고 하
니 오시는 분들이 대신 뭐를 잔뜩 주셨소. 옥수수, 고구
마, 감자, 계란 등등. 이런 건 받으면 안 된다면서? 하지
만, 성의를 어떻게 다 무시하겠소? 아, 그리고 우리 우
화가 소고기와 막걸리로 유명하다오. 내 어제는 정신이
없어서 준비 못 했으나 오늘은 제대로 준비했다오! 휴
가 왔으니 내 맛있는 저녁을 대접하리다!"

송기윤은 홀린 듯이, 뒷마당으로 나가는 최 사장을
따라나섰다. 그곳에서는 택영이 장작에 불을 지피고 있
었다. 나무 태우는 냄새에 송기윤의 눈이 반짝 빛났다.

"모닥불도 해 주십니까?"

"그럼! 내 뭔들 못 해 줄까! 딱 우리 손녀딸 감성이라
좋아할 줄 알고 내 마시멜로도 준비했소."

세상에! 어린 시절 보이스카우트 때 했던 일들을 다

시 할 수 있다니! 송기윤은 최 사장의 세심함에 감동했
다. 그래, 인정하자. 최 사장, 그는 겉으로는 곰 같으나
머리는 여우였다. 이걸로 내일 진료도 꼬시면 넘어가는
수밖에.

◇◇◇◇◇

바깥세상으로 향하는 결계를 빠져나온 명연은 여전
히 어둑한 하늘을 봤다. 급히 핸드폰을 보니 나흘이나
지나 있었다. 한 해가 지났을까 봐 걱정했는데 나흘이
라니, 이것만으로도 다행이었다.

"우린 여기서 헤어짐세."

할아버지가 말했다.

"무슨 소리예요? 이렇게 어두운데 같이 내려가야지."

대꾸하던 명연은 할아버지가 옆구리를 쿡 쑤시기에
뒤를 봤다. 뒤따라오는 커플 주위로 풍기는 분위기, 특
히 쓸데없는 말을 하는 승범의 옆에서 내내 말이 없는
정미를 보고는 직감했다. 한바탕 칼바람이 불 것임을.

"아이고. 예약 손님이 있어서 나는 먼저 가 볼게."

"예? 어차피 가는 길이 하난데 같이 가시죠."

아직 분위기를 파악하지 못한 승범이 만류했다. 명연
은 대충 인사하고 잰걸음으로 내리막길을 내려가다가
뒤에서 철썩하고 울리는 강렬한 소리를 들었다. 명연의

어깨가 절로 움찔거렸다. 이정미. 산신 앞에서는 목숨까지 내어놓는 각오로 들이받았다지만, 그것은 내 사람은 내가 팬다는 뜻이었던가…….

◇◇◇◇◇

승범은 어안이 벙벙한 표정으로, 정미에게 맞은 뺨을 붙들었다. 화가 잔뜩 난 정미의 모습에 승범은 당황했다.

아까 전만 해도 무척 걱정하는 모습이었건만.

"왜, 왜요?"

"왜요? 왜요오? 그 말이 나와요? 승범 쌤 죽을 뻔했어요. 나 아니었으면! 왜 이런 일이 있다고 얘기를 안 했어요? 내가 인지하지도 못한 채 당신이 죽었으면 나는 어떡해요? 내가 이럴까 봐, 수없이 무슨 일이 있는지 얘기하라고 했는데 나한테 일절 말하지 않았죠. 내가 그렇게 못 미더워요?"

승범은 정미의 말에 정신이 번쩍 들었다.

"아니에요. 나는 정미 씨가 걱정할까 봐. 정미 씨가 위험해지는 건 더더욱 싫고…….."

급히 변명했다.

"나만 위험해요? 귀신만 볼 뿐이지, 당신이 무슨 힘이 있어요? 마찬가지로 위험하잖아요!"

"그, 그야 그렇지만. 나는 좋은 것만 해 주고 싶었어요. 나 때문에 정미 씨가 희생하는 게 많으니까. 걱정 없이 행복하게. 나는 정미 씨에 비해 부족한 게 많은 놈이라서 비싼 선물도 막 해 주고 싶고…….”

“누가 그딴 게 필요하다고 말했냐고요. 나는 당신이라서 좋은 건데 당신은 내가 물질적으로 충만해야 행복할 거라 생각했어요?”

“내 마음만으로는 부족한 것 같아서 그랬어요. 물질은 눈에라도 보이니까.”

정미는 입을 다물었다. 승범을 바라보는 눈빛에 실망이 가득했다. 그는 지금 정미의 모습이 산신보다 더 무서웠다. 그녀가 내뱉는 한숨에 승범을 향했던 믿음이 무너지고 있다는 것을 느꼈다. 정미가 고개를 끄떡였다. 그것은 그들 관계에 대한 체념이었다.

“그래요. 김 쌤은 원래 이런 사람이었죠. 돈과 명예, 권력이 제일인 사람. 고 사장님이 많이 고쳐 놨다고 해도 우선순위만 바뀌었을 뿐 여전히 그것들이 좋다고 생각하는. 그런데, 모두가 당신 같지 않다는 걸 언제쯤 깨달을 거예요?”

“아니, 나는…….”

무슨 말이라도 해야 했다. 하지만 그가 하는 그 어떤 말도 지금은 정미에게 닿지 않을 것이다.

“언제나 너는 네가 중심이지.”

정미는 돌아서서 산길을 내려갔다. 그 뒤를 따라가야 한다고 생각하면서도 승범은 휘몰아친 대화에 갇혀 발을 뗄 수가 없었다. 그렇게 어두운 산속에 그는 홀로 남겨졌다.

◇◇◇◇◇

승범은 힘이 풀린 발을 끌며 한의원으로 돌아왔다. 분명 납치되고 나서 몇 시간밖에 흐르지 않은 것 같았는데 아까의 난리가 말끔하게 치워졌다. 깨진 유리도 새로 갈아져 있었고 내부도 깨끗했다. 마치 아무 일도 없었던 것처럼 한의원은 여느 때와 같은 풍경으로 적막에 잠겨 있었다.

꿈이라도 꾼 걸까?

잠시 멈춘 상태에서 눈만 끔벅이다 벽에 걸린 전자시계에 날짜가 다르다는 걸 깨달았다. 승범은 불을 켜고 접수대로 들어가 컴퓨터 전원 버튼을 눌렀다. 화면에 뜬 날짜를 확인한 그는 당황했다. 무슨 조화인지 나흘이나 지나 있었다.

도통 무슨 일이 벌어진 건지 이해가 되지 않았다. 그때 침구실에서 박 씨가 고개를 빼꼼히 내밀었다.

"승범이! 무사히 돌아왔군! 다행이야, 참말로 다행이야."

그가 승범을 보고는 반색하여 얼른 달려와 얼싸안으려고 했지만 그러질 못하여 대신 덩실덩실 춤췄다.

"고생 많이 했지? 그래. 어디 다친 곳은 없나? 내 아주 자네가 조치언한테 끌려가서 갖은 고초에 시달리다 죽을까 봐 얼마나 걱정했다고."

"아저씨는 괜찮으셨어요?"

"나야 괜찮지. 망할 황 영감! 그 능구렁이 같은 놈이 시치미 뚝 떼고 있다가 나를 조치언한테 팔아넘겼어. 알고 보니 길 잃은 신부님을 조치언에게 데려간 것도, 산신님의 신부로 바치게끔 한 것도 그놈이더라고. 어어, 어떻게 알았냐고? 내 승범 선생 끌려간 뒤에 자네를 구하겠다고 우화의 귀신이란 귀신을 모아 그놈을 찾아가 경을 쳤다네. 이 우화에서 고 선생 덕 안 본 귀신 없고 앞으로도 승범 선생한테 치료를 받을 텐데 모두가 단결해야지! 아직은 조치언 무서운 것이 더 커서 그곳까지는 밀고 들어가지 못했지만, 조만간 그리되지 않겠는가?"

승범은 자신이 위험할 때 귀신들이 나서 줬다는 사실이 고마웠다.

"전혀 그런 생각은 못 해 봤어요. 그저 귀신 환자가 사람을 데리고만 오는 줄 알았지……. 그냥 누굴 돕는 건 내 일이라고 생각했고 내 위주로 생각만……."

싸늘하게 떠나가는 정미의 모습이 떠올랐다. 목구멍이 바짝 조여들고 뜨거운 무언가가 치밀어 올라왔다. 승범은 손으로 눈가를 가렸다.

"비록 귀신이지만 우리도 도의는 알아. 왜 고 사장이 남들을 도우라고 입이 닳도록 말했겠는가. 그러니 모두가 나선 거고. 근데 자네 표정이 왜 그런가. 우나? 그래 그래. 죽다 살아왔으니 안도가 될 테지. 너무 걱정하지 말게. 또 조치언의 무리가 이곳에 들이닥치면 그땐 우리 귀신들도 참지 않고 나서기로 했으니. 뭘 그리 섧게 우는가. 산신님이 모질게 대하시든가? 그 악독한 조치언이 괴롭히든가?"

승범은 손을 내저으며 대기실 의자에 앉았다. 너무 피곤했다. 다리에 힘조차 들어가지 않았다.

"근우 씨는요?"

"지금 침구실에 몸져누워 있네. 육신이 없는 귀신은 매질을 당하면 혼이 부서지거든. 딱히 어디가 아픈 게 아니라 온 군데가 다 아프지. 게다가 귀신인 상태로 매질은 처음인지 그 고통이 더 컸나 보이. 내내 정신을 못 차리다가 나흘째인 오늘 겨우 눈을 떴지, 뭔가. 승범 선생 없이 큰일 치르는 줄 알고 어찌나 애가 닳던지. 아, 그렇다고 너무 걱정은 말게. 아까까지 산신님 찾아가겠다고 기운차게 난리를 치더니 약 먹고 다시 잠들었네.

그러고 보니 신부님은……?"

박 씨는 뒤늦게 열린 문 너머를 봤다. 승범은 말없이 고개를 내저었다.

"그럼 다른 사람은 괜찮은 거고?"

"네. 정미 덕분에 산신님이 풀어 줬어요. 명연 님과 청뢰 장군신도 도와주셔서 일단 저만 나왔어요."

"일단?"

승범은 엄습해 오는 피로에 대기실 의자 위로 쓰러지듯 누웠다. 박 씨 아저씨한테 무슨 일이 있었는지, 앞으로 무엇을 해야 하는지, 더 얘기를 하고 싶었지만 저절로 눈이 감겼다.

"네, 일단……."

◇◇◇◇◇

송기윤은 뒷마당에서 방금 마지막으로 타올랐던 모닥불을 정리하고 한의원 안으로 들어왔다. 어두웠던 내부에 불이 켜져 있었다. 그리고 대기실 의자에 언제 왔는지 승범이 누워 있다.

"아잇. 깜짝이야!"

놀라는 소리에 승범이 눈을 떴다.

"너 왜 여기 있어?"

너무도 갑작스러운 등장이라 송기윤이 물었다. 분명

아까 최 사장님과 택영이 먼저 돌아갔을 때는 아무도 없었다. 도시에서는 느낄 수 없었던 고요함과 평안함이 좋아서 그는 지금까지 남아 있었다.

인기척을 못 느꼈을 만큼 모닥불에 빠져 있었나?

승범이 일어났다.

"그건 내가 물어야 하는 거 아냐?"

"뭐 얼마나 잘 되나 싶어서 보러 왔지. 근데 뭔 나흘이나 한의원을 비워 두냐? 주인 없는 한의원에 유리는 다 깨졌지, 안은 엉망진창이지. 환자는 밀려들지. 최 사장님이 오는 환자 어떻게 그냥 보내냐면서 나한테 부탁하는 바람에, 오시는 환자분들도 너를 보러 왔지만 한의원도 없는 곳이니 그냥 돌아가기 그렇다고 꼭 치료를 받고 가고 싶다고 해서 말이야. 그래서 대신 내가 진료했어. 침 치료는 그냥 해 드렸고."

김승범이가 두 손으로 얼굴을 쓸었다. 놀고 왔는데 피로가 더 쌓인 얼굴이었다.

정미 씨가 아프다더니 밤새 간호했나?

"근데 이 늦은 시간까지 뭐 했어?"

승범이 물었다.

"나? 최 사장님이 뒤에서 소고기도 구워 주고 막걸리도 주고. 진짜 오랜만에 모닥불로 불멍하면서 마시멜로 먹었지. 힐링이랄까. 다른 사람들은 먼저 갔어. 너 마시멜로 먹어 봤어? 단데 그 재미가 있거든."

송기윤은 승범의 옆에 앉았다. 뒤늦게 터득한 기술을 김승범이가 알 리가 없으니 잘 설명해 주기로 했다.

"일단 나무젓가락에 마시멜로를 꿰고 불에 돌려 가며 그걸 구워. 그리고 적절하다 싶을 때 꺼내서 살짝 식게 두고 탄 겉면을 잡아당기면 그 안에 뽀얗고 적당하게 익은 보드라운 크림이, 달콤한 크림이 드러나는 거지. 야, 뭐 하냐? 자냐?"

기껏 중요한 말을 설명하는데 김승범이는 어느새 잠들어 있었다.

정말이지 마음에 들지 않는 녀석이라니까.

6. 리조트 개발 반대!

이혁수는 양복을 차려입었다. 근래 리조트 개발 건 때문에 쉬는 날 없이 일했더니 꽉 끼던 양복의 품이 제법 넉넉해졌다.

"뭐야, 오늘도 나가? 당신 어제도 출근했잖아. 하루는 쉬어야지."

아내 민영이 그런 남편의 모습에 아쉬운 목소리를 냈다.

"시장님이 시킨 일이지만 내가 원하는 일이기도 해. 청수산에 리조트가 들어선다면 우리는 부자가 되는 거라고."

"지금도 충분히 먹고살 만하잖아. 사람이 쉬기도 해야지, 이렇게 일만 했다간 건강 해쳐. 자, 이거나 마셔."

혁수는 민영이 건네는 컵을 받아들었다. 도자기 컵

안에 한약이 찰랑거렸다.

"한 달이나 지났는데 언제까지 먹어야 해? 한약 맛없어."

"내가 괜찮다고 할 때까지. 당신, 내가 이거 맨날 챙겨 줘서 펄펄 날아다니는 거야."

"아닐걸. 46세지만 아직 펄펄하다고. 그리고 돈은 충분하다고 마음 놓으면 안 돼. 나중에 어찌 될지 모른다고. 돈은 벌 수 있을 때 벌어야 해."

혁수는 눈을 흘기는 아내의 어깨를 붙잡고 발그레한 볼에 입을 맞췄다.

"그럼 다녀올게. 날이 춥다. 따뜻하게 있어."

혁수는 현관문을 나섰다. 소담하게 가꾼 아내의 정원에 흐드러지게 핀 색색의 국화와 앙증맞은 개미취 위로 호랑나비들이 날아올랐다. 은은하게 퍼지는 국화 향을 맡으며 혁수는 승용차에 몸을 실었다.

"조심히 다녀!"

"알았어!"

혁수는 추수가 한창인 논들을 가로질러 이화리로 향했다. 오 사장이 먼저 마을회관 앞에 도착해 있었다. 그녀는 기영문 시장이 붙여 준 서울의 부동산업자로 함께 청수산 일대를 다니면서 주민들이 땅을 팔게끔 설득을 하고 다녔다.

“일찍 오셨네요.”

“네, 일이 있어서.”

생글생글 웃으며 오 사장은 아이패드와 자료들을 챙겼다. 그녀의 웃는 인상은 어르신들의 경계심을 허무는 데 탁월했다. 오 사장도 그걸 무기로 쓸 줄 알았고 날카로운 면모도 있어서 고객이 무엇을 필요로 하는지를 정확하게 알고 대응해 계약을 성사시켰다. 괜히 기영문 시장님이 인재라며 칭찬하는 게 아니었다.

“전한용 씨는 아직도 생각 중이라고만 하시네요.”

“중학교 동창네예요. 제가 말씀드려 볼게요.”

혁수는 오 사장에게서 서류철을 받아들고 차로 가서 준비한 쇼핑백 중 하나를 꺼냈다. 그리고 오 사장과 함께 이화리 끝 부지에 있는 집으로 갔다. 친구의 아버지, 전한용 씨는 마당에서 깨를 털고 있었다. 혁수는 살갑게 인사하며 성큼성큼 다가가 악수를 했다. 그리고 이런저런 안부를 묻고는 본론으로 들어갔다.

“생각해 보세요. 우리 우화시 지역 발전은 물론 요즘 같은 어려운 세상에 자식들을 도와줄 마지막 기회라니까요. 아버님 첫째 아들이 사업 망하겠다고 미리 유산 좀 달라고 왔었는데 도와주지 않으실 거예요? 이렇게 어려울 때 도와주면 얼마나 아버님에게 고마움을 느끼겠어요. 자식이 잘돼야 아버님 맘도 편하지요.”

이혁수는 가지고 온 고급 양주를 내밀며 이어 말했다.

"아, 이건 제가 친구 집에 오면서 빈손으로 오기가 뭐 해서요. 선물 좀 준비했습니다."

어르신은 물끄러미 선물을 쳐다보며 손가락으로 코를 문질렀다.

"그거 그냥 가져가."

"아버님. 그러니까 이건…….

"땅 팔 테니까 그건 가져가라고. 거기다 도장 찍으면 돼?"

그는 혁수의 다른 손에서 서류철을 빼앗아 들었다. 찬성자 명단에 이름을 쓰고는 품에서 도장을 꺼내어 찍었다. 마치 그들이 오길 기다리고 있었던 듯했다.

"안 그래도 전부터 한의사 선생이 찾아와서 나를 설득하더군. 자식도 자식이지만 나도 더는 힘들어서 안 되겠어. 봄이면 송진 가루 날리지, 가을이면 마른 풀들 때문에 깨나 콩 털 때 이렇게 콧물이 마를 날이 없지. 환절기마다 이놈의 알레르기성 비염 때문에 미치겠는데 한의사 선생만이 나의 이 고통을 알아줬어."

혁수는 그에게서 김승범의 이야기를 들을 줄 몰라서 당황했다. 한의사가 땅을 팔도록 설득했다니 선뜻 이해가 가지 않았다. 혁수는 어색하게 웃으며 물었다.

"한의사가 중개사 노릇을 했습니까?"

김승범에 대해 좋지 않은 감정이 있어서 말이 좀 불통했다. 어르신이 혁수를 노려봤다.

"중개사 노릇이야 공무원인 자네도 마찬가지 아닌가. 이제 더는 마시지도 않는 술을 주며 자식 빌미로 내 마음 돌리려는 자네보다, 우화시의 명의가 이맘때 비염으로 고생하는 나를 위해 밤잠을 설치면서까지 신경 써서 달인 가미통규탕[5], 내 콧구멍에 통한다는 약이라는 의미라던데. 헛 참나, 일주일 전에 한의사 선생이 그 약을 주면서 어찌나 일렀는지 나도 외웠군. 암튼 그 가미통규탕이 더 진정성 있지 않겠냔 말이야!"

어르신의 호통에 혁수는 손에 든 술을 슬그머니 뒤로 숨겼다. 좀 더 젊었을 때 주당이셨고 코까지 빨개 여전히 그런 줄 알았는데, 더는 술은 마시지 않는다니 정보력 부족이었다. 그 집에서 나와 앞서는 혁수를 따라오던 오 사장이 서류를 뒤적였다.

"보면은 그 한의사 선생님이 일을 참 잘하세요. 까다로운 분들이 도장을 찍으셨다 하면 그분이 설득하셨다네요."

혁수는 그 말이 참 마음에 들지 않았다. 진정성? 그 인간은 사기꾼이다. 한의사라는 직업이 노인들의 경계

5　가미통규탕: 방풍 강활 고본 등이 들어가는 통규탕에 환자의 체질에 맞게 약재를 가미하여 만성적인 알레르기성 비염에 쓰는 처방.

심을 무너뜨리고 그의 걱정 어린 말솜씨에 노인들이 쉽게 넘어가는 것일 뿐이었다.

그렇게 마을회관으로 돌아가는 길에 전화가 왔다. 이화리 이장이었다.

"네, 형님. 네? 사과 과수원에요? 지금 갈게요."

전화를 끊고 혁수는 오 사장을 돌아봤다.

"철거 작업하던 포크레인이 구 씨 어르신 과수원에 들어갔다는데, 뭐 아는 거 있어요? 거긴 아직 도장도 받지 않았는데요."

"어머, 저런, 안타까워라. 사과나무는 얼마나 부러트렸대요? 생각보다 많으면 좋겠는데. 뭘 그리 놀라세요? 이런 일 하다 보면 종종 그런 일도 생겨요. 가지고 있던 생계가 부서지면 의욕도 꺾이니까. 그때를 놓치지 않고 작업 들어가면 좋은 결과가 있겠죠? 그렇다고 바로 얘기하지 말고 먼저 실수를 인정하며 책임지겠다고 해요."

오 사장은 생글생글 웃으며 혁수의 손에서 서류철을 가져갔다. 그는 꽤 당황했다. 말로 설득하는 것도 한계가 있긴 했다. 시간이 지날수록 더 많은 땅을 확보해야 했고 그렇지 못한 땅은 골칫거리일 수밖에 없었다. 그러나 이렇게 수를 쓰는 건 좀 찜찜했다. 그렇다 해도 그녀에게 그 일은 부당하다고 말할 수 없었다. 서로의 목적은 같았기 때문이다.

작년에 고등학교 선배인 시장 기영문이 만나자고 했었다. 그렇게 친하게 지내지도 않던 선배지만, 나쁜 관계도 아니었다. 좁은 동네에 모두 다 알음알음한 사이니까 말이다. 기영문은 혁수에게 청수산 일대가 리조트로 개발될 것이라는 언질을 줬다. 혁수는 그제야 왜 선배가 자신을 만나자고 했는지 알았다. 그곳에 장인, 장모님이 유산으로 남긴 아내의 땅도 포함되어 있었다.

"이 계장 땅은 내가 신경 써서 다른 곳보다 값을 더 쳐줄게. 그러니 나 좀 도와줘. 이 리조트가 꼭 좀 생기게 힘 좀 써 달란 말이야. 자네 처가가 워낙 평판이 좋았어야지. 이 우화에서 강씨 집안 데릴사위인 자네 말에 좌지우지될 사람들이 태반이라고! 안 그런가?"

기영문의 말에 일리가 있었다. 그러니 더 생각할 것도 없었다. 부자가 될 기회를 걷어찰 멍청이가 어딨단 말인가. 혁수는 그 자리에서 바로 충성을 맹세했다.

혁수는 늘 이 지긋지긋한 농촌을 벗어나고 싶었다. 땅 팔면 서울로 가서 서울 물 먹으면서 도시 사람처럼 멋들어지게 살고 싶었다. 우화는 자신에게 고향이었으나 정말이지 정붙일 곳 하나 없는 곳이기도 했다.

자신을 두고 제 할 일 하러 떠나는 오 사장의 뒷모습을 보던 혁수는 더는 생각하기를 멈추고 사과 과수원으로 갔다.

◇◇◇◇◇

승범과 싸운 정미는 다음 날 짐을 챙겨 집에서 나갔다. 늦게까지 일하고 집에 간 승범은 어질러진 방을 보고 뒤늦게 정미가 떠난 걸 알아챘다. 너무 놀라 허둥거리는 승범에게 택영이 그녀가 어디에 있는지 알려줬다. 그들이 무엇 때문에 싸웠는지 알게 된 택영은 잠시 서로에게 시간과 거리가 필요하다고 승범에게 조언했다. 승범은 어떻게든 그녀의 화를 풀어 주려고 갖은 애를 썼다. 승범은 매일같이 자신의 사정을 설명해 보고 계속 빌었다. 다시는 절대 그러지 않겠다고 거듭 애걸복걸하자 정미는 아예 승범과 단둘이 있는 상황을 만들지 않았다. 그는 그 분노가 꽤 오래 이어질 것이라 직감했다. 그렇게 정미가 옆에 없는 일상이 흘러갔다.

커튼도 치지 않은 창으로 해가 길게 비쳐 들었다. 갑자기 적막한 집 안에 핸드폰 벨 소리가 요란하게 울렸다. 이불자락을 머리끝까지 쓰고 잠을 자던 승범이 그 소리에 눈을 번쩍 떴다. 정미일지도 몰랐다. 그는 급하게 협탁에 손을 뻗어 핸드폰을 들었다. 그러나 액정에 찍힌 번호에 이내 눈살을 찌푸렸다. 승범은 잠시 끊어 버릴까 고민하다 혀를 차고 전화를 받았다.

"여보세요."

─아, 왜 전화를 이제 받아요?

수화기 건너편에서 봉길의 목소리가 들려왔다.

"오늘 일요일이잖아."

―빨리 구 할아버지 과수원으로 와요. 큰일 났어요!

다급한 목소리에 승범은 전화를 끊고 집에서 나와 차에 올라탔다. 어르신께 무슨 일이 생겼는지 걱정됐다.

한참을 달려 사과 과수원에 도착한 승범은 과수원 내부의 집 쪽이 아닌, 언덕집과 면한 곳에 봉길과 그의 아버지 그리고 구문석 어르신이 모여 있는 걸 발견했다.

"어르신, 괜찮으세요?"

"어, 한의사 선생 왔나?"

차에서 내려 가까이 가니 어르신은 괜찮아 보였다. 대신 과수원의 울타리가 부서졌고 사과나무가 잔뜩 부러졌다. 그 중간에 커다란 포크레인이 있었는데 당황한 운전자가 한 남자 앞에서 연신 고개를 숙였다.

"경계가 저기까지인데 그것도 보지 않고 무작정 밀어버리면 어떻게 합니까?"

"저는 과수원도 포함이라고 들어서."

"이분, 참 큰일 날 분이시네! 어떻게 할 겁니까? 당신이 책임질 것도 아니잖습니까!"

"무슨 일이에요?"

멀리서 그 모습을 보던 승범이 물었다.

"시청에서 이 길 끝에 있는 빈 창고를 철거하러 왔다는

데 포크레인 기사가 사과밭까지인 줄 알았대요. 내가 오지 않았다면 저 사람이 사과나무를 다 없앨 뻔했잖아!"

분개한 봉길이 고래고래 소리를 내질렀다.

"그렇다고 왜 바쁜 한의사 선생님을 불러?"

이장님의 말에 승범도 동의했다. 쉬는 날이라 바쁜 건 아니지만 조치언한테 납치도 당했었고, 산신이 또 혜영 씨를 두고 어려운 일을 해결하라고 어깃장을 부리고 있었으며 정미도 화가 잔뜩 난 상태였다. 승범은 자신한테 닥친 일에 심신이 너무 피곤했다. 물론 이 일도 큰일임은 맞지만 자신이 할 수 있는 건 사람이나 귀신의 한 치료지, 부러진 나무 치료는…….

"경찰 부르려다 참았어요. 혁수 아저씨 아니었으면 진짜 고소감이라고요. 멀쩡한 나무를 왜 없애냐고. 저거 이상해. 몰랐다는 것도 거짓말 같아. 아, 리조트 개발 찬성 안 하고 땅 안 팔아서 수 쓰는 거라니까!"

"쓰잘데기없는 소리. 시에서 직접 하는 일인데 그런 양아치가 하는 짓을 하겠냐? 그리고 혁수가 왜 그러겠어?"

"저 아저씨 개발 찬성하잖아! 뭔들 못하겠어?"

봉길이 계속 화를 내자 이장님도 점점 언성을 높였다.

"어허. 이 녀석이 말조심하지 못해?"

"그만그만. 왜 부자들이 싸우는가?"

승범은 그들을 만류하는 구문석 어르신을 보았다. 어르신은 그저 미소만 짓고 계셨다. 그 속내가 궁금해서 승범은 물었다.

"어르신은 괜찮으세요?"

"안타깝지. 허나 사람은 실수를 할 수도 있잖은가."

승범은 부러진 사과나무들을 바라봤다. 제법 큰 것들이었다. 할아버지가 정성과 노력으로 키운 나무임을 봉길은 알기에 화를 내는 것이다. 혁수가 씨근덕거리며 이쪽으로 왔다. 잠시 승범과 눈이 마주쳤으나 혁수는 그를 무시했다.

"형님, 정말 미안하게 됐습니다. 어르신, 죄송합니다. 서로 커뮤니케이션이 안 돼서 이렇게 됐네요. 이거 제가 상부에 잘 전달해서 피해 보상하겠습니다."

"아저씨. 왜 아버지한테 먼저 사과하세요? 구 씨 할아버지한테 먼저 사과하셔야죠! 순서가 틀렸잖아요. 순서가."

"아니, 이 자식이 어디다 시비야? 가만히 있지 못해?"

"어허, 그래. 어르신 또 죄송하게 됐습니다. 제가 지금 정신이 없네요."

"괜찮아. 이해해. 나무야 다시 심으면 되지. 봉길이 너도 너무 화내지 말거라. 요즘 스마트 재배다 뭐다 해서 좋은 게 많으니 이 기회에 너한테 맞는 농법이랑 기계들도 살펴보자꾸나.”

혁수가 어르신과 봉길을 번갈아 봤다.

“그게 무슨…….”

“이 과수원 봉길이가 잇기로 했네. 그러니 나한테 많이 미안한 만큼 보상을 두둑하게 해 줘야 해. 알겠지?”

어르신의 말에 혁수는 허허허 웃었다.

“내내 마음 잡지 못하고 겉돌더니 봉길이 큰 결심을 했구나. 그럼요. 제가 책임지겠습니다. 허허허.”

과한 몸짓을 하며 웃는 모습이 어색했다. 어르신이 집으로 향하자 승범과 봉길은 그 뒤를 따랐다. 이장님은 혁수와 어떻게 복구할지를 상의한다며 그곳에 남았다.

아직 화가 풀리지 않았는지 신경질적으로 수풀을 걸어차는 봉길의 발에, 숨어 있던 날벌레가 날아올랐다. 산엔 제법 단풍이 들었고 바람은 찼다. 봉길이 옆에서 걷는 승범을 흘겨봤다.

“왜 아무 말도 안 해요?”

“응?”

“저 상황에서 뭐라도 말했어야죠.”

사실 승범은 그 어떤 말도 할 기분이 아니었다.

“내가 네 편이라 생각해?”

“네에?”

“편들어 달라고 전화해서 오라고 한 거 아냐? 우리가

같은 편은 아니지. 엄밀히 말하면 난 저쪽 편이고. 나 리조트 개발 찬성하고 다닌 거 몰랐어? 너도 알았잖아. 몰랐을 리가 없지. 네가 사과 과수원 잇겠다고 할 때 나 엿 먹어 봐라 하는 감정도 있었던 거 아냐?"

"와, 지금 내가 그쪽 계획을 망쳤다고 반말하고 막 대하는 거예요? 그러게 누가 일 시키래? 나는 그래도 선생님이 할아버지는 걱정하는 걸 아니까 부른 거라고요. 찬성이든 뭐든, 나는 어리다고 무시당할 테고 할아버지는 아프다고 업신여길 테고. 그래서 아버지를 부르기도 했는데 학연, 지연이 무서운 거 알죠? 아까 봤잖아요. 내 말은 믿어 주지도 않고 혁수 아저씨 말만 믿는 거. 그럴까 봐 그쪽 부른 거라고요. 그래도 어른이고 우린 함께 사과도 키웠으니 내 말 믿어 줄 거라 생각했다고."

봉길은 다시 수풀을 걷어찼다. 그 모습을 보던 승범은 신경질적으로 눈가를 가리는 머리카락을 쓸어올렸다. 갑자기 벌어진 일들에 신경이 날카로워져 애먼 봉길에게 짜증을 냈다. 애가 마냥 떼를 쓰는 거로 생각했는데, 그 속내를 들으니 애는 자신이었다. 승범은 숨을 크게 내쉬었다.

"믿어."

두 손을 주머니에 찔러 넣고 입술을 삐죽이던 봉길이 멈춰 섰다.

“예?”

“저들이 일부러 그랬다는 네 말 믿는다고.”

봉길이 어르신의 뒤를 잇는다고 했을 때 번뜩이던 혁수의 눈빛을 승범은 봤다. 어설픈 연기로 숨기려고 했지만 못마땅해하는 기색은 속일 수가 없었다. 기영문 시장과 선약을 했지만 정미가 화를 내는 모습에 이제는 돈이고 뭐고 다 상관없었다. 당장 혜영을 구하려면 산신이 시킨 대로 해야 하기도 했다. 승범은 개발 반대파로 돌아서기로 했다. 그리고 그것과는 별개로 정당하지 못하게 어르신의 중요한 나무를 파괴한 저들이 괘씸했다.

“그럼…….”

“어떻게 보면 우린 사과로 연을 맺은 거니까 사연과 지연으로 네 편 들어줄게.”

“그게 뭐야. 재미없어. 그래서 뭐 어쩔 건데요?”

◇◇◇◇◇

다음 날 저녁, 퇴근 후 승범은 시내 철물점 앞에 서서 건물 2층을 올려다봤다. 작년까지만 해도 저곳에서 한의원을 했었다. 이렇게 보니 지난 추억이 새록새록 떠올랐다.

“김 선생! 경찰에서 무슨 연락이 없었나? 한의원을 난장판으로 만든 놈들 잡았다는 연락 말이야.”

"아뇨, 아직이요. 다른 일도 많아서 바쁜 것 같더라고요."

승범의 대답에 최 사장은 입술을 삐죽였다. 그는 벌써 며칠이나 지났는데 아직도 감감무소식인지 모르겠다고 구시렁거렸다.

"경찰이 바빠 그렇다면 내가 도와주겠소. 정말 사람의 짓이라면 따끔하게 혼쭐을 내야지."

최 사장이 소매를 걷자 울끈불끈한 근육질의 팔이 드러났다. 따끔한 혼쭐이 생각하는 만큼의 따끔은 아닐 거란 생각이 들었다.

"나중에 꼭 부탁드리겠습니다. 근데 여기 2층이 청수산 리조트 유치를 반대하는 단체가 있는 곳이지요?"

"엉? 그런데 왜 그러쇼?"

"저도 힘이 될까 하여."

"정말? 그것참 잘 생각했소. 나도 반대하는 데에 사인했고 필요한 자재들 후원해 주고 있지. 우화의 긍지는 청수산인데 그 자연을 훼손하고 돈 벌 생각만 하고 있으니 얼마나 화가 나던지. 꼭 대기업이 골프장과 리조트를 만들어야 우화의 발전이 이뤄진다고 생각하는 건 오산이야! 잘됐어. 어서 올라가서 사인도 하고 우리 함께 반대 운동도 하자고!"

최 사장은 승범의 등을 밀며 행여라도 마음을 바꿀까

봐 2층 사무실까지 같이 가 줬다. 단체 사람들과의 첫 만남이 어색했는데 덕분에 인사도 하고 회원 가입도 했다.

꽤 오래전부터 리조트 유치 및 개발을 반대했는지 단체는 체계적이었다. 청수산 개발이 확정되기도 전, 말이 나왔을 때부터 1인 시위를 했다고 하는 설명에 승범은 눈앞의 사람들에 대한 존경심이 들었다. 정말로 대단했다. 자신은 혜영을 산신에게서 구하려고 어쩔 수 없이 이 단체에 들어온 거지만, 이들은 스스로가 부당함을 알고 맞서고 있었다.

"우리나라 땅덩이가 얼마나 크다고 골프장을 그리 짓냐고! 골프 치는 사람들이 얼마나 많다고? 이건 모두 욕심이란 말이야. 자연을 무시하는 거라고."

바로 옆에서 분개하는 최 사장의 목소리에 귓가가 먹먹해져서 승범은 귀를 매만졌다. 그때 문에 단 방울 소리가 들리고 앉아 있던 최 사장이 벌떡 일어났다.

"아니, 이게 누구야?"

반갑게 맞이하는 목소리를 따라 승범은 문가를 바라봤다. 그곳에 민영이 있었다. 최 사장의 아는 척에 민영이 수줍게 인사했다. 승범도 그녀에게 인사하다가 민영을 따라 들어와 내부를 휘휘 둘러보며 혀를 차던 강성 씨와 눈이 마주쳤다. 강성 씨가 승범을 발견하자 형형한 기세로 다가왔다.

"다 들었네. 자네 요즘 뭘 하고 다니는 건가? 청수산 개발에 찬성한다며? 심지어 사람들한테까지 적극적으로 권한다고 들었네만, 사실인가?"

그건 어디서 들었냐고 물으려 승범이 입을 열 때 강성 씨는 손을 휘휘 내저었다.

"어디 막돼먹은 내 사위 같은 짓을 하고 있어? 우화가! 청수산이 어떤 곳인데!"

그 질문에 뻔한 대답이 나오려 했다. '그야 물 맑고, 공기 좋은…….' 그러나 그마저도 들으려 하지 않았다. 살아 계셨으면 혈압 걱정을 할 만큼 고래고래 소리를 내질렀다.

"좀 더 생산적인 거라면 몰라! 리조트? 골프자앙? 좁은 한국 땅에 골프장을 대체 얼마나 지어 대는 거야? 그게 다 자연을 망치는 짓이란 걸 김 선생은 알아야지! 겉멋만 잔뜩 든 내 사위와는 다르게!"

뭔가 그 사위의 욕까지 함께 듣는 것 같았으나 승범은 한 번도 강성 씨가 화내는 모습을 본 적이 없어서 당황했다. 그 사이, 강성 씨 등 뒤로 민영이 와서 승범에게 말을 걸었다.

"여기서 뵙네요."

"안녕하셨습니까? 몸은 좀 괜찮으세요? 그런데 여기 리조트 개발 반대 단체인데, 어쩐 일로 오셨습니까?"

승범은 강성 씨가 들으라고 마지막 말을 힘주어 말했다. 처음엔 찬성파였으나 지금은 산신님 때문에 반대파라는 걸 사람 많은 이곳에서 강성 씨에게 대놓고 설명할 수는 없는 노릇이었다.

"선생님도 반대하시는군요."

민영이 수줍게 웃었다. 팔짱을 끼고 있던 강성 씨가 팔을 풀며 말했다.

"뭐야? 자네, 마음을 바꾸었어? 그렇다고 진즉에 말을 하지 그랬나?"

그럴 기회를 주시기나 했어요? 라고 민영의 앞에서 물을 수는 없었기에 승범은 그를 향해 눈을 흘겼다. 그러자 강성 씨가 손사래를 쳤다. 그가 민영을 가리키며 말했다.

"이럴 때가 아니지. 김 선생! 이 아이 좀 말려 보게. 몸도 약한 애가 가만히 운신해도 모자라는데, 대체 뭘 하겠다고 개발 반대 단체에 오냔 말이야. 아무리 사위와 뜻이 다르다지만 굳이 나서서 싸울 일은 아니지 않나? 내 말은 못 들으니 자네가 말려 주게. 사서 스트레스를 만들지 말라고. 아이고, 두야!"

강성 씨가 이마를 짚었다. 그 말에 승범도 놀랐지만 그렇다고 한 사람의 결정에 자신이 왈가왈부할 일은 아니었다. 그래도 저렇게 걱정을 하시니 일단 말이라도 꺼내 봐야겠다고 생각했다. 승범이 민영에게 조심스럽게 제안했다.

"여기까지 오셨는데, 치료받고 가시겠습니까?"

◇◇◇◇◇

승범은 민영과 함께 한의원으로 돌아왔다. 조치언의 습격 이후 밤 진료는 아직 재개하지 않았기에 한의원은 고요했다.

"며칠 전에 왔을 땐 얼마나 깜짝 놀랐는데요. 한의원이 엉망진창이라서."

난임 치료를 받으러 왔던 민영이 그날을 떠올리며 미소를 지었다.

"헛걸음하게 만들어서 죄송합니다."

"그런 일이 있었는데요. 괜찮아요."

조치언에게 납치되었을 때 민영이 내원했었다고 했다. 민영은 한약 치료를 하면서 주 2회 침과 뜸 치료를 받았다. 민영은 익숙하게 침대 위에 누웠다. 승범은 백회, 관원, 삼음교, 음릉천 혈 자리에 순서대로 침을 놨다. 침을 다 놓고 관원 혈 자리에 온구로 시술할 뜸을 준비하며 승범은 궁금했던 걸 물었다.

"남편분은 개발을 찬성하는 쪽 아닙니까?"

승범이 묻자 민영은 피식 웃다가 금방 웃음을 지웠다.

"남편 뜻이 제 뜻은 아니니까요. 저는 개발되는 거 싫거든요. 곳곳에 엄마, 아빠와의 추억이 깃든 곳인데 어떻게 떠나겠어요?"

"하긴. 아버님이 우화를 참 좋아했지요. 저도 아버님이 이곳이 좋다고 해서 뭐에 홀린 것처럼 여기에 온 거거든요."

"알 만하네요. 물 맑고 공기 좋고, 인심 좋은 우화."

"저도 그 말로 몇 명 홀렸죠."

그 말에 민영이 키득거렸다.

"사실은 얼마 전까지 아무런 상관없었어요. 남편이 원하는 대로 서울 가도 뭐, 그래도 괜찮지 않나 싶었거든요. 내내 그랬어요. 아버지가 돌아가시고 난 뒤 마음 붙일 데가 사라진 것 같았어요. 물론 남편이 있지만, 마음 한편이 뻥 뚫렸고 붕 떠 있는 느낌이 들었죠."

"죄송합니다."

그렇게 만든 게 자신이라 승범은 사과했다. 민영이 고개를 내저었다.

"그 말 듣자고 꺼낸 말 아녜요. 이 난임 치료를 받으면서 심경의 변화가 생겼달까요. 아이가 생길지도 모른다는 생각이 들 때마다 붕 떠 있던 내 발이 닿을 곳은 이곳뿐이란 걸 깨달았어요. 내 부모님이 나를 보듬어 준 이곳에서 나 역시 내 아이를 키우고 싶어요."

그저 강성 씨의 부탁대로 단체에 들어오는 걸 만류하려 했었던 승범은 민영의 깊은 속내에 자신이 할 말이 아님을 깨달았다. 오래 생각한 만큼 진중한 결정이다. 게다가.

"멋지시네요."

솔직한 감탄이 절로 나왔다. 자신이 정한 일에 흔들리지 않는 그녀의 모습이 무척 반갑고 아련했다. 그 옛날 강성 씨의 모습이 떠올랐다. 승범은 어느새 그녀의 옆에 선 강성 씨를 바라봤다. 강성 씨의 얼굴엔 걱정 대신 뿌듯함이 자리하고 있었다.

정말 멋진 따님을 두셨어요.

승범은 가만히 민영의 말을 곱씹었다. 어찌 보면 찬성이든 반대든 지금껏 승범은 자신의 이익을 바라며 사람들을 설득했었다. 한의사라는 직업과 관계를 이용해 좀 더 자신의 편으로 끌어들이려는 자신의 지난 과거가 불현듯 부끄러워졌다. 그들이 살아온 땅이었다. 자신이 아닌 그들의 의견과 선택이 중요하단 걸 이제야 깨달았다.

◇◇◇◇◇

승범은 주말에도 모여서 상당한 열정을 내비치는 분들에게 자문해 받아온 자료들을 펼쳤다. 이런 개발이 무산되는 여러 방법 중 제법 시도해 볼 만한 것들을 몇 개 추렸다. 그러니까 귀신들의 도움을 받을 수 있다면 말이다.

"멸종 위기 야생 동식물 발견이 그럴듯한데 말이야."

그들이라면 청수산에 무엇이 있는지 알 수 있을지도 몰랐다. 승범은 대기실에서 멍하니 앉아 있는 조근우를 봤다. 승범은 근우의 옆에 앉았다.

"몸은 좀 어떻습니까?"

"정말이지, 오랜만에 겪는 고통이라 정신이 버티질 못하네요. 혹시나 해서 진통제를 먹어도 역시나 소용없고. 혜영 씨는 괜찮을까요. 이대로 산신과 원치 않는 결혼을 하는 건 아닌지. 지금도 울고 있을 텐데 속상하네요. 도와주겠다고 했는데 도움이 안 됐어요."

"조 선생, 걱정하지 마세요! 우리는 영원토록 함께할 사이가 아닙니까. 내가 꼭 해결하여 그분을 모시고 오겠습니다! 이걸 보십쇼. 청수산에서 멸종 위기 야생 동식물을 찾아낸다면 개발이 무산될 겁니다. 귀신들이 결집됐다고 하니 그들의 도움을 받을 생각입니다."

그렇게 위로하며 앞으로의 계획을 줄줄 읊는데 조근우가 승범을 가만히 바라봤다.

"제가 이런 말 할 건 아니지만, 여기 있다가 우연히 택영 선생과 정미 선생의 대화를 들었는데 말입니다. 현재 정미 선생이 명연 님 댁에 계신다면서요?"

319

승범은 그들이 무슨 얘기를 했을지 짐작했다. 도대체 서로가 얼마나 어긋났는지 감도 오지 않았다. 한 가지 확실한 건 자신이 문제라는 점이다. 정미가 어떤 인물인지 뻔히 알면서도 상처 주거나 걱정시키기 싫다는 제 이기심에 숨겼던 일들이 많았다.

갑자기 얼마 없는 의욕이 사라졌다.

"그 사람을 위했다는 건 어찌 보면 상대방에겐 변명이 아니겠습니까. 정미 선생은 직설적인 걸 좋아하니까 이게 맞나? 라고 본인이 생각하지 말고 원하는 걸 해 주세요. 그리고 나 죽었소 하고 한시라도 빨리 사과하십쇼. 어찌나 살기등등하던지. 혜영 씨도 걱정인데 원장님도 걱정되네요. 좀 더 있다간 한의원 문 닫을지도 모르겠습니다."

"그래야죠. 더 미루다간……."

"열거한 계획들은 제가 박 선생님과 얘기해 보겠습니다. 뭐 하십니까? 어서 일어나지 않고."

조근우가 채근하자 승범은 엉거주춤 일어났다. 정미를 마주하려니 무서웠다. 정미가 화내는 것보다 그에게 실망했단 사실이 더욱 견딜 수 없었다.

승범은 무거운 걸음을 이끌며 한의원 밖으로 나왔다. 노랗게 물든 은행나무 잎들이 바람에 파르르 떨렸다.

명연의 집은 한의원에서 20분 거리에 있었다. 시장과 버스터미널을 지나 개천가도 지났다. 시내에서 점점 멀어질수록 추수가 끝나가는 논밭이 가까워졌다. 도로를 따라 걷다 보면 평야 저 멀리 우뚝 선 느티나무가 보였다. 그리고 밑에 다 쓰러져 가는 집이 보였다.

승범은 정미가 저기에 머무는 동안 몇 번이나 그 집으로 찾아갔었다. 한의원에 있을 때 정미는 업무 외의 말은 일절 하지 않았다. 한의원 밖에선 절대 만나 주지도, 대화도 없었다. 정미가 이렇게 화를 내는 건 처음이라 승범은 그녀와 눈만 마주치면 무조건 사과했다. 어떻게서든 용서를 구하는 것만이 관계를 되돌릴 최선이라 생각하면서.

명연의 신당에 도착한 승범은 담 너머를 보며 정미의 기척을 찾았다. 낡은 한옥집의 문은 꽁꽁 닫혔고 고요했다.

"여기서 뭐 해요?"

갑자기 뒤에서 목소리가 들렸다. 승범은 목을 움츠리며 그곳을 돌아봤다. 한복을 입고 곱게 화장한 명연이 뚱한 표정으로 그를 바라보고 있었다.

"아, 어디 중요한 곳에 다녀오셨나 봅니다. 결혼식?"

승범의 말에 명연이 어이없다는 눈빛으로 그를 올려다봤다. 결혼식이겠냐? 라는 목소리가 들리는 듯했다.

승범이 어색하게 하하 웃었다.

"농담입니다."

"재미없거든요. 왜요? 정미 씨 없어요? 불러 줘요?"

"그래 주신다면 감사하겠습니다."

명연은 고개를 끄덕이고 대문을 열었다.

"근데 궁금한 게 있는데 말입니다."

안으로 들어가려는 명연을 승범이 불러 세웠다. 명연이 돌아보자 승범은 마른 얼굴을 쓸었다. 여러 고민으로 잠도 제대로 자지 못해 얼굴이 그늘로 가득 찼다. 주저하던 그가 입을 열었다.

"명연 님은 정미 씨가 화를 언제쯤 풀지 알고 있나요? 주술적인 관점에서 본다면요? 화가 풀리긴 할까요?"

명연은 승범을 한심하게 쳐다봤다.

"그런 쓸데없는 질문 할 거면 그냥 가요. 정미 씨 더 화나게 하지 말고. 뭘 하지도 않고 양심 없이 저 혼자만 마음 편해지려고 꼼수 쓰지 말아. 아, 머리만 굴리지 말고 진심을 다해 부딪혀요. 그런 건 나한테 묻지 말고. 소중한 사람인 만큼 마음을 열 때까지 열과 성을 보이라고."

명연이 혀를 차며 집으로 들어갔다. 혼자 남겨진 승범은 입을 꾹 다물었다. 정말이지, 자신이 생각해도 황당한 질문이긴 해서 혼나도 싸다 싶었다. 너무도 답답해서 저도 모르게 나온 한탄이었다. 지푸라기라도 잡고 싶은 기분으로 내뱉은 말들의 힘이 너무도 하찮은 건 자신이 원래부터 그런 사람이기 때문일까.

벽에 기대어 자괴감에 빠져 있을 때 대문이 열리고 정미가 나왔다. 승범은 정신을 차리고 바로 섰다.

"좀 쉬었어요? 밥은 먹었고?"

승범은 그동안 정미와 둘이서 무슨 얘기를 나눴는지 기억나지 않았다. 이토록 평범한 말을 건네는 것이 조심스러웠고 어색했다. 정미가 입고 있던 카디건을 여몄다. 추운지 팔짱을 끼고는 승범을 바라봤다. 용건을 재촉하는 눈빛이라 그는 혀로 메마른 입술을 핥았다.

"어……."

이곳에 오는 내내 어떤 말을 해야 할지 생각했었는데. 그래, 생각하긴 했었는데 모든 단어가 휘발된 것 같았다.

"정말 정미 씨한테 미안해요. 내가 나를 잘 모르겠고, 스스로가 불안하고, 확신이 잘 서질 않아서. 나는 당신을 만나기 전까지 눈에 보이는 물질만이 확실한 것이라 여긴 놈이에요. 당신이 나를 위해 준 사랑과 헌신을, 같은 마음으로 보답하고 싶었어요. 좋은 것만 누리게 하고 싶었어요. 그게 내 기준에선 물질이었지만요. 정미 씨가 그런 나한테 실망했다는 거 알아요."

"날 사랑하긴 해요?"

며칠 동안 아무 말도 없었던 정미가 물었다. 바닥을 바라보던 승범의 시선이 다시 정미에게 닿았다.

"사랑하지. 어떻게 당신을 사랑하지 않을 수가 있겠어요? 다만 사랑만이 다가 아니라는 걸 알아요. 알긴 아는데 이렇게 모르는 것투성이고 불안할수록 내가 알던 게 다가 되어 버려서."

정미는 승범의 말에 화를 냈다.

"내가 왜 당신이 아닌, 남한테 당신의 이야기를 들어야 해요? 솔직하게 무슨 일이 있었는지 나한테 말하는 게 뭐가 어려워요? 힘들면 힘들다, 무서우면 무섭다고 감정을 속이지 않고 말하는 게 뭐가 어렵냐고요! 당신이 나를 걱정하는 만큼 나도 당신이 걱정되는데 왜 나의 감정을 당신이 왜 결정해? 내가 언제까지 원래부터 당신이 그런 사람이니까, 라고 납득해야 해요? 언제까지 내가 내 마음을 설득시켜야 하냐고."

몰아치듯 화를 쏟아 내고 정미는 집으로 들어갔다. 쾅 하고 닫히는 문소리가 자신을 향한 그녀의 마음인 것 같아서 승범은 어깨를 움츠렸다.

◇◇◇◇◇

차가운 바람이 한차례 불자 노랗게 바랜 나뭇잎들이 힘없이 떨어졌다. 가을걷이가 끝이 난 논밭엔 철새 떼가 날아들었고 해는 빠르게 저물어 갔다. 언제 첫눈이 내려도 이상하지 않을 만큼 쌀쌀한 날이 이어졌다. 혁수는 문득 고개를 들어 노을이 지는 창밖을 바라봤다.

문득 아내 민영이 생각났다. 혁수는 요즘 바빠서 늦게 들어가는 일이 잦아졌다. 그때마다 민영은 잠들어 있었다. 아내는 잠이 많은 편이 아니었다. 게다가 아침에도 일어나기 힘들어했다. 어디가 아픈가 싶어 물었더니 겨울이 다가와서인지 나른해졌다. 라는 푸념만 들었다.

그렇다면 다행이지만.

책상을 두드리던 그는 오늘은 정시 퇴근을 하기로 했다. 일보다 오래도록 아내의 재잘거리는 모습을 보고 싶었다. 밀린 일거리에 복잡한 머릿속을 한번 비우고 싶었다. 아내랑 맛있는 요리를 해 먹고 술 한잔하면서 수다나 떨어야지. 코트를 걸치며 퇴근을 하던 혁수는 가방 안에서 울리는 핸드폰 벨 소리에 잠시 걸음을 멈췄다. 오 사장이었다. 받으면 분명 일이 길어지리라는 직감이 들었다. 전화를 무시했다. 오늘만큼은 그 누구도 자신을 막을 수 없다.

전화는 끊어졌다가 다시 이어졌다. 계속. 밤새 그럴 것 같았다. 혁수는 주차장에 이르러서야 어쩔 수 없이 전화를 받았다.

"예, 이혁수입니……"

전화를 받는데 주차장에서 차 한 대가 다가와 그의 옆에 섰다. 조수석 문이 열리고 오 사장의 얼굴이 보였다.

"타요."

"퇴근인데……."

"타요!"

반강제적인 말에 잠시 주저하다가 혁수는 조수석에 탔다. 그냥 그 자리에서 할 말을 할 줄 알았는데 오 사장은 차를 출발시켰다.

"오늘 시청 앞에서 시위한 거 봤어요?"

"아, 네. 볼 수밖에 없지요."

어디 가는지 묻고 싶었는데 오 사장이 대뜸 질문했다. 혁수는 지나가다가 창밖으로 그 시위를 봤다. '리조트 반대', '골프장 반대', '천연의 자연 훼손 반대!' 저마다 피켓을 들고 시위하는 이들은 청수산 개발을 반대하는 환경 단체였다. 그들은 일주일에 두어 번 시청 앞에 왔는데 점차 그 인원이 많아지고 있었다.

그리고 한 달 전, 그 무리에 아내가 있다는 것도 알았다. 혁수는 그 사실을 알면서도 모른척했다. 민영이 따로 그에게 말하지도 않았고 물어보기는 무서웠다. 자신이 땅을 팔겠다고 했을 때도 아무 말 하지 않았던 아내였다. 그저 무심하게 고개만 끄덕였을 뿐이고 혁수는 민영이 제 뜻과 같을 거라고 당연히 생각했다. 하지만,

사람들 속에서 제 몸보다 큰 피켓을 들고 있던 아내를 본 순간 자신이 잘못 생각한 것임을 단번에 알았다.

왜 그에게 말하지 않았을까? 기영문의 제안을 기회라고 생각하고 그 자리에서 단번에 받아들여서? 그리고 앞으로의 계획을 통보해서? 그래서 민영도 자신이 원하는 대로 하는 걸까? 말도 하지 않고? 그러다가 만약 개발이 되면? 아내는 자신을 따라 서울로 갈까? 그래서 물어볼 수가 없었다. 같이 가기 싫다고 할까 봐. 결혼하고 한 번도 꺼내지 않았던 이혼 이야기를 꺼낼까 봐 두려웠다.

"그중에 한의원 원장이 더욱 극성이더라고요. 독점 한의원이라 노인들한테 꽤 영향을 주나 봐요. 원래는 시장님이 포섭해서 찬성파였다는데 무슨 생각인지 반대파로 돌아섰어요. 저도 요즘 일하기가 여간 힘든 게 아녜요."

혹시 아내 이야기를 하지 않을까 싶었는데 오 사장은 한의사를 말했다. 게다가 그 어떤 일에도 눈 하나 깜짝하지 않을 오 사장이 약한 소릴 하다니 혁수는 놀랐다. 혁수는 사과 과수원에서 본 승범을 떠올렸다. 그냥 어떤 행동도 취하지 않고 사고 현장만 지켜보던 모습을. 승범의 존재에 언제나처럼 혁수는 불편함을 느꼈으나 승범을 향한 이화리 이장의 신뢰는 남달랐다.

"저 선생님이 천덕꾸러기 막내를 고쳐 놨다니까. 게으르고 아무 생각 없이 숨만 쉬던 녀석이 저 선생을 만나고 구 형님 일을 돕겠다고 하질 않나, 그 과수원을 잇겠다고 하질 않나. 참, 저 과수원 부동산 매매가가 얼마인지 자네는 알지? 아무래도 내가 사야 할 거 같아. 자네 따라 나도 서울 갈까 했는데 두 아들놈이 과수원을 한다니 내 허리가 휘겠어. 나 원 참."

그렇게 말하며 허허허 웃는 형님의 모습은 아들들이 대견해서 어쩔 줄 몰라 하는 것 같았다. 자신도 자식이 있다면 자식이 뭘 하든 그렇게 좋아할까. 제 팔자에 자식은 없다는 걸 알면서도 가끔 그런 말도 안 되는 비교를 했다. 혁수는 괜히 목을 가다듬었다.

"그 사람은 저도 접점이 없어서 제 말이 안 먹힐 것 같은데 말입니다."

옛 승범의 과거를 모른척하며 혁수는 오 사장에게 말했다. 승범이 찬성파에서 반대파로 돌아선 걸 알았을 때 혁수는 코웃음을 쳤다. 내 그럴 줄 알았지. 그 인간은 장인어른한테 그랬듯이, 신뢰를 가장하여 다가와서는 제 이문을 챙기고 가차 없이 뒤돌아서는 사기꾼이다. 처음 기영문 시장이 승범에게 개발 찬성을 바랄 때 만류했던 이유가 이럴 게 뻔해서였다. 외지인이라 믿지 못하겠다고 했을 때 시장은 자신의 말을 들었어야 했

다. 뻔뻔하게 부부를 찾아와 자기가 난임을 치료해 주
겠다고 지껄였을 때 더 패 줄 걸 그랬다. 생각할수록 분
해서 혁수는 주먹을 꽉 쥐었다.

"오늘은 제가 준비했어요. 일단 겁만 주는 거로 했고
계장님은 이거요."

오 사장이 서류 봉투를 건넸다.

봉투 안에는 뇌물 사건으로 잘린 한의사에 대한 신문
기사와 손바닥만 한 김승범의 증명사진 그리고 장인어
른이 마지막으로 계셨던 요양병원 조직도가 있었다. 신
문 기사에는 누구라고 명확하게 이름이 나오진 않았지
만 어설프게 모자이크된 사진이 함께 있던 김승범의 사
진과 같았다.

이걸로 우화 시민의 신뢰를 무너뜨리려고 하는 건가?

다음 장을 넘기다 혁수는 멈칫했다. 또 하나의 서류
인 조직도에는 김승범의 이름이 있었다.

"이건…… 뭡니까?"

"아내분 아버님의 담당 한의사가 김승범 씨였어요.
기억나세요?"

당연히 기억하지만, 혁수는 고개를 저었다.

결국 이 사실까지 알아낸 건가?

"아뇨. 거의 아내가 만나서."

"관계자의 말에 따르면 당시 김승범 씨가 아버님에게

한약 처방을 했는데 평소에 먹던 약이 아니라 환자에게 부담되는 약 처방이었다는 말이 있어요.”

당연히 아내는 그 사실에 분노했었다. 장인어른이 남긴 편지가 아니었다면 고소든 뭐든 해서 한의사 면허를 박탈하든 그의 앞일을 망쳤으리라. 살고 싶어서 그랬다는 편지 글귀에 아내는 끝 모를 분노를 삼킬 수밖에 없었다. 품에 안고 갈 분노는 아내의 가슴 속에서 한없이 뜨겁다가도 한없이 차가울 터였다. 그렇다고 뱉을 수도 없으니. 그 마음이 쉼 없이 문드러졌을 걸 알기 때문에 혁수도 장인의 일을 깊숙이 묻었고 우화에 온 승범을 없는 존재로 여겼다.

“그럼 이 한의사 때문에 아버님이 돌아가셨다는 말입니까?”

모르는 척 말했으나 혁수는 오 사장이 원하는 바를 알아챘다.

“그게 사실이든 아니든 소문이 나면 타격 입지 않겠어요? 어쨌든 오늘은 구경이나 하세요. 다음은 계장님이 해야 하니까.”

이를 구실로 혁수가 한의원에 가서 김승범에게 협박하거나 깽판을 쳐서 온 동네 사람들이 보게끔 하라는 거다. 혁수는 그러고 싶지 않았다. 민영이 걱정되기 때문이다.

지난 일을 들춘다면 민영은 또다시 상처받고 괴로워할 것이 분명했다. 앞으로도 계속 묻어 두고 싶은 진실이다. 하지만 자신이 하지 않으면 오 사장이 할 테고, 그건 더욱 아내에게 잔인하게 다가갈 터였다.

혁수가 고민하는 사이 오 사장이 차를 세웠다. 노을이 지는 거리에 가로등이 켜졌다. 혁수가 차에서 내리자 오 사장은 어딘가로 가 버렸다. 혁수가 철물점 앞에서 어정쩡하게 서 있는데 한의원 앞에 검은 승합차가 섰다. 검은 양복을 입은 건장한 사내들이 차에서 내려 한의원으로 들어갔다. 혁수는 그들 중에 지난번 포크레인 기사를 알아봤다. 혁수는 얼른 길을 건너서 한의원으로 갔다. 차라리 이번에 승범이 겁을 잔뜩 집어먹어 마음을 바꾸길 바랐다.

◇◇◇◇◇

정미는 갑자기 벌컥 열린 한의원 문을 바라봤다. 대여섯 명의 남자가 험악한 표정을 지으며 들어왔다. 딱 봐도 치료받으러 온 것 같지 않았다. 정미는 눈살을 찌푸렸다. 대기실에 있던 환자 몇 명이 밖으로 도망을 쳤다. 소란이 일자 침구실에서 윤택영이 나와 정미 옆에 섰다.

"무슨 일로 오셨어요?"

“한의원에 왜 왔겠어요? 치료받으려고 왔지.”

정미의 질문에 한 남자가 대꾸했다. 그리고 대기실 의자에 앉아 있는 할머니한테 다가갔다.

“아휴, 할머니 저희가 아파서 그런데 먼저 보면 안 될까요?”

할머니가 겁에 질려 하자 정미가 볼펜을 내려놨다. 그리고 택영의 만류에도 그녀는 남자의 앞을 막아섰다.

“이분은 예약 환자분이시고요. 치료받으러 오셨다면 다음에 오세요. 곧 끝날 시간이거든요.”

“방금 도망친 환자 대신에 우리가 보면 되잖아. 아니, 무슨 한의원이 환자를 가려서 받아?”

“딱 봐도 당신들 진료 방해하려고 왔잖아요! 경찰 부르기 전에 가세요!”

정미가 말하자 남자가 으르듯이 한 발짝 다가섰다.

“뭐 이런 환자도 존중하지 않는 곳이 있어? 건달이라고 무시해?”

그들 중 누군가가 보건소에서 나온 건강 예방 책자와 지원금 팸플릿을 꽂아 둔 선반을 쓰러트렸다. 그걸 본 정미가 참지 못하고 소리쳤다.

“존중받고 싶으면 먼저 존중해!”

“이게, 그냥 확!”

남자가 손을 들자 택영이 정미의 앞을 막았다. 그때

한의원 문이 열리며 곰 같은 거대한 덩치의 철물점 최 사장이 들어왔다.

"야, 너희, 나와."

위압감에 건달들이 우물쭈물했다. 정미를 마주 보던 남자가 최 사장 앞으로 갔다.

"당신은 뭔데 나오라 마라, 억……."

주머니에 손을 찔러넣고 으스대려던 남자의 목덜미를 최 사장이 잡아채 밖으로 끌고 나갔다. 어어 하며 당황하던 건달들이 그들을 쫓아갔다.

◇◇◇◇◇

밖에서 한의원을 보고 있던 혁수가 화들짝 놀라 문에서 비켜서자 최 사장이 오 사장의 부하를 끌고 나왔다. 남자는 버티려고 했지만, 속절없이 끌려 나와 최 사장이 패대기치는 대로 바닥을 굴렀다. 최 사장은 남자와 그 뒤에 선 건달들을 향해 손가락질했다.

"저번에 한의원 난장판으로 만든 거 너희지? 누가 시켰는지 모르겠는데, 다시는 이런 식으로 한의원에 민폐를 끼치면 뜨거운 주먹의 맛을 보여 주겠어. 알겠냐?"

"이 새끼가!"

"참으세요."

남자가 일어나자 건달 중 한 명이 그를 붙들었다.

"최 사장. 젊었을 적, 잠시 서울에서 주먹으로 놀았다던 소문이 헛소문은 아니라고요!"

혁수는 남자를 만류하는 건달을 쳐다봤다. 오 사장은 한 팀이 아니라 용병을 쓴 걸까.

자세히 보니 동창 동생이었다. 그래도 정보를 아는 현지 건달 덕에 다행히 남자는 더 대들지 않았다. 몸을 사리던 건달들이 우물쭈물하다 도망쳤다.

◇◇◇◇◇

승범은 진료실에서 민영과 마주 앉아 맥을 짚었다.

민영은 한약과 침구 치료를 꾸준히 받았다. 침 치료로 기혈을 순환시켜 스트레스로 뭉친 기를 풀어 주었다. 특히 삼음교 혈은 자궁의 기 순환을 도왔고, 관원의 뜸 치료 또한 자궁의 혈류 순환을 증가시켰다.

그렇게 치료가 두 달이 지났을 때 상기된 표정으로 민영이 왔다. 승범을 쳐다보는 민영의 눈에 눈물이 차올랐다.

"오늘 컨디션이 좀 안 좋더라고요. 혹시나 해서 약국에서 임신 테스트기를 사서 해 봤는데 줄이 선명하지도 않고. 산부인과를 가려고 했는데 멀어서 먼저 여기로 왔어요."

승범은 집중하여 맥을 짚다가 민영을 마주 봤다. 잔

뚝 심각했던 승범의 얼굴이 점점 벌게졌다. 그의 눈에도 눈물이 차올랐다.

"뭔가? 응? 어서 말해 보게. 대체 그 표정은 뭐냔 말이야?"

승범이 민영의 치료를 맡게 된 이후 계속 딸의 곁에 계셨던 강성 씨였다. 언제나 느긋하던 그도 안달이 났는지 옆에서 승범을 채근했다. 승범이 활짝 웃었다.

"그동안 정말 고생 많으셨습니다. 임신입니다."

"엄마아."

승범의 말에 민영이 두 손으로 얼굴을 가렸다.

기쁨의 눈물을 흘리는 민영을 따라 승범도 찡해지는 코끝을 문질렀다.

승범은 기어이 참지 못하고 흐르는 눈물을 닦아 냈다. 그리고 민영의 옆에서 그녀의 어깨를 다독이며 대견해 하는 강성 씨를 바라봤다.

"고마워. 정말 고맙네."

어느새, 강성 씨의 눈에도 눈물이 고여 있었다. 승범은 시선을 다시 민영에게로 돌렸다.

"이건 민영 씨, 아니, 산모님의 노력 덕입니다. 내일 산부인과에 가셔야 합니다. 가서 검사받으시고……. 아휴, 주책맞게 눈물이 나고 그러냐. 엇흠. 그래도 아직 초기니까 몸조심하셔야 합니다."

민영은 고개를 끄덕였다. 승범이 웃었다.

"임신 축하드립니다."

"감사합니다."

민영도 승범을 따라 웃었다. 그때 진료실 문이 벌컥 열리고 택영이 들어왔다.

"죄송합니다. 원장님, 일이 생겼어요."

택영은 승범에게 귓속말로 방금 밖에서 있었던 일을 간략하게 설명했다. 승범은 눈살을 찌푸리며 오 사장일까? 생각했다.

"자, 조심해서 일어나시죠."

승범은 민영을 데리고 진료실 밖으로 나갔다. 아까보다 대기실이 확실히 휑해졌다. 승범은 속으로 한숨을 삼키며 민영을 배웅했다.

◇◇◇◇◇

혁수는 이번에도 오 사장의 계략이 틀어졌음을 직감했다. 생글생글 웃는, 가면 같은 얼굴에 금이 잔뜩 갈지도 모르겠다는 생각을 하다가 오한에 몸을 떨었다. 이 계획이 틀어져 안타까운 건 자신도 마찬가지였다. 까다롭기만 한 지난 일로 어떻게 승범을 협박해야 할지 감도 오지 않았다. 오로지 민영이의 안위가 걱정될 뿐이었다.

잔뜩 어깨를 늘어트리며 혁수가 돌아서려는데 한의원 문이 열렸다. 한의사 김승범이 고개를 내밀어 밖을 보더니 안으로 들어갔다.

사기꾼 자식! 왜 우화에 와서 또다시 우리 가족을 괴롭게 만드는지.

분노가 치밀었다.

당장 달려가서 멱살을 움켜쥐고 장인 죽인 거 소문나기 싫으면 우화에서 꺼지라고 말할까.

주먹을 불끈 쥐는데 한의원 문이 열리며 아내가 그곳에서 나왔다.

"어? 민영아!"

혁수의 부름에 민영이 그를 보았다. 잠시 놀라는 것 같더니 밝게 웃으며 달려왔다.

"혁수야!"

"어엇, 조심조심!"

뒤에서 승범이 소리치자 아내가 "아, 맞다!" 하고 뛰는 걸 멈추고는 혁수에게 손짓했다. 얼결에 그 앞으로 가니 상기된 표정의 아내가 고개를 숙이라고 했다. 시키는 대로 고개를 숙이자 민영이 귓속말했다.

"나 임신했어."

"……응?"

"요즘 우리 한약 먹잖아. 그거 임신 잘 되게 하는 약이었어. 이게 다 승범 원장님 덕분이야.”

혁수는 눈을 동그랗게 떴다.

임신? 아이라니! 심장이 벌렁거렸다. 꿈 아니야?

민영이 진짜라며 활짝 웃었다. 혁수는 민영을 끌어안았다. 너무 얼떨떨하고 당황스러웠다.

“언제부터 그랬던 거야? 얼마나 혼자 속 끓였을 거야. 말해 주지. 그랬음 나도 정신 차리고 도와줬을 텐데.”

“앞으로 같이 잘하면 되지.”

잠시 그 사실이 와닿지 않다가 민영을 안은 두 팔에 힘이 절로 들어갔다. 이보다 작은, 말랑말랑한, 두 볼이 발그레한, 민영과 닮은 동그란 눈으로 자신을 아빠라고 부를 미래의 아이가 현실이 될 거란 생각에 점차 기쁨이 온몸으로 번졌다. 아이는 곧 그의 희망이 되었다. 코끝이 시리고 눈물이 차올랐다.

“만세!”

혁수가 온 거리에 쩌렁쩌렁하게 울리게 소리쳤다. 그리고 승범에게 인사했다.

“선생님, 정말 감사합니다!”

사기꾼이 아니었다. 승범을 욕하고 때리고 한 모든 것들이 다 미안했다. 내내 증오한 것도. 손등으로 눈물을 훔치는 혁수에게 승범도 인사했다. 젖은 볼에 찬바람이 닿자 혁수는 황급히 겉옷을 벗어 민영에게 입혔다.

"춥다. 어서 집에 가자. 뭐 먹고 싶은 거 있어? 이제 병원도 같이 다니고 시킬 거 있으면 나한테 다 말해. 다 해 줄게."

"진짜? 알았어. 그러면 나 딸기가 먹고 싶어."

"그래, 가자."

혁수는 울음이 묻어나는 목소리를 가다듬으며 아내를 데리고 집으로 향했다. 편의점에서 신선한 딸기를 사 택시를 타고 집으로 갔다. 보일러를 틀고 전기장판의 온도를 올렸다. 민영이를 이불 속에 두고 혁수는 딸기를 씻었다. 자꾸 눈물이 앞을 가려 한참이나 소매로 닦아 냈다.

잠시 뒤에 혁수는 방으로 와 아내의 입에 딸기를 넣어 줬다. 오물거리던 민영이 말했다.

"자기, 그동안 서울에 가고 싶다고 했잖아."

"응."

"나 그냥 여기서 살고 싶어. 처음부터 그랬어. 호화스럽게 안 살아도 돼. 그냥 우리 가족 오순도순 살자."

"그래. 그러자."

"정말?"

"정말."

그동안 서울로 가고 싶어 했던 마음과 고생들이 무색하게 혁수는 선선히 고개를 끄덕였다. 더는 서울에 가고 싶은 생각도 들지 않았다. 민영이를 반대 시위자들 속에서 본 순간, 두려움이 들던 그 순간부터 혁수는 그렇게 다짐한 것 같다. 그녀가 여기에 있고 싶어 하니까. 민영과 아이가 있는 곳이 혁수의 스위트 홈이니까.

"자, 자기도 딸기 먹어 봐. 맛있어."

그날 밤, 민영이 잠든 것을 확인한 혁수는 서재로 향했다. 그는 대충 던져뒀던 서류 봉투를 들어 그 속에서 서류들을 꺼냈다. 승범의 치명적인 과거가 들어 있는 종이들을 훑던 혁수는 그것들을 찢어 쓰레기통에 넣었다. 지금 이걸 그가 없앤다고 영영 숨겨질 비밀은 아니었다. 자기가 안 하더라도 오 사장이 악착같이 써먹을 게 분명했다. 혁수는 오른쪽 맨 밑 책상 서랍을 열었다. 그 안에 자리한 종이 서류를 보고 혁수는 잠시 고민했다. 김승범. 아까까지는 적이었으나 이제는 은인이자 한편이었다. 그리고 확실하게 이기기 위해서는 그들이 그랬던 것처럼 적장의 비밀을 까발려야 했다. 그는 종이봉투를 꺼내 가방에 넣었다.

다시금 자신에게 아이가 찾아온다는 생각이 들어 웃음이 터졌다. 시도 때도 없이, 어쩔 땐 눈물이 나오고 이렇게 웃음도 나왔다. 창밖이 갑자기 밝아졌다. 혁수는 밖을 봤다. 모든 게 시들어가고 있었던 아내의 정원은 눈이 부신 빛으로 가득 차 있었다.

뭐지?

혁수는 밖으로 나갔다. 밝은 빛에 눈살을 찌푸리며 밖으로 나가자 그곳에 돌아가신 장인어른이 뒷짐을 진 채 서 계셨다.

아, 꿈인가? 언제부터 꿈이었을까?

바람결에 들려오는 장인어른의 웃음소리에 그는 고개를 숙여 인사했다.

"아빠!"

민영이 어느새 깨어났는지 달려 나와 장인어른 품에 안겼다.

"보고 싶었어요."

아내는 어린애처럼 칭얼거리며 장인어른의 가슴팍에 얼굴을 비볐다. 아내가 얼마나 부모님을 그리워했는지, 그 그리움을 알기에 혁수는 꿈에서나마 이렇게 만나서 다행이라고 생각했다. 장인어른은 잘게 떨리는 아내의 어깨를 다독였다.

"잘했다. 여기서 하나 가져가거라."

장인어른이 발아래를 가리켰다. 소국이 있던 자리에 싱그러운 잎사귀와 곳곳에 달린 딸기가 보였다.

언제부터 이게 여기에 있었지?

제각각인 크기 중에 제일 큰, 집채만 한 빨간 딸기가

눈에 들어왔다. 바람결에 단내가 나서 민영이가 정말 좋아하겠다는 생각만 들었다. 혁수는 두 팔을 걷어붙이고 그 딸기를 끌어안았다. 그리고 들배지기 하듯이 딸기를 들어 올렸다. 딸기는 생각보다 매우 가벼웠다. 마치 깃털처럼.

번쩍 들고서 웃어 보이자 장인어른과 민영이 만족스러운 미소를 지었다.

"역시 내 사위지."

혁수도 마주 웃었다. 그러자 딸기도 그를 따라 까르르 웃었다. 행복하다 못해 황홀해서 아찔했다.

◇◇◇◇◇

"아버지가 돌아가시고부터 어머니가 불안과 우울증세가 있으셨거든요. 원장님?"

귓가에서 웅웅거리는 소리에 승범은 고개를 들고 눈을 깜박였다. 냉랭하게 자신의 앞에서 대문을 닫아 버린 정미를 떠올렸다. 몇 번이고 계속 대문 안으로 사라지는 정미는 그때 어떤 심정이었을까. 제 눈엔 분노에 휩싸였던 것처럼 보였는데, 슬프기도 했을 테고, 너무 답답하게 구는 승범을 증오했을지도 모르겠다.

승범은 다시금 자신을 부르는 소리에 상념에서 벗어났다. 그는 환자의 집 거실에서 제 맞은편에 앉아 있는 모녀를 바라봤다. 방문 진료를 요청한 중년의 딸이 어머니의 주름진 손을 잡았다. 승범은 그 손을 잠시 바라보다가 노인에게 시선을 두었다. 현재 치매 증상을 앓는 환자였고 과거에 머무르는 시간이 점점 늘어나고 있었다.

눈이 마주친 노인이 생긋 웃었다. 무슨 생각을 했는지 들킨 것 같아 멋쩍어서 승범도 웃었다.

"치매가 나타나기 전 그런 증세가 나타납니다. 가미귀비탕을 처방할 건데요. 용안육과 산조인초가 들어가 심리 안정에 도움이 되고, 신경 물질 회복을 재생하며 치매의 부수 증상을 개선해 줄 겁니다. 병이 더 나빠지지 않게 하는 거지만 앞으로 일어날 일에 낙담보다는 긍정적으로 생각하세요. 어머님도 힘드시겠지만, 간병도 체력이 많이 필요하니까 따님도 끼니 거르시지 마시고 맛있는 거 많이 드시고요."

그렇게 진료를 끝내고 승범은 내일 다시 오겠다는 말과 함께 그 집에서 나왔다.

텅 빈 논 위로 낙엽이 나뒹굴었다. 농로를 따라 운전하면서 승범은 기울어져 가는 노을을 바라봤다. 그러다 익숙한 길이 나와서 승범은 상체를 숙여 도로 옆 산을 유심히 바라봤다. 이곳 어딘가에 폐모텔이 있을 터였다. 역시나, 얼마 뒤에 모텔 입구로 들어가는 길이 나왔다.

귀신 김 과장의 요청으로 여기에 계신 노숙자, 그러니까 최보훈 씨의 발목 치료와 살고자 하는 마음이 들게끔 하도록, 한 치료를 하러 승범은 보름 동안 이곳에 왔었다. 다친 발목은 인대가 늘어난 것이라 금방 완치가 되었다. 그 이후에도 며칠을 더 와서 함께 대화도 하고 밥도 먹고 했었다. 질문 자체로 부담스러워지는 말들, 여전히 죽고 싶은지, 무얼 하고 싶은지, 그런 건 물어보지 않았다. 그저 같이 앉아서 하릴없이 노을 지는 하늘을 바라보거나 소소한 일상만을 공유했다.

그건 정미가 자신에게 해 줬던 방식이었다. 그녀는 승범에게 힘든 일이 있었을 때마다 굳건한 믿음으로 옆에 있어 줬다. 가끔 아주 얄미울 때도 있었지만, 진심 어린 충고이고 또 정미니까 받아들였다. 정미의 존재만으로 외롭지 않았고, 승범 자신이 불필요한 존재가 아님을 매번 깨달았다.

이후 보훈 씨는 시내로 나가 일용직 일자리를 찾으러 다녔다. 폐모텔에 사는 김 과장이 사람 환자 열 명을 한의원에 데려오고 나서야 승범은 보훈 씨가 삶의 의지를 다시 가졌단 걸 알아챘다. 서로 바빠져서 그 이후에는 만나지 못했지만 잘 지내고 있으리라 여겼다.

승범은 모텔 쪽으로 핸들을 틀었다. 오랜만에 보훈 씨와 김 과장을 만나고 싶었다. 잘 지내는지 궁금했다.

모텔 앞에 도착하자 지난날과 꽤 달라진 외관에 승범은 고개를 갸웃거렸다. 쓰레기와 깨진 유리로 너저분하던 입구는 누군가가 싹 치워서 깔끔했다. 유리가 깨진 문짝은 떼어진 채로 한쪽에 잘 있었고 먼지가 켜켜이 쌓였던 내부도 깨끗했다.

차에서 내린 승범은 어색하게 모텔 안으로 들어갔다. 오지 않았던 사이에 모텔 주인이라도 왔나 싶었다. 음침하던 지하에선 더는 음산한 기운이 느껴지지 않았다. 마치 주인이 다시 돌아와 영업을 준비하고 있는 모양새였다. 그렇다면 무작정 들어갈 수는 없었다. 승범은 주위를 살폈다.

주인이 돌아왔다면 최보훈 씨는 어디로 갔을까.

"아! 선생님 오셨습니까?"

뒤에서 반색하는 목소리가 들렸다. 승범은 입구를 막 들어서는 그를 바라봤다. 깔끔해진 건 건물만이 아니었다. 보훈 씨는 희끗희끗하게 보이던 흰머리를 검게 염색하고 듬성듬성 난 수염을 말끔히 깎은 상태였다. 수척하던 얼굴엔 혈색이 돌았으며 배시시 웃음이 머무는 얼굴에 깊게 팬 보조개까지 잘 보였다.

"이야, 안 본 사이에 신수가 무척 좋아지셨습니다."

승범은 다가오는 남자와 악수했다.

"선생님은 고생이 많으셨나 봅니다. 수척해지셨어요."

마음고생이 이만저만이 아니지.

대답도 못 하고 웃자 보훈 씨가 그를 이끌었다.

"커피 한잔하셔야죠?"

보훈은 자연스럽게 모텔 카운터에 들어가 전기 포트에 생수를 따르고 스위치를 눌렀다. 그 앞에서 승범은 다시 주위를 봤다.

"모텔이 깨끗해졌네요."

"네, 일하고 오면 딱히 할 일이 없어서요. 잡생각 없애는 데 청소가 제일이더라고요. 숨어든 주제지만 이곳에 있는 만큼 집세를 내는 대신 청소한나는 생각도 있었고요."

믹스 커피를 종이컵에 넣으며 보훈 씨는 생글거렸다. 더는 음울하고 지친 얼굴이 아니어서, 구겨졌던 그 마음이 조금은 펴진 것 같아서, 참 좋아 보였다. 그들은 커피를 들고 모텔 밖으로 나갔다. 벤치에 앉아 커피를 마시며 예전처럼 노을을 구경했다.

"선생님은 여기에 귀신이 나온다는 걸 알고 계십니까?"

아무 생각 없이 평야 저편으로 사라지는 붉은 노을을 보던 승범은 갑작스러운 질문에 커피를 마시다가 사레에 들렸다. 기침하자 보훈 씨가 등을 두드려 줬다. 눈물을 찔끔한 승범은 건물을 흘긋거리다가 작게 속삭였다.

"나왔나요?"

김 과장이 살고 있으니 오다가다 마주치지 않을 리가 없긴 했다. 아아, 역시. 승범의 말에 보훈 씨가 혀를 찼다.

"소문이 상당하더군요. 종종 공포 체험하러 오는 사람들도 있고요. 저는 못 봤습니다. 제 입장에서는 공포 체험하러 오는 사람들이 더 무섭죠. 그래도 청소를 한 이후 멀끔해진 모습에 들어오면 안 된다고들 생각하는지 돌아가더라고요."

김 과장도 나름대로 조심하고 있는 건가 싶었다.

"만약 귀신을 본다면 무섭지 않겠습니까?"

"말했듯이 저는 귀신보다 사람이 더 무서워서요. 아니, 무서운 것 천지지요. 사업 실패로 빚진 게 많아 갚을 게 많은데 갚지 못하고 도망치기만 했죠. 모든 책임에서 도망치려고 했습니다. 그게 편할 거라고 생각했었는데 막상 죽으려고 했더니 너무 무섭더라고요. 그때 선생님을 만났죠. 선생님이랑 함께한 그 시간 동안은 무섭지 않았어요. 하지만 혼자일 땐, 제가 짊어진 책임이 괴로워서 그게 죽음에 대한 공포를 이겨낼까 봐 무서웠어요. 온통 무서운 것들에 어쩌지 못하고 시간만 보낼 때 가만히만 있어서는 안 된다는 걸 깨달았습니다. 죽는 게 무서우면 살아야 했고, 책임감에 매몰되는 게 무서우면 그 책임을 다하면 된다고요. 그 쉬운 걸 한참이나 생각했지 뭡니까."

보훈 씨가 처음으로 깊은 속내를 드러냈다.

"그 쉬운 게 참 어려운 일이잖습니까."

힘들면 주저앉고 싶고, 그것에 눈을 돌리고 싶고, 다른 것이 좋아 보일지도 몰랐다. 수많은 유혹에 빠지지 않으려는 신념을 지키는 건 생각보다 힘든 일이었다. 그러나 그럼에도 보훈 씨의 말이 승범에게 와닿았다.

"저는 제 부모를 탓하면서도 그에 벗어날 생각을 하지 못했습니다. 부모의 부재로 이런 놈이기에 누군가를 행복하게 해 줄 수 없다고만 생각했죠. 그저 이런 놈이니까 이해하라고 했고, 언제까지나 이해할 거라 생각했어요. 도무지 어떻게 해야 할지 모르겠어요."

승범은 두 손으로 얼굴을 쓸었다. 계속 떠올렸다. 어쩌면 정미가 떠날지도 모른다고. 그게 사실이 될까 봐 무서웠다. 보훈 씨가 손에 들고 있던 빈 컵을 만지작거렸다.

"사실 얼마 전에 아내가 이곳에 왔었습니다."

그 말에 승범은 놀란 눈으로 그를 바라봤다.

"사업이 망하기 전에 아내와 이혼했습니다. 제가 구를 진창에 끌어들이고 싶지 않았거든요. 다분히 이기적이었다고 생각합니다. 아내가 힘들 게 뻔한데 제가 어떻게 그 모습을 보겠습니까? 저만 힘들면 된다고 생각했었는데, 아내는 화를 냈어요. 처음엔 그런 상황에 놓이게 해서 화를 내는 줄 알았습니다. 이혼하고 이곳에 있으면서, 아내가 잘 지내고 있는지 궁금하더군요. 그래서 전화를 했더니 갑자기 대성통곡을 하면서 어디에 있냐고 묻더라고요. 혹시 누군가 그녀를 해코지한 줄 알았는데, 오히려 아내는 반대였습니다. 어쩌면 제가 스스로 죽을지도 모른다는 생각을 했을지도 모르겠군요. 하도 걱정을 해서, 화를 내서, 울어서, 너무 당황하는 바람에 거짓말도 하지 못하고 이곳을 알려줬습니다. 그래도 평소에 치워 놔서 다행이었죠. 이곳에 온 아내에게 모든 걸 솔직하게 말했습니다. 제 모습을 착잡하게 보던 아내도 속내를 다 말했지요. 함께 이겨 내자고 하지 않은 게 못내 서운했다며, 다시 시작하자고요. 함께 말입니다."

긴 이야기를 가만히 듣던 승범이 눈을 깜박였다.

"그래서요?"

"그래서, 저는 무섭습니다. 또다시 실패할까 봐."

그 말에 승범은 자리에서 벌떡 일어났다. 화가 났다.

"아직 시작도 하지 않았습니다. 당연히 기회가 있다면 다시 시작해야죠. 저도 어! 서울에서 쫓겨 우화에 왔을 때 막막했거든요! 하지만 보십쇼! 잘살고 있어요! 아내분도 그리 믿고 계시는데 사과할 건 딱 사과하고 다시 시작해야죠!"

보훈 씨가 씩 웃었다. 그 웃음을 마주한 순간 그가 하고자 하는 말이 무엇인지 승범은 깨달았다. 자신에게 답을 구한 것이 아니라 이미 답을 알고 있고, 승범이 처한 상황도 마찬가지라 그 답을 알려 준 것이라고. 승범은 아무 말도 하지 못하고 자리에 앉았다. 보훈 씨는 모텔 건물을 올려다봤다.

"아내와 의논해 봤는데, 여기를 인수하면 어떨까 생각 중입니다. 부끄럽지만, 처가에서도 도와주신다고 해서요. 알아봤는데 여기에 귀신이 나온다는 소문에 장사가 안된다고 했다더군요. 이렇게 저녁노을이 예쁜 곳이 말이죠."

승범은 저물어 가는 노을을 봤다. 그동안 답답했던 속이 후련해졌다. 이제야 노을이 순수하게 아름답게만 보였다. 좀 전까지 슬퍼 보이기만 하더니. 하나를 깨달았더니 그는 보훈 씨가 걱정하는 일에 대한 답도 알았다.

"아마 귀신님을 잘 구슬리면 장사가 잘되게 도와줄 겁니다."

◇◇◇◇◇

한의원에 도착한 승범은 문을 열고 들어갔다. 대기실에 이미 퇴근했으리라 생각했던 정미가 있었다. 오는 내내 정미에게 진심을 다한 사과와 다시 시작하고픈 제 마음을 전해야겠다고 생각했었다. 하지만 막상 이렇게 마주하니 절로 긴장이 됐다.

"퇴근 안 했어요?"

"지금 가려고 했어요."

목소리를 가다듬고 묻자 정미도 당황했는지 우물쭈물했다. 그 모습에 혹시 자신을 기다린 건 아닐까, 라는 희망이 생겼다. 꿈에도 기다리던 대화할 기회 말이다.

"저기, 정미 씨. 할 말이 있는⋯⋯."

그녀 앞으로 다가가며 말을 할 때.

"승범이!"

문을 뚫고 박 씨가 달려왔다. 승범이 반사적으로 뒤를 돌아봤다. 지금은 아니라고 손을 내저어 보이자 박 씨가 말했다.

"찾았네!"

"뭐를⋯⋯."

다급하면서도 기대 가득한 박 씨의 표정에 승범이 묻다가 입을 다물었다. 그리고 힐끗 정미를 봤다. 정미는 뜬금없는 승범의 모습에 의아해했다.

"박 씨 아저씨가 오셔서요. 저기 아저씨, 지금 제가 정미 씨랑 할 말이 있는데, 이따가⋯⋯."

"그 멸종 위기종 말일세. 내 귀신들과 협력해서 청수산을 샅샅이 살피지 않았겠는가. 그들 중 약초꾼 귀신이 있는데 귀하다는 야생초가 있었네. 이름이 뭐라더라……."

"세뿔투구꽃입니다. 사람이 올 수 없는 험지라 그곳에 군락지가 있더군요. 제가 확인했습니다."

조근우가 뒤따라 들어오면서 이어 말했다. 그도 가만히 앉아서 기다리기 싫다고 박 씨를 따라다녔다. 귀신 하나라도 더 필요하다면서. 한시도 참을 수 없는 건 혜영을 마음에 둔 조근우일 터였다.

세뿔투구꽃?

그 이름을 듣자 초오라는 한약재가 떠올랐다. 투구꽃 뿌리를 부르는 말인데, 사약의 재료로 쓰일 만큼 독성이 강했다. 대학 다닐 때 그 꽃을 본 기억이 났다. 세뿔투구꽃은 보호종이라 본 적은 없지만, 그 꽃과 비슷할까 싶었다.

"군락지요? 대박! 당장 갑시……. 아."

승범은 정미를 봤다. 지금 당장 해야 할 건 그녀와의 대화였다.

"나도 갈래요."

"예?"

정미가 갑자기 같이 가겠다고 나섰다.

"지금 청수산에서 야생초 찾았다는 거잖아요. 그게 맞다면 당장에 사진이나 동영상이나, 증거로 만들어야 하는 거 아녜요. 저도 갈래요."

"하지만, 위험……."

"크흐흠! 승범이 같이 가자고. 위험할 게 뭐가 있나? 정미 씨가 저리 나서는데 당연히 가야지."

박 씨가 얼른 승범의 입을 막았다. 그동안 데면데면 하던 두 사람의 관계에 박 씨도 안달이 나 있던 터였다. 이것은 정미가 큰마음 먹고 내어 준 기회였다. 눈치 없는 승범이 일을 망치기 전에 박 씨는 그에게 눈짓했다.

"그럼 같이 가요."

"잠시만요."

승범이 동의하자 정미는 사물함으로 가서 신고 있던 구두를 벗고 비치해 둔 운동화로 갈아 신었다. 그리고 배낭을 꺼내 생수와 수건 등 등산에 필요한 것들을 챙겼다. 박 씨가 그 모습에 고개를 끄덕였다.

"역시 정미 선생은 계획형이야. 앞뒤 생각 없이 무작정 출발하려던 한의사 선생보다 훨씬 나아."

"그러시겠죠."

승범이 입을 삐죽였다. 그는 이내 정미의 손에서 배낭을 가지고 와 어깨에 걸쳤다.

그들은 한의원에서 나와 차에 올라탔다. 차가 출발하자 반대편 차에 타고 있던 남자가 그 뒤를 쫓기 시작했다.

무턱대고 나섰으나 밤 산행은 정말이지 중노동이었

다. 험지에 있다더니 박 씨는 등산로를 벗어났다. 길눈이 밝으니 걱정하지 말라며 경사가 거의 직각인 곳을 올라갔다. 손전등으로 길을 밝히며 그 뒤를 쫓는 승범과 정미는 자칫 발이 미끄러질까 봐 다른 손으로 나무를 꼭 붙들었다.

어둠에 가려 끝이 보이지 않았다. 숨은 금방이라도 넘어갈 것 같았다. 앞서던 박 씨가 다 왔다고 하는데 분명 30분 전에도 같은 말을 했다.

낮에 올걸.

승범은 후회했다. 앞에서 묵묵히 올라가는 정미의 밭은 숨소리에 걱정이 앞섰다. 그래도 세뿔투구꽃이 있다는 희망에 멈추지 않고 계속 올라갔다.

"어? 저기 암벽이 있는데요?"

정미가 말하자 승범의 뒤를 따르던 조근우가 말했다.

"저기로 돌아가면 틈이 있는데 그곳이 입구요."

"저기로 돌아가면 틈이 있다고 해요. 그곳이…… 입구…….."

그 말을 그대로 전하던 승범은 턱 끝까지 차오른 숨을 뱉어 내며 나무에 기댔다. 그냥 그 자리에 주저앉고 싶었다. 올라온 뒤를 힐끗 바라봤다. 어둠이 도사린 곳에 자칫 구르게 되면 목숨이 멀쩡할까 싶었다.

"괜찮아요?"

정미가 걱정스레 물었다.

"네."

그녀는 힘들지도 않은지 평온해 보였다.

평소 운동을 열심히 하는 정미는 자신처럼 죽을 만큼은 아닌가 보다. 그거 다행이군.

당장 숨이 넘어가는 건 자기로 만족했다. 잠시 숨을 고른 뒤 승범은 다시 오르기 시작했다. 기필코 사진을 증거로 남기고 다신 오지 않겠다고 다짐했다.

조근우가 일러준 대로 암벽을 돌아갔다. 보이지 않아서 더 위험했는데 근처에 붙잡을 나무조차 없었다.

"이 정도면 낮에 오라고 했어야죠! 무슨 장비라도 챙기라고! 박 씨 아저씨는 그렇다 해도 조근우 선생은 알려 줬어야죠. 자기들 안 힘들다고⋯⋯."

승범이 투덜대자 조근우가 머리를 긁적였다.

"죄송합니다. 너무 급했던지라."

손전등으로 이곳저곳을 비추던 정미는 밑을 가리켰다.

"저기 중간까지 다시 내려가서 옆으로 돌아서 올라가면 될 거 같아요."

"그게 무슨 숨쉬기 운동 하는 것처럼 쉽게 말해요?"

"자, 힘을 내요! 그런 귀한 게 가기 쉬운 곳에 있었으면 귀한 게 맞겠어요?"

정미가 입술을 삐죽이는 승범을 다독이고는 앞장서

서 내려가기 시작했다.

"미끄러워요. 조심해요."

그들은 정미가 말한 길로 되돌아갔다. 승범은 정미가 암벽의 틈 사이로 들어갈 수 있도록 등 뒤를 밀어 줬다. 이곳으로 올라오지 않는다면 볼 수 없는 사각지대 같은 틈새였다. 딱 한 사람이 간신히 들어갈 만한 곳을 지나가는데 앞서던 정미가 감탄했다.

"왜 그래요?"

승범은 돌에 팔과 다리가 쓸려도 아파할 새 없이 그 길을 빠져나갔다. 그리고 한쪽으로 비켜선 정미의 옆에 섰다. 자그마한 공동 위로 별들이 보였다. 인기척에 낯익은 별들이 날아올랐다. 야광머리뿔가위벌이었다. 그것들이 빛을 뿌리며 꽃 위로 내려앉았다.

승범은 손전등으로 세뿔투구꽃을 비췄다. 벌이 불빛을 피해 날아갔다. 암벽을 타고 오르는 넝쿨들 사이로 때늦은 꽃이 보였다.

"해가 들지 않는 습지에서 자란다고 합니다. 꽃이 필 계절이 아닌데 피어 있는 이 꽃 덕분에 알아볼 수 있었습니다."

조근우의 설명을 들으며 승범은 핸드폰을 꺼냈다. 정미는 이미 동영상 촬영을 시작했다.

"올라오는 데 고생했지만 대신 멋진 광경을 보니 좋

네요.”

정미가 홀린 듯이 말했다. 지난번 승범이 찍었던, 야광머리뿔가위벌이 빛을 내며 날아다니는 동영상도 멋있었지만 직접 보니 더욱 아름다웠다.

감탄하는 정미를 보며 승범은 그녀와 함께 와서 다행이라고 생각했다. 이 순간만큼은 싸우기 전으로 돌아간 듯했다. 하루빨리 화해하고 앞으로도 계속 함께 아름다운 것들을 보고 싶었다.

“이제 갈까요?”

한참을 그곳에 있던 승범은 정미에게 손을 내밀었다. 정미는 잠시 주저하다가 그 손을 잡았다. 그들은 조심히 하산했다. 올라가는 것보다 내려가는 길이 더 위험했다. 승범은 몇 번이고 넘어졌다. 그는 최대한 다치지 않고 무사히 산밑에 도착하길 빌었다.

겨우 주차장에 도착하고 나서 승범은 두 다리가 후들거려 바닥에 대자로 누웠다. 긴 한숨이 흘러나왔다. 온몸이 욱신거렸고 손가락 하나도 꼼짝하기 싫었다. 컴컴한 하늘을 바라보다가 그는 눈을 감았다.

“괜찮아요? 물 마실래요?”

옆으로 다가온 정미가 물었다. 그는 미소를 지으며 눈을 떴다. 예전처럼 걱정이 묻어나는 그녀의 목소리라서 눈물까지 핑 돌았다. 눈을 깜빡이는데 하늘 한쪽이 밝았다.

"응?"

승범이 고개를 들자 그를 보던 정미도 그 시선을 따라 고개를 들었다. 저 멀리 산 한 귀퉁이에 불길이 일었다.

"불이 났구려. 저기가 어딘가?"

"군락지 쪽입니다."

승범은 자리에서 벌떡 일어났다. 정미가 핸드폰을 꺼내 119에 신고하다가 제 앞으로 가는 승범을 붙들었다.

"김 쌤, 어디 가요?"

"저기, 불이, 군락지 쪽 같은데. 이상하다. 우리 아까까지 거기에 있었잖아요. 화기 같은 거 쓰지도 않았는데. 확인만 하고 올게요. 아닐 거야. 그럴 리 없잖아요."

"지금 간다고요? 불이 어디로 이동할지 모르잖아요. 뭘 확인한다는 거야? 위험하다고."

승범은 자신을 붙든 정미의 손을 봤다. 위험한 거 알지만, 확인하고 싶었다. 어쩌면 군락지 쪽이 아닐 수도 있었고, 군락지 쪽이라면 피해가 없도록 자신이 할 수 있는 일이 있을지도 모른다. 그 생각이 들자 승범은 정미의 손을 밀어냈다.

"금방 올게요. 신고하고 여기서 기다려요."

승범은 정미가 자신을 부르는 소리에도 멈추지 않고 산으로 달려갔다.

"이봐, 승범이. 그냥 내려가자고. 재해 앞에서 우리가 할 수 있는 일은 없어. 살아남는 게 중요하지, 자네가 이렇게 무작정 간다고 불이 꺼지지는 않는다고."

"모르잖아요. 제가 할 수 있는 일이 있을지도 모른다고요. 그러니까 확인을 해야 해요."

뒤따르는 박 씨의 말에 반박하며 승범은 계속 올라갔다. 아직 눈앞은 아무 일도 없는 것처럼 어둡고 적막했다. 손전등 불빛이 한동안 사방으로 흩어졌다. 얼마나 올라갔을까, 공기 중에 탄내가 났고 저 멀리 불빛이 보였다.

"안 돼."

아까까지 자신들이 있던 군락지가 분명했다. 파사삭. 그때 수풀을 스치는 소리가 들렸다. 승범은 재빨리 그곳을 비췄다. 희끄무레한 무언가가 저만치서 사라졌다. 승범은 그 뒤를 따라 달렸다. 사람의 모습이었다. 어째서 이 밤에 이곳에 있는 걸까. 그를 붙잡고 물어봐야 했다. 어쩌면 그 사람이 범인일지도 몰랐다.

왜? 대체 왜?

나뭇가지에 긁혀 생채기가 나는 것도 느끼지 못할 정도로 승범은 그 뒤를 쫓았다. 자신을 부르며 뒤쫓던 박 씨의 목소리도 멀어졌다.

"으아악!"

저 앞에서 사람의 비명이 들렸다. 단숨에 쫓아가자 불빛에 사람 모습이 나타났다. 낯이 익었다. 일전에 포크레인으로 사과나무를 밀었던 남자였다. 승범과 눈이 마주치는 것과 동시에 그의 몸이 갑자기 하늘 위로 올라갔다가 바닥에 처박혔다. 남자 혼자라고 생각했었는데 어둠 속에서 누군가가 나와 신음을 흘리는 그의 등을 밟았다. 붉은 도깨비 탈을 쓰고 있는 산신이었다. 그 앞에 멈춰 서며 승범은 숨을 몰아쉬었다. 영문을 알 수 없었다.

"그 사람…… 뭡니까? 그 사람이 불 지른 거 맞아요?"

"모든 일을 네가 다 할 수 있다고 생각하지 말거라. 청수산에서 일어난 일은 내가 처리해야 할 일. 네가 끼어들 자리가 아니다."

산신이 손짓하자 강한 돌풍이 일어 승범의 몸이 붕 떴다. 어? 하는 사이에 산신의 모습이 멀어지며 무거운 몸이 까마득한 어둠 속으로 낙하하기 시작했다. 아찔한 추락에 승범은 눈을 질끈 감았다.

◇◇◇◇◇

승범은 파르르 떨리는 눈꺼풀을 힘겹게 밀어 올렸다. 함께 떨어진 손전등이 흙바닥을 비추고 있었다. 축축한 바닥에 엎드린 채로 있던 그는 몸을 일으켰다. 온몸이 욱신거렸지만 움직이는 걸 보니 뼈가 부러지지 않은 모양이다. 엉거주춤 선 승범은 손전등을 들어 주위를 비췄다. 온통 어둠에 잠긴 나무와 수풀뿐이라 이곳이 어딘지 분간할 수가 없었다. 잠바 주머니에 넣어 둔 핸드폰을 꺼냈다. 정미에게서 온 부재중 전화 수십 건이 찍혀 있었다. 눈앞에 보이는 불에 그저 산에 올라가겠다는 일념으로 그녀의 손을 뿌리쳤던 게 떠올랐다. 분명 자신을 걱정할 그녀임을 알기에 승범은 뒤늦게 걱정됐다.

그때, 그의 앞으로 아주 작은 불빛이 날아왔다.

빛을 내며 허공을 날아오르는 모습에 야광머리뿔가위벌이 떠올랐다. 하지만 전체적으로 자체 발광하는 벌과는 달랐다.

가까이서 보니 딱정벌레처럼 생겼고 꼬리 쪽에서 불빛이 반짝였다.

아, 이거 반딧불이다.

승범을 지나치는 듯했으나, 멀리는 가지 않고 그의 주위를 오갔다. 마치 따라오라는 것처럼 길을 갔다가 다시 돌아왔다. 그 모습을 보던 승범은 그 뒤를 따라갔다.

곧 익숙한 길이 나왔다. 바로 앞에 구 씨 할아버지네 근처 언덕 위의 집이 보였다. 어이가 없어서 승범은 코웃음을 쳤다.

죽이지는 않고 아는 곳에 보내 준 것만으로도 감사해

야 하나?

그는 걱정하고 있을 정미에게 전화했다.

—도대체 어디예요?

신호음이 울리자마자 바로 울음이 섞인 날 선 목소리가 들렸다. 그녀의 뒤로 소방차 소리와 분주한 사람들의 소리가 들렸다.

"중간에 산신님을 만났어요. 불 지른 범인과 마주쳤는데, 산신님이 저를 다른 데로 보내버렸어요."

—다른 데 어디요?

"구 씨 할아버지 과수원 옆집인 이금주 환자댁 근처요."

—거기서 꼼짝 말고 기다려요!

전화가 끊어졌다. 정미의 말이 무서웠지만, 지금 당장 보고 싶었다. 겨우 얻은 기회들을 날렸다. 개발을 저지할 세뿔투구꽃 군락지도, 정미와의 관계도. 모든 걸 망쳐 버렸다는 생각에 암담했다. 자괴감에 빠졌을 때 또다시 반딧불이가 날아왔다. 계속 쫓아오라는 듯한 모습이라 승범은 코를 훌쩍이며 걸음을 옮겼다. 손전등 불빛이 어둠을 몰아내며 길을 밝혔다. 그 사이 이금주 환자는 자녀들이 있는 지역으로 이사를 했고, 비어 버린 집은 허물어졌다. 폐자재만이 남아 있었다. 아니, 다른 무언가도 남아 있었다. 반딧불이는 말라 죽은 소나무를 지나 한편에 자리한 개집으로 갔다.

“아…….”

승범은 멈췄다. 그곳에 있던 개 귀신이 승범을 알아보고 꼬리를 흔들었다. 반딧불이는 소나무의 정령이구나.

잘 살아라!

잘 살아갈 거라 믿었는데 개 귀신은 홀로 자리를 지키고 있었다. 고개를 돌려 어둠을 노려보다가 손등으로 눈물을 닦았다.

“여긴 너무 조용하네. 가자. 시끄러운 데 좋아하니? 좋아했으면 좋겠다.”

승범의 말에 개 귀신이 멍! 하고 짖었다.

“나도 조만간 너랑 대화하는 능력이 생길지도 모르겠다.”

승범을 따라나서던 개 귀신이 갑자기 뒤로 돌아 뛰었다. 영문을 몰라 그 뒷모습을 보는데, 개 귀신은 자신이 누워 있던 자리에서 낡은 공 하나를 물고 왔다. 승범은 피식 웃었다. 그렇게 밑으로 내려와 사과 과수원 입구까지 걸어갔다. 그 앞에서 개 귀신과 놀아 주고 있길 얼마나 지났을까, 차의 헤드라이트 불빛이 보였다.

넓은 길에서 유턴한 차를 가만히 기다리던 승범은 앞에 차가 멈춰서자 조수석 문을 열었다.

“미안해요, 걱정 많이 했죠? 그게 그렇게 위험하지는 않았어요…….”

급히 변명했지만, 대답 없는 정미의 눈초리가 싸늘했다. 그 틈에 개 귀신이 먼저 조수석에 올라탔다.

"뒤에 타요."

정미가 말했다. 차마 개 귀신을 소개할 수도 없어서 승범은 고개만 끄떡이고는 문을 닫고 뒤로 갔다.

◇◇◇◇◇

한의원 앞에 도착한 승범이 조수석 차 문을 열자 개 귀신이 내렸다. 한 번 왔다고 개 귀신은 제가 먼저 한의원으로 들어갔다. 오는 내내 정미는 아무런 말도 하지 않았다. 화를 참고 있는 게 보여서 승범도 말을 꺼내지 못했다. 쾅 하고 운전석 문을 닫은 정미는 한의원이 아닌 집으로 향했다.

"정미 씨, 차 가져가요."

정미는 승범의 말을 무시하고 계속 걸어갔다.

"정말, 미안해요."

그 말도 역시나 듣는 이 없이 허공에 사라졌다.

"제가 모셔다드리겠습니다."

조근우가 황급히 정미의 뒤를 따라갔다. 승범은 한숨을 쉬며 돌아서다가 한의원 문 앞에서 두 손을 허리에 올리고 있는 박 씨와 눈이 마주쳤다.

"저도 알아요. 제가 잘못한 거."

어깨를 늘어트린 승범이 그를 지나치며 말했다. 산신의 말이 맞았다. 자신은 슈퍼맨처럼 초능력자가 아닌 사람이다. 언제고 죽을 수 있는. 그러니 뭐든 할 수 있다고 생각하는 건 자만이었다. 문을 열고 한의원 안으로 들어가던 승범은 신발 끝에 뭔가가 차이는 느낌을 받고 불을 켰다.

"하여간, 다시는 그러지 말게. 우리가 얼마나 마음을 졸인 줄 아는가? 응? 그건 뭔가?"

따라 들어오며 한마디하던 박 씨는 바닥에 있는 종이봉투를 보고 물었다. 누군가가 그걸 문 밑으로 밀어 넣은 듯했다.

승범은 종이봉투를 들어 그 안에서 종이를 꺼냈다. 그곳엔 기영문 시장에 대한 신문 스크랩과 리조트 개발 건으로 주고받은 청탁 리스트가 있었다. 어떤 인물들에게 무언가를 받는 사진들도 있었다. 사진을 넘기다가 어떤 여자 옆에 선 남자에게 시선이 머물렀다. 아까 산신 발밑에 쓰러져 있던 사람이었다. 그렇다면 산불도 기영문이 시킨 일일까? 합리적인 의심이었다. 기영문은 개발에 반대될 건 무엇이든 없애려 들 테니까 말이다.

다시 천천히 자료들을 넘기던 승범은 한 신문 스크랩에서 멈췄다. 기영문이 결혼하기 전에 부모님과 찍은 가족사진이 실린, 오래된 지방 신문 기사였다. 그 사진에 익숙한 얼굴, 혜영이 있었다.

◇◇◇◇◇

"기영문의 여동생? 기혜영! 두어 달 전에 교통사고로 죽었거든. 그 소라네 근처 도로에서였지. 어둑한 곳에 왜 갔는지 모르겠지만, 가로등도 별로 없고, 인도도 없는 도로라 뺑소니로 그만. 아직 가해자는 찾지 못했어."

다음 날, 승범은 최 사장을 찾아갔다. 몇 번 겪어 보지 않았지만 최 사장은 정보에 능통했다.

기혜영. 새로운 이름을 정할 때 대뜸 마음이 간다며 '혜영'으로 짓고 싶다더니만 진짜 이름이었을 줄이야.

"왜 저는 몰랐죠?"

"아는 사람만 알지. 요양병원에 계시는 아버지가 노환으로 오늘내일하시는데 충격받을까 봐 여동생이 죽었다고 말하지도 못했다는군. 장사를 두 번 치르게 생겼으니 경찰들도 조용히 찾고 있고 지역 신문에 한 줄만 났을 뿐 다른 언론은 몰라."

"그렇군요."

상품들을 진열하던 최 사장이 주위를 쓱 살폈다. 나른한 거리는 한산했다.

"기 시장이 뭐 청렴결백한 인간 같지? 다 시민을 위하는 일이라 하고. 그런데 청수산 대부분이 그 집 선산인데 이번에 리조트 유치가 되면 꽤 많은 돈을 벌 거라는 소문이 있어. 뭐, 소문만이 아니겠지. 다 제 배 불리는 짓거리야. 선산도 거의 정치질하겠다고 팔아먹어 얼마 안 남았다네. 근데 기혜영은 제 오빠보다 똑소리 나거든. 아버지가 딸을 아주 예뻐했어. 그래서 둘이 선산 문제로 종종 싸우고 그랬다는군.”

승범도 최 사장을 따라 눈살을 찌푸렸다.

“그놈의 돈 돈 돈, 다 그 돈이 문제예요. 어? 그게 걸리니까 멀쩡한 산을 무분별하게 개발하고, 사람 살린다 어쩐다, 아주 징글징글해!”

갑자기 모든 게 다 지긋지긋했다.

이놈의 리조트, 골프장 때문에 목숨이 걸리고 서로 비방하고! 그놈의 돈이 뭐라고!

“김 원장…… 변했군. 그 돈 좋아하던 싸가지 없는 놈이 이렇게 변하다니. 그래. 사람은 변하는 거야! 김 원장을 보며 나도 날마다 정진해야겠다고 생각한다고!”

최 사장은 승범을 기특하게 쳐다보더니 눈물을 훔쳤다.

“아니. 그렇게 울 정도로 내 과거가 안 좋았어요? 기분 이상하니까 울지 말아요!”

승범은 투덜거리며 철물점에서 나왔다.

조치언은 산신이 승범을 죽이지 않고 놓아 준 것이 분했다. 승범을 이용하여 청수산 개발을 저지하겠다고 했으나 그거야 손짓 한 번에 인간 몇을 죽이면 끝날 일이었다. 과거 청수산은 귀곡산이라고 불리기도 했었다. 온갖 요괴와 괴물들이 득시글거리던. 그때에 비하면 깔끔하고도 쉬운 일을 두고 굳이 김승범을 살려 주다니. 조치언은 입술을 삐죽였다.

내가 그 속을 모를까 봐?

산신은 두려운 것이다. 그렇게 쉬운 일을 하지 못할 정도로 인간의 눈치를 보는 것이다. 귀신들이야 산신을 우러러보지만, 인간은 더 이상 산신을 믿지 않았다. 청수산에서 인간 몇이 죽고, 거기에 몇이 더 죽어 나간다면 인간들이 어떻게 하겠는가? 무지는 끝 모를 자만이니 그들이 산에 대한 두려움 대신 산의 파괴를 선택할 것을 산신은 아는 것이다. 자신이라면 승리할 때까지 전쟁을 감내하겠지만, 산신은 그의 세계인 청수산이 사라지는 것을 두려워하는 것이다. 그러니 인간 김승범의 뒤에 숨어서 조종하는 얄팍한 수나 쓰는 게지.

인간이란 간사하기에 그럴듯하게 꾸며 해결했다고 거짓을 고할지도 몰랐다. 그렇게 살아남는다면 자신한테 불리할 놈이란 건 확실했다. 지금도 귀신들이 단합하여 자신한테 반기를 들기 시작했다.

모든 일이 예전처럼 흘러가고 있었다. 고수정이 등장했을 때처럼 기분 나쁜 방향으로 말이다. 고수정의 후계인 놈을 살려 놓으면 분명 후환이 되어 제 앞길을 망칠 것이 분명했다. 아무것도 할 수 없고, 제 존재가 아무것도 아닐 때로 다시 돌아가고 싶지 않았다. 돌아갈 수 없었다!

조치언은 어떻게든 산신의 눈을 피해 승범을 죽이기로 마음먹었다.

자신의 손으로 하지 못하면 승범에게 원한이 있는 이를 부추기면 될 일!

조치언은 승범에게 부하를 붙였다.

승범과 그 무리가 청수산에 무언가를 찾아 올랐을 때 그 뒤를 따르던 남자가 있었다. 그는 승범 일행이 하산한 뒤 그들이 찾아냈던 곳으로 갔다. 잠시 누군가와 통화를 한 남자는 나뭇가지를 모아 공동에 집어넣고 불을 질렀다. 곧 불은 다른 곳으로 번지기 시작했다. 도망치는 남자의 뒷모습을 보던 조치언은 히죽 웃었다.

인재가 분명하였고 겨우 불길을 잡았다 하나 청수산 산신이 노했음을 보지 않고도 알 수 있었다. 청수산을 감도는 음울한 안개가 내내 자욱하게 끼었으니 말이다. 유쾌하기까지 했다. 인간을 믿었으니 그런 일을 당한 거다.

조치언은 다시 부하를 시켜 승범을 따라다니라 명했
다. 승범 일행의 뒤를 따라와 청수산에 불을 놓았던 인
간의 뒷배를 찾는 건 어렵지 않았다. 청수산에 리조트
를 유치하겠다는 인간 기영문이었다.

조치언은 기영문에게 관심이 생겼다.

무엇 때문에 승범에게 악한 감정을 품었는가? 좀 더
부추기면 저 눈엣가시인 놈을 해치리라.

조치언은 방이 떠나가라 웃었다.

7. 시장 기영문

—**선**배님. 저 이혁수입니다. 소식 들으셨을지 모르겠으나 제게 여러 일이 한꺼번에 생겼습니다. 그 일 처리가 급하여 더는 선배님의 일을 돕지 못하게 되었습니다. 죄송합니다.

이혁수는 전화로 간결하게 제 할 말을 했다. 이제 와 그게 무슨 소리냐고 화를 내 보고, 살살 구슬려 봐도 순박했던 인간이 맞나 싶을 정도로 제 말들을 단호하게 끊었다. 시장실 책상 앞에서 기영문은 핸드폰으로 책상 위를 두드렸다. 일이 성사되기 직전에 두 팔 걷고 나서던 이혁수가 물러났다. 그만큼 우화 시민들을 잘 구슬리는 인간이 없었기에 기영문은 짜증이 치밀었다. 무슨 일이 생겼는지 수족처럼 굴던 오 사장도 연락이 되지 않았다. 제대로 되는 일이 없었다. 그는 핸드폰을 책상 위에 아무렇게나 밀어 놓고 일어나 창가로 갔다.

정문에서는 리조트 유치 반대 시위가 한창이었다. 시위자가 점점 많아지고 있었다. 그들 속에서 김승범을 어렵지 않게 찾았다. 제일 앞에서 제일 열심이었다.

"쯧."

적극적으로 찬성하며 도와주기로 한 승범은 언제 그랬냐는 듯 반대로 돌아서서 적극적으로 찬성파를 반대파로 돌렸다. 무슨 심산에서 그랬는지는 모르겠지만 황당하기까지 했다. 자신한테 거짓말을 한 건가? 분명 외지인이라 자신과 뜻이 맞을 줄 알았는데, 우화가 고향인 자신보다 더 우화 시민과 마음이 맞았다.

무지한 것들. 자신은 지방 도시인 우화를 개발하여 일자리를 창출하고 경제적 이익 확보로까지 발전시키고자 했다. 그러나 어느 순간부터 자신은 악당처럼 되었다.

"사람들이 뭘 몰라서 그래. 당장 눈앞에 있는 것만 생각해서. 리조트랑 골프장이 들어서 봐. 저렇게 나선 걸 후회할걸."

처음엔 김승범을 그저 만만한 놈이라고만 여겼다. 그 때문에 어르신을 구슬리는 것밖에 더하겠냐 안일하게 생각했고 일을 망칠 뻔했다. 그가 멸종 위기 야생 동식물 카드를 가지고 올 줄은 몰랐다. 진짜 찾아낼 줄도.

별거 아닐 수도 있겠지만 조사가 이루어진다면 개발하

는 데 차질이 생길 터였다. 게다가 그걸 언론에 끌고 가면 대한 그룹이 좋아하지 않을 것이 분명했다. 회장님은 잡음 없이 일을 진행 시키고 싶어 하셨고 이래저래 생각하면 방해물은 없애는 게 맞았다. 산불이 나서 경관이 좀 망쳐지긴 했지만, 시간이 지나면 나무는 다시 자랄 것이다.

아차.

기영문은 다시 책상으로 갔다. 그는 달력에 표시해 둔 날짜를 확인했다. 11월 25일, 이 회장님과 함께 청수산에서 멧돼지 사냥 약속이 있다. 사냥은 어릴 적부터 아버지를 따라다녔었기에 소질은 제법 있는 편이다. 준비된 사냥감이 아닌 진짜 야생 멧돼지 사냥에 회장님은 벌써부터 기대하는 중이다.

아니지. 그 전에 김승범을 만나는 건 어때? 적은 가까이 둘수록 좋다고 하잖아. 마지막이라 생각하고 회유를 해 보는 건?

갑자기 그런 생각이 들었다. 자꾸 제 앞길을 방해하는데 좋게 좋게 그 이유를 물어보는 것도 나쁘지 않을 듯했다. 기영문은 핸드폰을 다시 들고 승범 한의원에 전화했다.

◇◇◇◇◇

승범은 머리카락을 붙잡은 채 다리를 달달 떨었다.

기영문의 저녁 초대를 받고 많은 생각이 교차했다. 승범은 당연히 그 초대에 흔쾌히 응했다. 한 번은 만나서 개발을 반대하는 자신의 입장을 확실하게 전해야 할 듯했고 혜영이 원하던 아버님과의 만남을 진행하기 위해 아버님이 어디에 입원 중인지 물어보고 싶기도 했다.

개인적으로 아버님을 치료하고 싶다면 이상하게 생각할까?

승범은 책상 위에 펼쳐 놓은 종이 속에서 활짝 웃는 혜영을 바라봤다. 그래도 그녀가 살아생전에 누구였는지 알 수 있어서 다행이었다. 기영문한테 여동생이 어떤 사람이었는지 들을지도 모른다. 나중에 혜영을 만나면 전해 줄 말들이 많아서 좋기는 했다.

하지만 산불을 사주한 기영문이었다. 뭐, 확실하지는 않지만. 승범도 그에겐 방해물이었다. 굳이 장소를 그의 집으로 한 게 영 못 미더웠다. 음식에 독을 탔을지도 모르고 영화에서처럼 조폭이 기다리고 있다가 소리소문없이 죽일지도 몰랐다.

약속 시간이 다가올수록 입이 바짝 말랐다. 그는 물을 마시고 심호흡했다.

사람 죽이는 게 어디 쉬운 일이겠어?

기영문이 저녁을 대접하겠다는 건 승범에게서 뭔가가 필요한 것일 테고, 승범도 마찬가지로 기영문에게

필요한 것을 얻으면 되었다. 어려울 건 없었다. 사람 구
슬리는 일은 잘하는 일 중 하나였다.

승범은 겉옷을 입고 책상 위 서류들을 챙겼다. 진료
실을 나서자 퇴근 준비를 하는 정미와 택영이 보였다.

"할 말 있어요."

"저도요?"

승범의 말에 눈치를 보던 택영이 물었다.

"택영 씨도 알고 있어야 할 이야기예요."

만약 기영문한테 해코지를 당한다면 증인은 많을수
록 좋으니까. 승범은 비장하게 접수대 위에 서류를 내
려놨다.

"저는 오늘 기영문 시장의 초대로 그의 집에 갑니다.
기영문의 제안으로 리조트 개발 찬성을 하려고 했으나
알고 있다시피 저는 산신님에게서 혜영 씨를 데리고 오
기 위해 개발 반대를 해야 해요. 뭐, 서로가 지향하는
바가 다르니 분위기는 좋게 끝나지는 않을 겁니다. 이
건 얼마 전에 모르는 분께서 제게 준 기영문의 비리 관
련 자료입니다. 그중 신문 기사에 나온 가족사진을 보
고, 생전 기억을 잃은 혜영 씨가 기영문의 동생인 걸 알
게 됐어요. 혜영 씨 한을 풀어 주려면 아버님이 어디에
입원해 계신지 알아야 합니다."

"위험할까요?"

택영이 정미를 보며 물었다. 정미는 아무 말도 하지 않았다. 승범은 어깨를 으쓱였다.

"이 자료를 가지고 있다는 걸 알면 위험하겠지만, 기영문 씨는 모르겠죠? 영화 같은 막 무서운 일은 일어나지 않을 테니 걱정하지 마세요."

좀 전까지 본인도 그런 생각으로 달달 떨었으면서 승범은 아무렇지 않은 척 말했다.

"그런데 왜 이걸 우리한테 주는 건데요? 가지고 있다가 언론이든 어디든 김 쌤이 주면 되잖아요."

입술만을 깨물던 정미가 참지 못하고 물었다.

"여러분들한테 이제 다 말하기로 했거든요. 그리고 밥만 먹는 거지, 걱정할 건 없어요. 그럼 퇴근합시다."

◇◇◇◇◇

승범은 기영문의 집 앞에서 잠시 멈춰 심호흡했다. 동요와 긴장하는 모습을 보이지 않으려고 마음을 다잡았다. 그리고 핸드폰을 꺼내 녹음 버튼을 눌렀다. 오면서 생각해 봤는데 기영문이 자신을 다시금 회유할지도 몰랐다. 그렇다면 뻔했다. 승범도 예전에 잘하던 짓, 상대방에게 뇌물을 줄 확률이 높았다. 증거는 많을수록 좋으니까.

초인종을 누르자 현관문이 열리고 기영문이 나왔다.

“원장님 오셨습니까! 들어오십쇼. 집까지 찾아오시는
데 어렵지는 않았나요? 이거 집까지 오시게 해서 죄송
합니다. 우화시엔 괜찮은 고급음식점은 없거든요. 아,
별 뜻은 없습니다. 제 아내 음식이 최고라 자부하고 있
고, 그 음식에 길들여진 입맛이라서요. 원장님께도 아
내의 음식을 소개해 드리고 싶었습니다.”

“아닙니다. 이렇게 초대해 주시다니 정말 감사합니다.”

집 안으로 들어가니 중문 앞에 선 기영문의 아내가
인사를 했다. 사모님에게 초대해 주셔서 감사하다며 허
리 숙여 인사를 하는 승범을 기영문은 바로 다이닝룸으
로 안내를 했다. 옆자리에 가방을 두고 승범이 앉자 음
식과 술이 나왔다.

“이건 저희 아버지가 담그신 인삼주입니다. 담금주
만드는 게 취미셨거든요. 많이 드세요.”

기영문이 술을 권하자 승범은 거절했다.

“차를 가지고 와서요.”

“아하. 제가 거기까지 생각하지 못했네요. 시골은 대
중교통이 불편하죠. 제가 그래서 개선하려고 노력 중입
니다. 리조트가 개발되면 수월해지겠지요. 그러면 다른
음료라도.”

“물이면 됩니다.”

금방 요리들이 차려지고 승범은 조금씩 그 음식들을

맛봤다. 음식이 맛있다거나, 예의 차리는 말이나, 이런 저런 겉도는 말들이 뱅뱅 돌았다.

"시장님 가족은 여사님과 아드님뿐인가요?"

승범은 고등학생인 아들이 미국으로 유학 갔다고 자랑스레 얘기하는 기영문의 말꼬리를 잡아챘다. 혜영의 이야기를 물을 기회가 왔다.

"아버님은 현재 요양병원에 계시고 여동생이 있었는데 얼마 전에 사고로 그만…….."

"저런, 죄송합니다. 괴로우실 텐데."

"아뇨. 괜찮습니다. 착하고 다정한 아이였습니다. 아버지 병간호를 자기가 하겠다고 할 만큼 아버지를 참 좋아했어요. 그렇게 일찍 갈 줄 누가 알았을까요. 너무 안타깝지요."

"그렇네요. 차도 없이 그런 곳에서 어쩌다가."

승범은 고개를 주억거리며 읊조렸다. 기영문이 눈을 치떴다.

"뭐라고 말씀하셨죠?"

"아무것도 아닙니다."

기영문이 말하지 않은 사실을 먼저 말하는 실수를 저질렀다는 사실에 승범은 당황해서 급히 얼버무렸다. 다행히 기영문도 더는 묻지 않았다. 승범은 눈치를 보다가 다른 질문을 했다.

“혹시 아버님은 어느 병원에 계십니까?”

“그건 왜 묻습니까?”

“아하하. 그걸 왜 묻냐면, 어, 혹시 제가 어르신 치료를 하면 어떨까 해서요.”

누구든 구슬리는 걸 잘한다고 자신했건만, 전혀 그렇지 못했다.

“봐 주시면 감사하죠. 하지만 이동하시는 게 힘드셔서요.”

“제가 방문 진료도 합니다. 시장님 아버님이신데 제가 당연히 가야지요.”

“희망요양병원입니다. 고즈넉하고 청수산에 둘러싸여 공기도 좋아서 그만한 곳이 없는 것 같아서요. 제가 원장님께 언질을 해 두겠습니다.”

버벅거리고 의심을 샀지만, 기영문은 넘어가는 듯했다. 결국 원하던 정보를 얻어서 승범은 속으로 쾌재를 불렀다. 다시금 두서없는 말들이 오갔다. 승범은 실수로 젓가락을 떨어트렸다.

“새것 쓰세요.”

“네.”

새것으로 받았으나 떨어진 것을 줍기 위해 승범은 허리를 숙였다.

식탁보로 어둑한 식탁 밑에 다리들이 보였다. 기영문

의 다리, 기영문 아내의 다리 그리고 다른 다리. 승범은 고개를 들었다. 분명 자신까지 세 명인데 다리가 하나 더 있다. 승범은 다시 밑을 봤다. 기영문 오른쪽에 다리가 있다.

"그런데 왜 갑자기 리조트 유치를 반대하게 되셨습니까?"

본론으로 들어가는 질문에 기영문의 질문에 승범은 다시 고개를 들었다. 분명 그의 옆엔 아무도 없었다.

뭘까? 뭐지? 다리만 있고 상체는 없는 것은?

승범은 곁눈질로 주위를 살폈다.

"제가 제안했을 때까지는 아무런 관심이 없었던 것 같은데 말입니다. 아, 탓하려는 것은 아니고 그저 궁금해서요. 원장님이 변심하신 이유가요."

"아, 예. 제가 이곳 우화에 오게 된 건 지인분께 들은 말 때문이었습니다. 산 좋고, 물 맑고, 인심 좋은 곳. 이곳에서 지내는 사이 많은 것들을 겪으면서, 대략 인생의 변환점 같은 일이라고 해야겠군요. 그런 일들에 언제나 이 우화의 사람과 자연이 있었습니다. 아무래도 리조트와 골프장은 자연 친화적이 아닌 것 같아서요. 굳이 우화에 필요하지 않다고 여겼습니다."

승범의 말에 기영문의 눈썹이 꿈틀거렸다.

기영문은 간지러운 듯 오른 귓바퀴를 문질렀다. 승범

의 눈이 그의 오른쪽에 닿았다.

"아하하. 그렇습니까? 그렇다면 제 손이 부끄럽겠군요."

기영문이 말하자 그의 아내가 일어났다.

"혹시 숭늉 좋아하세요? 이이는 좋아해서. 가져올게요."

그녀가 부엌으로 가자 기영문이 준비해 둔 돈 봉투를 건넸다.

"다시 한번 더 고려해 주시어 저를 지지해 주시지 않겠습니까?"

순간 승범은 제일한방병원 원장에게, 장 영감에게 뇌물을 건네던 예전의 자신이 떠올랐다. 승범은 이쪽으로 밀린 봉투에 손을 얹었다. 제법 두둑하게 느껴졌다. 그때라면 이 순간이 설렜겠지만. 승범은 봉투를 과감하게 시장 쪽으로 밀었다.

김승범, 이제는 달라졌다. 뇌물을 거절할 줄 아는 남자가 된 것이다!

"개발을 찬성하거나 반대하는 건 개개인이 진지하게 생각하고 결정해야 하지 않겠습니까? 우화는 그분들의 터전입니다. 제가 쉽사리 환자분들에게 이래라저래라 말을 얹을 만한 사안이 아니란 뜻입니다. 그리고 생각해 보니, 저는 자연에서 나오는 약초를 다루는 사람입

니다. 오래오래 이 일을 하려면 자연을 보호하고 매 순
간 환경을 생각해야 하는 거 아니겠습니까. 잠시의 욕
심에 시장님의 뜻을 찬성하여 혼란스럽게 한 점에 대해
선 심심한 사과를 올리겠습니다.”

승범은 고개를 살짝 숙여 사과했다. 잠시 침묵을 지
키던 기영문이 고개를 끄덕였다.

“그렇게 말씀하시니 더는 떼를 쓸 수가 없겠네요.”

“시장님의 너른 양해에 감사드립니다. 그럼 벌써 밤
이 늦었으니 저는 이만 가 보겠습니다. 정말 저녁밥 잘
먹었습니다.”

승범이 가방을 들고 일어났다. 잠깐 고개를 숙여 식
탁 밑을 봤지만 누구의 것인지 모를 다리는 사라지고
없었다.

기영문은 예의 사람 좋아 보이는 미소를 지으며 대문
밖까지 승범을 배웅했다. 승범은 끝까지 예의를 차리며
인사했다. 위험할 거라 여겼던 일은 전혀 일어나지 않
았다. 중간까지 음식이 어떤 맛인지도 모르겠고 체할
것 같았는데, 혜영의 정보를 얻고 기분이 좋아져서인지
소화가 잘됐다. 승범은 마지막으로 인사하고 돌아섰다.
최대한 이상하게 보이지 않으려 신경 쓰며 차가 있는
곳까지 걸었다.

대문에서 나온 기영문은 어정쩡하게 걷는 승범의 뒷모습을 지켜봤다. 찝찝함에 기영문은 이를 갈았다.

탁탁탁. 정원 계단을 내려온 두 다리가 그의 뒤로 다가왔다. 어둠을 머금은 다리가 등장하자 잠시 꺼졌던 센서 등이 켜졌다. 그러자 조치언의 얼굴이 드러났다.

승범이 발견해 낸 것을 조치언도 알았다. 그보다 더한 사실까지 말이다. 하지만 승범처럼 놀라지는 않았다. 어차피 그녀는 산신의 신부다. 자신의 명예를 드높일! 그저 그걸 이용해서 기영문을 조종하기 손쉽겠다고 생각했다.

조치언은 기영문의 뒤에서 그의 귓가에 속삭였다.

"너를 무시하고 사사건건 너의 앞길을 방해할 거야. 처음엔 그저 신경만 쓰이겠지만 점점 껄끄러워지고 신경질이 날걸? 그래도 눈을 떼면 안 돼. 저놈이 앞으로 뭘 할 거 같아? 지금 어딜 갈까? 나라면 네 약점을 잡으려고 시도하겠지."

기영문은 다시 오른쪽 귀를 문질렀다. 맞는 말이다. 혜영에게 관심을 두는 이유는 모르겠지만, 그것이 그의 약점인 건 사실이었다. 아까 김승범은 자신이 말하지 않은 정보를 알고 있었다.

혜영이 거기서 사고당한 걸 어떻게 알았을까?

조급증이 일었다. 김승범이 알아서는 안 되는 정보까지 알아낸 것 같았다. 기영문은 으득 이를 갈았다. 그리고 주차된 차에 올랐다.

승범은 차에 올라 핸드폰을 꺼냈다. 녹음을 끄며 그는 히죽 웃었다. 모든 대화가 녹음됐을 터였다. 그러다 기영문이 봉투를 건넸을 때 자신이 무슨 말을 했는지를 떠올렸다.

뇌물임을 말했던가?

승범은 제 얼굴을 때렸다. 곰곰이 생각해도 돈이나, 봉투라거나, 뇌물임을 시사하는 말을 전혀 하지 않았다. 바본가? 승범은 핸들에 머리를 박았다. 어쨌거나 그건 그렇다 치고. 그래도 하나는 얻었지 않은가.

그는 핸드폰으로 혜영의 아버지가 계신다는 희망요양병원의 주소를 확인했다. 주 도로로 간다면 멀지 않은 곳이었다. 만약 혜영이 돌아오면 같이 가야 하니 지금 한번 가 보는 것도 나쁘지 않았다. 하루빨리 개발이 무산되어서, 혜영을 만나고 싶었다. 아버지를 만나고 싶다는 그녀의 한을 이제는 치료할 수 있었다. 그것이 곧 이뤄질 거란 생각에 승범은 조급해졌다.

그때 정미한테 전화가 왔다.

"정미 씨, 걱정했죠? 지금 끝났어요."

—제가 왜 승범 씨를 걱정해요?

"네, 그렇겠죠."

—그래서 지금 어디예요?

"그래서 지금 집으로 갈까 했는데, 혜영 씨 아버님 요양병원이 어딨는지 알아냈어요. 희망요양병원이라고, 여기서 가까워서 한번 가 보려고요. 저는 무사하니까 이제 정미 씨도 마음 놓아요. 밥 먹었어요? 먹었으면 잘 자요.”

답은 돌아오지 않고 전화가 끊어졌다. 이제 정미의 무시가 익숙해지고 있었다.

“그거 위험해.”

익숙해지면 또 그에 안주할 테니 정신 차려야 했다. 승범은 눈을 부릅뜨고 차를 출발시켰다.

◇◇◇◇◇

명연과 거실에 있던 정미는 어두운 밖을 봤다. 입술을 잘근거리다가 얼마 후 다시 텔레비전으로 시선을 돌렸다. 그렇다고 텔레비전 내용에 집중할 수도 없었다. 자꾸 승범이 남기고 간 자료가 머릿속에서 떠올랐다. 지금까지 무슨 일이 있었는지 대충은 알고 있었지만, 모든 일의 배후에 시장 기영문이 있다는 건 예상치도 못했다. 시장은 생각보다 악질이었다. 청탁과 뇌물은 기본이고 각종 비리를 저질렀다. 리조트 개발의 큰 수혜자는 역시나 그다. 오늘의 만남은 승범을 회유할 목적일 테고. 승범은 위험하지 않다고 했지만, 그래도 걱정이 되는 건 어쩔 수 없었다.

"그렇게 걱정되면 전화해 봐. 정신없게 굴지 말고."

명연이 버럭 짜증 냈다. 정미는 핸드폰을 들어 승범에게 전화했다. 다행히 승범은 전화를 바로 받았다. 자신은 괜찮다며 안심시키더니 갑자기 희망요양병원에 가 보겠다고 했다. 그냥 집으로 돌아가는 것도 마음이 놓일까 말까인데 이 밤에 갑자기 거기에 왜? 짜증이 나서 정미는 전화를 끊어 버렸다.

다시 안절부절못하던 정미가 자리에서 벌떡 일어났다.

"아무래도 안 되겠어요."

명연은 한숨을 내쉬며 텔레비전을 껐다.

"같이 가요. 할아버지도 김 선생이 걱정되시나 봐."

정미는 명연의 차에 오르며 택영한테 전화를 했다.

"택영 씨, 어디예요? 한의원에 있어요? 승범 씨랑 전화했는데 지금 희망요양병원으로 간대요. 걱정돼서 안 되겠어요. 저 지금 거기로 가요."

◇◇◇◇◇

기영문의 말대로 요양병원은 청수산 속에 있었다. 가로등 불빛에 비친 건물은 몇 곳만 불이 켜져 있고 대부분 어두웠다. 기영문이 말을 해 둔다 했으니 날을 잡아서 아버님을 찾아뵈면 될 터였다. 아니면 2층부터 5층까지 입원실이니 귀신 몇을 투입해서 찾는다면 손쉽게 찾을 수 있을 것이다.

차로 돌아온 승범은 어둑해진 청수산 산길을 운전했다. 집으로 가려면 왔던 길과는 반대로 가야 했기에 그는 내비게이션이 가리키는 방향대로 우회전했다. 접어든 2차선 도로는 빼곡한 잡목들만이 즐비한 어둑한 곳이었다. 간간이 가로등 불빛만이 있는. 그러고 보니 최 사장이 말했던 곳이 여기쯤인 듯해 보였다. 차창 밖으로 보이는 길은 꽤 낯이 익었다. 지난날, 소라네 집에 오가느라 몇 번이나 지나다닌 길이다.

승범은 차를 갓길에 세웠다. 인적 없는 숲과 인접한 인도도 없는 2차선 도롯가, 지나치는 차도 없었다. 차에서 내리자 스산한 바람 소리만이 들리는 적막이 그를 감쌌다. 찬 공기에 승범은 옷깃을 여미고 천천히 걸어 나갔다.

이곳 어딘가에서 혜영이 사고를 당했을 터였다. 정확한 곳은 몰라서 무작정 걷다가 건너편 산에 면한 소라네 목장의 울타리를 발견했다. 승범은 문득 소가 도망가 울타리 부근에 CCTV를 설치했다는 카센터 사장님의 말이 떠올랐다. 주위를 보니 가까이에 CCTV가 보였다.

혹시 여기에 뭐라도 찍히지 않았을까?

더 생각하지 않고 승범은 울타리를 넘었다.

◇◇◇◇◇

CCTV에는 최근 30일 영상이 저장되어 있을 뿐 더 이전 건 없었다.

"이런, 도움이 못 되어서 어떡하죠?"

소라 아버지가 머리를 긁적이며 말했다.

"아닙니다. 저도 혹시나 하는 생각으로 온 거라 괜찮습니다."

"오랜만에 오신 거니 저녁 식사나 하시고 가시죠. 소라도 선생님을 만나고 싶다고 했거든요."

"저도 그러고 싶지만 일정이 바빠서 얼른 가 봐야 할 것 같습니다. 다음에 식사하시죠."

승범은 시계를 봤다. 이곳에서 시간을 꽤 지체했다. 승범은 인사하고 나와 차가 있는 곳으로 돌아갔다.

차를 출발시키고 얼마 달렸을까. 갑자기 엔진 쪽에서 하얀 연기가 피어올랐다.

"안 돼! 제발제발."

놀란 승범은 차를 세웠다. 깊은 탄식을 내뱉으며 의자에 몸을 기댔다. 마지막으로 본 카센터 사장님은 차를 바꾸라고 충고했다. 보내 줄 때를 아는 것은 얼마나 멋진 일이냐면서. 그땐 왜 멋진 일인지 몰랐는데 지금에야 깨달았다.

이 밤에 이 산에서 있어야 한다니.

승범은 차에서 내려 앞으로 갔다. 핸드폰을 꺼내 카센터 사장님에게 전화하며 보닛을 열었다. 역시 몇 번을 봐도 모르겠다. 수신음만 속절없이 흐르던 그때 헤드라이트를 켠 차가 승범의 차 뒤에 섰다.

눈이 부셔 눈살을 찌푸리며 그곳을 보자 한 사람이 차에서 내렸다. 기영문이었다.

"김 원장님?"

"기 시장님, 어떻게 여기에……?"

"원장님과 혜영이 얘길 했더니 그 애가 그리워지더라고요. 그래서 왔는데, 원장님은 왜 여기에 계십니까?"

요양병원에 가 봤다가 이곳으로 왔다고 하면 이상하게 생각할 게 분명했다. 승범은 소라네를 가리켰다.

"아는 곳이라서요. 지나가다가 인사하고 왔습니다."

"아……. 그러십니까?"

기영문은 소라네를 바라봤다. 잠시 침묵이 흘렀다. 기영문이 다시 물었다.

"차가 고장 났습니까?"

승범은 침을 꼴깍 삼키고 대답했다.

"아, 네. 종종 그러네요. 지금 카센터 사장님께 전화하고 있습니다."

기영문에게 들고 있는 핸드폰을 가리켜 보였다. 기영문이 그 모습에 잠시 뭔가를 생각하는 듯하더니 밝게 웃었다.

"마침 나한테 장비가 있습니다. 제가 도와드릴게요."

"네? 아니요. 괜찮습니다. 사장님 부르면 되는데요. 그러실 필요 없습니다."

도와주겠다는 기영문이 차 트렁크로 가, 문을 열었다. 승범은 괜찮다며 거절했다. 아무리 기영문이 차에 대해서 잘 안다고 해도 승범은 그와 남는 게 껄끄러웠다.

갓길 안쪽으로 온 승범은 계속 전화를 받지 않는 사장님이 야속했다.

그냥 택시를 불러서 갈까?

승범이 잠시 고민하는데.

딸랑. 방울 소리가 들려 승범은 핸드폰에서 시선을 떼 차 쪽을 봤다. 언제 왔는지 방울 소리와 함께 삼색 고양이가 자동차 보닛 위에 있었다. 눈썹 위에 V자형 검은 줄무늬가 있는 걸 보고 확신했다. 구문석 어르신의 사과 과수원에서 여러 번 본 삼색 고양이었다.

거기서 조금 거리가 있는 곳인데 이 고양이가 왜?

"야, 너 왜 여기에 있어?"

고양이에게 손을 뻗자 야옹 하고 울던 고양이가 승범에게 몸을 날렸다.

"억!"

승범이 삼색 고양이를 피하다가 손에 든 핸드폰을 떨

어트렸다. 황급히 주우려 허리를 숙이는 것과 동시에 귀청이 찢어질 듯한 소리가 들렸다. 승범은 제 뒤에 있는 나무가 패인 걸 봤다.

지금 뭐가?

승범은 고개를 들었다. 기영문의 손에 산탄총이 있었다. 순간 머릿속에서 무수한 물음표가 떴다.

서로 눈이 마주치자마자 승범은 핸드폰을 주워들 새도 없이 산속으로 도망쳤다. 뒤에서 몇 번의 산탄총이 발사되는 소리가 들렸고 승범은 쫓기기 시작했다.

기영문은 총을 쥔 손에 힘을 잔뜩 줬다. 기혜영 그 계집애 때문에 모든 일의 첫 단추가 잘못 끼워졌다. 기혜영은 자신의 거룩한 뜻을 지지해 줘도 모자랄 판에 선산을 파는 것을 덮어 놓고 반대했다. 아버지까지 그녀의 편으로 끌어들였다. 기영문이 잔소리해 대는 기혜영의 입을 닥치게 하는 데는 그리 오래 걸리지 않았다.

기영문은 자신의 성의를 거절한 승범을 뒤를 쫓고 있었다. 그가 무엇을 할지 너무 불안했다. 귓가에선 누가 자꾸 승범을 가만두면 안 된다고 속삭였다. 어쩌면 자신의 어두운 내면이 바라는 일인지도 모르겠다.

승범은 왜 혜영에 관해 물었을까? 마치 뭔가를 알고 있는 것처럼. 마치 일면식이 있는 것처럼. 아버지가 계신 요양병원을 갔을 때도 설마 했는데 승범이 이곳에 차를 대고 목장으로 들어가 울타리에 있는 CCTV를 볼 때, 기영문은 피가 빠져나가는 기분이었다.

저 자리에 CCTV가 있었나?

두어 달 전, 저녁. 시골 도로는 가로등이 몇 없어 어두웠고 오가는 차들도 없었다. 아버지 요양병원에 다녀오며 기영문과 기혜영은 선산을 개발하는 것을 두고 격하게 싸웠고 화가 난 혜영은 내려달라고 소리쳤다. 기영문은 거칠게 차를 세웠다.

혜영은 불만과 짜증이 묻어나는 몸짓으로 차에서 내렸다. 그렇게 어둑한 도로를 따라 걸어가는, 헤드라이트에 비친 혜영의 뒷모습을 보다가 기영문은 액셀러레이터를 밟았다. 언제나 자신의 의견을 반대하고 방해하는 동생이 사라졌으면 했다. 놀란 혜영의 얼굴이 보인 것도 같았다. 그다음엔 둔탁한 충격도 느꼈다.

무슨 정신에 그 일을 벌였는지는 모르겠으나 아무도 모를 거라 생각했던 그날의 일이 저 CCTV에 고스란히 찍혔으리라. 그리고 승범도 곧 알게 되겠지.

"무언가를 알았다면 그 비밀을 아는 것도 시간문제겠지. 그러니 저놈을 죽여야 해. 네 동생처럼."

아까부터 누군가가 자꾸 제 귀에 속삭였다. 이상했지만, 그 말이 맞았다. 제 앞을 막는 것들에게는 죽음뿐이다.

때마침 승범의 차가 고장 났다. 그리고 때마침 내일 멧돼지 사냥을 위해 지구대에서 받은 총기가 트렁크에 있었다. 기회였다.

"아주 좋은 생각이야!"

여전히 귓가에서 속살거리던 목소리가 웃자, 기영문도 따라 웃었다.

"네가 내 앞길을 망칠 거라고 생각했지. 내 동생처럼 말이야!"

타앙!

총소리는 마치 벼락이 내리치는 듯 기영문의 머릿속을 혼란스럽게 만들었다. 승범이 머리를 감싸 안고 어두운 산길 속을 파고들었다.

사방이 어두컴컴해 어디가 길인지, 무엇이 있어 그의 앞을 가로막는지도 잘 보이지 않았다. 그렇다면 기영문도 똑같을 터였다. 총이 승범을 정확히 맞출 확률은 줄어드는 셈이다.

"한 번도 아닌 두 번이나. 계속 두면, 두는 족족 그러하겠지!"

뒤에서 기영문의 고함이 들렸다. 이어 총을 장전하는 소리마저 크게 들려왔다. 승범은 몸을 움츠렸다.

타앙!

　승범은 총소리를 뒤로하고, 산속으로 달려갔다. 가로등 불빛이 점점 옅어지고 어둠이 자리했다. 눈앞이 잘 보이지 않아서 전력으로 뛸 수가 없었다. 갑자기 나타나는 나무에 부딪히거나, 발목을 채는 수풀에 넘어지지 않으려 애썼다. 다시 총성이 들렸다. 이번엔 대각선에 있는 나무에서 퍽 하는 소리가 났다.

　대체 총알이 얼마나 있길래 자꾸 쏘는 걸까.

　어쨌든 총알을 낭비하게 둔다면 좋은 일이다. 그러나 점차 가까워지는 적중률에 다른 방법을 생각하다가 기어이 수풀에 발이 걸려 넘어졌다. 내리막길을 구르자 땅이 솟구치고 하늘이 내려앉았다.

　돌부리에 허리를, 등걸에 머리를 부딪치자 그 충격에 움직일 수가 없었다. 정신이 아득해졌다. 그는 이를 악물고 밭은 숨을 몰아쉬었다. 여기서 기절하면 안 된다. 멀리서 다가오는 발소리가 들렸다. 몸을 휘돌던 통증이 잦아들자 승범은 옆 나무에 몸을 숨겼다.

　새하얀 빛이 비쳐들었다. 기영문이 손전등을 가지고 있었는지 뒤늦게 나타난 불빛이 이곳저곳을 훑었다. 승범은 자신을 찾지 못하길 빌었지만, 멈칫거린 불빛은 천천히 승범 쪽으로 다가왔다. 기영문의 목소리가 들렸다.

　"그러게, 주는 돈 받고 가만히 있었으면 이런 일이 없었을 것 아니냐. 왜 내 앞길을 막고 쓸데없이 혜영의 죽음을 쫓아? 그래서 그 증거는 찾았어? 하긴 그래 봤자 소용없다. 넌 죽을 것이니까.”

기영문이 그렇게 읊조리며 승범을 향해 산탄총의 끝을 조준했다.

그때 다급한 발소리가 들리더니 기영문을 덮쳤다.

“승범이한테 손대지 마!”

정미가 온 힘을 다해 기영문을 밀었다.

“정미야!”

“이런 씹!”

바닥을 구른 기영문은 같이 넘어진 정미를 보고는 벌떡 일어나 총부리를 그쪽으로 겨눴다.

“개나 소나 다 나를 방해하지!”

그가 방아쇠를 당겼다. 타앙! 승범이 부리나케 달려와 정미를 감쌌다. 그러느라 또다시 총알이 빗나갔다. 욕을 내뱉으며 기영문이 다시 총을 쏘려고 했지만, 총알이 떨어졌다. 주머니를 뒤적여 그가 다시 장전했다. 그때 음메. 하고 소가 울었다. 기영문은 뒤를 돌아봤다. 너른 공터라 손전등 빛이 없어도 시린 달빛이 비쳐 들고 있었다. 소는 그곳으로 유유히 걸어와 기영문을 지나쳐 승범과 정미 앞에 섰다.

음메.

저거 일전에 소라네에서 도망쳤다던 그 소 아냐?

승범은 음메 하고 우는 소를 보며 멍하니 그런 생각을 했다.

야옹!

승범과 영문의 시선이 소 위에 앉아 있는 삼색 고양이에게로 향했다. 뜬금없는 등장에 승범은 입만 벙긋거렸다.

도대체 저 고양이는 뭔데 아까부터 나타나서 자신을 구해 주는 걸까?

나름대로 근엄하게 앉아 고양이가 야옹 하고 울었다. 그리고 일어나 소 위에서 힘껏 뛰어올랐다. 승범은 하얀 입김 사이로 허공을 가르는 고양이를 멍하니 바라봤다. 반짝이는 달빛을 등진 작은 몸집이 점점 커졌다. 부는 바람에 펄럭이는 옷가지 소리와 땅에 내려앉는 발소리가 묵직했다. 함께 이를 보던 기영문이 꽤나 놀랐는지 들고 있던 손전등을 놓쳤다. 툭 하는 소리와 함께 불빛이 뒤돌아선 한 사람을 비췄다. 그는 소복 치마를 입고 있었다. 그 차림에 당장 귀신을 떠올렸으나, 기영문도 저 존재를 함께 보고 있었다. 그렇다면…….

사람?

승범의 등에 소름이 돋았다. 눈앞의 고양이가 허공을 한 번 갈랐을 뿐인데 사람으로 변했다? 평범한 사람일 리가 없었다. 그 생각에 호응하듯 그가 천천히 돌아서며 각시탈을 뒤집어썼다. 산신님이 뒷짐을 지며 천천히 앞으로 다가왔다.

"일을 해결하랬더니, 그 원인을 내게 데려왔나? 청수 산에서 일어난 일은 내가 해결할 수 있으니까? 하여간 인간들이란."

"뭐야? 이 괴물은?"

산신의 말이 끝나기도 전에, 놀란 기영문이 총구를 산신에게로 돌렸다.

음메에!

기영문이 방아쇠를 당기기도 전에 소가 뒷발질을 했다. 소 뒤에 있던 기영문이 뒷발질에 균형을 잃고 뒤로 나자빠졌다. 소는 계속 울어 대며 쓰러진 기영문의 몸 위에서 껑충껑충 뛰었다. 그 모습을 멍하니 바라보던 승범은 정미를 자신의 품 안으로 꽉 끌어안았다. 그리고 눈을 질끈 감았다.

"아아아악!"

비명과 뼈가 부러지는 소리가 산속에 울려 퍼졌다.

한참 뒤, 계속 들리던 잔인한 소리가 잦아들자 승범은 눈을 떴다. 어느새 소는 언제 그랬냐는 듯이 평화롭게 풀을 뜯고 있었다. 그는 품 안에 있던 정미를 봤다. 얼굴을 가린 그녀의 긴 머리를 뒤로 넘기고 이곳저곳을 살폈다.

"정미야, 괜찮아? 어디 다친 데 없어? 응?"

"어, 괜찮은 거 같아."

"위험하게 여기에 왜 왔어?"

"아 씨, 네가 위험한데 내가 어떻게 가만히 있어. 이게 다 너 때문이잖아. 어디 봐. 너는? 다친 데 없어?"

"미안해. 나도 괜찮아."

서로를 살피는 모습을 지켜보던 산신이 기영문 시체 앞으로 갔다.

그때 기영문 시체에서 검은 기운이 튀어나와 반대편으로 도망쳤다. 컹컹! 어디서 나타났는지 개 귀신이 득달같이 달려가 그 기운을 물었다. 그 입에서 어떻게든 빠져나가려고 발광하는 기운을 향해 산신이 손을 뻗었다. 순식간에 꿈틀거리는 검은 기운은 산신의 손아귀에 있었다. 이내 그 기운은 조치언으로 바뀌었다.

"크에엑!"

"치언."

승범은 갑자기 조치언이 나타나 놀랐다. 대체 이게 무슨 일인지 혼란스러웠다.

"내가 가만히 있으라고 했을 텐데. 그게 그렇게 어려웠나?"

"나도 당신처럼 사람을 이용했을 뿐입니다. 나는 아무런 죄가 없습니다!"

산신에게서 답이 돌아오지 않자 조치언은 바락바락 대들었다.

"오히려 당신은 나조차 이용했어! 신부의 행렬에 난입했던 삼색 고양이! 당신이었지? 대체 왜? 네가 허락한 일이었잖아! 언제부터야? 설마 처음부터 모두 다 날 부추겨 꾸민 것인가?"

"내가 왜 그동안 고씨 집안을 친애하였는지 모르는가? 너 같이 남을 낮잡고 해하려는 것들에게서 귀신들과 사람들을 긍휼히 여기며 베풀어 도움을 주는 데 앞장서다. 스스로를 내어서라도 말이야. 그건 단순하고 쉬운 것처럼 보이나 전혀 그렇지 않아. 나 또한 고수정처럼 네게 차고 넘칠 아량을 베풀었다. 비록 네놈을 꽤 싫어해도, 스스로 멈추기를 바랐다. 그러나 꽤 인내심이 필요한 일이었어. 네놈은 끝내야 할 때를 모르더군."

조치언의 멱살을 쥔 산신의 손에서 하얀 연기가 피어올랐다. 마지막을 예감한 조치언이 발악했다.

"살려 주십쇼! 한 번만 용서해 주시면 다시는 안 그러겠습니다. 다시는 우화에 발을 들이밀지도 않겠습니다."

"나는 처음부터 너에게 무수한 기회를 주었다."

산신은 창백하게 질린 승범을 흘깃 보고 나서 살려 달라는 조치언을 다시 바라봤다.

조치언의 몸부림에 그를 붙든 산신의 손이 잘게 흔들

렸다. 가면을 써서 표정이 보일 리도 없건만, 승범은 산신이 주저하는 것처럼 느껴졌다. 모두가 입을 모아 냉정하고 무섭기 이를 데 없다고 말했던 그의 성정이 어쩌면 그냥 풍문일지도 모르겠단 생각이 들었다.

조치언도 느꼈던 걸까. 순간 그의 몸에서 강렬한 빛이 솟구쳤다. 그에 맞춰 산신이 손을 놓았다. 빛으로 변한 조치언이 빠른 속도로 도망치기 시작했다. 그 자리에 있던 그 누구도 뒤쫓지 않았을 때, 저편 어둠 속에서 뭔가가 나타나서 빛으로 변한 조치언을 잡아채 한입에 삼켰다. 빛이 사라지자 그 자리에 손을 털며 입맛을 다시는 청뢰 장군신이 있었다. 그가 다가왔다.

"어쩐 일로 자네답지 않게 손에 속을 두는 건가? 저런 건 교화의 가능성이 하나도 없다는 걸 몇 번이나 속아야 깨우칠 것인가? 덕분에 영양 보충을 하는군. 그다지 맛은 있지 않지만. 그래도 오래 묵었다고 씁쓸하니 한약 맛이 나네."

산신은 갑자기 등장해 조치언을 단숨에 먹어 삼킨 장군신을 노려봤다. 두 신들 간의 분위기가 심상치 않았다.

"지금 그걸 드신 거예요?"

승범이 다른 이유로 충격을 받아 중얼거리자 정미는 그의 옆구리를 찔렀다.

"눈치 없게. 지금 그게 중요한 게 아니니 그냥 아무

말도 하지 말아요.”

두 사람의 대화에 청뢰 장군신은 허허 웃으며 배를 두드려 보였다.

“어, 저런 것들은 간혹 약이 되거든.”

“아이고, 할아버지?”

멀리서 명연의 목소리가 들렸다. 그 뒤를 따라 택영과 박 씨 그리고 조근우가 자신을 부르는 소리도 들려왔다.

모두 자신을 도와주러 왔구나!

승범이 감격하며 뒤늦게 안도의 한숨을 내쉬었다. 그러다 자신을 빤히 바라보는 산신과 눈이 마주쳤다.

어쩌지도 못하고 바라만 보는데 산신이 어깨를 으쓱였다.

“원인이 사라졌으니, 약속대로 내 신부를 자유롭게 하리라.”

승범은 산신을 두고 제멋대로라던 박 씨의 말을 떠올렸다. 그는 정말, 아주 많이, 제멋대로다!

8. 그리고, 오늘 우리는

바람이 제법 매섭다는 생각 들 때 잿빛 하늘에서 하나둘 눈송이가 떨어졌다. 사람들은 저마다 하는 일을 멈추고 잠시 눈이 내리는 걸 바라봤다. 그 잠깐의 시간 동안 그들의 마음에 설렘이 깃들었다. 첫눈이었다.

철물점 앞으로 1톤 트럭이 서자 2층에서 사람들이 내려와 저마다 가져온 짐을 트럭에 실었다. 오전 내내 청수산 개발 반대 지부에 사람들이 들락거렸다.

기영문이 리조트 유치 및 개발을 반대하던 승범을 죽이려 했다는 사실이 대대적으로 보도되었다. 기영문이 도망치는 승범에게 총을 쏘던 와중에, 근처를 떠돌다가 총소리에 흥분한 소에게 밟혀 죽었다는, 다소 허망한 죽음도 전했다. 그에 더해 위협용으로 사용했던 총기가 사실 기영문이 사냥 허용 기간 이전에 대한 그룹 회장과 청수산에서의 비밀 사냥을 약속하고 미리 준비했었던 것임이 내부 고발로 밝혀졌다. 이는 '불법적인 귀족 놀이'라는 제목으로 여론의 뭇매를 맞았다. 논란이 되자 대한 그룹은 청수산 리조트 유치 및 개발에서 발을 빼기로 했고 무분별하게 이뤄지던 투기 및 공사들이 잠정 중단되었다.

그렇게 개발 반대 지부는 청수산을 지키게 되었다는 사실에 기뻐하며 흔쾌히 해산하기로 했다.

"세뿔투구꽃 군락지 찾은 거 김 선생이라며? 대단한 일 했네! 그곳에 산불이 나지 않았더라면 좀 더 빨리 끝냈을 수 있었을 텐데."

짐 정리를 돕던 승범에게 가구 공방 사장이 물었다. 산불로 야생 식물 군락지가 사라졌고 승범은 사람들이 실망할까 봐 이를 알리지 않았었다. 그러나 이번 기영문 사건으로 경찰의 조사를 받을 때 승범은 세뿔투구꽃 군락지 사진을 증거로 내밀며 기영문이 개발에 방해될까 봐 일부러 불을 지른 것이라고 알렸다. 경찰은 증언과 증거를 토대로 청수산 CCTV를 조사하여 산불이 났던 당일 한 남자가 석유통을 들고 입산하는 모습을 발견했다.

"세뿔투구꽃을 실제로 보니까 느낌이 어땠어? 그런 일이 있었다면 나를 데려갔어야지."

꽃집 사장님이 제일 안타까운 눈빛을 지었다.

"꽃을 모르는 저도, 야생 꽃에서도 귀한 광채가 나는구나 싶었죠. 사진 보내드릴게요."

승범은 주머니에서 핸드폰을 꺼냈다. 다른 사람들도 대화에 끼어들었다.

"미리 알려 주지 그랬어. 기영문 저렇게 안 됐어도 우리에게 승산이 좀 있었을 텐데. 그거 언론에 알리고 하면 다른 지역 사람들도 우리 편 들어 줬을걸?"

"제가 그 생각은 못 했네요. 그저 여러분들이 속상하고 실망할까 봐 그랬는데 다음엔 꼭 알리겠습니다!"

"이 원장님이! 다음이 있으면 큰일이죠!"

"그건 그래! 하하하하."

사람들이 왁자하게 웃었다.

"언제 끝나나 기약이 없어서 힘들었지만, 그래도 이렇게 끝이 나긴 하네. 그리고 모두랑 같이해서 그런지 나름 재밌는 순간들도 있었어."

"이제 세상이 옳게 돌아가는 거지. 이런 것들이 다 평생 가고 우리 삶에서 떼어 낼 수가 없는 건데 말이야. 사람들이 다 돈에만 눈이 멀어 가지고……. 에휴."

"난 내 고향이 좋은 이유가 언제나 그 자리에 변함없이 나를 맞아 줘서 좋다고. 내 뿌리가 이곳인데, 무분별한 개발은 원치 않아. 이런 곳도 있어야지. 안 그래?"

대화하던 이들이 승범을 바라봤다. 승범이 한쪽 입꼬리를 올렸다.

이 타이밍에 어울리는 말이 있지.

"물도 맑고, 산도 좋고, 인심 좋은 우화니까요."

다시금 사람들이 웃었다.

◇◇◇◇◇

마지막 짐을 실은 차가 멀어져 갔다. 승범은 그 뒷모습을 보다가 눈 실은 바람에 몸을 부르르 떨었다. 길을 건너 한의원으로 가려던 승범을 최 사장이 불렀다.

"김 선생! 점심 아직이면 우리랑 같이 자장면 어떻니까?"

"우리요?"

철물점 안을 보니 민영과 혁수가 인사를 했다. 승범은 반가운 마음에 가게 안으로 달려갔다.

"아니, 두 분 여기에 어쩐 일이세요?"

"진료받으러 산부인과에 갔다가 돌아오는 길에 최 사장님을 만났거든요."

"내가 가만히 있을 수는 없지. 임신 기념으로 점심을 쏘기로 했다오. 김 선생 덕도 있으니 이 자리에 당연히 초대되어야지. 충분히 주문했으니 자자, 어서들 이리 따뜻한 난로 앞으로 오라고."

난로 앞에 준비된 탁자에 자장면, 짬뽕, 탕수육, 팔보채, 유산슬이 펼쳐졌다.

"우와, 이게 다 뭡니까."

"달콩이가 자장면을 먹고 싶다고 해서! 이 주방장을 닦달해서 솜씨를 발휘하라고 했지."

"달콩이요?"

"태명이에요."

"아아! 달콩이는 건강하게 무럭무럭 잘 자라고 있죠?"

"덕분에요. 먹성이 얼마나 좋은지 남들은 입덧한다고 하는데 그런 거 없이 달콩이가 아빠 쉴 틈을 안 줘요."

아내의 말에 혁수가 머리를 긁적거렸다.

"그래서 나날이 요리 실력이 늘고 있습니다."

"다행이네요."

"자자, 어서 먹자고."

그들은 물로 축하하며 따뜻한 음식을 나눠 먹었다. 온기가 감도는 곳에서 간간이 웃음과 대화가 오갔다.

"리조트 개발이 되든, 안 되든 저희는 이곳에 머무르려고 했거든요. 어떻게 갑자기 일이 이렇게 되었네요. 아직도 사실 잘 안 믿겨요."

민영이 말했다.

"아, 그러니까. 일이 너무 빨리 정리되니까 우리 반대파 위원회에서도 이게 맞냐면서 웅성웅성했다니까. 그런데 그래도 혹시 몰라. 끝까지 주의해야 해. 시장이 죽긴 했어도 그 회사는 아직 있잖아. 거기 아니더라도 건설사는 많고."

논란이 가라앉으면 누군가가 다시 개발을 시도할지도 몰랐다. 최 사장은 다시 그런 일이 있어서는 안 된다고 주먹을 불끈 쥐었다. 혁수가 고개를 끄덕이며 최 사장의 말에 동조했다. 그가 말했다.

"그러니까요. 그리고 저 이번 일들 겪으면서 좀 깨달은 게 있어요. 자연 보호도 중요한데, 이 마을이 마을로도 유지되려면 마을 사람들이 중요해요. 사람이 없어 봐요. 그러면 건설사가 그냥 자기 원하는 대로 바로 할 수 있잖아요. 자연을 유지하면서도 마을에 사람들이 빠져나가지 않을 방법을 찾아보려고요. 이런 게 또 공무원이 할 일 아니겠어요."

오! 승범은 혁수를 떠올리면 맞은 턱이 아팠지만, 이런 말도 멋지게 할 줄 아는 사람임을 깨닫고는 질세라 손을 번쩍 들었다.

"전 한의원 일 열심히 할게요! 또 너무 잘하면 기영문 같은 사람이 또 찾아올 것 같아서 걱정되지만, 이번에 여러 일을 겪었고 죽을 뻔도 했고 많은 깨달음을 얻었습니다. 저도 완벽히 바뀌었으니까. 진짜 유혹에 흔들리지 않을 자신이 있습니다!"

그러자 모두가 웃었다.

"첫눈인데 많이 내리네요."

민영의 말에 모두가 창밖을 봤다.

사람들이 오가는 거리에 여전히 함박눈이 쏟아졌다. 올해는 눈이 많이 내릴 거라고 박 씨 아저씨가 말했었다. 날카로운 찬바람과 얼어붙을 일만 남은 겨울이 오고 있다고. 눈을 보니 문득 수정이 했던 말이 떠올랐다.

'겨울이 추워야지. 괜찮아. 눈이 많이 오면 다음 해엔 풍년이니까. 시달린 만큼 알알이 단단해지거든. 자연도 그럴진대 사람이나 귀신들도 안 그럴까. 다 그렇게 살아가는 거야.'

이제야 그 말이 이해되는 것 같아서 승범은 미소를 지었다.

◇◇◇◇◇

"혜영 씨!"

"근우 선생님!"

그로부터 며칠 뒤, 노을이 지는 오후. 요양병원 앞에서 승범과 박 씨 그리고 조근우가 서성거리고 있었다. 그러다 저편에서 달려오는 혜영을 조근우가 발견했다. 그는 달려가 혜영을 끌어안았다. 혜영도 안도감과 그리움에 그를 마주 안았다.

“그러니까 저 둘이…….”

박 씨는 둘의 친밀한 모습에 꽤 놀란 듯했다.

“네, 저 둘이 그렇고 그렇네요.”

오랫동안 헤어진 거에 비해 만남의 인사는 짧았다. 먼저 혜영이 해야 할 일이 있었기 때문이다.

“선생님, 감사해요. 저 때문에 여러 고생을 많이 하셔서.”

혜영이 승범에게 인사했다.

“나중에 한풀이에 값을 잘 쳐주시면 됩니다.”

승범의 말에 옆에서 듣던 박 씨가 옆구리를 찌르는 척했다.

“자네는 참 한결같아.”

“산신님한테 같이 잡혀갈 때 겪은 수모도 그렇고, 은혜를 어떻게 갚아야 할지 모르겠네요.”

“사람 열 명으로는 모자랍니다. 대신 저희 한의원에서 밤 직원으로 계속 일해 주시면 충분합니다. 뭐, 원하시면 말이죠.”

승범의 제안에 모두가 놀랐다. 박 씨는 손과 의수로 박수를 쳤다.

“자네는 참 현명하기도 하지!”

“당연히 저도 하고 싶어요!”

혜영이 조근우와 서로 마주 봤다. 기쁨의 미소를 보

자 승범은 속으로 안도의 한숨을 내쉬었다. 그녀가 아버지가 저승 가실 때 함께 가겠다며 거절할까 봐 아마 조근우만큼이나 초조해했다. 혜영같이 일 잘하는 귀신은 승범에게도 무척 소중했다.

"자, 그럼 올라가실까요? 제가 가족분께 방문 치료를 제안했고 가족과 병원 측에서 허락을 해 주셨습니다."

승범은 기영문의 장례식 때 만난 그의 아내에게서 시아버지가 계시는 병실의 호수를 알아냈다.

그들은 함께 요양병원에 들어갔다. 승범이 방문 목적을 알리고 잠시 후 그들은 엘리베이터를 탔다. 문이 열리고 복도를 가로지르던 승범은 중간에서 멈춰 섰다. 혜영이 죽고 처음 가지는 가족 상봉이었다. 그녀가 오롯이 혼자 가질 시간을 주고 싶었다.

"아버님은 303호에 계십니다. 그곳으로 가시면 됩니다."

"고맙습니다, 선생님! 정말 감사합니다."

"저도 이제 두 다리 뻗고 마음 편히 잘 수 있겠습니다. 한을 푸시게 되어 축하드립니다."

"그럼 가시지요. 제가 문 앞까지 함께 가겠습니다."

조근우의 안내에 혜영이 고개를 끄덕였다. 그리고 잠시 뒤, 고요한 복도로 혜영의 서러운 울음소리가 들려왔다. 승범은 붉은 노을빛이 비치는 창 너머에 시선을

두었다. 문득 먼저 간 수정과 공실 그리고 기운이 보고
싶었다.

◇◇◇◇◇

일요일 아침, 승범은 등산복을 입고 집에서 나왔다.
거실에서 자고 있던 개 귀신이 그 뒤를 따라왔다. 그동
안 개 귀신에게 이름이 생겼다. 조치언을 물어뜯은 용
맹함과 힘이 세다에서 따와 센이라고. 센은 승범이 어
디를 갈지 아는지 앞서갔다. 그리고 개천을 따라 달리
던 송기윤을 만났다. 그냥 눈인사만 하고 계속 갈 길을
갔는데 얼마가 흘렀을까.

"야이 씨! 너 어디가냐앗!"

산길을 오르는데 뒤에서 따라오던 송기윤이 소리쳤
다. 승범은 뒤를 돌아봤다. 대체 얘는 왜 쫓아와서 이다
지도 귀찮게 하지?

승범은 며칠 전 첫눈이 왔을 때 사람들과 이야기를
나눴던 청수산 야생 식물 군락지가 계속 생각났다. 이
미 불에 타 버렸고 그 이후 그곳을 떠올리면 아름답던
곳이 훼손되어 사라졌을 생각에 가슴이 저몄다. 핸드폰
에 있던 사진들을 사람들에게 공유하며 문득 정미와 그
곳에서 겪었던 모든 광경이 환상같이 느껴져 승범은 산
행을 결심했던 것이다.

그런데 얘가 왜 여기에 있는 거냐고?

승범은 헐떡이는 송기윤을 한심하게 쳐다봤다.

늦가을에 왔던 그는 서울로 돌아가지 않고 아직도 택영의 집에서 지냈다.

"너 집에 가라고! 등산하겠다는데 왜 쫓아와서 귀찮게 해?"

"집에 있으면 심심하단 말이야. 여기엔 실내 골프장도 없고 무슨 동네가 주말이면 더 조용하냐?"

"친구들 있는 서울에 가. 휴가를 대체 얼마나 받았길래 아직까지 있어?"

"너는 친구 아니냐?"

그 말에 승범이 놀라 걸음을 멈추고 뒤를 돌아봤다.

"징그럽게 왜 그래?"

"말이 그렇단 거야. 최 사장님이나 다른 사람들 다 내가 네 친구라고 알고 있다고. 아이 씨. 등산은 진짜 내 스타일 아니야."

승범은 벌겋게 달아오른 송기윤의 얼굴을 훑어봤다. 길은 산책길이 아닌 험지였기에 쫓아오는 내내 온통 땀에 젖었고 겨울 산행에 얇은 운동복 차림이었다. 이러다 땀이 식으면 추위로 감기에 걸릴 게 뻔했다. 일순 예전에 수정을 따라 산에 오르던 자신의 모습과 겹쳐 보였다. 그때 얼마나 힘들었는지 다시 생각만 해도 피로도가 증가했다. 이젠 체력이 많이 상승했다는 뿌듯한 기분이 함께 느껴지기도 했고. 하지만 앞으로 더 길은 험해질 예정이다.

하긴 정미와 이 길을 갈 때 자신도 죽는 줄 알았지.

가라 해도 안 가는 송기윤을 보던 승범은 혀를 차고는 목도리와 장갑을 벗어 그에게 건넸다.

"앞으로도 지루할 거야. 점점 길도 험해질 테고 눈이 쌓여 힘들지도 몰라. 그러니 지금 내려가는 게 좋아. 그래도 안 갈 거라면 앓는 소리 하지 말고 따라와. 네 선택이니까."

송기윤은 승범이 내민 목도리와 장갑을 빤히 바라보다가 무슨 결심을 했는지 그것을 받아들었다.

"그래, 내 선택이니까. 시작했으니 포기할쏘냐."

산행은 그렇게 계속되었다. 칭얼댔던 송기윤도 더는 앓는 소리를 내지 않았다. 점점 가팔라지는 경사와 승범이 꺼내 드는 밧줄에 잠시 신음을 흘렸지만 그뿐이었다. 서로 넘어지면 부축하고 불안한 걸음에는 손을 뻗어 잡아 줬다. 그렇게 그들은 검은 그을음이 인처럼 새겨진 바위 사이를 지나갔다.

휘이. 바람이 눈 쌓인 텅 빈 골짜기를 쓸며 지나갔다. 오는 내내 보았던 화마에 삼켜진 나무들처럼 눈앞의 공동도 검은 재로 덮여 있었다. 야생화의 자취는 그렇게

스러졌고 그 위를 눈이 덮었다. 승범은 거친 숨을 몰아쉬며 헛헛한 감정에 휩싸여 바위에 기댔다. 생각했던 것보다 처참했다.

산신님이 시켜서 청수산 리조트 유치 및 개발을 반대하기 시작했다지만, 어느 순간부터 진심이 되었다. 사실은 자신도 모르게 이 자연을 보호하고 다시 보고 싶었다. 이곳에서 세뿔투구꽃과 빛을 발하며 유영하던 야광머리뿔가위벌을 보고 좋아하던 정미의 모습도 계속 보고 싶었다. 다시는 정미를 실망시키고 싶지 않은 그런 마음이 오늘 자신을 산을 오르게 했다.

"이 끝에 뭔가 멋진 게 있을 줄 알았는데. 적어도 산 정상에서 보는 것처럼 탁 트인 시야에 펼쳐진 장관 같은 거라든지. 여긴 아무것도 없잖아."

승범이 한 것처럼 주위를 보던 송기윤이 바위에 기댔다.

"있었어."

얼마 전에는. 이런 삭막한 광경이 아니라.

무척이나 아름다웠던 그 순간, 불신도 사라질 만큼 믿음이 만개했기에 정미에게 청혼을 했었다. 환상은 아니지만 불 꺼진 현실이 시리게 와닿았다.

아니야. 나는 포기하려고 이곳에 다시 온 게 아니야.

승범은 주위를 둘러봤다. 바위 위에 칼날 같은 바람

이 불었으나 공동 안은 그다지 춥지 않았다. 그는 손으로 바닥을 긁어내다가 신중하게 살폈다. 승범을 따라 센도 곳곳에 코를 박고 냄새를 맡기 시작했다.

"사실 나 휴가가 아니야."

땀에 젖은 장갑을 벗으며 송기윤이 말했다. 바위와 땅의 경계를 살피는 승범은 그 말을 흘려들었다. 무엇을 찾고 있는지 자신도 잘 몰랐다. 그저 구문석 어르신의 그 사과나무처럼, 가망이 없는 건 절대적이지 않다는 것. 즉, 희망을 찾고 있었다.

"나 사표 냈어."

승범의 대답이 없자 송기윤이 툭 하고 내뱉었다. 그제야 승범이 손을 멈추어 그를 돌아봤다.

"뭐라고?"

기함했다.

잘못 들었나?

"제일한방병원 부원장직을 관뒀다고? 네가? 너는 그 자리가 어떤 자린 줄 알고 막 관두는 건데? 미쳤어?"

재차 물었다. 너무 어이가 없어서 기까지 찼다. 송기윤이 키득거렸다.

"너 우리 엄마랑 똑같이 말한다."

크흠. 승범은 헛기침했다. 너무도 황당하고 충격적이라 지난 세속의 욕망이 되살아났다.

자신은 달라졌다고 내내 마음을 다잡았건만.

송기윤이 긴 숨을 내쉬었다.

"엄마가 어느 날 그러더라. 나이도 찼으니 양 교수와 결혼하라고. 마치 내 계획표에 다음 할 일이란 지문을 읽는 것처럼 무의미하게 말하더라. 그제야 문득 내 삶이 내 것이 아니고 엄마 것일지도 모른다고 생각했어. 태어난 이후부터 내내 그랬지. 네가 날 보며 빈정거리던 말이 다 맞아. 마마보이에 부모 후광으로 사는 재수 좋은 놈."

자신이 내뱉은 지난 말들이 이런 식으로 재소환될 줄은 몰랐기에 승범은 겸연쩍었다.

"그래서?"

"그래서 사표 내고 여기로 도망쳤어. 지금이라도 내 삶은 내가 살아야겠다 싶어서. 그리고 아직 어떻게 살아야 할지 생각 중이고. 내가 스스로 선택하는 것이 아직은 어색하거든."

송기윤은 어깨를 으쓱였다. 승범도 같이 으쓱였다. 그와 이렇게 깊은 대화를 할 줄 몰랐기에 참 어색했다. 대답할 말도 딱히 떠오르지 않고 해서 갈피를 잃은 시야를 다른 곳으로 옮길 때였다. 컹컹! 센이 짖었다.

"어?"

입구 반대편에서 센이 승범을 부르고는 바위에 코를

갖다 댔다. 한달음에 그곳으로 가 보니, 바위에 길게 난 틈이 있었다. 튀어나온 돌에 가려져서 마치 돌의 주름처럼 보였으나 분명 틈이었다. 승범은 그곳으로 갔다. 사람 손도 겨우 들어갈 그 안은 어두워 잘 보이지 않았다. 손을 넣어 바닥을 짚으니 축축한 흙이 만져졌다. 안으로 깊숙이 들어가자 작은 풀포기가 만져졌다. 승범은 급히 손전등을 꺼냈다.

"너 아까부터 뭘 그리 찾아?"

"희망."

"뭐?"

손전등 불빛이 어둠을 가르고 틈 안을 비췄다. 불길과 한기가 닿지 않은 그곳에 세뿔투구꽃이 있었다.

"잘했어, 센!"

승범은 감격에 옆에서 깡충거리는 센에게 말했다.

"누구한테 하는 말이야?"

송기윤이 이상하게 쳐다보며 묻자 승범은 다가오라고 손짓했다. 송기윤이 옆으로 다가와 그 안을 바라봤다. 그는 겨울에도 죽지 않은 작은 풀을 보며 승범이 왜 그리 좋아하는지 이해하지 못하는 표정을 지었다.

"이렇게 비출 테니 빨리 사진 찍어 봐."

"초오 한약재인 투구꽃과 비슷한데? 우리 대학 때 봤었나?"

"세뿔투구꽃이야. 보호종이라 처음 볼걸? 그나저나 이거, 네 미래와도 같을지 모르겠다."

"뭐? 시비 거냐?"

"아주 중요한 거야. 여기가 불났을 때 모조리 타 버린 줄 알았거든. 그런데도 살아 있어. 이 하나가 앞으로 이곳에 다시 군락을 이룰 거야. 너는 모르겠지만, 우린 알아. 빨리."

"알았어."

승범의 재촉에 송기윤은 영문도 모른 채 사진을 찍었다. 다양한 각도로 찍고 동영상까지 찍어 정미에게 보내라고 닦달했다.

"그래서?"

송기윤이 시키는 대로 정미에게 사진들을 보낼 때 승범이 대뜸 물었다.

"뭐가?"

이번엔 송기윤이 핸드폰에 집중하며 되물었다.

"너 나한테 부탁할 거 있잖아. 그래서 여기까지 따라온 거 아냐? 내 기억엔 아주아주 큰 걸로 받아 낼 거라고 했었지."

송기윤이 승범을 바라보다 피식 웃었다.

"그동안 많이 생각했거든. 이제 놀 만큼 놀았고, 어디 가서 개원해야 하는데 무작정 하기도 그렇고. 그래서 말이야. 승범 한의원 바쁘던데, 부원장 안 구하냐? 뭐, 정 싫으면 어쩔 수 없지. 알아봤는데 철물점 2층 비었다며? 내 경력에다 일전에 어르신들께 안면도 익혔으니 새로 한의원을 내도…….”

듣자 듣자 하니까!

기껏 생각해 주고 챙겨 줬더니 하는 말이 갈수록 가관이었다.

한의원 앞에 또 한의원을 하겠다고? 이런 양아치가!

승범은 소리쳤다.

“야, 이 자식아!”

고 사장님도 이렇게 어이가 없었을까?

9. 에필로그

오랜만에 승범은 정미와 함께 퇴근했다. 마침 장날이니 오붓하게 데이트 겸 시장에서 장을 봤다. 나물과 채소, 과일을 잔뜩 사고 고등어를 사려고 생선가게 앞에 섰다. 정미가 사장님과 담소를 나눌 때 승범은 가게 한 편에서 초등학생 여자애가 삼색 고양이랑 노는 걸 봤다.

"정연이, 너. 영어 학원 안 가? 어서 가야지!"

토막 친 고등어를 비닐에 싸며 사장님이 딸을 재촉했다. 여자애는 고양이한테 손을 흔들고 책가방을 챙겨 가게를 나섰다.

"여기요."

사장님이 비닐봉지를 건네자 고양이만 쳐다보던 승범이 화들짝 놀라 받아들었고 정미가 계산했다.

"옜다, 너는 이거나 먹어라."

사장님이 고양이한테 큼지막한 정어리를 하나 던졌
다. 그러자 삼색 고양이는 부드러운 몸놀림으로 정어리
를 받아 물고 가게를 나섰다.

"어머, 고양이가 생선을 저렇게 좋아해요?"

"요물이야, 요물. 줄 때까지 안 가. 달라고 애교까지
부린다니까."

"귀여워! 그쵸?"

정미가 승범을 툭 쳤다.

"어, 나 잠깐 고양이 좀 보고 올게요. 아는 고양이 같
아서."

승범의 말에 눈을 깜박이던 정미가 숨을 들이켰다.

"혹시 그 산신……?"

내뱉듯이 말한 단어에 그녀가 화들짝 놀라 손으로 입
을 틀어막았다.

기영문과의 사건이 지난 이후에 서로 대화해서 안 사
실이지만, 그날 밤에 정미는 저 고양이가 사람으로 변신
하는 순간을 보지 못했다. 겁에 질린 승범이 행여 정미
가 총에 맞을까 봐 그녀를 꽉 껴안고 있었기 때문이다.

정미는 승범에게 빨리 가 보라고 손짓한 뒤, 승리자
의 모습처럼 고개를 치켜들고 뚱땅뚱땅 걸어가는 고양
이의 뒷모습을 지켜봤다.

승범은 황급히 그 뒤를 쫓아갔다. 고양이가 사라진

골목으로 들어서 주위를 기웃거리는데 혀를 차는 소리가 들렸다. 고개를 드니 담벼락 위에 고양이가 있었다. 그새 정어리를 다 먹었는지 앞발로 입가를 닦던 고양이가 승범을 내려다봤다.

"이런 길에서 만나면 모르는 척하는 게 예의 아니야?"

"정말 산신님이시군요."

"여러 번 봤으니 이제 척하면 딱이지 않나?"

"여러 번이요? 우리가 언제부터 봤는데요?"

"네가 우화에 온 지 얼마 안 됐을 때던가? 공실이랑 작당 모의할 때."

"그렇게나 오래요?"

익숙하고 그리운 이름이 나오자 승범은 더욱더 고양이가 친근해졌다.

"그럼 구문석 어르신 댁에 있던 방풍도?"

이름만 적혀 있던 상자가 떠올랐다.

"그거 내가 온 산을 다니면서 실한 놈만 골라 담았지. 그래서, 뭐, 왜?"

이 산신, 나쁘게만 봤는데 툴툴대면서 도와줄 건 확실히 도와주다니. 이것이 츤데레라는 건가. 산신이 다시 보였다.

"구해 주셔서 감사하다는 말 전하고 싶었습니다. 감사합니다. 목숨 살려 주신 게 한 번이 아닌 것 같아서요."

"흥! 그걸 이제야 알았느냐?"

산신은 담벼락 위에서 뛰어내려 바닥에 부드럽게 착지했다. 그리고 어느새 어둠이 내려앉은 골목으로 뚱땅뚱땅 걸어가며 말했다.

"모레 청수산에 와. 어차피 혼례식은 조치언을 시험할 구실이었을 뿐이야. 그래도 기왕 준비한 혼례식을 치르지 못했으니 대신 잔치로 오지 못해 아쉬운 객들을 달래 주기로 했네."

그 말에 승범은 뭔가를 가늠하듯 눈을 굴렸다. 청뢰 장군신에게 잡아 먹히기 이전, 산신에게 잡혀 발악하던 조치언의 말들이 떠올랐다. 모든 게 처음부터 산신이 계획한 일이었다는 말들에 산신은 지금처럼 조치언에게 그를 시험했다고 했다.

그렇다면 자신도 계획의 일부였을까?

혼례식도, 신부를 도망치게 한 것도, 혜영과 내가 만난 것도?

"둘은 맞고, 하나는 틀리다."

승범의 속마음을 읽은 듯 산신이 지적했다. 승범이 눈을 동그랗게 뜨자 산신이 계속 말했다.

"조치언이 나한테 신부를 바친다기에 처음엔 거절하려고 했다. 하지만, 내가 거절하면 그는 여귀를 다른 데에 이용할 게 뻔했지. 그러니 혼례식을 허락했고 그날 행렬에 난입해서 여귀가 도망치도록 했네. 잘 도망치길 바랐으나 고수정의 제자인 너와 만날 줄은 몰랐다. 그것은 내가 개입하지 못한 하늘의 힘일지도. 그래서 내가 좀 바빴다. 조치언 하나 잡자고 여귀도 살리고 너도 살려야 했으니."

"그것뿐입니까? 사과도 주문해야 하고, 방풍도 구해야 하고."

산신 앞이란 것도 잊고 승범이 투덜거렸다. 고양이가 귀를 쫑긋 세우며 승범을 바라봤다.

"살려 준 값으로 청수산 개발을 저지하라고 너를 이용……보다는, 그냥 네가 나를 도왔다 치자! 말이 길어졌군. 그래서 잔치에 오겠다는 거냐? 안 오겠다는 거냐?"

"……"

곧바로 대답이 돌아오지 않자 고양이가 걸음을 멈추고 그를 노려봤다. 승범이 움찔거리며 재빨리 고개를 끄덕였다.

"그곳에 워낙 안 좋은 기억들이 많아서요. 트라우마랄까요?"

"어허. 이 사람, 겁먹기는. 성격이 들쑥날쑥 지랄 같아도 노는 건 진심이니 걱정하지 말아. 허 참, 생각할수록 웃기네. 산신의 초대를 뭐로 보는 거야? 산신의 말에 재는 인간은 자네가 처음이야! 고수정도 그렇지 않았는데, 요즘 것들은 산신 무서운 줄 몰라. 아까도 봐! 이 몸이 친히 생선가게서 그 딸이랑 놀아 줬는데 고작 정어리가 뭔가? 이렇게 귀여운 고양이한테 고작! 각박하기가 참 이를 데가 없어. 옛날 그 집 할멈은 그 어려운 시절에도 고등어 정도는 선뜻 줬거늘.”

단계적으로 분노하는 고양이의 뒤를 승범은 쭈뼛거리며 쫓아갔다. 왜인지 제 잘못도 아닌 일까지 더해 혼나자 억울했다.

“그럼 제가 고등어를 사드릴 테니 돌아가요.”

“이런 멍청한 것! 그게 중요한 게 아니잖아!”

“고등어가 중요한 게 아니면 왜 그렇게 화를 내시는 건데요?”

산신은 한심하다는 눈초리로 승범을 돌아봤다.

“자네는 그게 문제야. 정미가 참 속 터지겠어. 그냥 혼자 살지 뭐 하러 저런 놈을 데리고 사는지. 쯧쯧. 그만 쫓아와!”

“너무합니다!”

얼마 전 정미한테 비슷한 말을 들은 게 떠올라 울컥 설움이 복받쳤다. 승범은 그가 산신이란 것도 잊고, 쌩하니 돌아서서 걸어가는 고양이의 뒤에다 대고 입술을 삐죽였다.

“사람이 그 본질을 모를 수도 있지, 그거 모른다고 멍청하다고 하고, 남의 약점을 신랄하게 쪼아 대고……. 중요한 게 뭔데? 설마 자기 귀엽단 거 맞장구 안 쳐서?"

산신의 귀에 들리면 경을 칠까 봐 승범은 작게 구시렁댔다. 성격이 안 좋다더니 정말이지 말 하나 잘못했다고 괜한 혼만 났다.

"하여간 만나고서 좋았던 적이 하나 없지. 정말 안 맞아. 대체 어디서부터 잘못된 거지? 부정을 타도 아주 제대로 탔어. 굿을 하든가 해야지. 원."

승범은 투덜대며 몸을 돌렸다. 그때 갑자기 검은 그림자가 그를 덮쳤다.

"아이 씨, 깜짝이야."

언제부터 있었는지 바로 뒤에 덩치 큰 아주머니가 서 있었다. 가로등 불빛이 내리쬐는 골목에서 이때까지 있는지도 몰랐던 존재의 등장에 승범은 화들짝 놀랐다. 고양이 뒤만 졸졸 쫓느라 못 봤던 걸까. 표정 없는 아주머니가 승범을 가만히 내려다보다가 한쪽을 가리켰다. 그 손끝을 따라 시선을 옮기자 골목 한 편에 주차된 용달차가 보였다. 낮은 조도의 가로등 불빛이 짐칸을 가린 천막에 적힌 글씨를 비췄다.

골동품 사고, 팝니다.

빨간 궁서체로 적힌 글자를 본 승범은 다시 아주머니를 쳐다봤다.

“네?”

속을 알 수 없는 얼굴은 그를 향해 이리로 오라고 고갯짓을 한다. 사람인가? 귀신인가? 생각할 겨를도 없이 승범은 그곳으로 걸어갔다. 아주머니는 굳게 닫아걸은 천막을 다시 걷기 시작했다. 그리고 어딘가에 있는 스위치를 누르자 가로등 불빛도 닿지 않아 어둡던 짐칸에 백색 등이 들어왔다.

골동품이라고 쓰여 있었지만, 짐칸은 온갖 잡동사니로 가득했다. 사용감이 있는 각종 빨간 고무통부터 금간 가마솥, 대리석 절구, 기괴한 청동 조형물, 빗물에 번진 달마도, 절의 기와 귀퉁이에 달려 있었을 녹슨 풍경, 심지어 언젠가 썼을 요강들까지. 다양한 것들이 수두룩했다. 승범은 눈을 이리저리 굴려 그 안을 보다가 상체를 뒤로 빼 골목 안을 훑어봤다. 아무도 없는 골목길에 수상한 트럭. 이거 위험하지 않나? 도망갈까? 라고 생각할 때, 트럭 주인인 듯한 아주머니는 짐칸을 뒤적거려 웬 싸리비 하나를 꺼냈다. 끝이 조금 닳은 빗자루도 분명 누군가가 쓰던 물건 같았다. 사이사이 먼지를 턴 아주머니는 잠시 목소리를 가다듬었다.

“아, 아? 아!”

승범은 그녀가 무슨 말을 할지 궁금해서 도망가지 않고 기다렸다. 붉게 칠한 입술이 양쪽으로 올라갔다. 하얀 이가 창백한 빛에 반사되어 눈이 부셨다.

"한의사 양반, 재수가 좋네. 이제 문 닫고 가려고 할 때 딱 맞춰 왔어. 그래그래, 이게 참으로 궁금하겠지. 이것이 뭐냐! 이걸로 집이나 한의원을 쓸어 봐. 아니면 한의사 양반 몸을 쓱쓱 쓸어 내 보라고. 그럼 알게 될 그것! 덕지덕지 붙은 부정을 말끔하게 씻어 주는 핫잇템! 한의사 양반한테 딱 필요한 거란 말이야. 아까 뭐라고 했어? 부정을 탔다고 했잖아! 아휴, 굿을 할 필요가 없어. 이거 하나 가져가. 심지어 복까지 가지고 오는데, 싸다 싸! 단돈 5만 원!"

쉼 없이 흘러나온 말이 뚝 하고 멈췄다. 마치 누군가가 테이프를 틀었다가 멈춘 것처럼 일순 골목에 적막이 흘렀다. 처음 보는 아주머니가 승범이 한의사임을 알아봤다는 점과 기대 이상의 현란한 말솜씨에, 승범은 다시 의문이 들었다. 사람인가? 귀신인가? 게다가 뭔가 설명에서 낯설지 않은 느낌이 들었다. 승범이 고개를 살짝 모로 꺾었다.

"그게 정말 제게 필요하다고요?"

물론 부정 탔다고 말을 하긴 했지만, 싸리비가, 그것도 남이 쓰던 게 부정을 없애 준다고? 그때 아주머니가 손가락을 들어 보이더니 다시 짐칸을 뒤적였다. 그리고 유백색의 둥그런 달항아리를 꺼냈다. 승범의 눈이 커졌다.

"그리고 한 가지 더! 이건 꼭 한의사 양반한테 필요한 거. 모두가 원하는 핫템인데 내가 한의사 양반을 만날 줄 알고 하나를 남겨 뒀지. 조화, 풍요, 포용 등등등! 아주 좋은 의미가 가득한 이 달항아리를 한의원에 문가에 딱 갖다 놓으면 아주 한의원이 환자들로 정신없이 바쁘게 될 거야. 알아! 한의원에 환자 많으면 좋은 일은 아니지만, 세상에 안 아픈 사람이 어딨겠어? 그런 사람이 그쪽 한의원에서 치료 정도는 받아도 되잖아! 안 그래? 이건 단돈 50만 원! 어허, 표정이 왜 굳어? 봐 봐! 이건 조선시대 장인이 정성을 다해 빚은 진품이라고. 싸다, 싸!"

뭐지? 이 리듬감 있는 설명은?

아까의 질문에 답은 전혀 없었지만, 목소리가 귀에 착착 감겼다.

마치 '약장수는 저리 가라'라는 기세로 손님의 니즈를 자극하고 있지 않은가. 싸리비는 몰라도 이 달항아리는 정말이다.

그래, 그런 느낌이 강렬히 들어!

승범은 홀린 듯이 지갑을 꺼냈다.

"카드 되나요?"

잠시 뒤, 승범은 자신을 기다리고 있는 정미에게 돌아가 자신이 산 걸 자랑했다. 그리고 한참을 혼났다.

◇◇◇◇◇

소나무와 전나무 위로 함박눈이 쏟아져 내렸다. 눈이 나무와 땅에 켜켜이 쌓였고 매서운 바람에 눈보라가 쳤다. 사위를 분간할 수 없는 그곳을 지나 산신이 쳐 놓은 결계를 지나면 언제 그리 몰아쳤냐는 듯이 눈보라는 사라지고 한기 없는 은가루가 조용히 떨어졌다.

불현듯 청수산 밤하늘에 긴 꼬리를 남기며 쏘아진 폭죽이 사방으로 터졌다. 그러자 어두운 사위가 찰나 밝게 빛이 났다. 온 사방 나뭇잎이 떨어진 메마른 나뭇가지에 색색의 보석으로 만든 잎과 꽃이 가득 달려 있었다. 그 모습이 마치 한여름의 짙푸른 나무와도 같았다. 바람이 불면 보석 꽃과 잎끼리 서로 부딪혀 딱딱거리는 소리가 났고, 폭죽이 터질 때면 매끄러운 보석의 표면에 불빛이 반사되어 일제히 반짝였다. 바람이라도 불라 치면 그 모습은 마치 짙푸른 파도 위에 떨어지는 햇빛 같았다.

산신의 처소 앞의 수많은 조명등이 밤을 밝혔다. 그 밑에서 아이 귀신들이 폭죽에 껑충껑충 뛰다가 쏟아지는 눈송이에 까르르 웃었다. 과연 잔치를 증명하듯 사방에 웃음이 끊이지 않았다.

곳곳에 마련한 화톳불마다 초대된 모든 귀신이 둘러앉아 노래를 불렀다.

“노세, 노세. 젊어서 놀아. 늙어지면 못 노나니.”

“뭔가 부도덕한 노래 같은데.”

겁에 질린 택영이 제 왼쪽에 앉은 명연의 옆에 붙어 앉으려다가 그 옆에서 덩실덩실 춤추는 할아버지를 보고 오른쪽에 앉은 봉길의 옆으로 붙었다. 이곳에선 안 봐도 될 귀신들이 보였다. 그동안 한의원에서 야간에 일한다는 박 씨와 조근우 씨가 궁금하기도 했지만, 막상 이곳에서 마주하니 택영은 그저 울고 싶을 뿐이었다.

택영과 봉길 두 사람은 혼례식에 필요한 사과를 잘 키워 냈고, 또한 앞으로도 산신에게 바칠 사과를 키울 예정이라 이 잔치에 초대되었다. 두려워하는 택영과 달리 봉길은 이 상황이 아주 만족스러웠다. 술과 고기를 맛있게 먹던 그가 히죽 웃었다.

“아주 신비롭고 기괴해서 딱 내 취향이네. 이런 잔치가 매년 있다면 죽을 때까지 사과 농사짓겠어요. 내가 생각해 봤는데요. 요즘 외국인들이 과일 농사 체험하는 관광 코스를 좋아한대요. 그걸 상품화해 보는 건 어떨까요? 할아버지, 아이디어 괜찮죠?”

봉길은 역시나 초대된 구 씨 할아버지에게 그동안 생각했던 걸 얘기했다.

“그럼 그럼, 사과 과수원은 이제 네 것이 될 터이니 봉길이가 하고 싶은 거 다 하자.”

두 사람의 대화를 들으며 택영은 온전히 저만 이 잔치를 전혀 즐길 수 없단 걸 알고 낙담했다.

"괜히 호기심에 따라나선다고 했어. 그냥 집에 있을걸."

"근데 승범 선생이랑 정미 선생은 잔치를 즐기지 않고 어디에 있나?"

술을 마시며 박 씨가 물었다.

"어디서 분위기 잡고 있겠죠."

봉길이 한숨을 쉬며 입술을 삐죽였다.

"승범 형이 방해하면 죽이겠다 했으니 뭐라도 하고 있겠죠."

"언제 둘이 그리 친해졌어?"

택영의 질문에 봉길은 어깨를 으쓱였다. 자존심 상해서 대꾸하고 싶지도 않았지만, 승범을 인정한 건 그가 자신 편이 되어 주겠다고 했을 때부터였다. 가족 외에 누구도 흔쾌히 자신의 편이 되어 주겠다고 하지 않았는데 승범은 그를 믿어 주었다. 그렇다고 정미 누나를 포기하고 싶지 않았지만 언젠가부터 두 사람 사이에 깊은 무언가가 생겼달까. 감히 다가갈 수 없는, 사랑?

"웩."

갑자기 머릿속에서 튀어나온 단어에 질색한 봉길이 헛구역질했다. 옆에서 택영이 의아한 표정을 지었고, 이내 봉길은 피식 웃었다.

달빛이 내려앉은 연못에 빛을 내며 날아다니던 반딧불이가 승범과 정미를 지나쳤다. 저 밖의 세상은 이제 한겨울이 됐는데 결계 안에서는 추위가 전혀 느껴지지 않았다. 승범은 정미의 손을 잡았다. 그리고 그동안 내내 마음먹었고 외웠던 말을 꺼냈다.

"이런저런 일을 겪으면서 곰곰이 생각해 봤는데 말이죠. 진실을 말하자면 저 모쏠입니다. 아시다시피 저를 좋아해 준 사람은 돌아가신 할머니뿐이네요. 이제는 정미 씨가 제 처음이자 마지막 사랑일 겁니다. 그러나 단점은 이런 사랑이란 것에 관해 아무것도 모른다는 겁니다. 그러니, 이런 저라도 괜찮다면, 나랑 결혼해 줄래요? 내겐 그런 재주가 없는 것 같지만 당신은 그런 재주가 있으니까. 나 한의대에서 수석 했던 거 알죠? 내가 정미 씨의 재주를 열심히 배워 보겠습니다."

결연한 표정으로 승범이 얘기하자 정미가 당황했다.

"뭘 프러포즈를 대놓고 없어 보이게 해요?"

없어 보이긴 해서 승범은 어깨를 으쓱였다. 자기가 생각해도 뻔뻔하기까지 했다. 그래서 거절당할까 봐 조마조마하게 정미를 쳐다봤다.

제발 제발 한 번만 더 살려 달라고 할까? 한 번 더 무릎을 꿇어?

"풋. 정말 무슨 생각하는지 다 알겠네. 알았어요. 살려 줄게요. 보고 배우는 건 잘하겠지.”

정미의 말이 떨어지자마자 승범은 그녀를 끌어안았
다. 정말 좋았다. 한의대에 수석으로 합격했던 것만큼
이나 짜릿했다. 발을 동동 구르며 기쁨을 표하다가 정
미의 입에 뽀뽀하다가 그냥 다 예뻐서 얼굴 전체에 입
술을 찍어 댔다. 간지럽다고 까르르 웃어 대던 정미가
기척에 승범을 밀쳤다.

건물에서 한 남자가 나왔다. 일전에 감옥에서 승범
을 데리고 나왔던 남자였다. 그의 뒤로 두 명이 더 나왔
는데 승범은 그들이 누군지 알아보았다. 지난번 산불
이 났을 때 산신이 붙잡았던 남자와 오 사장이었다. 그
들은 바로 눈앞에서 포승줄에 묶인 채 힘겹게 걸어가고
있었다.

“내 산에 불을 지른 것들이지. 모든 초목에 깃든 정
령들이 그 불에 사그라졌어. 저들은 한순간에 정령들을
없앴지만, 그 죄를 갚을 시간은 끝이 없을 것이라 장담
하지.”

“아, 저들이 그랬구나. 불을 질렀구나. 나쁜 사람들이
네. 근데 언제부터 여기에 계셨어요?”

불쑥 나타나 말을 거는 산신에게 승범이 물었다. 스
님 탈을 쓴 산신이 승범의 어깨를 다독였다.

“결혼 축하하네. 정말 없어 보여도 너무 없어 보이는

프러포즈였어. 나한테 부탁이라도 하지 그랬나. 그럼 내가 선녀님들과…… 어디 가나?"

승범은 정미를 데리고 그 자리를 벗어났다. 맞은편에서 뛰어오던 동자가 승범을 지나쳐 산신한테 갔다.

"산신님!"

다급한 목소리에 승범이 뒤를 돌아봤다. 산신은 동자와 무슨 얘기를 나누더니 함께 어딘가로 갔다. 늘 태평하던 산신인데, 뒷모습이 웬일인지 조급해 보였다. 이상하게 생각했지만, 승범은 이내 정미와 잔치를 벌이는 곳으로 가 무리 사이에 앉았다.

"왜 이제 오는가? 잔치가 한창인데. 자, 음식 좀 먹어 보게. 이것이 저승 떡일세. 이 맛이 어떠냐면 둘이 먹다, 하나가 죽어 가도 모를 맛일세!"

"죽는다고요? 저승 떡이 그래서 저승 떡이에요?"

"무슨 말을 하는 건가? 그만큼 맛있다는 말이지. 처음 듣는 말도 아닐 텐데. 어여 잡숴 봐!"

정미가 배고프다며 먼저 먹었다. 뭐, 다른 사람들이 잘 먹은 것 같아서, 승범도 따라 동글동글한 떡을 입에 넣었다. 입안에 풍부한 식감이 느껴졌다. 달콤, 폭신, 촉촉, 쫀득한 맛이 느껴…….

그때 번쩍하고 하늘이 번쩍이더니 요란한 소리와 함께 강렬한 빛이 어딘가로 떨어졌다. 모여 있던 모두가 놀랐다. 노래하고 춤추던 귀신들이 숨을 죽이고 눈치를 봤다.

"별일 아닌 것 같으니 어서 노래 불러 보게!"

잠시 좌중을 훑어보던 청뢰 장군신이 한마디하자 모두가 환호성을 내질렀다. 언제 두려웠냐는 듯 다시금 신나는 노래를 부르며 함께 덩실덩실 춤췄다. 승범은 연신 기침했다. 갑작스러운 벼락에 떡이 기도로 넘어갈 뻔했다. 정말 저승 떡 먹다가 죽을 뻔했다.

승범은 벼락이 떨어진 방향을 쳐다봤다. 동자와 사라진 산신이 벼락을 내린 걸까. 그런 생각도 잠시. 박 씨가 이번엔 극락주라며 술을 권했다.

"이 극락주로 말할 것 같으면 한 잔만으로도 극락을 체험할 수 있다지! 그만큼 맛있다 이 말일세! 자, 마셔 보게! 마시고 극락 가세!"

승범은 연보랏빛이 묻어나는 술을 가만히 바라보다가 한 번에 극락주를 들이켰다. 그는 왁자지껄한 잔치가 벌어지는 좌중을 훑어봤다. 모두의 면면에 기쁨과 행복이 깃들었다. 정미의 얼굴에 떠오른 미소를 보고 승범은 자신의 얼굴도 그들과 다를 바 없겠다고 생각했다. 그리고 이 행복이 영원토록 가기를 바랐다.

같이 읽고 싶은 이야기
텍스티 (TXTY)

텍스티는
같이 읽고 싶은 이야기를
만듭니다.

읽고 나면
내 삶뿐 아니라 타인의 삶을 떠올리게 하고
누군가와 꼭 나누고픈 이야기를 만들겠습니다.

우리는 이야기의 새로운 재미를 찾고
이야기를 통한 공감이 널리 퍼지도록 애쓰겠습니다.

텍스티의 독자라면 누구나
이야기와 함께하도록 돕겠습니다.

수상한 한의원2

초판 1쇄 발행　　2026년 4월 15일

지은이　　　　　배명은

책임 편집　　　　박혜림
IP 제작　　　　　조민욱 김하명
출판 마케팅　　　홍은혜
IP 브랜딩　　　　홍은혜 텍수LEE
IP 비즈니스　　　조민욱 김하명
경영지원　　　　장윤석 박인영 손혜림 오한솔
한의학 감수　　　권해진(래소한의원 원장, 『우리 동네 한의사』 저)
　　　　　　　　이제원(비엠한방내과한의원 원장)
교정·교열　　　　박혜림
예타단 4기　　　 차강은 최민서 홍수인
일러스트　　　　꽃타래
북디자인　　　　그리너리케이브
북-음　　　　　　최희영
인쇄　　　　　　올북컴퍼니
배본　　　　　　문화유통북스

발행인　　　　　유택근
발행처　　　　　㈜투유드림
출판등록　　　　제2021-000064호
주소　　　　　　(02810) 서울특별시 성북구 종암로13길 16-10
대표전화　　　　02-3789-8907
이메일　　　　　txty42text@toyoudream.com
인스타그램　　　@txty_is_text
홈페이지　　　　http://www.toyoudream.com
ISBN　　　　　 979-11-93190-65-4(03810)
정가　　　　　　17,600원